Dave Cobbler
Die Tore der Assassinen
Band 1

Über den Autor

Dave Cobbler ist das Pseudonym eines Hamburger Urban Fantasy Autors. Seit er beschlossen hat, dass er genug Lebenszeit in der Informatik verbracht hat, widmet er sich der Schriftstellerei. Er plant, sich dem norddeutschen Schietwetter ganzjährig zu entziehen und seinen Lebensmittelpunkt nach Portugal zu verlegen. É por isso mesmo que ele se esforça para aprender português europeu. Wenn er nicht gerade mit Bragr oder der Unbill hadert, die der Alltag so mit sich bringt, treibt er Sport oder kocht.

DAVE COBBLER

DIE TORE DER ASSASSINEN

Eine paranormale Urban Fantasy Serie
Band 1

1. KAPITEL

Wohin er auch schaute, überall nur zerklüftetes Wüstengebirge. Trotz seiner erhöhten Position an einem der steilen Hänge verdeckten ihm die umliegenden Berge den freien Blick zum Horizont in jede Richtung. Das Schauspiel von Ocker- und Rottönen faszinierte ihn. Über Jahrhunderte hatten extreme Temperaturschwankungen dazu geführt, dass Felsbrocken von den Bergwänden abplatzten und großflächige, glatte Abbruchkanten hinterließen. Ihm war bewusst, dass sich die Formen über die Zeit auf natürliche Weise gebildet hatten. Trotzdem erweckte die Landschaft in ihm den unwirklichen Eindruck, als hätte ein Künstler sich die Freiheit genommen und ihre natürliche Schönheit zur Steigerung des dramatischen Ausdrucks seines Werkes überzeichnet. Das heruntergestürzte Gestein hatte auf seinem Weg hinab weiteres Material mitgerissen und Spuren der Zerstörung hinterlassen. In den ohnehin schon engen Schluchten hatte es sich aufgetürmt. Vereinzelt hatten es trockene Büsche geschafft, Halt in Spalten des brüchigen Gesteins zu finden und sich sowohl gegen die sengende Hitze tags als auch gegen die Temperaturstürze nachts zu behaupten. Irgendwie hatten sie einen Weg gefunden, an die paar Tropfen Wasser zu gelangen, die sie vor dem vollständigen Vertrocknen bewahrten. Die Schluchten bildeten ein unübersichtliches Labyrinth, in dem man schnell die Orientierung verlieren konnte. Jederzeit drohten Gesteinsmassen abzurutschen und die fragile Komposition umzugestalten. Es regte sich kein Lufthauch und die gespenstische Stille verstärkte in ihm ein beklemmendes Gefühl.

Am wolkenlosen Himmel brannte die Sonne. Ihre Strahlen wurden von den Felswänden zurückgeworfen, heizten das Gestein auf und ihre Hitze staute sich zwischen den Formationen. Von allen Seiten drang sie auf ihn ein und schnitt wie glühende Klingen in die von Kleidung ungeschützten Stellen seiner Haut. Schweiß rann an ihm hinab und der Stoff klebte am

Körper. Vor seinen Augen flimmerte es und er konnte die Umgebung nur schemenhaft erkennen. Er musste zwinkern, um trotz des brennenden Schweißes in seinen Augen für einen kurzen Moment klar sehen zu können. Bei jedem Atemzug brannte die Luft in seinen Lungen. Selbst mit starker Willenskraft war es kaum auszuhalten.

Ich muss mich beeilen. Ich muss schnell die Stelle finden. Sonst werde ich das hier nicht überleben.

Sein Blick schweifte hektisch hin und her. Immer wieder rutschte er auf dem lockeren Geröll weg und schlitterte dann ein paar Schrittlängen bergab, bevor er erneut Halt fand. An Rennen war nicht zu denken, obwohl die Zeit drängte und er sein Ziel so schnell wie möglich erreichen musste. Er fühlte, wie seine Kräfte rapide schwanden und sich Müdigkeit ausbreitete.

In einigen Metern Entfernung bemerkte er einen pylonenförmigen Umriss, der sich unnatürlich von der Umgebung abhob.

Das muss es sein, dachte er erleichtert.

Plötzlich blieb seine Fußspitze im Geröll hängen. Seine Füße verloren den Kontakt zum Boden und ein Adrenalinschub durchfuhr ihn wie ein elektrischer Schlag. Sofort war er wieder hoch konzentriert. Reflexartig hämmerten seine Füße in den losen Untergrund und schafften es, das Gleichgewicht wiederzugewinnen und einen Sturz zu verhindern. Schlitternd kam er einige Meter weiter unten zum Stillstand.

Ruhig bleiben. Keine Panik. Bleib ruhig. Konzentriere dich. Du kannst dir jetzt keinen Fehler erlauben.

Mit zitternden Knien näherte er sich dem Gebilde. Die Konturen wurden langsam schärfer erkennbar.

Ja, genau hier ist es.

Er spürte die Erleichterung, die aus Steinen aufgeschichtete Markierung inmitten der zerklüfteten Landschaft wiedergefunden zu haben. Ohne Zeit zu verlieren, positionierte er sich genau neben ihr, richtete seinen Körper aus und versuchte aufrecht zu stehen. Mit geschlossenen Augen atmete er tief aus. Es war nötig, die Schmerzen auszublenden und sich ausschließlich darauf zu konzentrieren, sich mental fallen zu lassen. Als er den gewünschten meditativen Zustand erreicht hatte, hob er seinen Arm wie in Zeitlupe. Er wusste, der schwierigste Teil bestand dabei darin, diesen Zustand während des gesamten Bewegungsablaufs aufrechtzuerhalten. Dann streckte er den Arm auf Brusthöhe vor, als würde er mit der flachen Hand ein schweres

Hindernis von sich wegdrücken. Zunächst schien nichts zu passieren, doch allmählich tauchte etwas Verschwommenes vor ihm auf. Es war, als würde sich in der wabernden Luft vor ihm ein Fenster in einen Raum öffnen, durch das langsam die Schemen einer Person erkennbar wurden. Die Person stand mit dem Rücken zu ihm.

Nachdem der Arm zur Hälfte ausgestreckt war, führte er die Fingerspitzen zusammen, als würde er eine Prise Salz greifen. Ein außenstehender Beobachter hätte diesen Anblick wohl eher in einem Park bei Tai Chi Praktizierenden erwartet. Seine Hand zitterte vor Anstrengung, während er versuchte, einen unsichtbaren Widerstand zu durchbrechen. Doch er schaffte es nicht, ihn zu überwinden und in das Bild vor ihm zu gelangen.

Die Gedanken kommen und gehen. Wie Wolken am Himmel ziehen sie einfach vorbei. Ich verankere meine Aufmerksamkeit. Ich tauche ein.

Paradoxerweise spürte er, wie ihm trotz fortschreitender Entspannung immer mehr Energie entzogen wurde. Er zwang sich, sich stärker zu konzentrieren und schaffte es schließlich, seine Hand ganz langsam durch den Widerstand in die verschwommene Gestalt zu zwingen. Doch im Zentrum des Körpers wurde jede weitere Bewegung seiner Hand blockiert, und er schaffte es nur mit größter Anstrengung, seine Hand zu öffnen und die Finger zu spreizen. Nach einem Moment des Innehaltens ballte er seine Hand mit all seiner verbliebenen Kraft. Seine Faust zitterte vor Belastung. Er hielt die Spannung für einige Sekunden und riss den Arm dann schlagartig heraus.

Geschafft.

Ihm wurde schwindelig. Die Hitze, der anstrengende Weg und das hohe Maß an Konzentration hatten ihn deutlich mehr geschwächt, als er erwartet hatte. Nach dem, was ihm beigebracht worden war, hätte er längst abbrechen und umkehren müssen, um nach einigen Tagen ausreichender Erholung einen neuen Versuch wagen zu können. Aber die Zeit hatte er nicht. Diese Gelegenheit würde nicht wiederkommen. Man hatte ihm vertraut, als er um diesen Auftrag gebeten hatte, um sich zu beweisen. Als hätte er ein ausgeufertes Saufgelage hinter sich, torkelte sein Denken auf der feinen Grenze zwischen Restwahrnehmung und Bewusstseinsverlust hin und her. In diesem Zustand versuchte er, den Weg zurückzufinden und den steilen Rückweg zu bewältigen. Die Landschaft erschien ihm wie ein diffuses Bild, das er nur noch wie in einem Traum wahrnahm. Mit letzter Kraft zwang er sich, nicht der Schwere nachzugeben, die ihn erfasste.

Keines klaren Gedankens mehr fähig suchte er den ursprünglichen Ausgangspunkt, aber die entsprechende Markierung war nirgends zu entdecken. Inzwischen war er nicht einmal mehr sicher, ob er zuvor tatsächlich an den Stellen vorbeigekommen war, die er gerade passierte. Er spürte, wie Panik in ihm aufkam, doch in seinem vernebelten Zustand nahm er dieses ferne Gefühl nur beiläufig wahr, als wäre er nur ein außenstehender Beobachter seiner selbst.

Langsam breitete sich Dunkelheit vom Rand seines Sichtfelds aus und schränkte seine Sicht immer weiter ein. Es erinnerte ihn an die mechanische Blende eines Kameraobjektives, deren Lamellenverschluss die Öffnung immer weiter verkleinerte. Orientierungslos und ohne System, wie durch eine enge Röhre blickend, suchte er die Umgebung ab.

Dieses Mal war es das dann wohl, dachte er noch, als er plötzlich kurz vor seinen Füßen die Markierung bemerkte.

Erleichtert ließ er sich kraftlos auf den kleinen Felsblock neben der Markierung sinken. Er setzte sich aufrecht hin und zog die Schultern zurück. Die Gelenke schmerzten und seine Rückenwirbel knackten. Er spürte, wie steif und verkrampft sein Körper war. Seine Hände legte er auf die Knie und atmete tief ein. Die heiße Luft strömte brennend bis zum Bauchnabel durch ihn hindurch. Kurz verharrte er. Dann ließ er die Luft entweichen. Mit der nun einsetzenden Entspannung fiel die Last von ihm ab. Der Rest seines Bewusstseins sank kreisend in dunkle Tiefen.

2. KAPITEL

Maximilian von Burg saß in einem Hotel-Tagungsraum und ließ seinen Blick schweifen. Die außergewöhnliche Atmosphäre unter einem historischen Backsteingewölbe beeindruckte ihn. Obwohl die Kosten den Rahmen der Budgetvorgaben sprengten, hatte er unbedingt diesen Veranstaltungsort durchsetzen wollen. Kosten interessierten ihn nicht. Er wollte endlich sein Ziel erreichen. Über die Jahre hatte er seine Kontakte zu den Schlüsselpositionen der Firma ausgebaut und bekam die nötigen Anträge unter der Hand problemlos durch. Von Burg war ein Meister der kreativen Umwidmung von Ausgaben und der Verschleierung ihrer Zwecke. Während er sich seinen strategischen Visionen und machiavellistischen Ränkespielen widmete, hatte sich seine Assistenz darum zu kümmern, seine Wünsche umzusetzen. Einer seiner Schachzüge war es, Meetings an exklusiven Orten zu organisieren. Die Teilnehmer sollten das besondere Ambiente und das anschließende Unterhaltungsprogramm so sehr genießen, dass sie später begeistert davon erzählten. Auf diese Weise hatte er es über die Zeit geschafft, einen beachtlichen Bekanntheitsgrad in der Firma zu erreichen und Organisator von Veranstaltungen zu werden, bei denen er ansonsten noch nicht einmal auf die Teilnehmerliste gesetzt worden wäre. Die Kontakte, die er dabei geknüpft, und die Informationen, die er dabei erhalten hatte, setzte er skrupellos ein, um seine Karriere voranzutreiben. Im Laufe der Jahre stieg er bis in den erweiterten Vorstand eines milliardenschweren Großkonzerns auf.

Dieses Mal war es für ihn besonders wichtig. Von Burg lauerte schon lange auf eine Gelegenheit, ein reguläres Vorstandsmitglied zu werden. Als wieder eine wichtige Vorstandssitzung anstand, nutzte der die Gelegenheit sofort. Es war von Vorteil, sich in der unmittelbaren Nähe aufzuhalten, wenn über die Vergabe wichtiger Positionen entschieden wurde. Und von

Burg hatte es verstanden, sich mithilfe von vertraulichen Vier-Augen-Gesprächen in eine äußerst vorteilhafte Position zu manövrieren.

Normalerweise fanden Vorstandssitzungen in einem der edlen Sitzungs-räume der Vorstandsetage im obersten Stockwerk des Firmenhauptsitzes statt. Doch wenn es um besonders heikle Belange ging, suchte man gerne Zuflucht in einer abgeschirmten Umgebung abseits des geschäftigen Trei-bens am Firmensitz.

Die Besprechung neigte sich dem Ende entgegen. Irgendjemand hatte über irgendetwas Bericht erstatten müssen und sah sich nun unangeneh-men Nachfragen ausgesetzt. Von Burg interessierte das nicht. Er hörte nicht hin. Zufrieden mit seiner Wahl des Veranstaltungsortes ließ er seinen Blick schweifen.

Das gemauerte historische Kreuzgewölbe dieses Tagungsraums bot eine stilvolle Atmosphäre. Ursprünglich war das Hotel ein historischer Wasser-turm gewesen, dessen Rotklinkerbau allein schon für sich genommen beein-druckte. Heutzutage würden bei der Planung eines solchen Industriegebäudes wohl viele der Verschönerungen und liebevollen Details dem Kostendruck zum Opfer fallen. Als zusätzliche Besonderheit war der Wasserturm auf einem noch älteren Gebäude errichtet worden. Die unteren zwei Geschosse des Hotels lagen unterirdisch verborgen in einem Erdhügel unter dem Wasserturm. Sie waren ein Teil des dort liegenden Backstein-kreuzgewölbes, das vor der Errichtung des darüber liegenden Turms als Wasserspeicher der Stadt gedient hatte. Nach Jahren fehlender Nutzung und fortschreitenden Verfalls des Wasserturms wurde er von einer großen Hotelkette übernommen, wobei das Gebäude komplett entkernt und moderne Architektur harmonisch mit der der alten Baumeister vereint wurde.

Nun saß er in einem dieser als moderner Tagungsraum eingerichteten Kellergewölbe und freute sich, dass es ihm wieder einmal gelungen war, seine Spielfiguren in die geplante Stellung zu bringen.

Gleich ist es so weit. Dieses Mal kommen sie nicht an mir vorbei. Und dann der feierliche Abschluss am Buffet.

Er schaute an sich hinab. Sein schwarzer Anzug und sein Hemd waren in London maßgeschneidert worden. Die teure Seidenkrawatte, mit einer dezenten Krawattennadel akzentuiert, war farblich mit dem Einstecktuch abgestimmt. Er genoss den perfekten Sitz seiner individuell gefertigten Schuhe. Es beeindruckte die Leute, wenn er beiläufig erwähnte, dass die

Leisten bei Scheer & Söhne in Wien lagerten und ein Anruf genügte, damit ihm ein weiteres Paar maßgefertigt wurde. Die teuren Manschettenknöpfe und die Patek Philippe an seinem Handgelenk rundeten sein Erscheinungsbild ab. Sanft strichen seine Finger über das Glas des Statussymbols.

Warum dauert das heute so lange? Feuert jemanden oder lasst es, aber kommt zum Ende.

Obwohl von Burg es kaum erwarten konnte, dass es zum letzten Tagesordnungspunkt kam, ließ sein Gesichtsausdruck keinerlei Emotionen erkennen.

»Also verbleiben wir so. So, meine Herren, es dauerte heute zwar ein klein wenig länger als erwartet, aber ich denke, mit den Lösungsansätzen, die wir hier erarbeitet haben, befinden wir uns auf einem sehr erfolgversprechenden Weg. Wir haben noch ein paar Punkte im engsten Kreis zu klären, weswegen ich nun alle Anwesenden, die nicht dem regulären Vorstand angehören, bitte, den Raum zu verlassen. Ich danke Ihnen für Ihre Aufmerksamkeit und wünsche schon einmal einen guten Appetit.«

Von Burg versuchte, sein Erstaunen zu verbergen und sich angesichts des Hiebes keine Blöße zu geben. Er war der Einzige im Raum, der nicht dem regulären Vorstand angehörte. Er stand auf und schob ruhig seinen Stuhl zurück. Dabei lächelte er dem Vorsitzenden freundlich zu, nickte kollegial in Richtung IT-Vorstand und versuchte, den Finanzvorstand so sympathisch wie möglich anzusehen. Letzterer blickte regungslos zurück. Lediglich die Augen verengten sich kaum wahrnehmbar, als sie von Burg fixierten. Von Burg nahm es genauso wahr wie den spöttischen Blick des COO.

Mist, wieder keine Möglichkeit, den Sack zuzuschnüren. Und dann grinst mich Meyer auch noch so herablassend an. ›Ich bin Leiter operatives Geschäft, und du gehörst nicht dazu – auch wenn du es dir noch so sehr wünscht.‹ Aber wartet nur. Ihr werdet euch noch wundern. Ich habe noch 'was in der Hinterhand. Ich kann auch anders.

Seinen Gedanken nachhängend wurde er schließlich von einer geschlossenen Fahrstuhltür gestoppt. Von Burg spürte, wie Enttäuschung über den gescheiterten Plan und Verachtung für Meyer die Kontrolle über seine Gefühlswelt übernahmen. Er war sich nicht sicher, wie lang ihn die Fahrstuhltür bereits aufgehalten hatte. Es kam ihm wie eine Ewigkeit vor. Natürlich wäre auch die Wendeltreppe eine Option gewesen. Aber er hatte sich in den Kopf gesetzt, den Fahrstuhl zu nehmen. Mit Zeige- und Mittelfinger hämmerte er auf die Ruftaste neben der Fahrstuhltür ein. Er würde nicht aufstecken. Er war doch kein Verlierer. Am Ende würde er triumphieren und dann würden ihm alle – auch Meyer – den Respekt entgegenbringen müssen, den er verdiente. Er spürte, wie Hitze seinen Kopf hinaufstieg. Im hinteren Bereich seiner Gedanken war ihm vage bewusst, dass es nichts brachte, sich aufzuregen. Zum Erreichen seiner Ziele würde ihm ein kühler Kopf bessere Dienste leisten. Er musste sich kalt wie eine Hundeschnauze geben, versuchte er sich zu überzeugen. Zu seiner Überraschung spürte er jetzt sogar eine Spannung im Brustkorb. Das war neu. So etwas hatte er noch nie erlebt. Meyer musste ihn wirklich mehr getroffen haben, als er gedacht hatte. Die Spannung im Brustkorb entwickelte sich zu einem Brennen, das stärker und stärker wurde, obwohl seine Aufregung schon wieder abebbte und er sich zu entspannen begann. Angst stieg in ihm auf. Bekam er etwa gerade einen Herzinfarkt? Er griff sich ans Herz und öffnete den Mund, um etwas zu sagen, aber er brachte keinen Ton heraus.

Auf ihrem Weg zum Fahrstuhl bog ein altes Ehepaar um die Ecke. Nach einem kurzen Augenblick der Überraschung realisierten sie die Situation. Die alte Dame riss ihre Augen auf und hielt sich die Hand vor den Mund. Ihr spitzer Schrei wurde dadurch kaum gedämpft. Von Burg sah den alten Herrn auf sich zu eilen. Das war das Letzte, was Maximilian von Burg registrierte, bevor sich ein Schleier über sein Sichtfeld legte. Den Aufprall auf den Boden nahm er schon nicht mehr wahr.

3. Kapitel

Vor Betreten des Hotels hatte Valérie ihre Aufmerksamkeit ihrer kleinen Kuschelmonsterpuppe gewidmet. Lilly hatte nur noch ein Auge, an mehreren Stellen war ihr Fell ausgegangen und ihr Drahtskelett gebrochen. Es ließen sich nur noch ein Arm und ein Bein in Position biegen, während die restlichen Gliedmaßen inklusive Keulenschwanz nur noch schlaff herabbaumelten. Für das kleine Mädchen war es nur ein weiterer Hoteleingang, wie so viele andere, die sie auf den Reisen mit ihren Eltern schon gesehen hatte. Nichts Aufregendes.

»Trödel nicht so 'rum, Valérie. Schau einmal – die Wände«, versuchte ihre Mutter sie zu locken, während sie mit ihrem Schmuckköfferchen und der Handtasche voranging.

Ihr Vater regelte noch irgendetwas Langweiliges mit dem Taxifahrer und dem Pagen. Da war das lange Laufband, auf dem es unterirdisch durch einen richtigen Hügel zur Rezeption ging, viel spannender. Das Band stieg leicht an. Mit weit aufgerissenen Augen beobachtete Valérie die Lichteffekte, die sich an den Wänden wie Polarlichter bewegten. Die Klangwelt, die im Hintergrund leise aus verborgenen Lautsprechern rieselte, ließ sie träumen. War die See so nah? War der Hafen gleich draußen vorm Hotel? Ihre Mutter war inzwischen weit weg. Valérie begann entgegen der Laufrichtung des Bandes zu gehen, um sich die alten Fotografien an den Wänden genau anschauen zu können, die sonst an ihr vorbeigezogen wären.

Am Ende des Laufbandes angekommen, drehte sich ihre Mutter um und staunte nicht schlecht, dass Valérie kaum vorangekommen war. Obwohl leicht genervt, musste sie doch über ihre Tochter schmunzeln. *Zumindest gibt es für sie etwas Interessantes zu entdecken und sie wird nicht quengelig.* Sie ließ das Bild von ihrer Kleinen noch einen Moment auf sich wirken, bevor sie sie schließlich mit gedämpfter Stimme liebevoll rief:

»Valérie. Komm bitte.«

Valérie antwortete, ohne ihren Blick von den Wänden abzuwenden: »Ja, Mama. Nur noch ein bisschen.«

Ihre Mutter rollte die Augen. Einen kurzen Moment überlegte sie, was aus Sicht der Erziehung wichtiger war – sich jetzt durchzusetzen oder auf Einsicht der Kleinen zu hoffen, was in solchen Situationen genauso unwahrscheinlich war wie ein Fünfer im Lotto.

Egal. Dann soll sie den Weg zur Rezeption selbstständig finden. Notfalls sammelt David sie ein, wenn er an ihr vorbeikommt.

Als Valérie aufschaute, konnte sie ihre Mutter nicht mehr sehen. Sie drehte sich um, aber ihr Vater befand sich immer noch im Gespräch draußen hinter der großen Glastür. In aller Ruhe schlenderte sie das Band hinauf, während sie Lilly auf dem Handlauf hopsen ließ. Kuschelmonster gingen nicht einfach. Sie hopsten. Das wusste doch jeder.

Als sie schließlich am Ende des Laufbandes angekommen waren, sah Valérie ihre Mutter am Tresen mit einer jungen Empfangsdame sprechen. Mangels Handlauf war Lilly inzwischen dazu übergegangen, durch die Luft zu schweben. Kuschelmonster konnten das auch ohne Flügel. War doch klar. Neben ihrer Mutter angekommen, zupfte Valérie an deren langem Mantel und schaute erwartungsvoll hoch. Ohne das Gespräch zu unterbrechen, blickte ihre Mutter kurz zu ihr, lächelte sie an, strich ihr liebevoll über den Kopf und wandte sich wieder ihrer Gesprächspartnerin zu. Valérie blickte sich um, ob sie etwas Interessanteres fand als das langweilige Gespräch der Erwachsenen. An der Seite öffnete sich ein Gang, dessen hohe Decke Bögen hatte wie die, die sie damals bei der Besichtigung einer Burg gesehen hatte. Mit offenem Mund und dem Kopf im Nacken schlenderte sie hinein. Nach einigen Metern entdeckte sie einen Raum, der seitlich abging und sich hinter einer großen Glastür befand. Sie drückte ihr Gesicht ans Glas.

Der Raum war voller bequem aussehender schwarzer Ledersessel. An einer Seite stand ein Schreibtisch mit einem Computermonitor und einer Tastatur. Ein Mann saß kerzengerade in einem der Sessel an der anderen Wand. Seine Augen waren geschlossen und er bewegte sich überhaupt nicht. Er erinnerte sie an ihren Onkel, den Papa und sie immer neckten, wenn er nach den langen Mittagessen bei Familienfeiern im Wohnzimmersessel einschlief, während sich die anderen noch unterhielten.

Lautlos drückte sie die Glastür auf und pirschte sich näher heran. Valérie stand nun direkt neben dem Sessel, nah an seinem Kopf und horchte aufmerksam. Sie vernahm nicht das leiseste Geräusch. Der Mann schien die Luft anzuhalten. Das war spannend! Seine Hand lag auf der Lehne. Vorsichtig tippte sie ihm auf den Handrücken. Die Hand regte sich nicht. Der ganze Mann regte sich nicht. Sie trommelte nun sacht mit ihren Fingern auf seiner Haut. Immer noch keine Reaktion. Was sollte sie tun? Es war schließlich ein fremder Mann und Mama und Papa sagten ständig, sie solle sich von Fremden fernhalten. Aber so wie sie es verstand, waren damit Personen gemeint, die Süßigkeiten hatten und wollten, dass sie mit ihnen mitging – warum auch immer? Nachdenklich betrachtete sie den Mann. Er machte keine Anstalten, mit ihr zu reden. Er interessierte sich überhaupt nicht für sie. Also konnte Mama ihn auch nicht gemeint haben. Verschmitzt grinste sie. Sie streckte ihren Zeigefinger aus und pikste den Mann in die Rippen. Dort, wo Papa sie kitzelte, wenn sie abends noch nicht schlafen, sondern lieber herumtoben wollte. Vorsichtshalber sprang sie ein Stück zurück außer Reichweite, sobald der Mann beginnen würde zu lachen. Der Mann blieb stumm. Vielleicht war er einfach nicht so kitzelig, wie sie es war. Erneut näherte sie sich dem Mann und knuffte ihn mehrfach.

Ein Schrei ertönte. Valérie erschrak und sprang zurück. Sie drehte sich um. Es hatte sich wie der Schrei einer Frau angehört. Hoffentlich bekam sie jetzt keinen Ärger. Aber die Frau hatte wohl nicht sie gemeint. Der Schrei war von schräg gegenüber gekommen. Sie zögerte erst, doch dann folgte sie neugierig der Richtung, aus der der Schrei gekommen war. Nachdem sie den Raum verlassen hatte und durch einen weiteren Bogen gegangen war, kam sie in einen großen, offenen Innenraum, der sich über mehrere Stockwerke erstreckte. An den Seiten bis hinauf zum ersten Stockwerk gab es steinerne Absätze, die sie an die Zuschauerränge des alten griechischem Theaters erinnerten, das sie im Urlaub mit ihren Eltern hatte besichtigen müssen. Damals war es sehr heiß gewesen und überall hatten nur große, kaputte Steinblöcke herumgelegen. Nichts war heil gewesen. Meist hatte sie noch nicht einmal erkennen können, was es wohl ursprünglich gewesen war. Hier gab es jedoch viel mehr zu entdecken. Es gab hier einen reglosen Mann und eine schreiende Frau.

In der Mitte des Raumes befand sich ein gläserner Fahrstuhl, der sich durch das Gebäude erstreckte. An seiner Außenseite rankte eine stählerne Wendeltreppe empor. Valérie schaute nach oben und sah eine Oma und einen Opa, die auf etwas zu ihren Füßen starrten. Von hier unten konnte sie nicht erkennen, worum es ging, aber es musste etwas Aufregendes sein.

Mama hatte ihr nach einem ihrer letzten Hotelaufenthalte unmissverständlich verboten, jemals wieder allein Fahrstuhl zu fahren. Die damalige Aufregung verstand sie immer noch nicht. Sie hatte die Knöpfe sowieso nur auf der unteren Hälfte drücken können. Höher war sie nicht gekommen, egal wie sehr sie sich auch gestreckt hatte. Wäre nicht der nette Mann eingestiegen und hätte sie gefragt, in welches Stockwerk sie müsse, hätte sie es nie bis ganz aufs Dach geschafft. Es war ein toller Ausblick gewesen.

Aber sie hatte sowieso mehr Lust, die Wendeltreppe hinaufzusteigen. Mamas Verbot galt ja nur für den Fahrstuhl. Von Wendeltreppen hatte sie nichts gesagt. Nachdem sie oben angekommen war, sah sie den Opa über einen am Boden liegenden Mann knien. Dahinter stand die Oma. Valérie ging ganz nah heran, um besser sehen zu können und guckte dem Opa über die Schulter.

Hinter sich hörte sie die Stimme der Oma: »Komm da weg. Das ist nichts für dich.« Valérie drehte sich um. Die Oma sah mitgenommen aus und zitterte. Aber ihr Blick war immer noch auf den Mann am Boden gerichtet, obwohl sie doch mit Valérie sprach. *Unhöflich*, dachte Valérie. *Man schaut die Leute an, mit denen man spricht, sagt Mama immer.* Die Oma versuchte Valérie zu greifen und von der Szene wegzuziehen. Geschickt wich Valérie aus.

»Ich hab selbst einen toten Mann. Ich brauch euren nicht.«

4. KAPITEL

Der Wecker riss Palina aus ihrem Schlaf. Es war 6:30 Uhr. Ihr fehlte die Energie, ihre Augen zu öffnen. Das Kissen war so schön kuschelig und unter der Bettdecke war es gemütlich und mollig warm. Der Winter stand vor der Tür. Die Dunkelheit der Nacht machte noch keine Anstalten, dem beginnenden Tag zu weichen. Sie hörte, wie eisige Windböen gegen das Fenster des Altbaus drückten und es leise pfeifend durch die Ritzen zog. Es grauste ihr bei dem Gedanken, dort hinaus zu müssen. Vorsichtig schob sie einen Fuß unter der Decke hervor. Schon die morgendliche Schlafzimmerluft war deutlich kälter als die unter der Bettdecke konservierte Wärme ihres lauschigen Nestes.

Im Sommer war das Aufstehen viel einfacher. Dann schlüpften vereinzelt Sonnenstrahlen an den Vorhängen vorbei und das Licht des frühen Morgens drang als mattes Orange durch ihre geschlossenen Augenlider. Der neue Tag lockte, und sie konnte es kaum erwarten, hinauszugehen und zu entdecken, was er für sie bereit hielt.

Flo schien keine Anstalten zu machen, sich zu rühren. Vielleicht streifte er auch gerade irgendwo in der Wohnung herum. Wenn er ihr schon keine körperliche Wärme spendete, könnte er ihr wenigstens mit einem Küsschen das Aufstehen versüßen. Neun Jahre lebte der faule Kerl nun schon bei ihr und fraß ihr den Kühlschrank leer. *Typisch Mann! Sind doch alle gleich.* Fett war er geworden. Sie hatte vergeblich versucht, seine Essgewohnheiten zu ändern, doch es stellte ihre Beziehung jedes Mal auf eine harte Probe. Er zog dann alle Register. Zuerst versuchte er es mit lautstarkem Protest. Sobald er merkte, dass er damit nicht weiter kam, ignorierte er sie. Da er nicht in der Lage war, sich selbst zu versorgen, und seine Verfressenheit seine Leidensfähigkeit bei weitem überwog, ging er dann recht schnell zur nächsten Phase über und versuchte es mit Schmeicheleien und Schmusen. Ihr Rekord war, ganze zwei Tage standhaft zu bleiben. Danach hatte sie ihn aus schlechtem Gewissen mit seiner Leibspeise verwöhnt. Und was hatte er getan? Nachdem er das liebevoll zubereitete Essen in kürzester Zeit heruntergeschlungen hatte, hatte er sie mit vorwurfsvollem Blick gestraft und die Küche ohne ein Wort des Dankes verlassen. Sie konnte sich nur an eine Situation erinnern, in der er sie noch vorwurfsvoller angesehen hatte: als sie ihn nach der Sterilisation vom Tierarzt abgeholt hatte. Zwei Wochen hatte er sie mit Nichtachtung gestraft. In ihrer momentanen Stimmung war sie sich jedoch sicher, dass sie seine Diät aktuell bestimmt länger durchhalten konnte. Dann käme er auch wieder zum Kuscheln. Aber wem versuchte sie etwas vorzumachen? Wenn er sie mit seinen smaragdfarbenen Augen anschaute, war es unmöglich, ihm zu widerstehen. Und dann war da ja noch sein Fell, nach dem sie ihn benannt hatte. Sein vollständiger Name war Flokati. Der Name war für den 10 kg schweren Maine Coon Kater Programm. Flo hatte eine Black Smoke Zeichnung und bei der letzten Messung eine kapitale Länge von 1,13 m bis zur Schwanzspitze erreicht. Aber nun hatte sie genug vor sich hingedöst. Es half nichts. Sie musste sich aufraffen.

Palina wollte am liebsten nicht daran denken, was dieser unwirtliche Tagesbeginn für sie bereithielt. Das monotone und hektische Tagesgeschäft im Hamsterrad warf seinen Schatten voraus.

Nicht darüber nachdenken. Reiß dich zusammen und hoch mit dir, versuchte sie sich zu motivieren.

Mit geschlossenen Augen stieg sie aus dem Bett. Schon immer war sie mit einer außergewöhnlichen geistigen Vorstellungskraft gesegnet. Es ermöglichte ihr, den Weg ins Bad zu finden, ohne sich zu stoßen. Wie eine blinde Person, die sich in vertrauter Umgebung zurechtfand, wusste sie auch ohne zu tasten, wo sie sich gerade befand und wo die Gegenstände standen. An diesem Morgen begann sie allerdings nach wenigen Schritten zu wanken und drohte das Gleichgewicht zu verlieren. In den Knien zitternd stütze sie sich am Türrahmen ab und wartete, bis ihr Kreislauf nachgezogen hatte und der Schwindel vorüber war.

Ich sollte wirklich anfangen, Sport zu treiben.

Palina schaltete das Licht des verfluchten Spiegelschrankes an und schaffte es irgendwie, die Augen zu öffnen. Langsam gewöhnten sich ihre verkleisterten Augen an das grelle Licht. Ihr gefiel gar nicht, was sie dort zu sehen bekam. Klar, irgendetwas fand sie immer, das nicht ihren Vorstellungen entsprach, aber an diesem Morgen war es besonders schlimm.

Meine Güte. Was habe ich nur getan, dass das dabei herauskommt?

Ihre dunkelbraunen, fast schon schwarzen, schulterlangen Haare waren zu einem wirren Durcheinander von fettigen Strähnen verkommen. Einige Falten und dunkle Augenringe zogen ihre Aufmerksamkeit weg von ihren schönen braunen Augen mit den außergewöhnlich langen Wimpern. Ihr blasser Teint hatte etwas Kränkliches.

Das bedarf einer Grundsanierung. Ich muss wohl sämtliche Register ziehen. Erst einmal Haare waschen.

Palina war sich durchaus bewusst, dass sie nie eine Audrey Tautou gewesen war, aber dieser Anblick war selbst für eine Frau Anfang dreißig zu viel.

Wo kamen eigentlich diese Kopfschmerzen her?

Sie versuchte sich an den gestrigen Abend zu erinnern. Dann fiel es ihr wieder ein. Anton hatte Tina verlassen. Das hatte ein Krisentreffen mit den Mädels erfordert. Tina hatte Beistand benötigt. Es war ein Notfall gewesen.

5. KAPITEL

P alina hatte die überraschende Neuigkeit noch auf der Arbeit erfahren. »Es ist Schluss. Das Schwein ist weg«, hatte Tina in ihrer gemeinsamen Mädelsgruppe gepostet. Die Reaktionen waren danach im Sekundentakt eingeprasselt. An produktives Arbeiten war nicht mehr zu denken gewesen.

»Was für'n Arsch.«

»Heute Abend Tinis Küche.«

»Gehts dir gut, Süße?«

»Prosecco?«

»Nee, gibt doch nichts zu feiern. Pinot Grigio!«

»Der schlägt mir neuerdings immer so auf den Magen. Beaujolais?«

»Auch gut.«

»Ich mach noch schnell einen Salat.«

»Aber einen leichten. Ich bin auf Diät.«

»Klar. Ich auch.«

Als Palina nach Feierabend zu Tina ging, war es bereits wieder dunkel. Gerade war sie an den hohen Hecken der Vorgärten vorbei in den Zugangsweg eingebogen und noch ein gutes Stück von der Haustür entfernt, da hörte sie schon ›Männer sind Schweine‹ von den Ärzten aus der Mietwohnung im Parterre dröhnen. Sie erreichte die Haustür und klingelte. Es brauchte mehrere Versuche, bis ihr Klingeln bemerkt wurde und die Türverriegelung summte. Tinas Wohnungstür stand offen, ohne dass jemand in der Tür stand, um sie zu empfangen. Als sie eintrat, wurde ihr klar, warum. In der Küche war die Berichterstattung schon im vollen Gange. Natürlich wollte keine auch nur ein Wort verpassen. Palina legte ihre Sachen leise im Flur ab und lauschte aufmerksam, während sie durch die Küchentür linste und die Szene verfolgte. Tina stand, ein halb volles Weinglas in der Hand haltend, in der Mitte der Küche. Sie hatte sich mit dem Rücken zu Palina den Mädels am Küchentisch zugewandt, die gespannt ihre Ausführungen verfolgten.

»… und dann hat er sich doch tatsächlich so eine Schlampe in Wismar angelacht.« Tina beruhigte sich mit einem weiteren Schluck.

»Das Schwein!«, nuschelte Katja mit vollem Mund, während sie die nächste Praline anvisierte.

»Ich habe dir immer gesagt, es ist verdächtig, dass er so viele Überstunden in Wismar macht.« Michaela schob sich die Brille wieder hoch.

»Gerade er, der noch nie viel mit Arbeit im Sinn hatte. Überstunden. Dass ich nicht lache!« Katja schien sich noch schwerzutun, welche der Pralinen es als Nächstes werden sollte.

»Ein fauler Sack ist er. Ständig musste ich auf ihn einreden, damit er in die Pötte kommt.« Tina nahm einen weiteren Schluck.

Palina hatte inzwischen abgelegt und war zu Tina gegangen. Von hinten legte sie sanft beide Arme um Tina. Tina legte ihre freie Hand auf Palinas Arme vor ihrer Brust. »Palina! Endlich bist du da.« Tina drehte sich um, erwiderte die Umarmung mit dem freien Arm und gab Palina einen Kuss auf die Wange. »Setz dich. Hier ist ein Glas. Da ist der Wein. Da die Pralinen.«

»Ich habe auch noch Sechzigprozentige mit Orangenstücken und Siebzigprozentige mit Espressobohnen mitgebracht.« Palina begann, sich zum Grund ihres Rucksacks hinabzuwühlen.

»Prima, leg sie neben die Schokoladentarte von Kati. Die ist himmlisch. Die musst du unbedingt probieren. Ich brauche unbedingt dein Rezept, Kati.«

»Wollte Kati nicht den Salat machen?« Palina war nicht wirklich überrascht. Dafür kannten sie sich alle schon zu lange.

»Es ist ein Notfall!«, rechtfertigte sich Katja.

»Ihr habt schon die dritte Flasche angefangen?« *Das ist wirklich einmal ein Notfall*, dachte Palina.

»Du bist auch spät.«

»Es ist erst 19:15 Uhr!«

Auf diese Weise hatte sich der Abend fortgesetzt.

Es muss so gegen 2:00 Uhr morgens gewesen sein, als ich nach Hause gekommen bin, schätze Palina. *Und das ist nun die Quittung.* Sie begann ihre Spachtelarbeiten.

6. 

Leicht verspätet stand Palina auf dem U-Bahnsteig. Sie trug ihren langen, beaujolaisfarbenen Wollmantel und ihre Baskenmütze. Dazu hatte sie sich Fäustlinge und einen besonders breiten Schal selbst gestrickt, den sie trotz seiner Dicke bequem zweimal herumwickeln konnte und es dann immer noch für einen lockeren hübschen Knoten reichte. Manchmal bedauerte sie, dass der Farbton des Wollgarns marginal von dem des Mantels abwich, obwohl ihr eigentlich klar war, dass es kaum jemanden auffallen würde. Sie versuchte, ihr Gesicht so gut wie möglich mit dem Schal zu bedecken. Der eisige Wind schnitt in die ungeschützten Gesichtspartien und sie spürte, wie die Kälte langsam durch ihre Kleidung drang.

Der Bahnsteig befand sich auf einem erhöhten Bahndamm und bot kaum Schutz vor den Widrigkeiten des Wetters.

Warum musste ausgerechnet diese Bahnstation oberirdisch sein? Warum nicht unter der Erde, vor Wind und Wetter geschützt?

Palina blickte den Bahnsteig entlang. Alle Wartenden froren und ihre Stimmung ließ die Lockerheit und Gelassenheit vermissen, die sie im Sommer zeigten, wenn sie auf demselben Bahnsteig in der warmen Sonne standen und sich über das strahlende Blau des Himmels freuten. Unter ihnen entdeckte sie ihren Nachbarn Alex, der gedankenverloren auf seine Füße starrte. Etwas riss ihn aus seinen Gedanken und er blickte sich um. Als er sie entdeckt hatte, überlegte er kurz und schlenderte dann träge zu ihr herüber.

»Moin«, grüßte Alex und Palina glaubte, die Spur eines Lächelns in seinen Augen zu erkennen. Vielleicht hatten sich sogar seine Mundwinkel bewegt.

»M'n«, nuschelte Palina durch ihren Schal hindurch und sah erwartungsvoll mit großen Augen zu ihm auf. Im Gegensatz zu ihr benötigte er trotz der eisigen Kälte keine Mütze. Die roten Strähnen seiner schulterlangen Löwenmähne wehten wirr in alle Richtungen. Sein roter Dreitagebart war bestimmt nur einen Tag alt. Damit hatte sie ihn früher regelmäßig geneckt.

»Wie siehst du denn schon wieder aus? Kämm dich mal. Und rasieren könntest du dich auch wieder«, hatte sie ihn wie eine Mutter ermahnt.

Die ersten Male hatte er noch versucht, ihr zu erklären, dass sein Bartwuchs so stark war, dass er sich sogar nach einer gründlichen morgendlichen Rasur abends erneut rasieren müsste. Der Bart störte ihn zwar selbst, andererseits nervte ihn auch der Gedanke, seine Haut täglich zu quälen. Er hatte ihr das Gefühl anhand des Werbespots für Rasierwasser illustriert, in dem Flammen an Hals und Kinn loderten. Als Kompromiss rasierte er sich jeden zweiten Tag. Später hatte er einfach nicht mehr auf ihre Stichelei reagiert, und sie hatte irgendwann den Spaß daran verloren.

Alex' Körpergröße lag nur etwas über dem Durchschnitt. Ob sie ihn überragen würde, wenn sie ihre High Heels trug? Er trug einen grob gestrickten, dicken Wollpullover, dessen hoher Rollkragen unter seinem dunklen Wollmantel hervorschaute und ihm einen Schal ersparte. Im Laufe der Zeit hatten seine Stoppeln den Rand des Rollkragens aufgebürstet und ganz flauschig werden lassen. *Sein Bart muss die Qualitäten einer Drahtbürste haben.* Der körperbetont geschnittene Mantel stand ihm ziemlich gut, fand sie. Trotz der dicken Kleidung wirkte er sportlich schlank. Im Sommer sah sie ihn manchmal im Sport-Lycra, wenn er zum Laufen ging oder davon zurückkam. Dann wirkte sein Körper dünn. Seine Proportionen entsprachen eher denen eines Schwimmers als eines Läufers, weshalb seine ohnehin schon kräftigen Schultern im Verhältnis zur schmalen Hüfte noch breiter wirkten.

»Und wieder mal verspätet. Die bekommen es einfach nicht hin«, stöhnte Alex und vermittelte den Eindruck, die Welt hätte sich gegen ihn verschworen. Manchmal stellte sie sich vor, eine kleine unsichtbare Regenwolke schwebte nur über seinem Kopf. Um ihn herum konnte dann die Sonne scheinen, während er stumm im Regen und innerlich grummelnd mit seinem Schicksal haderte.

Palina zog ihren Schal ein Stück herunter und entblößte ihren Mund gerade genug, um ohne Nuscheln verstanden zu werden. »Es kommt ja auch jeden Morgen völlig überraschend, dass die Leute zur Arbeit fahren.«

»Ich bekomme bestimmt eine Erkältung. Dabei bin ich mitten in der Vorbereitung für den nächsten Wettkampf und kann es mir gar nicht leisten.«

»Du bist krank? Steck mich ja nicht an.«

»Noch nicht. Ich war seit Jahren nicht mehr krank. Ich warte nur darauf, dass es wieder so weit ist. Aber ich bin dein geringstes Problem. Gleich werden sich wieder alle dicht an dicht in das Zugabteil quetschen.«

»Hör bloß auf. Mir wird schon ganz anders, wenn ich nur daran denke, wie im Abteil die Keime herumschwirren. Einer hustet et voilà, schon sind fünf um ihn herum infiziert.« Palina spürte, wie sich ihre Nackenhaare aufstellten.

»Na ja, man könnte ja auch Fahrrad fahren.«

Palina riss die Augen auf. »Fahrrad fahren? Bei diesem Wetter? Ich frier' mir schon jetzt alles ab, obwohl ich hier nur stehe!«

»War nur ein Gedanke. Aber dann wär man auf lange Sicht gesünder. Nicht den Viren der anderen Fahrgäste ausgesetzt. Frische Luft. Das tägliche Training. Die Abhärtung durch das Wetter ...« Alex wusste, wie er sie piksen konnte, vermied es jedoch, Gewichtsabnahme anzusprechen. Er spürte wohl, dass sie da sensibel war.

»Oder es überleben einfach nur die Gesündesten. Nennt man auch survival of the fittest. Ohne mich. No sports.« Palina überlegte kurz. »Außerdem ist es ja auch Abhärtung, sich den Viren auszusetzen und dadurch das Immunsystem zu trainieren. Quasi eine Impfung for free.«

Palina bemerkte sein Grinsen. Sie kniff genervt die Augen zusammen und streckte ihm kaum sichtbar nur die Zungenspitze raus. Alex tat so, als hätte er nichts bemerkt, aber sie sah, wie sein Grinsen noch breiter wurde.

Kurz darauf kam die Bahn. Während sich Alex seinen Weg drängelnd in das völlig überfüllte Abteil bahnen musste, folgte ihm Palina einfach so dicht wie möglich, um im Sog der von ihm geschaffenen Bresche mitzuschwimmen. An einer freien Halteschlaufe angekommen drehte sich Alex um und blickte überrascht in das nur wenige Zentimeter entfernte, frech grinsende Gesicht von Palina. Er rollte genervt mit den Augen. Als sie ihn dafür knuffte, lächelte er kurz.

Direkt neben Palina nieste ein alter Mann. Er holte ein verklebtes Taschentuch aus seiner Manteltasche, versuchte eine saubere Stelle freizulegen und schnäuzte sich ausgiebig, bevor er es wieder zusammenknüllte und zurücksteckte. Entsetzen und Ekel spiegelten sich in den Gesichtern der Fahrgäste wider, die direkt neben ihm standen. Palina hätte es gerne vermieden, konnte jedoch paradoxerweise ihren Blick nicht abwenden.

Während Palinas Blick noch die Manteltasche fixierte, in der das Objekt des Grauens verborgen lag, kam Alex mit seinen Lippen ganz dicht an ihr Ohr. Sein Atem kitzelte sie sanft und ihr stieg ein Kribbeln vom Nacken zur Kopfhaut.

»Und? Wirkt die Impfung schon?«, hauchte er leise.

7. KAPITEL

Mit noch halb geschlossenen Augen trottete Mario Posnanski den Gang entlang zum Besprechungsraum. Es war schon lange her, dass die Wände in einer hellen Farbe gestrichen worden waren. Welche Farbe es genau gewesen war, konnte Mario nur noch erahnen. Er tippte auf eine Mischung aus Eierschalenweiß mit einer Spur von Mint. Einige Wandabschnitte hatten mittlerweile den Charakter von abstrakter Kunst angenommen. Es hätte ihn nicht überrascht, wenn er in der unteren Ecke einer besonders mitgenommenen Partie die Signatur eines Künstlers entdeckt hätte.

Es war an vielen Stellen gespart worden. Die billige Wandfarbe nahm mit Vorliebe das Blau nagelneuer Jeans auf und lies dann im Gegenzug einen hellen Schleier auf der Hose zurück. So schnell die helle Farbe Kleidungsstücken anhaftete, so schwer ließ sie sich wieder aus ihnen entfernen. Mario musste an Karin und ihre teure Designerjeans denken, die sie mithilfe eines Zweitjobs finanziert hatte. Als damals frisch gebackene Polizeikommissarin im gehobenen Dienst hatte sie wie viele Kollegen der Besoldungsgruppe A9 einen Zweitjob, um über die Runden zu kommen. Stolz hatte sie ihre neue Errungenschaft wie auf einem Laufsteg präsentiert. Strahlend kam sie damals auf die Kollegen zu, die sich dort nach einer Besprechung versammelt hatten und unterhielten. Fast jeder schaute zu ihr und sie genoss die Aufmerksamkeit. Mario stand damals in einem kleinen Pulk mit dem Rücken zu ihr und konnte sich nicht mehr daran erinnern, worüber sie so angeregt diskutiert hatten, als seine Gesprächspartner plötzlich ihre Blicke von ihm abwandten. Neugierig hatte er sich umgedreht und fast seinen Kaffee auf Karin geschüttet, die inzwischen direkt hinter ihm war. Dem Kaffeeschwall konnte Karin noch reaktionsschnell ausweichen, indem sie zur Seite sprang, schliff allerdings an der Wand entlang. Das Resultat war immer noch deutlich als der mit Abstand auffälligste Streifen erkennbar. Schmerzlich erinnerte er sich, wie sich ihre Wut an ihm entladen hatte.

In der bevorstehenden Adventszeit würde auch er wieder auf dem Weihnachtsmarkt arbeiten müssen, um seinem Sohn die heiß ersehnte Spielkonsole unter den Baum legen zu können. Und es war sinnlos, ihm lediglich die Konsole zu schenken, auch wenn sich bereits ihr Preis am oberen Ende des finanziellen Rahmens befand. Was konnte sein Spross damit schon ohne ein Spiel anfangen? Anstarren? Das Spiel der Begierde war das, was die Klassenkameraden spielten, und es war nicht nur eins der teuersten auf dem Markt, sondern benötigte zudem auch noch einen speziellen Controller, ohne den »man das Spiel gar nicht erst spielen braucht« und den »Boris und Holger auch haben«. Wer die beiden auch immer waren. Er kannte kaum Freunde seines Sohnes. Wie auch, wenn er seine beiden Kinder nur alle zwei Wochen am Wochenende zu sehen bekam? Und für seine Tochter brauchte er Geschenke der gleichen Preiskategorie. Ansonsten wäre er mindestens über die Feiertage dem ständigen Vorwurf ausgesetzt, ein Kind zu bevorzugen. Das wollte er sich nicht noch einmal antun. Nicht noch einmal.

Er seufzte, als er an die kommenden Abende dachte, die er in der Kälte hinter der Glühweintheke verbringen musste. Einige Kunden würden seine Geduld sicher wieder auf eine harte Probe stellen, weil sie »schon seit Stunden warten«, »der Glühwein übergeschwappt ist«, dieser schmeckt »wie vom Billigdiscounter aus dem Tetrapak« – was eine nicht ganz unberechtigte Feststellung war – und »sie so einen Dreck niemals trinken würden«.

»Wenn ihr so einen Dreck tatsächlich niemals getrunken habt, woher habt ihr dann den Erfahrungswert, der den Vergleich erst ermöglicht?«, hatte er eine pöbelnde Gruppe von Schlipsträgern gefragt. Das hatte ihn letztes Jahr den Job gekostet.

Seinen Gedanken nachhängend bog er in den großen Besprechungsraum ein. Da die Klimaanlage des Raums defekt war und sich die Luft schnell verbrauchte, stand die Tür immer offen. Vorsichtig nahm er einen Schluck aus seinem dampfenden Kaffeebecher und konzentrierte sich darauf, nicht zu kleckern. Als er vom Becher aufblickte, durchdrang ihn der genervte Blick des Ersten Kriminalhauptkommissars, der gerade mitten in der Morgenbesprechung war. Mehrere Kollegen drehten sich zu ihm um und grinsten ihn an.

Das wird ja wieder eine Woche ...

Er sah, wie René, ohne sich umzudrehen, auf den freien Platz neben sich wies. Mario bahnte sich leise einen Weg durch die eng gestellten Stuhlreihen.

»... und Herr Posnanski übernimmt die Arbeit am Tatort. Peter, du bringst dein Team gleich im Anschluss auf Stand.«

Und wieder einer der Skatkumpel vom Ersten. Scheiß Kumpelei. Marios Stimmung verfinsterte sich zu dunklem Anthrazit. *Ab zwölf heißt es bei denen doch immer »18, 20, 2 ...«* Äußerlich ließ sich Mario nichts anmerken.

Nachdem er sich gesetzt hatte, legte ihm René kurz die Hand auf die Schulter. *Na, wenigstens einer, der mich versteht.*

8. 

D ie Besprechung schleppte sich dahin und wirkte einschläfernd. Mario fühlte sich in seine Schulzeit zurückversetzt, in der er den Geschichtsunterricht mit ähnlicher Begeisterung abgesessen hatte. Damals hatte er gedacht, dass nur Langweiler Geschichtslehrer wurden und das zwangsläufig auf die Weise abfärbte, wie sie den Unterrichtsstoff vermittelten. Aber dann hatte er tatsächlich einmal einen Geschichtslehrer, der nicht in das Klischee passte, und auch dieser schaffte es nicht, ihm den drögen Stoff schmackhaft zu machen. Vielleicht verhielt es sich bei den Morgenbesprechungen ähnlich. Selbst mit einem Ersten, der ihm zusagte, würde er sich immer noch maßlos langweilen und es für sinnlose Zeitverschwendung halten.

Vor sich hinphilosophierend spürte er, wie ihm eine Hand auf die Schulter gelegt wurde und ihn aus seinen Gedanken riss. René war bereits aufgestanden.

»Na, Träumerle. Noch schnell einen Kaffee, bevor eure Teambesprechung beginnt?«

»Du bist nicht im Team?«

»Nein, ich bin bei der zerstückelten Prosti. Hast du überhaupt etwas mitbekommen?«

Mario antwortete mit einem Grinsen.

»Na, das ist doch schön, dass du noch lachen kannst, wo euer Team doch aufgrund Personalmangels unterbesetzt ist und die ganze Arbeit an dir hängen bleiben wird.« Nun lächelte René.

»Herr Posnanski, bitte zur Teambesprechung in mein Büro«, hörte er im Hintergrund Hauptkommissar Peter Petersen rufen.

»Wird wohl nichts mit dem Kaffee«, bemerkte René. »Lass dich nicht ärgern.«

Besprechung in seinem Büro und nicht in einem der kleinen Besprechungs-
räume? Dann muss es wirklich ein kleines Ermittlungsteam sein. Na, das kann
was werden. Gemächlich machte sich Mario auf den Weg in das kleine Büro
am Ende des Ganges direkt neben der Glastür, die ständig so laut zuknallte.
Es gab wohl nur zwei Einstellungen: ›schließt gar nicht‹ und ›knallt‹. Der
Gebäudeservice hatte sich schon unzählige Male vergeblich daran versucht.
Nun lebte man damit, dass sie in der warmen Jahreshälfte auf ›schließt gar
nicht‹ und in der kalten auf ›knallt‹ eingestellt wurde.

»Schließ bitte die Tür hinter dir, Mario. Wir sind vollzählig.«

Mario staunte nicht schlecht. Das war wohl der personelle Tiefpunkt. Es
waren nur Petersen und Matthias Schützer anwesend. Schützer war ein
netter Kerl, aber keine große Hilfe draußen an der Front. In seinem ersten
Jahr hatte er es doch tatsächlich geschafft, sich gleich drei Kugeln einzufangen und wurde seitdem nur noch im Innendienst eingesetzt. Eine der
Kugeln hatte er sich beim Reinigen seiner Dienstwaffe selbst verpasst.
Immerhin hatte er keinen seiner Kollegen verletzt und nur eine Narbe ohne
bleibende Schäden davongetragen. Allerdings hatten die beiden anderen
Kugeln, die er sich bei Einsätzen eingefangen hatte, sein linkes Knie und
sein rechtes Fußgelenk zertrümmert. Das warf die nicht ganz unberechtigte
Frage auf, ob er nicht von vornherein zum Außendienst ungeeignet gewe-
sen war und es wirklich erst dreier Kugeln bedurft hatte, um zu dieser
Erkenntnis zu gelangen.

»Matthias macht den Aktenführer, du die Ermittlungen am Tatort und
ich übernehme – zusätzlich zu meinen anderen Aufgaben – die Leitung«,
eröffnete Petersen, während er hinter seinem Schreibtisch sitzend Finger-
übungen mit einem abgegriffenen Kartenspiel machte.

Warum überrascht mich das irgendwie nicht? Mario nahm sein Schicksal
stoisch hin und harrte der Hiobsbotschaften, die zweifellos folgen würden.

»Der Fall ist ein bisschen kniffelig.« Petersen schaute nachdenklich an
die Decke. »Zum einen war das Opfer anscheinend recht hoch aufgehängt
und zum anderen fand die Tat in der Nähe von Personen mit guten Verbindungen zum Senat statt. Unser Erster hatte heute früh schon einen Anruf
von unserem Innensenator – der Flachpfeife.«

»Haben wir nicht gehört.« Mario grinste. Menschlich gesehen mochte er
Petersen.

»Habe ich auch nie gesagt.« Petersen lächelte zurück und zwinkerte Mario zu, bevor er seinen Blick wieder gen Decke richtete. »Zum anderen sind die Tatumstände ein bisschen verwirrend.«

»Könnte ja sonst jeder«, merkte Mario mit einem Hauch Selbstmitleid in der Stimme an.

»Genau! Deshalb setzen wir ja auch unsere Besten ein.«

»Kommt doch noch jemand?«

Petersen ging schmunzelnd darüber hinweg. »Zuerst sah alles nach einem gewöhnlichen Herzinfarkt aus. Manager fortgeschrittenen Alters kommt aus einer Besprechung, sein Körper wird mit dem beruflichen Stress nicht mehr fertig, Herzinfarkt und finito.«

»Es könnte so einfach sein.«

»Nur, dass sich die Rechtsmedizin inzwischen gemeldet hat. ›Schäden, die sich nicht mit dem Bild eines Herzinfarkts oder eines anderen natürlichen Todes in Einklang bringen lassen‹.«

»Und was war es?«

»Nun wird es spannend: Das wissen sie auch noch nicht.«

»Das heißt, die Rechtsmedizin braucht noch Zeit. Wer macht es?«

»Es ist doch noch ein wenig interessanter.« Petersen legte eine kurze Pause ein, bevor er weitersprach. »Wenn ich es richtig verstanden habe, stehen sie dort gerade zu viert um den Sektionstisch und grübeln. Es gibt keinerlei Zeichen äußerer Gewalt, obwohl die inneren Verletzungen nicht ohne äußere Einwirkungen zu erklären sind.«

»Ich bin verwirrt.«

»Da befindest du dich in guter Gesellschaft.« Petersen lächelte väterlich. »Und um die Spannung noch zu steigern, ist der Tatort aus Sicht der Spurensicherung mehr als verunreinigt.«

»Klar. Der Notarzt vermutete einen Herzinfarkt und versuchte alles, um das Leben noch zu retten. Die NAW Besatzung sah keinen Anlass, Spuren zu bewahren, sondern machte sich so richtig schön mit ihren medizinischen Geräten breit.«

»Und alles passierte direkt vor einem stark frequentierten Hotelaufzug. Die Kriminaltechnik versucht zu sichern, was an verwertbaren Spuren zu sichern ist. Hat aber schon signalisiert, dass wir uns nicht viel Hoffnung machen sollten.«

»Ich fahr mal hin. Vielleicht gibt es Aufzeichnungen von Überwachungskameras.«

»Genau das wollte ich gerade vorschlagen. Es gibt keine Tatzeugen, nur Ersthelfer, die das potenzielle Opfer fanden, als es gerade zusammenbrach. Du machst das schon.«

Matthias hob seinen Finger. Mario und Petersen schauten ihn erwartungsvoll an.

»Ich habe bereits das Hotel angerufen und gebeten, keinerlei Aufzeichnungen zu löschen, bis wir sie gesichtet haben. Die vorgeschriebene Aufbewahrungszeit von 36 Stunden wurde zwar überschritten, allerdings haben wir Glück. Es werden keine Bänder mehr verwendet, die zyklisch überschrieben werden, sondern alles digital auf Festplatten gespeichert. Und da kann man sich längere Löschzyklen erlauben.«

»Sehr gut.«

»Super.« Mario freute sich, war schon halb aufgestanden und im Gedanken auf dem Weg zum Hotel.

»Wäre da noch die zweite Leiche«, fügte Petersen ruhig hinzu.

»Welche zweite Leiche?« Mario verharrte im Aufstehen.

»Nicht so ungeduldig.« Mit einem Senken seiner flachen Hand unterstrich Petersen seine Worte.

Mario ließ sich wieder auf den Stuhl sinken und ignorierte Matthias' und Petersens Grinsen.

»Rein zufällig starb ein weiterer Mann, keine 20 Meter vom Tatort entfernt. Höchstwahrscheinlich zum gleichen Zeitpunkt.«

»Komischer Zufall. Woran?«

»Es sieht nach natürlichem Tod aus.«

»So natürlich wie der andere?«

»Nee, natürlicher. Die chemischen Analysen laufen noch, aber bis auf die äußeren Umstände sieht es zurzeit nach Altersschwäche aus.«

»Möglich ist alles. Aber hat schon ein Geschmäckle.« Mario hatte ein ungutes Gefühl. »Noch irgendetwas, was ich wissen sollte? Eine dritte Leiche?«

Petersen lächelte. »Der Fall ist dir wohl zu einfach. Dann musst du uns ja nur noch die Auflösung mitteilen, den Bericht schreiben und wir können in den wohlverdienten Feierabend gehen.«

Mario rollte mit den Augen. »Erst Hotel und dann Rechtsmedizin.«

»Gute Idee. Viel Erfolg.«

9. KAPITEL

Mario hatte sich ein Fahrzeug aus dem Fuhrpark besorgt. Die neuen zivilen Dienstwagen waren bereits vergeben, doch er verstand nicht, wieso sich seine Kollegen so darauf stürzten. So viel besser ausgestattet waren die auch nicht. Einige Kollegen reservierten ihre Lieblinge sogar schon vor den Besprechungen auf Verdacht. Er sah das entspannter. Wilde Verfolgungsjagden lagen nicht an und er wollte nur zuverlässig von A nach B kommen. Ein altes Modell genügte ihm vollauf. Falls ein Kratzer dazukam, interessierte das niemanden und ersparte ihm das Erstellen eines Schadensberichts.

Gelassen surfte er den hektischen Verkehrsstrom Hamburgs. Die Gegend um den Tatort kannte er seit seiner Kindheit. Das Hotel befand sich in einem Park, in dessen Mitte ein großer Hügel lag. Als Kinder hatten sie sich dort zum Skateboarden oder bei Schnee zum Schlittenfahren getroffen. Seine Leidenschaft galt aber dem Skateboard. Damals hatte er den älteren Jungs beim Downhill zugesehen und selbst seine ersten üblen Stürze einstecken müssen. Ab und zu kam er noch aus nostalgischen Gründen in den Park. Dann fuhr er mit seinen alten Weggefährten ein paar Drifts auf aktuellen Longboards und sie hingen bei ein paar Bierchen miteinander ab. Es war kein anspruchsvoller Spot, eher für Anfänger geeignet und weit unter dem Niveau, das sie inzwischen erreicht hatten. Aber wenn sie sich dort trafen, spielte es gar keine Rolle, wie lange sie sich nicht mehr gesehen hatten und wohin sie das Leben inzwischen verschlagen hatte. Als wären die Jahre nicht vergangen, und ohne dass es irgendwelcher Worte bedurfte, war dieses vertraute Gefühl der Verbundenheit sofort wieder da.

Mario fuhr über die vertraute Straßenkreuzung. Kopfschüttelnd bemerkte er, dass die Stadtplaner einmal mehr die Verkehrsführung veränderten. Im Laufe der letzten Jahrzehnte war sie in diesem Viertel so häufig vereinfacht worden, dass sie nun eine Komplexität erreicht hatte, die selbst

Anwohner verwirrte. Spontane Sperrungen und Umleitungen während der vielen Bauphasen machten es noch abenteuerlicher, den richtigen Weg an das gewünschte Ziel zu finden.

Hmm, wunderte er sich, als ihm massive Betonelemente unmissverständlich ans Herz legten, links abzubiegen. Naiverweise hatte er angenommen, die Fahrspur mit dem geraden Pfeil würde ihn auch geradeaus über die Kreuzung führen. Er schaute in den Rückspiegel und sah, wie die Fahrerin hinter ihm ihrer Frustration mit Schimpftiraden Luft machte. Mitfühlend sah er sie an. *Entspann dich. Es bringt nichts.* Nachdem er eine zusätzliche Runde gedreht hatte, ordnete er sich um eine Erkenntnis reicher in der Spur mit dem nach rechts weisenden Pfeil ein. So querte er erfolgreich die Kreuzung, während er den Fahrern zu seiner Linken mitfühlend zunickte.

Während er langsam durch das Viertel fuhr, wurden Erinnerungen an lang zurückliegende Erlebnisse geweckt. Fremde konnten vermutlich nicht nachvollziehen, was ihn mit dieser eher heruntergekommenen Gegend verband. Auf der rechten Seite befanden sich winzige Falafel-Imbisse, bei denen er bis heute nicht sagen konnte, welcher der beste war. Es folgten rustikale Restaurants, Szene-Kneipen und sein ehemaliger türkischer Friseur, bei dem einem wartenden Kunden noch ein Glas gesüßter Tee serviert und der Haarschnitt zum Abschluss mit Rasiermesser und Flamme vollendet wurde. Auf dem Bord unter dem Spiegel bahnte sich gelegentlich eine kapitale Schabe ihren Weg vorbei an der Unzahl von Fläschchen, Dosen und Arbeitsutensilien. An einem heißen Sommertag hatte er vom Friseurstuhl aus beobachten können, wie eine zierliche Zivilfahnderin mit einem der Drogendealer rang, der verzweifelt versuchte, das Anlegen der Handschellen zu verhindern. Während Mario die Haare geschnitten wurden, hatte sich eine Traube von Passanten um das Spektakel herum versammelt, die keinerlei Anstalten machten, der Beamtin zu helfen, sondern den Dealer anfeuerten.

»Run, buddy, run«, hatte ein dürrer Mann mit für sein Alter überraschend wenig Zähnen gebrüllt.

»Zeigen Sie erst mal Ihre Dienstmarke«, war aus einer anderen Ecke des Pulks gefordert worden. Er war damals noch ein Junge gewesen und hatte sich nicht getraut, selbst einzugreifen. Um so mehr hatte er die Courage der Zivilfahnderin bewundert.

Mario bog zwischen einem Fußballplatz und einem Bahnhof in die Seitenstraße ein, die zum Hoteleingang am Rande des Parks führte. Da er sich nie merken konnte, welche der beiden Garageneinfahrten zu welcher Parkebene des Hotels führte, nahm er einfach die rechte. Direkt neben der Sprechanlage haltend, drückte er die Sprechtaste.

»Posnanski. Kripo. Ich bin angemeldet.«

»Guten Tag Herr Posnanski. Wir wurden bereits über Ihren Besuch informiert. Bitte warten Sie, ich öffne sofort das Tor. Kennen Sie den Weg oder soll ich ihn Ihnen beschreiben?«

»Nicht nötig. Wäre ziemlich besorgniserregend, wenn der ermittelnde Kriminalkommissar nicht einmal den Weg von der Garage zum Empfang finden würde, oder?«

»Hmm, ja. Da haben Sie wohl recht.«

Mario meinte, hinter dem Rauschen der Sprechanlage ein verlegenes Lachen zu hören. *Vielleicht bin ich etwas zu ruppig rübergekommen*, dachte er sich. Dabei hatte er nur locker auftreten wollen. Mit einem Ruck begann das Tor nach oben zu fahren. Einen Moment später hatte es sich bereits weit genug geöffnet, dass er hindurchfahren konnte.

Kurz nachdem er den Wagen geparkt hatte, stand er am Empfang. Während die Dame hinter dem Tresen einen Gast bediente, lehnte er sich entspannt gegen eine Säule und ließ den Blick schweifen. Zu den großen gotischen Bögen im Gang passte eher ein hinterrücks ausgeführter Mord per Dolchstoß oder eine Enthauptung mit einem rostigen, stumpfen Schwert. Das wäre stilecht gewesen und hätte zudem die Ermittlungen deutlich vereinfacht.

»Herr Posnanski?«, riss ihn die freundlich lächelnde Empfangsdame aus seinen Fantasien.

»Anwesend.« Sie lächelte trotz des schon arg abgenutzten Kalauers.

Dienstleistungsprofi. Es war ihm ein bisschen unangenehm.

»Ihre Kollegen finden Sie den Gang entlang. Einmal in dem Raum, der am Ende links abgeht und dann gegenüber durch den Bogen, finden Sie unser Kolosseum …«

»Danke. Ich kenne mich hier ein bisschen aus.« Die Dame guckte erstaunt. Er war hier schon einmal zum Brunch und auch in der Bar gewesen. Das Ambiente hatte seine damalige Flamme sehr beeindruckt. Aber das konnte die Empfangsdame nicht wissen. Er schmunzelte innerlich.

»Haben Sie inzwischen die Videoaufzeichnungen der Überwachungskameras für mich?«

»Ja, wir haben Ihnen eine Kopie aller gewünschten Aufnahmen auf einen USB-Stick gespielt. Unser Sicherheitspersonal meinte allerdings, dass darauf nicht viel zu erkennen sei.« Sie kramte unter dem Tresen und fischte einen kleinen Karton hervor.

»Machen Sie sich da keine Sorgen. Wir haben hervorragende Spezialisten, die eine Menge finden, was dem ungeschulten Auge verborgen bleibt.« Er lächelte sie lässig an, während er an Matthias dachte, dessen Arbeitsplatzrechner gerade vor einer Woche zu rauchen begonnen hatte und sogar kurz eine kleine Flamme zu sehen gewesen war. Zu Matthias' Entlastung war anzumerken, dass er zu dem Zeitpunkt in einer Besprechung gewesen war. Die Techniker hatten nicht die Spur einer Ahnung, wie das passieren konnte, konnten sich aber auch nicht dem Argument entziehen, dass es offensichtlich geschehen war. »Löschen Sie die Originalaufnahmen bitte nicht, bevor wir grünes Licht gegeben haben. Und selbstverständlich dürfen diese Aufnahmen weder weitergegeben noch betrachtet werden. Ok?«

»Noch nicht einmal von unserem Sicherheitspersonal?«

»Von niemandem. Es könnte sogenanntes Täterwissen enthalten und es würde unsere Ermittlungen erschweren, wenn es verbreitet wird.«

»Verstehe. Selbstverständlich. Ich werde es weitergeben.« Sie schaute ihn erstaunt an.

»Vielen Dank. Sie helfen den Ermittlungen wirklich sehr.« Er schaute ihr tief in die Augen und lächelte gewinnend.

Sie strahlte ihn an. »Sehr gerne.«

Als er am ersten Raum angekommen war und die Glastür öffnete, schaute eine Frau im weißen Papieroverall hoch. Die Kapuze hatte sie sich bereits in den Nacken geschoben und die Handschuhe ausgezogen, aber die übergroßen Plastiküberzieher noch an den Füßen. Sie saß in einem Sessel und beschäftigte sich mit ihrem Tablet.

»Haben sich die Herrschaften auch schon bequemt? Meine Kollegen sind schon alle weg.«

Mario meinte in ihren Augen ein konfrontationslustiges Funkeln zu erkennen.

»Das kurze Streichholz gezogen?« Süffisant grinste er zurück.

Sie schien kurz zu überlegen, atmete dann aber nur einmal kaum merklich tiefer ein. »Der Mann saß in diesem Sessel.« Sie deutete zu dem Sessel, der sich ihr gegenüber befand. »Nichts Auffälliges. Keine äußerlichen Anzeichen. Bisher keine verwertbaren Spuren. Fingerabdrücke und Haarproben der NAW Besatzung und Ersthelfer haben wir zum Ausschluss genommen. Aber offen gesagt: Ich würde nicht zu viel erwarten.«

»Na, hoffen wir einmal, dass wir noch positiv überrascht werden.«

Er schaute sich um und ließ den Raum auf sich wirken. *Nettes Ambiente. Gemütlich.* »Fotos von Position und Lage des Toten haben wir wahrscheinlich nicht, oder?«

»Von uns jedenfalls nicht. Wie auch, wenn wir erst gerufen werden, wenn schon alles aufgeräumt wurde.« Sie seufzte, stand auf und kam zu ihm rüber.

»Sag nicht, das Hotel hat sofort gereinigt, nachdem der Tote abtransportiert wurde.«

Sie grinste ihn vielsagend an.

Er rollte mit den Augen. »Na ja, wenn der Notarzt schon einen natürlichen Tod festgestellt hat, kann man es ihnen auch nicht übel nehmen. Und der andere?«

Sie deutete mit einer Geste gen Tür.

Mario sprang zur Tür und hielt sie ihr auf, während er sich höflich vorbeugte und seinen Arm theatralisch in einem Bogen schwang.

»Na, geht doch«, entgegnete sie, seine ironische Übertreibung ignorierend.

Sie führte ihn durch den gegenüberliegenden Bogen zur Wendeltreppe im Kolosseum. Ohne zu zögern ignorierte sie den Fahrstuhl und stieg stattdessen die Stufen hinauf.

»Jeder Gang macht schlank«, bemerkte Mario.

Es war ihr nicht anzumerken, ob sie den Kommentar bemerkt hatte.

Im ersten Stock deutete sie auf den Bereich vor der Fahrstuhltür. »Tata.«

»Schön sauber. Ich bin begeistert.« Er blickte sich um und versuchte sich ein Bild von einem möglichen Tathergang zu verschaffen.

»Und? Schon bahnbrechende Erkenntnisse?« Mit müdem Blick zog sie leicht eine Augenbraue hoch.

»Ja«, antwortete er, während er in die Höhe schaute.

Erstaunt weiteten sich ihre Augen. »Aha. Und was?«

Beiläufig einen imaginären Punkt am oberen Ende des Innenraums fixierend, bemerkte er: »Du liebst mich nicht mehr so wie früher.«

10. KAPITEL

Es war bereits früher Nachmittag, als Mario zur Rechtsmedizin fuhr. Er verspürte ein angenehmes Sättigungsgefühl und leichte Schläfrigkeit kam in ihm auf. Dieses Mal hatte er sich für den ägyptischen Falafel-Laden entschieden, bei dem außer den üblichen Salatstreifen und Gemüsewürfeln auch Pellkartoffelstückchen zum Topping gehörten. Als Soße hatte er heute Knoblauch-Joghurt gewählt. Sein Atem würde zwischen den intensiven Gerüchen von Formaldehyd und Leichen kaum auffallen. Anstatt vorm Universitätskrankenhaus zu parken, durch den Haupteingang und an der Not-Ambulanz vorbei über das ganze Gelände zu laufen, wählte er einen kaum frequentierten Seiteneingang in unmittelbarer Nähe zur Abteilung. Dort parkte er in einer Seitenstraße.

Schon als er die Treppe zu den Kellerräumen hinabstieg, kam ihm der markante Geruch entgegen. Man hätte ihn mit verbundenen Augen hierhin führen können und er hätte sofort gewusst, wo er sich befand. Auf dem künstlich beleuchteten Gang kam ihm einer der Sektionsassistenten entgegen.

»Moin. Stein?«

»Moin. Hinten.«

»Wo hinten?«

»Eins.«

Mario konnte sich nicht an den Namen des bulligen Sektionsassistenten erinnern. Ursprünglich war der Riese mit dem tätowierten Hals gelernter Schlachter gewesen, hatte dann aber vor einem guten Jahrzehnt hier als Quereinsteiger begonnen. *Giselher*, jetzt war ihm der Name wieder eingefallen.

»Danke, Giselher«, fügte er noch schnell hinzu, als sie bereits aneinander vorbeigegangen waren.

»Da nich' für.«

Dr. Stein hatte einmal nebenbei fallen lassen, dass Giselher ganz ausgezeichnete Arbeit leistete. »Schön saubere, geradezu künstlerische Nähte. Trotzdem schnelle und effiziente Arbeit. Eigentlich müssten alle unsere Studenten erst einmal ein Pflichtpraktikum bei ihm absolvieren.«

Mario betrat den Durchgangsraum, hängte seine Winterjacke weg und schnappte sich einen Kittel von den Haltern an der Wand. Aus den Kartons auf den niedrigen Seitenschränken nahm er sich einen Mundschutz und Handschuhe. Noch mit der Schleife hinterm Rücken kämpfend, ging er schon weiter zu den Sälen.

»Moin Dr. Stein.«

»Moin Herr Posnanski.« Die Leiche lag auf dem hinteren Tisch, während der zierliche Mann im vorderen Bereich vor einem Monitor saß.

»Ah, Sie sehen schon fern. Dann haben Sie das Rätsel ja inzwischen gelöst.«

Stein lächelte nur müde. »Ja, ich sehe mir gerade in den Nachrichten die Meldungen über den von Ihnen erfolgreich aufgeklärten Fall an.«

»Welche Nachrichten?«

»Welcher Erfolg?« Stein nahm sich eine Käsestulle vom Teller neben dem Monitor und biss genüsslich davon ab. Er trug noch die hellblauen Handschuhe, was ihn allerdings nicht im Geringsten zu stören schien. Abwartend sah er Mario an.

Mario mochte die unaufgeregte Art von Dr. Stein.

»Haben Sie eigentlich keine Angst vor Infektionen, wenn Sie hier essen?«

»Ich denke, dass eine Ansteckungsgefahr das geringste Problem meines Patienten ist. Bisher hat mich jedenfalls noch keiner meiner Patienten wegen eines Behandlungsfehlers verklagt.« Dr. Stein ruhte in sich selbst.

»Ich dachte dabei mehr an Sie.«

»Unwahrscheinlich. Ich habe das Brot zu Hause belegt, nicht auf der Leiche. Kommen Sie mal her und schauen sich das hier einmal an.«

Mario kam näher und blickte auf den Monitor. Dr. Stein deutete beiläufig auf einen Bildausschnitt, während er erneut von seiner Stulle abbiss und kaute.

»Was sehe ich?«

»Eine Probe der Zellen des Herzmuskels des Toten.«

»Was sagt mir das?«

»Ihnen fallen sofort die zerstörten Zellwände der Muskelzellen und der bindegewebigen Hüllen auf.«

»Tun sie das?«

»Ja. Und Sie schließen sofort auf …«

»Keine Ahnung, aber bei einem Messerstich oder einem Schuss würde ich wohl nicht ins Mikroskop schauen.«

»Sehr gut bemerkt.« Dr. Stein wurde lebhafter. »Wir haben keine äußeren Verletzungen und keinerlei Anzeichen von stumpfer oder spitzer Gewalt. Zum Vergleich: So sieht ein intakter Muskel aus.« Er drückte eine Taste und das Bild änderte sich.

»Schön marmoriertes Muster. Auch unter dem Mikroskop. Kann ich das andere noch einmal sehen?«

»Aber gerne.« Dr. Stein drückte wieder eine Taste.

»Ja, verstehe. Jetzt weiß ich, was ich eben sofort erkannt habe.« Beide schmunzelten sich an. »Und wie ist das passiert?«

Nachdenklich atmete Dr. Stein ein. »Das ist eine wirklich gute Frage. Darüber rätseln wir auch noch. Ich kann Ihnen lediglich sicher sagen, dass die Herzmuskulatur zu einem wesentlichen Anteil – wesentlich genug, um zum Tode zu führen – denaturiert wurde. Die Art der Zellveränderung lässt als Ursache eigentlich nur eine starke Hitzeeinwirkung zu.«

Mario schaute ihn mit großen Augen an.

»Ja, uns geht es genauso. Denn bemerkenswerterweise wurde ausschließlich das Herz in Mitleidenschaft gezogen und wir haben nicht den geringsten Hinweis auf irgendwelche Schäden irgendeiner Art im umgebenden Gewebe oder den benachbarten Organen finden können. Die Hitze war also lokal auf einen relativ kleinen Bereich begrenzt. Zudem war sie nicht übertrieben stark.«

»Sonst hätten wir so 'was wie Verkohlungen, oder?«

»Im Prinzip genau richtig. Mehr als für die Denaturierung mindestens nötig, weniger als für eine Verkohlung. Auf keinen Fall natürlich.« Dr. Stein strahlte Mario an.

»Aber wie …?«

»Wir haben nicht den leisesten Schimmer. Ich habe mich bereits mit meinen Kollegen besprochen. Sehr interessant – so weit sind wir uns schon einmal einig. Wir haben das alle einmal als Hausaufgabe mit nach Hause genommen und werden uns umhören. Sie können sicher sein, dass auch wir sehr neugierig sind.«

»So gar keine Idee? Ist das aus großer Distanz möglich oder nur aus kurzer?«

»Wie gesagt, wir wissen nicht ›wie‹. Erst wenn wir das wissen, können wir auch diese Fragen beantworten. Momentan ist das Nächstliegende, was infrage kommen könnte, so etwas wie die Mikrowellenablation ...«

»Klar. Mikrowellenablation. Wollte ich auch schon sagen.«

Dr. Stein sah Mario mahnend an und fuhr fort: »Aber um die Mikrowellen und damit die Hitze so gezielt und lokal begrenzt in das Herz zu bekommen, müsste man ihm vorher eine Einstechsonde appliziert haben, was wiederum eine Einstichwunde zur Folge hätte.«

»Und die gibt es nicht. Schon verstanden. Zudem ist das wohl kaum unauffällig und ohne Gegenwehr möglich. Das nötige Gerät wird auch nicht gerade leicht zu verstecken sein.«

»Genauso ist es.«

»Das war der Tote vor dem Fahrstuhl?«

»Das war der Tote vor dem Fahrstuhl.« Dr. Stein nickte.

»Und der andere? Der aus dem Ruheraum?«

»Bisher natürlicher Tod. Keinerlei Anzeichen, die etwas anderes vermuten lassen. Allerdings steht der toxikologische Befund noch aus.«

»Also Altersschwäche? Herzinfarkt? Schlaganfall?«

»Es sieht so aus, als hätte das Herz einfach aufgehört zu schlagen. Bemerkenswert für einen Mann, der sich schätzungsweise in seinen Dreißigern befindet.«

11. KAPITEL

ie Adventszeit hatte begonnen. Sie war wieder einmal mit Tasks überschüttet worden und hatte sogar zwei Überstunden machen müssen. Aber es war für Palina nur wieder ein weiterer monotoner und langweiliger Arbeitstag gewesen, durch den sie sich gequält hatte. Ihr Chef, Jan, hatte einmal mehr sein Talent bewiesen, sich bei einem Thema als fachkundig darzustellen, von dem er nicht die Spur einer Ahnung hatte. Es war das übliche Blenden unter Managern gewesen. Zu seinem Erstaunen war er derart überzeugend gewesen, dass seine Expertise nun vom Top-Management konkret angefordert wurde. *Dumm gelaufen*, hatte sich Palina gedacht, als er ihr davon berichtet hatte. Statt sich selbst einzuarbeiten, überließ Jan ihr die Aufgabe, das Thema für ihn auszuarbeiten. Nachdem sie dafür ihre Mittagspause geopfert hatte, stellte sich heraus, dass es für Jan immer noch zu komplex war. Also hatte sie noch eine Zusammenfassung und einen Glossar der Buzz Words schreiben müssen, die er souverän einstreuen könnte. Das würde reichen, um vor dem Top-Management zu glänzen. Ohne ihre Arbeit wäre ihr Chef noch nicht einmal in der Lage gewesen, überhaupt als Zuhörer an der Veranstaltung teilzunehmen. Doch Palina ärgerte sich schon lange nicht mehr über solche Aufgaben. Sie hatte sich mit der Situation arrangiert. Was blieb ihr auch anderes übrig?

Nun war endlich Feierabend. Palina lehnte sich entspannt in ihrem Bürostuhl zurück und genoss ihren Tee. Gedankenverloren drehte sie sich auf dem Stuhl hin und her. Jan hatte ihr diesen edlen Ledersessel letztes Jahr organisiert. Sie erinnerte sich noch genau. Damals hatte er ihr verkündet, dass die ihr schon zugesagte Gehaltserhöhung leider aufgrund von notwendigen Sparmaßnahmen ausfallen musste. Sie sollte das nicht persönlich nehmen. Es würde allen so gehen. Über den Flurfunk hatte sich später herausgestellt, dass ein paar Kollegen durchaus Gehaltserhöhungen bekommen hatten. Der Unmut in der Kaffeeküche war groß gewesen, als herauskam, dass unter den Profiteuren einige faule Socken waren, obwohl engagierte Leistungsträger leer ausgingen. Spontan hatte sich in der Küche eine inoffizielle Untersuchungskommission gebildet, die herausfand, dass man die Gehaltserhöhungen einfach in alphabetischer Reihenfolge der Nachnamen bewilligt hatte, bis das Restbudget ausgeschöpft war. Und auch Palina Solowjowa war übergangen worden. Kochend vor Wut war sie zum ersten Mal seit Jahren krank geworden. Ihre Krankheit hatte sich über drei Wochen hingezogen. Es war auch einigen ihrer Kollegen so ergangen. Es musste wohl eine Epidemie gewesen sein.

In ihrer Abwesenheit hatte einer der Leidtragenden aus der Kundenakquise gekündigt und ein lukratives Angebot von der Konkurrenz angenommen. Am Tag ihrer Rückkehr hatte sie ihn auf dem Gang getroffen und gratuliert, aber er hatte nur süffisant über den Rand seiner Kaffeetasse hinweg gegrinst. Seine Gelassenheit fiel ihr auf. Legendär sein entspanntes Schweigen, als sein Vorgesetzter vor versammelter Mannschaft die Beherrschung verlor. Sie konnte nur mutmaßen, was der Grund gewesen war.

Jan hatte sie noch am gleichen Tag in sein Büro einbestellt. Anfangs hatte sie ein schlechtes Gewissen gehabt, dass sie so lange krank gewesen war und befürchtet, Ärger zu bekommen. Doch das Gespräch hatte sich dann als lockerer Plausch über Golf und das Wetter herausgestellt. Dabei spielte sie gar kein Golf. Sie interessierte sich auch herzlich wenig für dieses Spiel, das manche doch tatsächlich für Sport hielten. Verwirrt hatte sie nach zwei Tassen Kaffee den Raum verlassen, unsicher, ob und wenn ja, welchen Arbeitsauftrag sie wohl gerade erhalten hatte. Ein paar Wochen später stand dann ihr Traumsessel vor ihrem Schreibtisch.

»Aufgrund medizinischer Notwendigkeit«, erklärte Jan später. »Um zu verhindern, dass du wieder so schwer erkrankst«, fügte er etwas leiser mit einem Augenzwinkern hinzu.

Palina schaltete den Laptop aus und verstaute ihn zusammen mit den Papieren im Rollcontainer. Sie holte ihre Handtasche aus dem untersten Fach und verstaute ihre Louboutin-Pumps. Vor zwei Jahren hatte sie sich diese Schuhe in einem Anfall von Frustration und dank Michaelas vorzeitiger Schuldenrückzahlung gegönnt. Es war komisch, aber sie hatte in diesen Schuhen eine ganz andere Selbstsicherheit und ihr verändertes Auftreten war in ihrem beruflichen Umfeld von Vorteil. Leider waren diese Schuhe viel zu schade für die Straße, besonders bei schlechtem Wetter. Der Rollcontainer war zwar für Hängeregister und Büromaterial gedacht, doch als sie ihn damals bekam, war ihr sofort klar gewesen, dass seine Bestimmung die Verwahrung von Handtaschen, Firmenpumps, Ersatzstrumpfhosen und Hygieneartikelkartons war. Wahrscheinlich wurden Halterungen für Hängeregister sowieso nur noch aus nostalgischen Gründen eingebaut. Ihre Winterschuhe parkten tagsüber unter dem Schreibtisch nah der Heizung auf zwei Lagen alter Wellpappe. So waren sie abends schön trocken und lauschig warm, wenn es in den wohlverdienten Feierabend ging. Eine Wohltat für die über den Tag malträtierten Füße und es fühlte sich gleich nach Feierabend an. Nachdem sie den Container verschlossen und den Sessel an den Schreibtisch geschoben hatte, ging sie zur Garderobe, stempelte aus und machte sich auf dem Weg zum Fahrstuhl.

12. KAPITEL

Gemütlich schlenderte Palina Richtung Weihnachtsmarkt. Zum Schutz vor dem eisigen Wind hatte sie den breiten Kragen ihres Wintermantels hochgestellt und ihre untere Gesichtshälfte bis über die Nasenspitze in dem flauschigen Wollschal vergraben. Ihre übliche Baskenmütze hatte sie gegen eine Wollmütze eingetauscht, die sie aus der gleichen Wolle wie schon den Schal und die Handschuhe gestrickt hatte. Die Mütze hatte sie so tief hinuntergezogen, dass nur noch ein Schlitz für die Augen blieb, durch den sie die anderen Passanten beobachtete.

So könnte ich auch unerkannt eine Bank überfallen.

Zwischen den Hochhausschluchten herrschte ein reges Treiben. Einige hetzten gestresst durch die Straßen. Was diese Menschen wohl antrieb? Der Mann mit der edlen Aktentasche unter dem Arm eilte Richtung U-Bahn. Vielleicht war er auch zu spät von der Arbeit weggekommen und hetzte nun zu seiner Frau und den Kindern. Zwei Frauen, vermutlich Mutter und Tochter, schlenderten fröhlich die Straße entlang, betrachteten die Auslagen in den Schaufenstern und lachten. Ein Pärchen kam ihr eng umschlungen entgegen. Palina konnte in dem Gedränge kaum ausweichen. Als sie angerempelt wurde, sah sie, dass die junge Frau verzweifelt versuchte, ihren Partner durch die Menschenmenge zu manövrieren, und ihr aufkommender Unmut verflog sofort wieder. Offensichtlich hatte er ein paar Glühwein mit Schuss zu viel gehabt. Sie hatte Mitleid mit der Frau.

Zum Glück musste Palina sich nicht mit solchen Problemen auseinandersetzen. Sie dachte an Yves, der sie vor Monaten wegen einer anderen verlassen hatte. Palina wollte gar nicht wissen, wie die aussah. Wahrscheinlich hatte sie so eine Modelfigur, die sich neben ihm besser machte. Die Mädels hatten sie damals gewarnt.

»Der sieht viel zu gut aus.«

»So einen hat keine Frau für sich allein.«

»Hoffentlich macht er dir keinen Kummer ...«

»Er modelt ja auch hin und wieder ...«

Sie erinnerte sich, wie sie eingeschnappt geschwiegen und auf Durchzug gestellt hatte. Warum sollte sich ein Mann mit Modelqualitäten nicht ernsthaft für sie interessieren können? Als diese Episode endete, goss das Mitleid ihrer Freundinnen nur noch mehr Öl in das Feuer des Trennungsschmerzes. Sie hatten alle mitgelitten und auf ein »Hab' ich doch gesagt« verzichtet. Auch wenn es angesichts der Warnzeichen und besorgten Andeutungen, die Palina immer wieder dickköpfig ignoriert hatte, sehr schwer gewesen sein musste. Traditionell waren Abende langer Gespräche mit Anekdoten und Erinnerungen gefolgt, die von Alkoholika unterschiedlichster Natur begleitet wurden. Mann, hatten sie gepichelt.

Tina hatte ihren eigenen Schicksalsschlag noch nicht verarbeitet. Saisonbedingt wurde die Fortsetzung der kollektiven Schmerzverarbeitung inzwischen auf den Weihnachtsmarkt verlegt. Zu viele Trennungen waren der Gesundheit der Gruppe einfach nicht zuträglich. Die Mädels hatten bestimmt schon begonnen. Aber Palina musste zuvor noch kurz einen Abstecher zu der Weihnachtstombola machen, die über die Adventszeit hinweg allabendlich mit einem neuen Gewinn lockte. Jetzt musste sie sich sputen.

In Hamburg gab es jedes Jahr mehr als dreißig Weihnachtsmärkte. Teilweise breiteten sie sich so weit aus, dass ihre Grenzen verschwammen. Die Mädels hatten es vergangenes Jahr geschafft, auf einem Markt zu starten und am Ende eines langen Abends vier Märkte abgearbeitet zu haben, ohne es zu bemerken. Palinas Abend sollte auf dem kleinen Weihnachtsmarkt beginnen, der in der Fußgängerzone unweit ihrer Firma geöffnet hatte. Der Geruch gebrannter Mandeln, Glühwein, Schmalzkuchen, Zimtgebäck und Anisbonbons stieg ihr in die Nase. Sie schloss die Augen und sog das Potpourri an Düften genüsslich ein. In ihr kam dieses warme Gefühl auf, das sie als kleines Mädchen verspürt hatte, als ihr Vater sie zum ersten Mal mitgenommen und sie mit Zuckerwatte und gebrannten Mandeln verwöhnt hatte. Alles war voller fröhlicher Leute gewesen, die an den Buden standen und sich ausgelassen miteinander unterhielten. Noch heute war es diese Wärme, die Weihnachten für sie ausmachte, und nicht die Geschenkorgie unterm Weihnachtsbaum. In dieser Stimmung ließ sie sich vom Besucherstrom treiben.

Palina schlenderte zum Adventskalender, der auf eine riesige Industrieplane gedruckt worden war und die gesamte fensterlose Seitenwand eines Mehrfamilienhauses bedeckte. Es sah wie die Fassade eines liebevoll geschmückten Fachwerkhauses aus. Die meisten der gemalten Fenster waren noch verschlossen und auf ihnen waren die Embleme der Firmen zusammen mit der Nummer des Verlosungstages dargestellt, an dem sie den Gewinn spendeten. Nach jeder Verlosung wurde das entsprechende Fenster einfach mit einem vorgefertigten Bild überklebt, das dann ein Fenster mit geöffnetem Verschlag zeigte, in dem man den gestifteten Preis sehen konnte. Sie suchte den Fensterverschlag für den heutigen Tag. An diesem Tag stellte ein Hotel den Preis.

Was es wohl ist? Eine Übernachtung? Ein Wellnesstag? Ein Mehrgängemenü im Hotelrestaurant? Egal. Ich freu' mich über alles.

Palina war spät dran und musste sich beeilen. Schließlich wollte die Preisfrage zuerst noch korrekt beantwortet werden. Zum Glück wusste sie genau, wohin sie sich einen Weg durch die Menschenmenge bahnen musste. Vor dem großen Acrylglaswürfel mit den Teilnahmekarten standen mehrere Personen, die ihre Karten ausfüllten. Während Palina noch eine junge Frau zu ihrem Partner sagen hörte: »Nein, es waren mehr«, ertönte aus einem Lautsprecher: »In wenigen Minuten schließt die Losannahme unserer Weihnachtstombola. Verpassen Sie nicht die Gelegenheit, an der heutigen Auslosung teilzunehmen. Auch heute wartet wieder ein wertvoller Preis darauf, Ihnen Freude zu bereiten. Lassen Sie sich die Chance nicht entgehen. Wir wünschen Ihnen viel Glück und eine frohe Zeit auf unserem Weihnachtsmarkt.«

Palina griff nach einer der Teilnahmekarten, die auf dem Tisch neben dem Würfel auslagen. ›Wie viele Fenster sind an der Frontseite unseres Hotels sichtbar?‹, las sie. *Woher soll ich das wissen?* Sie zückte ihr Smartphone, ihre Finger huschten über das Display und schon befand sie sich in Streetview. *Mist!* Das Hotel war so neu, dass dort noch ein verhängtes Baugerüst gezeigt wurde. Sie sprach das neben ihr stehende Pärchen freundlich lächelnd an.

»Könnten Sie mir eventuell helfen? Kennen Sie die Lösung?«

Der junge Mann schaute sie an und lächelte freundlich zurück.

»Finde das gefälligst selber raus.« Seine Begleitung funkelte sie an, bevor er etwas sagen konnte.

Verlegen lächelte sie der junge Mann an. Palina meinte, bei ihm ein Schulterzucken erahnen zu können. Als seine Begleitung ihn vorwurfsvoll ansah, konzentrierte er sich sofort wieder auf das Ausfüllen der Karte und schien es nicht zu bemerken. Palina blickte sich um. Niemand schien Notiz genommen zu haben.

Unauffällig linste sie auf die eingeworfenen Zettel in der Acrylbox. Die wenigen Lösungen, die sie in dem Durcheinander ablesen konnte, unterschieden sich. Die anderen Teilnehmer rieten offensichtlich auch nur.

Egal. Wenn ich es nicht versuche, kann ich auf gar keinen Fall gewinnen. Dann habe ich schon verloren, bevor die Ziehung überhaupt beginnt.

Sie schloss ihre Augen und gab sich innerer Ruhe hin. Gedanken erschienen, aber sie nahm es nur wahr und schob sie beiseite, ohne sie aufzugreifen. Unterschiedliche Zahlen tauchten auf. Sie wählte diejenige, bei der sie einen Hauch ihres Glücksgefühls verspürte. Nachdem sie die Zahl eingetragen hatte, folgte sie ihrem Ritual und warf die Karte gedanklich zusammen mit einem bisschen von diesem Gefühl ein.

Fertig. Palina überlegte, wie sie die Zeit bis zur Ziehung überbrücken könnte. Einen Punsch oder Glühwein sollte sie sich besser verkneifen. Mit den Mädels würde es nachher noch mehr als genug geben. Aber eine Grundlage wäre nicht schlecht. Nach Süßkram war ihr heute irgendwie nicht. Zudem waren Süßigkeiten keine geeignete Grundlage für den bevorstehenden Alkoholkonsum. Auf dem Grill sahen die Würste so wunderbar kross aus. Verlockend von Fett glänzend drehten sie sich vor ihrer Nase. Der Duft zog sie verführerisch an. Automatisch entstand das salzig würzige Geschmackserlebnis in ihrem Mund. Aber sie hatte sich schon mittags auf ein Fischbrötchen mit Pfeffermakrele und Zwiebeln gefreut. In weiser Voraussicht hatte sie sich das Mittagessen verkniffen. Und schließlich hatte sich Fisch in der Vergangenheit als Grundlage bewährt. Selbst von ihrer Disziplin überrascht, drehte sie ab und steuerte die nächste Fischbude an.

»Na, mien Deern. Was soll's sein?«

»Eins mit Pfeffermakrele – und ordentlich Zwiebeln.«

»Kommt noch was dazu?«

»Das ist alles.«

»Kommt.«

Sie hätte Appetit auf mehr gehabt. Aber gerade in der Weihnachtszeit folgte eine Ausnahme auf die andere und verdiente so eher die Bezeichnung

Regel. Die ungeliebten Pfunde gediehen und sprossen dann fröhlich vor sich hin.

Inzwischen hatte das Christkind begonnen zu singen. Nun dauerte es nicht mehr lange, bis es den Gewinner zog. Palina genoss das Essen und beobachtete die unterschiedlichen Besucher, während sie die Veranstaltung nur flüchtig nebenher mitbekam.

Was für ein süßer kleiner Strolch. Na, da bettelt aber jemand. Der kleine Hund saß vor einem Pärchen und fiepte traurig, während er Herrchen und Frauchen fixierte. Sie waren mit ihren Bratwürsten beschäftigt und schenkten ihm keine Beachtung.

»… ist Palina Solowjowa.«

Palina wurde aus ihren Gedanken gerissen. Hatte sie tatsächlich wieder gewonnen? Reflexartig hob sie ihre Hand und drängte sich hektisch durch die Menge, während sie ganz aufgeregt nur auf das Christkind achtete. Sie merkte, wie sie jemandem auf den Fuß trat.

»Sorry«, reagierte sie schnell.

»Kein Problem. Ich werde es überleben«, antwortete eine sonore Stimme. Palina drehte sich kurz um und lächelte den kleinen, rundlichen Mann entschuldigend an. Dann eilte sie weiter zum Christkind.

»Frau Solowjowa?«, sprach das Christkind in das Mikrofon.

»Ja. Das bin ich.«

»Sie kommen mir bekannt vor. Haben Sie nicht schon einmal gewonnen?«

Palina wurde rot. »Ja, die Küchenmaschine.«

»Meine Damen und Herren. Frau Solowjowa hat hier erst vor Kurzem eine Küchenmaschine gewonnen. Und heute kommt noch ein Wochenende für zwei in einem fünf Sterne Hotel dazu. Sie sehen, es lohnt sich, unseren Weihnachtsmarkt oft zu besuchen.«

Palina erwähnte lieber nicht, dass sie auch letztes Jahr gewonnen hatte. Sie wollte keinen Neid hervorrufen. Die Preise waren für sie nur Nebensache. Das Gefühl, gewonnen zu haben, war der Spaß. Mit dem Gutschein in der Hand eilte sie zurück in die Menge. Fröhlich lächelte sie der ältere Mann an, dem sie eben auf den Fuß getreten war. Der karierte Tweed-Dreiteiler spannte an seinem Bauch, der sich durch den offenen Kamelhaarmantel seinen Weg in die Freiheit bahnte. Das Muster seiner Fliege passte perfekt zum blau-grün gehaltenen Tartan. Ein Hut und schwarze Lederhandschuhe vervollständigten das klassisch-britische Gentleman-Aussehen. In dem runden

Gesicht wirkten seine Augen hinter den dicken, kreisförmigen Brillengläsern klein, doch ihre Lachfalten vermittelten Palina einen sympathischen und warmen Eindruck.

»Es tut mir sehr leid. Ich war so aufgeregt«, sprach sie ihn entschuldigend an.

»Kein Problem. Unbeschwerte Überschwänglichkeit ist das Anrecht der Jugend«, winkte er charmant ab.

»So jung bin ich gar nicht mehr.« Palina strahlte.

»Wenn das stimmen sollte, müssen Sie mir unbedingt eins verraten: Worin besteht Ihr Geheimnis, das Sie diese jugendliche Frische bewahren lässt?« Er zwinkerte ihr väterlich zu. »Ich könnte einen Tipp gebrauchen.«

»Ich hätte Sie gern zur Wiedergutmachung auf einen Lumumba eingeladen. Leider habe ich eine Verabredung und bin spät dran.«

»Machen Sie sich keine Sorgen. Es ist alles gut. Ich wünsche Ihnen noch einen schönen Abend.«

Palina drehte sich schon weg, entschied sich dann aber doch um. »Ach, wissen Sie was? Ich habe doch gerade etwas gewonnen. Das muss doch gefeiert werden. Kommen Sie. Ich weiß, wo es die Besten gibt.«

»Wenn Sie darauf bestehen. Ich kann einer Dame schlecht einen Wunsch abschlagen. Wenn ich mich vorstellen dürfte, mein Name ist Abrams, Charles Abrams. Sie können mich gerne Charles nennen, wenn es Ihnen nicht zu vertraulich ist.«

»Palina Solowjowa, Palina.« Etwas eingeschüchtert hielt sie ihm ihre Hand entgegen, die er aber nicht schüttelte, sondern nur leicht mit seiner anhob, während er respektvoll ein leichtes Nicken erkennen ließ.

»Sehr erfreut Palina. Sie müssten mir vorher allerdings noch erklären, was ein Lumumba überhaupt ist.«

»Das ist ganz einfach. Im Prinzip nur Kakao mit Rum. Eigentlich ist Lumumba schon lange aus der Mode gekommen. Viel zu süß. Aber auf einem Weihnachtsmarkt mit all den süßen Leckereien gehört er einfach dazu. Wie gebrannte Mandeln. Ich trinke ihn am liebsten heiß mit Amaretto und einem Berg Schlagsahne mit Schokostreuseln obendrauf«, sprudelte es aus ihr nur so heraus. »Den Kakao macht man am besten mit einer Tafel Schokolade und fetter Vollmilch. Dann guten kubanischen Rum und einen Schuss Amaretto. Die Schlagsahne muss aufgeschlagen sein. Keine Sprühsahne. Und die Schokosplitter reibt man dann mit einer Reibe drüber.« Während ihrer Beschreibung richtete sich Charles Blick verträumt nach oben. Palina hatte den Eindruck, er konnte den Lumumba in diesem Moment tatsächlich schmecken.

»Und so etwas gibt es hier?«

Charles' Frage riss Palina zurück in die traurige Realität. »Nein, hier gibt es gerade einmal einen Stand, an dem der Lumumba wenigstens trinkbar ist.« Sie seufzte.

»Na, dann sollten wir uns auch nicht mit einer Notlösung abgeben. Das wäre doch stillos.«

Sie schaute ihn überrascht an.

»Ich bin zwar erst vor Kurzem hergezogen und kenne mich hier noch nicht so gut aus, allerdings macht die Gin-Brennerei einen guten Eindruck. Sie liegt ungefähr in diese Richtung.«

»Ja, die hat hervorragenden Gin. Ich hatte einmal einen Gutschein für eine Verkostung gewonnen. Aber seien Sie mir bitte nicht böse. Es übersteigt leider meinen finanziellen Spielraum.«

Charles riss entsetzt die Augen auf. Palina fügte schnell hinzu: »Sonst hätte ich Sie gerne ...« Charles hob abwehrend seine Hand. »Natürlich lade ich Sie ein!« Er schien sich persönlich getroffen zu fühlen. »Haben Sie tatsächlich den Eindruck bekommen, ich würde ...«

»Nein, nein, ...« Palina wusste nicht, was sie sagen sollte und berührte seinen Unterarm versöhnlich mit ihren Fingerspitzen.

»Ich mache doch nur Spaß. Los geht's. Aber versprechen Sie mir bitte, dass Sie bestellen, wonach Ihnen der Sinn steht. Und über alles andere denken wir einfach nicht nach.«

»Versprochen«, stimmte Palina lächelnd zu.

13. KAPITEL

Mario Posnanski saß vor seinem PC und grübelte. Er war müde und konnte sich kaum noch konzentrieren. Lustlos tippte er auf der Tastatur herum. Immer wieder schlichen sich Tippfehler ein. An die Büroarbeit hatte er sich immer noch nicht gewöhnen können, obwohl er mit Anfang vierzig schon lange Kommissar im LKA 41 war. Heute schien alles doppelt so lange zu dauern. Seine Gedanken schweiften ab und sein Blick wanderte zum Fenster. Draußen war nur Dunkelheit zu sehen.

Wo ist nur der Tag geblieben? Heute Mittag schien noch die Sonne. Ok, es ist kalt, aber es liegt kein Schnee, ist trocken und sonnig – war sonnig. Und jetzt ist es schon wieder dunkel. Ich hätte heute so gut den Three-Sixty-Heelflip üben können. Die Bedingungen sind seit bestimmt einer Woche nicht mehr so gut gewesen.

»Na, Surfboy. Du noch hier und nicht am Boardwachsen?«

Mario schaute genervt auf und blickte in Renés strahlendes Gesicht.

»Skateboard. Warum hält mich hier eigentlich jeder für einen Surfer?«

»Könnte mit deinem Erscheinungsbild zusammenhängen. Die Bräune passt besser zu einem Surfer.«

»Halb-Sizilianer. Weißt du doch. Ich habe mich noch nie gesonnt und bin auch im Winter gebräunt. Du Weißkäse.«

»Schon klar. Feierabend-Bierchen?«

»Nö, keine Zeit. Ich muss noch was schaffen und wollte eigentlich schon lange weg sein.«

»Das war bestimmt heute Morgen, als die Sonne schien. Stimmt's?«

Mario brummte missmutig und wandte sich wieder dem Bildschirm zu. Wenig später kam René mit zwei Flaschen Pils zurück. Kollegial hatte er Marios Wunsch nach Selbstkasteiung ignoriert. Er stellte sich neben Mario und schaute ihm über die Schulter auf den Bildschirm. Scheinbar in Marios Prosa versunken, öffnete er beide Biere. Mario konnte nicht vermeiden, das

Zischen direkt neben seinem Ohr und den würzigen Hopfengeruch wahrzunehmen. Er drehte den Kopf zu René und seine Augen verengten sich vorwurfsvoll zu Schlitzen.

Mit unschuldigem Blick hielt ihm René eine der beiden Flaschen hin.

Mario verharrte, sich regungslos sträubend.

»Meine Mama hat immer gesagt, ich soll auch den anderen kleinen Jungs etwas abgeben. Sonst blutet deren Herz, wenn sie mir beim Naschen zugucken müssen.«

»Ich bin aber kein kleiner Junge mehr«, sagte Mario trotzig und griff nach dem Bier.

»... sagte er, während er sich insgeheim wünschte, mit den anderen kleinen Jungs und seinem Rollbrett zu spielen.« René zwinkerte und deutete ein Küsschen an.

»Witzbold.« Mario rollte mit den Augen und nahm einen Schluck. »Das Bier ist ja kalt!«

»Und? So soll es doch auch sein.«

»Ja, aber wie hast du das denn schon wieder hinbekommen? Wir haben hier doch gar keinen Kühlschrank – mal abgesehen vom generellen Alkoholverbot bei der Arbeit.«

»Technisch gesehen haben wir ja schon längst Dienstschluss.« René nahm einen Schluck, bevor er fortfuhr. »Letzte Woche gab es beim Discounter eine Kühlbox mit elektrischem Kühlaggregat. Gerade so groß, dass sie noch durch die Seitenklappe vom alten Kopierer passt.«

Mario senkte den Blick, drückte leicht mit Daumen und Zeigefinger seine Augen zu und schüttelte resignierend den Kopf. »Ich frag besser gar nicht. Nur so aus Neugierde. Da ist doch die Kopiertechnik drin. Wie ...«

»War.« René schloss seine Augen und genoss wortlos im Zeitlupentempo seinen nächsten Schluck Bier.

»Du hast doch nicht etwa ...«

»Entspann dich. Der war doch eh kaputt. Da fehlt übrigens ein Komma. Klingt ja interessant, was du da hast.«

»Ach, hör bloß auf. Der Alte hat mich auf dem Kieker.«

»Hmm, meinst du nicht, da fehlt noch was?« René grübelte über das eben Gelesene. »›... durch Hitzeeinwirkung zerstörter Herzmuskel‹ steht da.«

»Korrekt.«

»Und wo steht was zu den restlichen Wunden? Zu den zugehörigen Äußeren.«

»Welche äußeren Wunden?« Mario grinste René abwartend an und genehmigte sich einen ordentlichen Schluck.

René zögerte misstrauisch. »Na, um das Herz zu verletzen, muss der Täter doch zuerst durch Kleidung und Körper dringen.«

»Welche«, Mario machte eine deutliche Sprechpause, »äußeren?«

René sah ihn sprachlos an, während die Flaschenöffnung bewegungslos vor seinem Mund schwebte.

»Verstehe«, sagte er nach kurzem Zögern und fuhr mit dem Trinken fort.

»Was verstehst du? Ich verstehe nämlich nichts und auch die Rechtsmediziner sind mit ihrem Latein am Ende.«

»Warum der Alte dich für den Fall eingeplant hat.« René zwinkerte. »Wer gehört eigentlich zu eurem Team? Frank und Thomas sind krank. Bei Thomas weiß keiner, ob er überhaupt wiederkommt. Monika hat Burn Out. Nina hat sich versetzen lassen und nimmt vorher noch schnell den bereits genehmigten Bildungsurlaub. Und wir sind aufgefordert worden, Überstunden zu vermeiden und unsere Überstundenkonten abzubauen. Ich schieb' übrigens 347 vor mir her.«

»412. Stell dich hinten an.«

»Genau das meine ich.«

»Petersen und Matthias. Und gerade habe ich gehört, dass irgendwann noch Karin zu uns stoßen soll.«

René prustete. »Karin? Sag nicht deine Karin.«

»Ich weiß nicht, was du meinst.«

»Du vielleicht nicht, aber ansonsten das gesamte Kommissariat.«

Mario schwieg und versuchte so unschuldig wie möglich auszusehen.

René setzte nach: »Und vor allem Karin weiß, was damit gemeint ist.«

Marios Gesichtsausdruck wandelte sich von dem eines unschuldigen Welpen zu dem eines geprügelten Kettenhundes.

»Der Alte muss dich wirklich auf dem Kieker haben.«

»Ich habe halt keinen Army Cut …«

»Wie verbrennt man ein Herz, ohne äußerliche Spuren zu hinterlassen?«

»Was weiß ich denn? Mikrowellen? Natürlicher Tod scheidet jedenfalls ganz offensichtlich aus.«

»Wohl wahr. Wohl wahr.«

»Ich habe die Frage nach der Mordwaffe jedenfalls erst einmal zurückgestellt und mich darauf konzentriert, was Spurensicherung, Zeugen, Überwachungskameras etc. bringen.«

»Und? Was, wenn man fragen darf?«

»Die Spurensicherung hat nichts Verwertbares am Tatort gefunden. Zeugen – Fehlanzeige. Und – um es richtig verwirrend zu machen – das Video der Überwachungskamera vorm Fahrstuhl zeigt, dass auch niemand während des Vorfalls in der Nähe des Opfers war.«

»Das klingt spannend. Hast du das Video zufällig auf deinem Rechner?«

Ohne zu antworten öffnete Mario den Dateimanager, klickte sich durch ein paar Verzeichnisse und startete eine Videodatei. Gebannt beobachteten sie, wie ein Mann im Anzug zum Fahrstuhl ging, dort wartete, sich plötzlich vor Schmerzen an die Brust griff und leblos zusammensackte. Ein älteres Paar tauchte auf. Während der alte Mann noch versuchte, dem Opfer zu helfen, kam ein kleines Mädchen hinzu.

»Also wenn du mir nur dieses Video zeigen und dann fragen würdest, würde ich auf Herzinfarkt tippen«, sagte René leise, mehr zu sich selbst als zu Mario.

»Tja. Hätte der Rechtsmediziner das bestätigen können, dann hätte der Alte diesen Fall nicht vergeben müssen.«

»Wohl wahr. Wohl wahr. Zeig mir das Video doch bitte noch einmal von vorn und starte bitte zu dem Zeitpunkt, bevor das Opfer ankommt.«

»Ich habe es mir zwar schon mehrfach angeschaut und glaube nicht, dass es noch etwas bringt, aber vier Augen sehen mehr als zwei.«

Mario seufzte und zog den Slider für die Zeitachse zurück. Im Zeitraffer beobachteten sie den Mann, wie er auf den Fahrstuhl wartete.

»Auf mich macht er irgendwie keinen grundentspannten Eindruck«, sagte René nachdenklich.

»Ja, ist mir auch schon aufgefallen. Aber, oh großer Jedi-Meister, davon stirbt man eher selten.«

Mario bemerkte ein kurzes Lächeln, während René weiter konzentriert auf den Schirm schaute.

»Bitte noch einmal.«

»Ernsthaft?«

»Ja, bitte. Irgendetwas stört mich.«

Mario war professionell genug zu wissen, dass ihm Renés Unterstützung nicht schaden würde. René schaute es sich noch einmal an, während Mario überlegte, ob er diese Woche überhaupt noch Lebenszeit auf seinen Zweitjob verwenden können würde. *Die Geschenke bezahlen sich nicht von allein.*

»Im Discounter haben die auch so einen.«

Mario wurde aus seinen Sorgen gerissen. »Bitte was?«

»Im Discounter haben die auch so einen Fahrstuhl, bei dem man ewig ansteht, bis er kommt. Nervt mich immer wahnsinnig. Aber irgendwie braucht dieser noch länger. Kann das sein oder täusche ich mich?«

Resignierend senkte Mario seine Augenlider, seufzte und spulte erneut zurück.

»Zeitleiste startet bei 4-17.« Er sprang voran. »Zeitleiste endet bei 15-6. Hmm. Wo du es sagst. Fast 11 Minuten. Dauert das so lange? Wer wartet so lange auf einen Fahrstuhl? Und warum?« Mario spürte, wie die Müdigkeit von ihm abfiel und seine Lustlosigkeit verschwand.

»Vielleicht hat er es gar nicht richtig realisiert, weil er mit seinen Gedanken woanders war? Das könnte auch seine Anspannung erklären«, konstruierte René ein mögliches Szenario.

»Möglich. Oder Henne-Ei. Ist er angespannt, weil er so lange warten muss?«

»Warum nimmt er nicht einfach die Treppe? Gibt es eine Treppe?«

»Ja, gibt es. Eine moderne Wendeltreppe. Sieht nicht schlecht aus. Kannst du aus diesem Kamerawinkel aber nicht sehen. Ich frage mich ja grundsätzlich, wieso man überhaupt den Fahrstuhl nimmt – bei nur zwei Stockwerken? Bei dem alten Ehepaar verstehe ich es. Aber so unfit sieht das Opfer nun auch nicht aus.«

»Gewohnheit? Faulheit? Aber, junger Padawan, davon stirbt man eher selten.«

»Fehlendes körperliches Training …«

»Ich meinte: unmittelbar.«

»Feinheiten. Aber zugegeben. Lass uns sicherheitshalber noch mal die Überwachungsvideos aller Kameras für dies Zeitfenster durchsehen. Was haben wir denn?«

»Und an dieser Stelle würde ich dich dann wieder allein lassen.«

»Warte mal kurz. Wieso habe ich keine Aufzeichnung vom Erdgeschoss? Da müsste der Fahrstuhl doch mit Abstand am meisten frequentiert werden, oder?«

»Wohl wahr. Wohl wahr. Noch 'n Bier?«

»Ich wollte eigentlich …«

»Du brauchst nicht betteln. Ich geh schon und hol uns noch eins. Wenn ich dir schon Gesellschaft leiste, ... Vielleicht findest du währenddessen die verschollene Aufzeichnung vom Erdgeschoss. Muss ja irgendwo sein.« René verschwand in Richtung altes Materiallager.

Während René auf dem Weg war, leerte Mario den Rest seiner Flasche und suchte nach der Nummer des Hotels in der Anrufliste seines Telefons. Es dauerte einen Moment, bis er sich sicher war, die Richtige gefunden zu haben. Er sah René schon wieder den Flur zurücktrotten und signalisierte ihm durch einen erhobenen Zeigefinger, dass er gerade am Telefonieren war.

René nickte stumm. Er zog sich einen Stuhl vom Nachbartisch heran, setzte sich neben Mario und öffnete die Flaschen, während er das Telefonat mitverfolgte. Am Ende des Telefonats schaute er grundentspannt auf dem Stuhl lümmelnd in Marios nachdenkliches Gesicht.

»Mal sehen, ob ich das richtig mitbekommen habe. Die haben dir keine Aufnahme für den Fahrstuhl im Erdgeschoss geschickt, weil darauf nichts zu sehen war. Korrekt?«

»Korrekt.« Mario nahm die Flasche entgegen, die ihm René reichte und genehmigte sich einen ausgiebigen Schluck, während er nachdenklich zur Decke schaute und schwieg.

»Muss ich erst um deine Hand anhalten oder erzählst du es mir auch so?«

»Die Linse der Videokamera war mit Nutella beschmiert.«

»Sieh an. Sieh an. Und da war noch irgendwas mit einem Brötchen?«

»Und der Schließmechanismus der Fahrstuhltür war durch ein halbes Brötchen blockiert.«

»Ein halbes Brötchen?«

»Ein halbes Brötchen. Mit Schinken.«

»Mit Käse hätte ich es mir ja noch erklären können«, feixte René.

»Kalauerkönig.«

»Mal Spaß beiseite. Die Tür war nicht zufällig im Erdgeschoss blockiert, wo auch die Kameralinse verschmiert war?«

»Genau so war es. Als der Notarzt gerufen wurde, ging noch jeder von einem Herzinfarkt aus. Jemand stellte fest, dass ein Brötchen den Fahrstuhl blockierte, dachte an einen Kinderstreich und hat schnell alles gereinigt, damit der Rettungsweg frei ist und der Notarzt mit den Rettungssanitätern und der Trage freien Zugang hat.«

»Das ist plausibel und macht Sinn. Wie hoch hängt dort die Überwachungskamera? Was meinst du? Du warst doch vor Ort. Kannst du dich erinnern?«

»Vielleicht 3 Meter. Wenn es die ist, an die ich denke.«

»Dann suchen wir also nach einem circa 2 Meter 50 großen Kind, das Lust verspürte, eine Kamera mit Nutella zu verschmieren und, wo es schon beim Streichespielen war, auch gleich die Fahrstuhltür im Überwachungsbereich mit Schinkenbrötchen zu blockieren.«

14. KAPITEL

Schließlich erreichte Palina den vereinbarten Treffpunkt. Vor Jahren hatten sie Michaelas Kollegin aus St. Petersburg mitgeschleppt, die angeregt hatte, den Abend mit fettem Fisch einzuläuten, um so eine solide Grundlage für später zu schaffen. Da sie ohnehin Fisch liebten, hatte sich daraus die Tradition entwickelt, solche Abende an einem Verkaufsstand für Fischbrötchen zu starten. Lediglich Katja präparierte sich lieber mit Schmalzgebäck, aber sie hatte dieses Mal sowieso abgesagt.

Die Karawane war schon weitergezogen. Palina überlegte, zu welcher Oase es die Nomaden in ihrem Delirium inzwischen getrieben haben könnte. Es dauerte nicht lange und sie wurde fündig. Zuerst entdeckte sie Süßi, eigentlich Sabine Süß. Aber Sabine klang für Palina irgendwie unnatürlich, und wenn sie mitbekam, dass ihre Freundin mit Frau Süß angeredet wurde, wurde ihre Selbstbeherrschung auf eine harte Probe gestellt. Die Mädels waren selbst für ihre Verhältnisse noch nicht weit gekommen. *Der Weg ist das eigentliche Ziel. Wenn nicht auf einem Weihnachtsmarktbummel, wo dann*, kam ihr in den Sinn.

Nun hatte auch Süßi sie entdeckt und winkte sie erleichtert herbei. Sabine stand verloren zwischen Tina und Michaela zur einen und einer Vierergruppe von jüngeren Männern zur anderen Seite. Die Männer in ihren Business-Anzügen und mit teuren Seidenkrawatten schienen die Weihnachtsmärkte als willkommene Gelegenheit für After-Work-Parties zu sehen. Sabine hatte alle Hände voll damit zu tun, zwei der Männer in Schach zu halten, die sich sehr für sie zu interessieren schienen. Tina und Michaela bekamen davon überhaupt nichts mit. Beide hatten in Anbetracht des noch jungen Abends einen erstaunlich fortgeschrittenen Stimmungspegel erreicht. Palina beobachtete, wie sich andere Besucher, die in Hörweite standen, verstohlen zulächelten und mit unauffälligem Nicken in die Richtung der beiden deuteten. Palina musste unbedingt die Lautstärke und die mittlerweile hemmungslose Redseligkeit der beiden dämpfen, um sie vor Peinlichkeiten zu schützen. Doch zuerst galt es, Sabine beizuspringen.

»Hallo meine Hübsche, da bist du ja endlich. Wir dachten schon, dass dir etwas dazwischen gekommen ist.« Die Erleichterung war deutlich in Sabines Stimme zu hören. Sie öffnete weit ihre Augen und deutete mit den Pupillen gen Quell der Aufdringlichkeit.

»Ich würde euch doch nicht im Stich lassen. Toll siehst du aus.« Palina nickte Sabine beruhigend zu und signalisierte durch ein sanftes Schließen der Augen, dass sie die Situation längst erfasst hatte. Sabines Gesichtszüge entspannten sich und der unterschwellig genervte Ausdruck verschwand.

»Da kann ich nur zustimmen«, drängte sich der fülligere der beiden Männer, Sabine anhimmelnd, ins Gespräch.

Eine Visage, in die man am liebsten gleich reinschlagen würde, schoss es Palina spontan durch den Kopf. Diese Formulierung stammte von Michaela. Einmal hatte sie in angeheitertem Zustand offenbart, dass sie sich paradoxerweise zu Männern hingezogen fühlte, die eine Visage haben, in die sie am liebsten reinschlagen würde. Seitdem wurde Michaela in regelmäßigen Abständen an diese wenig rühmliche Offenbarung erinnert und dieser Ausspruch war ins verbale Kulturgut der eingeschworenen Gruppe eingeflossen.

Sabine ignorierte den jungen Mann, nahm einen Schluck Glühwein und reichte Palina den Becher.

»Ihr braucht euch doch kein Getränk zu teilen. Ein Lächeln reicht und …«

Palina unterbrach den pummeligen Mann freundlich lächelnd. »Meine Freundin beherrscht die Kunst der subtilen Andeutung. Freundlich signalisiert sie ihrem Gegenüber, dass sie nicht an ihm interessiert ist, ohne unhöflich zu sein. Leider fehlt vielen Männern die nötige Feinfühligkeit, diese Botschaften zu verstehen.« Palina und Süßi seufzten deutlich.

»Zwei Glühwein für die Damen, gehen auf mich. Euch noch einen schönen Abend.« Die beiden Männer drehten sich weg und beteiligten sich wieder am Gespräch ihrer Kollegen.

»Da bist du ja! Wir haben dich schon so vermisst! Komm, lass dir 'n Schmatz geben.« Nun hatte auch Tina Palina entdeckt, schloss verträumt die Augen, formte übertrieben einen Knutschmund und streckte beide Arme theatralisch zur Umarmung in die Höhe. Sie hielten sich lange in den Armen und wiegten hin und her.

»Es ist so schön.« Palina genoss das warme Gefühl der Verbundenheit mit ihren Mädels.

»Das ist es.«

Danach wurde auch Michaela ausgiebig geknuddelt.

»Was hat dich aufgehalten? Wieder die Arbeit? Du arbeitest einfach zu viel«, fragte Tina von der Seite.

»Ach, das Übliche. Aber pass' scho'. Was viel wichtiger ist: Ich war noch schnell auf der Tombola!«

»Du und deine Tombola. Sag nicht, du hast schon wieder …«

»Doch! Ein Wochenende für zwei in einem fünf Sterne Hotel.« Palina strahlte und wäre am liebsten vor Freude auf der Stelle gehüpft.

»Du Glückskeks. Wie machst du das nur immer? Hey, Michaela, hast du gehört? Unser Glückskind hat wieder zugeschlagen«, rief Tina Michaela zu, die immer noch direkt neben ihr stand.

Michaela prostete Palina fröhlich mit ihrem Becher entgegen.

»Das müssen wir feiern«, stimmte Sabine mit ein.

»Die nächste Runde geht auf mich«, lud Palina ein.

»Moment!« Tina hob ihren Zeigefinger, während sie den Rest ihres Bechers hinunterstürzte. »Ich bin so weit.«

Palina schaute stolz in die Runde. Sogar andere Besucher prosteten ihr zu, obwohl sie sie nicht kannten, sich aber nicht Tinas lautstarken Ausführungen entziehen konnten.

Palinas Blick fiel auf den alten Steinbrunnen, in dessen Mitte sich eine riesige Skulptur befand. Der Brunnen lag außerhalb des eigentlichen Weihnachtsmarktes hinter den Ständen. Im Stil alter griechischer Kunstwerke wandten sich dort ästhetische nackte Männerkörper umeinander. Sie konnte sich zwar nicht vorstellen, dass die Darstellung der lasziv posierenden Körper den Alltag der alten Griechen authentisch widerspiegelte, und insgeheim hätte sie auch eine prächtigere Ausgestaltung der Gemächte bevorzugt. Trotzdem gefiel ihr die Skulptur sehr.

Palina bemerkte einen elegant gekleideten älteren Mann. Abseits des lauten Getümmels saß er auf dem breiten Brunnenrand und schien das Geschehen aufmerksam zu beobachten. Sie hatte den Eindruck, dass er groß gewachsen war. Da er saß, konnte sie es allerdings schwer einschätzen. Er war sehr schlank, wirkte fast hager. Irgendwie erinnerte er sie an Christopher Lee. Mit bedrohlichen Vampir-Eckzähnen oder einem knorrigen Zauber-Wanderstab wäre die Ähnlichkeit noch deutlicher gewesen.

Er wartet bestimmt auf jemanden. Hoffentlich muss er nicht zu lange in der Kälte sitzen. Nicht, dass er noch krank wird.

Als sie erneut umarmt und liebevoll hin und her geschüttelt wurde, verlor Palina ihn wieder aus den Augen.

15. KAPITEL

Die Kuppe der hohen Sanddüne hatte er endlich hinter sich gelassen. Mit jedem Schritt glitten seine Füße durch den feinen Wüstensand abwärts. Obwohl die Sonne schon tief stand, flirrte die Luft noch vor seinen Augen. Der Dünensand gab die Hitze ab, die er über den Tag absorbiert hatte, und machte ihm trotz seiner darauf abgestimmten klassischen Khaki Drill Uniform und des beigen leichten Tropenhelms zu schaffen. Er schaute zur gegenüberliegenden Sanddüne hinüber und versuchte einzuschätzen, ob er es rechtzeitig dort hinauf schaffen würde. Eigentlich war es nicht weit. Von hier aus konnte er die Markierung auf der anderen Seite erkennen, die er wenige Tage zuvor aufgeschüttet hatte.

Etwa 30 Meter hinab und wieder 20 Meter hinauf, schätzte er und ließ den Blick über die nähere Umgebung schweifen. Auffälliges konnte er nicht erkennen. Wiederholtes Rutschen beschleunigte seinen Abstieg, doch er musste darauf achten, nicht zu stürzen. Ihm war klar, dass es ihn Zeit kosten würde. Zeit, die er nicht hatte und den Erfolg seiner Mission gefährden konnte. Feiner Sand hatte sich in den klobigen Lederschuhen unter seinem Fußgewölbe und in der Kappe gesammelt, drückte unangenehm und erschwerte sicheres Aufsetzen. Kaum hatte er den Abstieg sturzfrei überstanden, musste er sich die nächste Düne hochkämpfen. Sein letzter Einsatz in einer Wüstenumgebung lag schon einige Zeit zurück. Es kam ihm so vor, als wäre der Sand dieses Mal viel feiner, würde weitaus weniger Halt bieten und öfter unter seinen Füßen wegrutschen. Dass dieser Weg so kräftezehrend sein würde, hatte er bei den Vorbereitungen nicht vorhergesehen.

Genauso wie er es seinen Schülern immer wieder predigte, hatte er Verfall und Regenerationsbedarf so niedrig wie möglich gehalten, indem er sich auf wenige Übergänge in diese Welt mit kurzen Vorbereitungseinsätzen beschränkt hatte. Gerade in seinem Alter und nach so vielen Missionen seiner ungewöhnlich langen aktiven Zeit war das von entscheidender Bedeutung. Es grenzte ohnehin schon an ein Wunder, dass er immer noch in der Lage war, Missionen zu übernehmen. Schweiß lief ihm übers Gesicht und die nasse Kleidung klebte unangenehm am Körper. Er ärgerte sich, dass er gezwungen war einzuspringen, aber nach dem jüngsten Verlust durfte sich die ohnehin schon spärliche Zahl ihrer Nachfolger nicht noch weiter reduzieren. Es würde auch auf ihn, ihren Lehrmeister, zurückfallen. Daher hatte er sich entschieden, vorläufig die anspruchsvolleren Aufträge selbst zu übernehmen, um der nachrückenden Generation die Möglichkeit zu geben, zuerst noch bei leichteren Einsätzen Erfahrung zu sammeln.

Ich habe es ja so gewollt, haderte er mit sich, als sein Fuß wegrutschte und er sich mit dem Knie im Sand der steilen Düne abstützen musste. Notgedrungen hatte er seine Aufgaben im Rat pausieren müssen, um die zeitaufwendige Planung, Vorbereitung und Durchführung übernehmen zu können. Langsam schwante ihm, dass er seit dem letzten Einsatz deutlich abgebaut hatte. Beim Gedanken an die verblüfften Gesichter der anderen Ratsmitglieder, als er seine Entscheidung verkündet hatte, musste er kurz lachen. Von ihnen war kaum noch einer dazu in der Lage und sie waren auch bei ihm davon ausgegangen, dass er keine Ausnahme bildete. Manche hatten inzwischen mit solch schweren Langzeitschäden zu kämpfen, dass sie nicht erwarten konnten, noch viele Winter zu erleben. Ein Gefühl der Überlegenheit kam in ihm auf, als er sich daran erinnerte, wie der Ratsvorsitzende ihn wortlos angestarrt hatte, während er seinen Entschluss mitteilte. Im Rollstuhl sitzend hatte der Vorsitzende mit ansehen müssen, wie er die wichtigsten Aufträge selbst übernahm – zur Chefsache machte. Niemand der anderen Ratsmitglieder hatte etwas gesagt oder den Vorsitzenden angeschaut, aber sie alle hatten verstanden.

Nun muss ich auch liefern, spornte er sich an. Mühsam kämpfte er sich weiter nach oben. Am liebsten hätte er sich erst einmal in den Sand gesetzt und nach Luft geschnappt, aber dafür fehlte ihm die Zeit. Auf der Kuppe angekommen ging er ohne zu zögern sofort zur Markierung. Er richtete seinen Körper genau aus und nahm die erforderliche Haltung ein. Mit geschlossenen Augen versuchte er, sich zu entspannen. Er fühlte, wie sein Herz stark in der Brust schlug und seine Lunge nach frischer Luft gierte.

Ich habe es schon so oft geschafft. Ich werde es auch jetzt wieder schaffen. Konzentrier dich!

Er spürte, wie sich sein Pulsschlag allmählich verlangsamte und die Spannung in seiner Muskulatur nachließ. Ein Gefühl von vollkommener

Ruhe breitete sich in ihm aus und er begann die Verbindung herzustellen. Es kam ihm so vor, als hätte es eine Ewigkeit gedauert, bis das gewünschte Flimmern erschien. Langsam tauchte ein Gittermuster vor ihm auf. Dunkle Linien formten Quadrate auf weißem Grund. Er ließ seine Wahrnehmung nach rechts gleiten. Auch hier wurden die Quadrate sichtbar.

Die Position stimmt schon einmal, stellte er fest. Doch etwas stimmte nicht. *Was ist schiefgegangen?* Er schwenkte seinen Fokus nun nach links. *Nein!*

Dort nahm er verschwommen eine Gestalt wahr. Schlagartig war ihm klar, was er bei seiner Planung übersehen hatte. *Zu weit.* Seine Nachlässigkeit ärgerte ihn. Aber dann gewann seine Erfahrung wieder die Oberhand.

Abbruch und schnell zurück!

16. KAPITEL

Tina und Michaela stachelten sich gegenseitig an und versuchten die jeweils andere mit lustigen Auszügen aus ihren Männergeschichten zu überbieten. Palina genoss es, den Erzählungen zu lauschen. Die lockere Atmosphäre des Weihnachtsmarktes, der verlockende Duft gebrannter Mandeln und der Becher Glühwein taten ihr Übriges. Ein Detail aus den Erzählungen erinnerte Palina plötzlich daran, dass auch bei Sabine Bewegung im Spiel war.

»Was ist eigentlich mit dir und diesem neuen Typen?«

Tina unterbrach ihre Show und schaute neugierig zu Sabine, die plötzlich etwas in ihrem Glühweinbecher entdeckt zu haben schien, das ihrer vollen Aufmerksamkeit bedurfte.

»Genau. Da war doch was.« Tina hatte Blut geleckt.

Sabine blickte zögerlich von ihrem Becher auf.

»Welchen ›Typ‹ meint ihr?«

»Wie, ›welchen‹? Sind es inzwischen schon mehrere? Der vom Rockkonzert – im Sommer – im Zelt. Wie viele hattest du denn seitdem?« Michaela riss erstaunt die Augen auf.

»Ach der – nee, da ist nur der eine.« Sabine versuchte abzuwinken.

»›Ist‹, habt ihr gehört?« Tina suchte nach einem bestätigenden Nicken.

»Was war da mit einem Zelt?« Palina war verwirrt. Hatte sie neue Entwicklungen bei ihrer Freundin verpasst?

»Ach, Süßi war doch auf diesem Zwei-Tage-Open-Air und hatte ihr Zelt vergessen.« Tina wollte sich nicht mit Altbekanntem aufhalten.

»Du bist zu einem Open-Air gefahren und hast das Zelt vergessen?«, staunte Palina.

»Die Kondome hat sie aber nicht vergessen.« Michaela kicherte.

»Spoileralarm«, stimmte Tina mit lauter, dreckiger Lache ein.

Tini, wie sie leibt und lebt. Dafür muss man sie einfach lieb haben, amüsierte sich Palina und musste mitlachen. Selbst Sabine ließ sich anstecken.

»Ich habe das Zelt nicht vergessen«, protestierte Sabine halbherzig.

»Ach nee?«

»Nein – nur die Zeltstangen!« Sabine hob ihren Zeigefinger.

»Und die Heringe«, ergänzte Michaela.

»Ist das nicht das Schwerste beim Zelt? Merkt man das nicht beim Tragen?« Palina hatte es nicht so mit Camping.

»Ist es!«

»Merkt man!« Michaela und Tina waren sich einig.

»Aber du kennst doch unsere gute Süßi. Ein Ritter in der Not ist schnell gefunden – der ihr großzügig einen geschützten Platz für die kalte Nacht anbietet.« Michaela grinste süffisant.

»Gaaanz ohne Hintergedanken.« Tina schaute unschuldig gen Himmel.

»Hast du etwa …«, Palina konnte ihren entsetzten und zugleich faszinierten Blick nicht verbergen.

»Na klar hat sie.« Tina stupste Palina an.

»Mehr als einmal«, pflichtete Michaela mit einem wissenden Lächeln bei, als hätte sie damals daneben gesessen und beiden souffliert.

Sabine schaute schuldbewusst. Bei Tina und Michaela hatte sie den Spießrutenlauf schon vor einiger Zeit hinter sich gebracht und insgeheim gehofft, dass es inzwischen in Vergessenheit geraten war. Aber es half nichts. Die Mädels ließen sie nicht davonkommen und weihten Palina gnadenlos ein – inklusive fast aller Weihnachtsmarktbesucher, die sich gerade in Hörweite befanden. Bei Tinas extrovertierter Art der Berichterstattung kamen da einige Meter zusammen.

Palina blickte sich unauffällig um. Inzwischen trennte sie ein Heizpilz von den vier Männern, die das Geschehen interessiert verfolgten und untereinander kommentierten.

»Mist, gerade jetzt will der Glühwein raus. Ich bin gleich wieder zurück. Merkt euch bloß alles und erzählt es mir dann«, hörte sie den einen sagen und musste schmunzeln. Sie sah, wie der lange Dünne mit wackeligen Beinen in Richtung Kanal verschwand.

Dann schaute sie wieder zu Sabine. Der Armen war es offensichtlich peinlich, dass ihr Privatleben Objekt des öffentlichen Interesses geworden war. Ihr Gesicht hatte inzwischen deutlich an Farbe gewonnen, was nicht nur an den kalten Außentemperaturen zu liegen schien, und sie versuchte den Blickkontakt mit dem fremden Publikum zu vermeiden.

»Er sah so gut aus und hatte so ein fröhliches Lächeln. Er hat mir ständig was ausgegeben.«

»Fröhlich sind wir auch. Was willst du trinken?«, hörte Palina den nächsten Kommentar von der anderen Seite des Heizpilzes.

»Ja ja, alles gut. Keiner verurteilt dich. Was ist denn nun? Habt ihr telefoniert? Trefft ihr euch wieder?« Tina wurde ungeduldig.

»Ich weiß nicht. Ich hätte ja schon Interesse.«

»Aber?«

»Beim letzten Telefonat hat er mir erzählt, dass er eine Freundin hat.«

Palina konnte förmlich das Knarren der Tür hören, die sich nun für Tina und Michaela öffnete.

Michaela fing an, den Refrain von »Männer sind Schweine« von den Ärzten anzustimmen.

Tina schüttelte nur sprachlos den Kopf. »Das ist alles zu viel für mich. So 'ne Scheiße habe ich auch gerade durchgemacht. Kommt, lasst uns tanzen gehen. Dann kommen wir auf andere Gedanken.«

»Gute Idee«, fand Sabine in der Hoffnung, so das Thema beenden zu können.

»Na ok«, sagte Michaela, klang aber wenig begeistert.

Die drei blickten fragend zu Palina. Schon seit einigen Minuten spürte Palina, wie ihr schwindelig wurde. Zwar hatte sie schon Schlimmeres erlebt, aber die Lust zu tanzen hielt sich ohnehin in Grenzen. Es passte nicht zu der Weihnachtsstimmung, in der sie sich gerade befand. »Von mir aus geht gerne tanzen, aber ich bin schon zu erschöpft und morgen muss ich wieder früh raus.«

»Ich sag doch, du arbeitest zu viel!« Tina fühlte sich bestätigt. »Das habe ich doch gerade vorhin gesagt. Erinnert ihr euch?«

»Ja, tun wir«, beschwichtigte Michaela. »Aber es ändert ja nichts. Wenn sie erschöpft ist, ist sie erschöpft. Das ist dann halt so.« Palina wurde das Gefühl nicht los, als hätte sich Michaela ebenfalls gerne abgeseilt.

»Aber ihr lasst mich doch nicht allein, oder?« Tinas Hundeblick wanderte von Süßi zu Michaela.

»Nein, natürlich nicht«, bestätigte Michaela mit einer Mischung aus Resignation und liebevoller Wärme.

»Aber das nächste Mal bist du dabei! Versprochen?«, fragte Tina wieder zu Palina gewandt.

»Auf jeden Fall«, versprach Palina, während sie schon Abschiedsküsschen an die Mädels verteilte.

Die drei Freundinnen zogen los, während Palina ihnen noch eine Weile hinterherschaute. Auf seinem Rückweg kam ihnen der vierte Mann entgegen und sagte noch irgendetwas, was Palina aber nicht verstehen konnte. Die drei lachten laut auf.

Palina wartete darauf, die Glühweinbecher gegen das Pfand zurücktauschen zu können. Jemand tippte ihr leicht auf die Schulter.

»Morgen sind wir auch wieder hier. Wenn du Zeit und Lust hast – Du bist eingeladen.«

Sie zog nur lächelnd eine Augenbraue hoch.

»Einfach nur nett unterhalten. Ich kann mir gut vorstellen, dass wir genug Gesprächsstoff finden.« Der lange Dünne schaute ihr freundlich in die Augen. »Keine Sorge. Nicht zum Zelten.«

Palina musste lachen. »Wer weiß«, lächelte sie ihn an, bevor sie sich endgültig umdrehte und so anmutig von dannen schritt, wie es ihr nach den Glühwein und Gins möglich war. Ihr war klar, dass das Interesse an ihr kaum auf einer literarischen Diskussion bei einer Tasse Tee beruhte. Und diese vier Exemplare entsprachen auch nicht unbedingt dem Strickmuster ihrer Begierde. Aber momentan brauchte sie einfach das Gefühl, dass sie Blicke auf sich zog.

Wenige Schritte später zog ein Schatten am Brunnen ihre Aufmerksamkeit auf sich. Saß da etwa noch der alte Mann? Sie blieb stehen und kniff die Augen zusammen, um die Silhouette im Dunkeln besser erkennen zu können. Ja, es war der alte Mann und er schien sich über die gesamte Zeit hinweg nicht von der Stelle bewegt zu haben.

Schläft er? Ist er betrunken? Ist er bewusstlos? Er kann hier doch erfrieren! Hatte er etwa einen Herzinfarkt? Palina merkte, dass sich ihr Pulsschlag beschleunigte.

Sie drehte sich um, aber außer ihr schien es niemand zu bemerken. Die vier Männer waren wieder in ihr Gespräch vertieft und beachteten sie nicht mehr.

Das ging ja schnell, ärgerte sie sich. *Typisch Mann.*

Ernüchtert und ein kleines bisschen in ihrem Stolz gekränkt, ging sie zu dem Mann am Brunnen.

»Hallo? Hallo?« Palina berührte ihn zaghaft an der Schulter. Aber er reagierte nicht. Sie griff fester zu und schüttelte ihn leicht. »Geht es Ihnen gut? Kann ich Ihnen helfen?« Palina sprach lauter, aber sie konnte noch immer keine Regung erkennen. Panik stieg in ihr auf, ihre Hand begann zu zittern.

Vor einigen Monaten hatte sie einen Kurs für betriebliche Ersthelfer besucht. Eigentlich hatte sie nur teilgenommen, weil sich zu wenige Teilnehmer gemeldet hatten. Damals war sie frühmorgens in der Kaffeeküche angesprochen worden, als ihr Koffein-Pegel noch viel zu niedrig und sie daher den Überredungskünsten des Kollegen quasi schutzlos ausgeliefert gewesen war.

Nun versuchte sie, sich an die dort eingeübten Abläufe zu erinnern. Sie hatte Hemmungen, den Notruf zu wählen und hoffte es noch irgendwie vermeiden zu können. Lehrbuchmäßig kontrollierte sie Puls, Atmung und Pupillenreflex – nichts.

Mach' ich was falsch? Panik stieg in ihr auf und sie drehte sich noch einmal hilfesuchend zu den Feiernden um, doch niemand beachtete sie.

Es hilft nichts! 112. Gerade zückte sie ihr Smartphone und begann zu wählen, da spürte sie eine Hand auf ihrem Arm. Palina zuckte zusammen und blickte in das schweißgebadete Gesicht des Mannes, der sie mit funkelnden Augen ansah. Ihr lief ein kalter Schauer über den Rücken.

»Geht es Ihnen gut? Kann ich Ihnen helfen? Sie hatten keinen Puls …«

Er überlegte kurz, dann fasste er sich und bemühte sich um einen freundlichen Tonfall. »Da muss Ihnen ein Fehler beim Messen unterlaufen sein. Offensichtlich lebe ich noch. Aber vielen Dank für Ihr Bemühen. Ich benötige keine Hilfe.«

»Geht es Ihnen auch wirklich …«

»Ja«, unterbrach er sie schroff, »es geht mir ausgezeichnet. Ich möchte gehen, mir ist kalt und ich will mich aufwärmen.«

»Äh, ja. Ja, natürlich.«

»Ich wünsche Ihnen noch einen schönen Abend. Auf Wiedersehen.«

»Auf Wiedersehen.«

Verwirrt beobachtete Palina, wie sich der Mann kurz sammelte, dann plötzlich mit einem Ruck aufstand und einfach wegging, als sei nichts geschehen.

Das aufwühlende Erlebnis und die Wirkung des Alkohols waren zu viel. Sie musste sich erst einmal setzen, zur Ruhe kommen und ihre Gedanken sortieren. Sie ließ sich an derselben Stelle nieder, an der zuvor der Mann gesessen hatte und merkte, wie die Belastung langsam von ihr abfiel. Der Alkohol des Abends täuschte ihrem Körper eine lauschige Wärme vor, in die sie sich entspannt hineinsinken ließ. Ihren Puls konnte sie kaum noch spüren.

Es war doch ein unterhaltsamer Abend gewesen, dachte sie noch zufrieden, als die Müdigkeit von ihr Besitz ergriff.

Das tut gut. Nur einen kleinen Moment und dann mache ich mich auf den Weg. Sie schloss die Augen und ihre Gedanken zogen wie ferne Wolken vorbei. Schließlich verschwand auch das letzte Wölkchen am Horizont. Um sich rotierend versank sie langsam in der Dunkelheit, als würde sie ein Strudel in die Tiefe ziehen. Kurz darauf fand sie sich inmitten einer malerischen Wüstenlandschaft wieder. Sie saß auf einer hohen Sanddüne. Die Abendsonne ging gerade unter und färbte den Himmel in wunderschönen Rottönen. Über die Rückseiten der Dünen legte sich ein dunkler Schatten. Der Sand war noch heiß. Nach der weihnachtlichen Kälte genoss sie dieses Gefühl und ließ sich in den Sand sinken. Auf dem Rücken liegend fühlte sie das leichte Brennen des heißen Sandes auf der Haut ihrer Schenkel, ihres runden Hinterteils und ihres Rückens. Sie war vollkommen nackt.

Was für ein schöner Traum. Palina genoss das Glücksgefühl in vollen Zügen und gab sich ihm vollkommen hin.

So lag sie einen Moment völlig bewegungslos da. Aber anstatt sich zu erholen und Kräfte zu sammeln, spürte sie, wie sie immer schwächer und ihr stetig Energie entzogen wurde.

Es hilft nichts. Ich muss aufwachen und zur Bahn. Sie setzte sich im Sand wieder auf.

Als Kind war sie häufig von Albträumen verfolgt worden, in denen sie auf die unterschiedlichsten Weisen starb und dann mit rasendem Puls und schweißgebadet aufwachte. In einem dieser panischen Todeskämpfe hatte sie bemerkt, dass sie nur träumte und war so in der Lage gewesen, ihr Sterben durchzustehen. Nach dem Erlebnis hatten Albträume ihren Schrecken verloren und waren fast vollständig verschwunden. Die Fähigkeit, ihre Traumwelt bewusst zu gestalten und in ihr zu wandeln, war geblieben.

Aber dieses Mal fühlte es sich anders an. So einen realistisch wirkenden Traum hatte sie noch nie gehabt. Es war wohl ihr absolutes Meisterstück. Sie blickte sich um. Zwischen ihrem Standort und dem Kamm der gegenüberliegenden Düne verliefen sogar Fußspuren.

Sehr beeindruckend, aber nun muss ich wirklich aufwachen.

Wie damals in ihrer Kindheit versuchte sie das Aufwachen anzustoßen. Der Weg zurück gestaltete sich aber schwieriger. Es war anstrengend, in dem Strudel zurückzuschwimmen.

Nassgeschwitzt und völlig erschöpft wachte sie schließlich wieder am Rand des Brunnens auf. Nach ein paar tiefen Atemzügen stand sie auf und ging wackelig mit weichen Knien in Richtung U-Bahn-Station.

Ich muss mit dem Alkohol wirklich kürzertreten. Das darf nicht zur Gewohnheit werden!

17. KAPITEL

Kraftlos stolperte Palina aus dem U-Bahnabteil über den kleinen Spalt auf den Bahnsteig. Schon während der Fahrt waren ihr mehrfach die Augen zugefallen und sie hatte sich zwingen müssen, die Lider wieder zu heben.

So viel habe ich doch nun wirklich nicht getrunken. Als ich den Weihnachtsmarkt verließ, war ich doch noch gut drauf. Oder werde ich etwa krank?

Während sie dem Bahnsteig zur Rolltreppe folgte, versuchte sie, in sich hinein zu horchen. Schon normales Gehen brachte sie außer Atem. Es fühlte sich nicht wie eine Krankheit an, sondern eher wie eine völlige Erschöpfung nach einem Marathon. Bei ihrem nicht vorhandenem Trainingsstand würde zwar auch schon eine weitaus kürzere Strecke einen entsprechenden Effekt hervorrufen, aber ihr Bürotag hatte sie heute nun wirklich nicht körperlich gefordert. Was hatte sie so viel Energie gekostet?

Vielleicht nur der Kreislauf. Bestimmt nichts, was nicht wieder von ein, zwei Riegeln Schokolade und einem großen Latte Macchiato behoben werden kann.

Die Aussicht auf ihren geliebten Latte weckte ihre Lebensgeister. Vom Bahndamm hinab nahm sie die Rolltreppe. Alex würde es mit einem resignierten Blick quittieren. Im Prinzip hatte er ja recht. Das war ihr klar. »Treppensteigen ist kostenloses Fitnesstraining zwischendurch«, war eines der Mottos von ihm und seinen sportversessenen Kumpeln. Sie hatten schon mehrfach über Fitnessstudio-Mitglieder gespottet. »Mit dem Auto zum Sportstudio fahren, den Fahrstuhl nehmen und dann eine halbe Stunde lustlos auf den Fahrradergometer oder Stepper eintreten. Warum nicht gleich mit dem Fahrrad zum Training fahren, die Treppe nehmen und bereits aufgewärmt mit dem eigentlichen Training beginnen? Der Weg nach Hause ist dann automatisch eine Cooldown-Phase«, war ihre Einstellung.

Aber heute ging es ihr nicht gut, verteidigte sie ihr innerer Schweinehund gegen ihr schlechtes Gewissen.

Außerdem ist er auch gar nicht hier und könnte mich sehen.

Sie verließ den Bahnhof, ging über den Zebrastreifen und war froh, dass sie nur noch die Straße hochgehen musste, um zu Hause zu sein. Die Straße stieg so sanft an, dass sie es normalerweise gar nicht bemerkte. Nun kam es ihr vor, als würde sie sich auf einer Bergwanderung befinden. Circa fünfzig Meter vor ihrer Haustür sah sie Alex, der gerade die Haustür aufschloss. Das hatte ihr gerade noch gefehlt. Er war aus entgegengesetzter Richtung gekommen und hatte sie noch nicht bemerkt. Es war zwar dunkel, aber der Schein der Straßenlaternen reichte ihr, um zu erkennen, dass er lediglich Lauf-Lycra trug. Sie überlegte, ob sie kurz abwarten sollte, um unbemerkt nach ihm ins Haus zu huschen. In ihrem momentanen Zustand war sie nicht gerade ein Hingucker.

Nachdem Alex die Tür aufgeschlossen hatte, drehte er den Kopf zu beiden Seiten. *Wahrscheinlich so ein Männerding. Aus welcher Richtung kommen die Säbelzahntiger?* Alex stockte kurz, als er in ihre Richtung sah. Er hatte sie entdeckt, hielt ihr die Tür auf und wartete stoisch, während er gleichgültig und ohne eine Miene zu verziehen in ihre Richtung schaute.

Ihr war nicht klar, worüber sie sich mehr ärgerte. Darüber, dass er sie entdeckt hatte und nun mitbekam, wie sie sich die marginale Steigung hinaufschleppte oder über seinen emotionslosen Ausdruck und sein ausbleibendes Lächeln, als er sie sah.

Palina registrierte, wie Alex erst zur Tür und dann nachdenklich zurück zu ihr schaute, nachdem er sie einen Moment lang beobachtet hatte. Sie grummelte.

»Du kannst gerne schon vorgehen. Ich brauch' noch einen Moment. Nicht, dass du dich in deinem dünnen Leibchen noch erkältest. Mitten im Winter. Du dampfst richtig«, rief sie ihm zu.

Wortlos winkte er ab, während er mit überkreuzten Beinen, sich lässig an der Tür abstützend, geduldig auf sie wartete.

»Hast du dich verletzt?«, fragte er beiläufig, als sie bei ihm angekommen war.

»Nein, ich bin nur erschöpft«, erklärte sie genervt. »Danke der Nachfrage«, fügte sie hinzu, als sie an ihm vorbei durch die Tür ging.

»Da nich' für«, winkte er ab. Ihren sarkastischen Tonfall schien er nicht bemerkt zu haben.

»Ich war mit Tini, Süßi und Michaela auf dem Weihnachtsmarkt und ...«

»Ahh, schon klar.«

Sie bereute ihre Mitteilsamkeit sofort. »Nein, ich bin nicht betrunken.«

»Ich habe nichts gesagt.«

Auch wenn er gemütlich hinter ihr her schlenderte und sie ihn nicht sehen konnte, konnte sie sein Grinsen förmlich spüren.

»Ich war heute sehr vernünftig. Ich habe sogar mehrere Einladungen ausgeschlagen.«

»Braaav«, quittierte Alex in einem väterlichen Ton, in dem mehr Wohlwollen als Glauben mitschwang.

»Ok, eine Einladung konnte ich natürlich nicht ablehnen«, sagte Palina eigentlich zu sich selbst, als ihr die Einladung von Charles einfiel. »Das wäre sehr unhöflich gewesen.«

»Natürlich.« Mit ironischem Unterton dehnte Alex die Aussprache genüsslich.

»Du hättest auch keine Einladung auf einen Gin in einer Crafts-Destillerie ausgeschlagen.«

»Natürlich nicht.« Alex pausierte kurz. »Und die anderen Einladungen abzulehnen war nicht unhöflich, weil sie nicht zu edlem Gin, sondern nur zu Glühwein waren? Verstehe.«

Mit wütendem Blick drehte sie sich um. Sie sah, dass Alex sich köstlich amüsierte und verkniff sich darauf anzuspringen. Sie war jetzt nicht in der Stimmung und in ihrem Zustand würde er ihr sowieso jedes Wort im Mund umdrehen und gegen sie verwenden. Ihr war klar, dass er es nicht böse meinte, sondern nur Spaß daran hatte, sie zu necken. Es war von der Sorte eines frechen Kitzelns, das sie im ersten Moment zwar ärgerte, aber im Nachhinein das angenehme Gefühl prickelnder Anziehung hinterließ.

Nach anderthalb Stockwerken musste sie auf der Zwischenebene stehen bleiben und Kräfte sammeln.

Alex schaute sie abschätzend an. »Dir steht Schweiß auf der Stirn. Bist du sicher, dass es nichts Ernstes ist?«

»Ja, bin ich«, winkte sie ab. »Ich bin nur erschöpft. Kannst mich ja in den fünften Stock tragen, wenn du dir solche Sorgen machst.« Sie war sich sicher, dass er ihre üppigen Kurven nicht hochtragen würde. Erst recht nicht nach den anstrengenden Trainingsläufen, mit denen er sich zu quälen pflegte. Was auch immer seine Kumpel und ihn dazu bewegte, sich gegenseitig dazu anzustacheln, war ihr unbegreiflich. Sollte er doch zugeben müssen, dass er dazu zu schwach war. Sie schaute ihn provokant an. Er schaute nachdenklich durch das Treppenhaus nach oben. Ihr schwante nichts Gutes.

»Ich bin kein …«, begann sie. Schon hatte er sich gebückt, einen Arm unter ihre Kniekehlen geschoben, während er den anderen um ihren Rücken führte und sie, ohne einen Anflug von Anstrengung zu zeigen, hochschwang.

»… Trainingsgerät«, schloss sie den Satz ab.

»Schon klar.«

Sie legte ihren Arm um seine Schultern und seinen Nacken. Die Hand des anderen Arms ruhte locker auf seiner Schulter. Sie spürte seine angespannte Schultermuskulatur sogar durch den Ärmel ihres Mantels. So eng waren sie noch nie auf Tuchfühlung gewesen. In ihrem Bauch kribbelte es.

Aus den Knien federnd warf er sie plötzlich einige Zentimeter in die Höhe, um mit seinen Armen blitzschnell eine günstigere Halteposition einnehmen zu können, solange sie sich in der Luft befand. Die Fingerspitzen seiner Hand rutschten dabei unter ihrer Achsel bis zum äußeren Ansatz ihrer Brust hindurch.

So so, du Schlawiner, amüsierte sie sich. *Geschickt. Hätte ich dir gar nicht zugetraut.*

Wohlig schmiegte sich Palina ein klein bisschen mehr an ihn an. Sie schaute süffisant lächelnd in Alex' Gesicht. Den Blick immer noch hoch durch das Treppenhaus gerichtet, glich er einem Hund, der gerade den Tennisball fixiert, der ihm vorgehalten wird.

Der Trottel ist im Wettkampfmodus, stellte sie ernüchtert fest.

18. KAPITEL

Einige Tage später hatte Jan seine alljährliche Einladung zum Adventsumtrunk schon für halb zwei ausgesprochen. Warum er dafür ausgerechnet Juløl, das norwegische Wort für Weihnachtsbier, verwendete, entzog sich Palinas Verständnis. Keiner der Teilnehmer hatte irgendeine tiefere Verbindung zu Skandinavien.

Palina erinnerte sich, wie sie in ihrem ersten Jahr im Großraumbüro gesessen hatte. Wenn Jan damals aus seinem Büro kam und an den Arbeitsplätzen vorbeiging, rief er immer in irgendeine Richtung: »Und nicht vergessen, Donnerstag ist wieder Juløl. Tragt es in euren Kalender ein. Nicht, dass es einer verpasst.« Als nun besagter Donnerstag gekommen war, hatte auch sie in freudiger Erwartung ihren Arbeitsplatzrechner heruntergefahren, ihre Sachen gepackt und ihren Mantel geholt. Als aber Jan aus seinem Büro kam, hatte er sie nur erstaunt angeschaut. Perplex hatte er ihr erklärt, dass es sich um einen alten Brauch handelte, auf dessen Rahmen er keinen Einfluss hätte und er diesen nur aus Traditionsbewusstsein und mit eigenen finanziellen Mitteln am Laufen hielt. Daher sei die Teilnehmerzahl leider auf die langjährigen Teilnehmer begrenzt. Ihr Gesicht war damals sofort rot angelaufen. Aus dem Augenwinkel hatte sie bemerkt, wie die Kollegen peinlich berührt verstummten und bemüht irgendwo anders hinschauten. Sie hatte kurz eine Entschuldigung gestammelt und war wieder zurück zu ihrem Arbeitsplatz gegangen, um den Rechner wieder hochzufahren und weiterzuarbeiten.

Wie seitdem jedes Jahr hatte Palina auch dieses Juløl konzentriert auf ihren Monitor geschaut, als die Kollegen loszogen. Kurz nachdem alle gegangen waren, stempelte sie sich aus und machte früh Feierabend. Sie schob genug Überstunden auf ihrem Arbeitszeitkonto vor sich her. Insgeheim ärgerte sie sich über sich selbst, denn sie wusste, die Kollegen kamen nach ihrer Veranstaltung alle wieder hoch, »um ihre Sachen zu holen« – und sich auszustempeln.

Palina verließ das Firmengelände durch den Haupteingang und sog die kalte Winterluft tief ein. Für die tägliche Verlosung war es noch zu früh. Ihr Blick fiel auf den Bäcker gegenüber. Ein Stück des leckeren Mohnstriezels wäre jetzt nicht verkehrt. Es hieß, sogar Drogentests könnten nach Verzehr von Mohngebäck anschlagen. Das könnte seine stimmungsaufhellende Wirkung bei ihr erklären. Sie betrat den Laden, musste aber enttäuscht feststellen, dass der Kuchen ausverkauft war. Sie war wohl nicht der einzige Junkie der Gegend. Lustlos inspizierte sie die anderen Angebote. Nichts sprach sie an und sie verließ den Laden.

Was ich nicht esse, macht mich auch nicht dick, tröstete sie sich.

Wenig später fand sie sich an einem Tischchen im Wiener-Kaffeehaus wieder. Vor ihr stand ein Stück Kirsch-Mohntorte. Der Barista arbeitete sich durch die vor ihm klebenden Bestellzettel. Es würde noch dauern, bis er ihren Latte Macchiato in Angriff nehmen konnte. Sie hatte einen Platz am Panoramafenster und vertrieb sich die Zeit damit, das Treiben in der Fußgängerzone zu beobachten. An deren Ende konnte sie schon die ersten Buden vom Vorabend erkennen. Sie kramte ihr Smartphone hervor und checkte, ob zufällig gerade eine ihrer Freundinnen online war. Aber wie erwartet mussten sie noch arbeiten. Sie schaute nach neuen Stickern im Messenger und verschickte ein paar von denen, die sie am niedlichsten fand. Schließlich brachte der Kellner den Latte und entschuldigte sich, dass es so lange gedauert hatte. Sie lächelte ihn freundlich an und bedankte sich.

Ihr Ritual begann mit dem Löffeln des cremig glänzenden Schaums, bevor er in sich zusammenfiel. Zuerst zog sie mit dem langen Löffel etwas Espresso von unten hoch und ließ ihn sanft über den Schaum laufen, sodass sich dieser kakaobraun verfärbte, bevor sie begann, ihn abzulöffeln. Palina genoss die Aromen von Schokolade und Karamell der so veredelten Milchcreme mit geschlossenen Augen. Das Geschmackserlebnis ließ sie noch einen Moment in ihrem Mund nachwirken. Erst als es fast verschwunden war, nahm sie ein kleines Stück von der Torte und ließ es langsam auf der Zunge zergehen. Mit kleinen Häppchen versuchte sie das Naschen zeitlich zu strecken.

Nachdem Palina auf diese Weise mehrere Stückchen der cremigen Sünde zelebriert hatte, öffnete sie die Augen und schaute in die Gesichter mehrerer Männer. Sie standen draußen vorm Panoramafenster und beobachteten fasziniert das Schauspiel, das sich ihnen bot. Palina erkannte sie. Es waren die vier vom Vortag, die sich offenbar bester Laune erfreuten. Vielleicht hätte sie sich über das Verhalten der Clowns geärgert, aber im Moment befand sie sich in ihrem Wohlfühlmodus und hatte nicht die geringste Lust, diesen zu verlassen. Ohne den Blick abzuwenden, schaute sie die Männer direkt an, während sie dieses Mal ein etwas größeres Stück mit der Kuchengabel abtrennte. Diese warteten gespannt, was nun passieren würde. Betont langsam schob sie sich das Tortenstück in den Mund, schloss die Augen und zog die Kuchengabel zeitlupenartig heraus. Den einsetzenden Beifall hörte sie durch das Fenster hindurch.

Es kann doch so einfach sein, dachte sie bei sich. Mit pantomimischen Trinkgesten versuchte der eine sie an seine Einladung vom Vortag zu erinnern. Gelangweilt drehte sie die Augen seitlich nach oben weg. Seine Kollegen schauten ihm interessiert zu. Dann merkten sie, was er versuchte. Sofort stimmten sie mit unterschiedlichen Taktiken ein. Einer schien etwas im Himmel um Beistand anzuflehen, ein anderer, der dickere, der versucht hatte, Sabine anzubaggern, ging auf ein Knie und öffnete die Arme.

Was für Knaller, dachte Palina. Sie hatte eigentlich nicht vor, darauf einzugehen. Doch sie konnte nicht vermeiden zu lachen, als jeder anfing, sich selbst aufs Korn zu nehmen. Der erste kleckerte sich mit seinem unsichtbaren Getränk voll, der mit dem Stoßgebet schien vom Blitz getroffen zu werden, der dickere tat so, als hätte er Rücken, sodass ihm aufgeholfen werden musste.

Das ist bestimmt nicht das erste Mal, dass die diese Nummer abzieh'n, war sich Palina sicher. In einer kreisenden Bewegung deutete sie zuerst auf ihren Kuchen und ihren Latte Macchiato, dann auf ihr Handgelenk und danach öffnete sie zweimal die Hand. Die Männer schauten sich gegenseitig freudig erstaunt an.

Wahrscheinlich bin ich die Erste, die bescheuert genug ist, darauf einzugehen, wunderte sie sich über sich selbst. *Na, das wird euch einige Getränke kosten.* Die Männer gestikulierten aufgeregt in Richtung Weihnachtsmarkt. Sie nickte gelassen.

Als die vier abgezogen waren, trank sie in aller Ruhe ihren Latte und genoss den Kuchen. Die Männer machten zwar inzwischen einen wesentlich sympathischeren Eindruck, als der Vorabend hatte erwarten lassen, aber sie war sich noch unsicher, ob ihre Entscheidung wirklich so clever gewesen war. Mit der endgültigen Entscheidung ließ sie sich lieber noch ein bisschen Zeit. Sie öffnete die private Messenger-Gruppe der Freundinnen.

P: »Erneute Einladung Weihnachtsmarkt«

P: »Die Männer von gestern«

P: »Soll ich?«

Palina starrte noch einen Moment erwartungsvoll auf das Display, als würden ihre Freundinnen dadurch auf telepathische Art und Weise animiert, ihre Smartphones zu zücken und ihr sofort zu antworten. Aber keine reagierte. Sie wendete sich wieder ihren Stimmungsaufhellern zu. Nachdem sie gezahlt und ihre Garderobe angelegt hatte, verließ sie das Kaffeehaus. Kaum stand sie auf der Straße, piepste ihr Telefon.

T: »Die Knaller?«

P: »J«

T: »Warum die?«

P: »Machen heute besseren Eindruck«

T: »Warum nicht?«
T: »Stell aber nix an!!«

P: »Nee, lol«

T: »Und berichte!!«
T: »Und trink einen für mich mit«

P: »Nicht nur einen«

T: »Das ist mein Mädchen«
S: »Wenn du den Dicken poppst, schaller ich dir eine«

P: »Rotfl, keine Sorge«

K: »Welcher Dicke? Welche Männer?«
S: »Von gestern«
K: »Kaum habe ich mal keine Zeit …«
T: »Hast nix verpasst«
K: »Und warum dann?«

P: »Langeweile«

T: »Und Lange-Weile macht inzwischen in die Windeln«

S: »Rotfl«

P: »Nee! Nee!!«

Wenig später erreichte Palina den Glühweinstand.

»Moin. Lassen sich eigentlich auch andere Frauen von euch überreden oder bin ich die einzige, mit der man das machen kann?«

»Du wirst es kaum glauben, aber du bist die erste, bei der wir es versucht haben. Ich bin übrigens Stefan«, entgegnete der lange Dünne mit bester Laune.

»Schon klar. Jetzt haltet ihr mich nicht nur für leicht zu überreden, sondern auch noch für doof. Palina.«

»Was trinkst du? Nils«, lachte der dickere.

»Thomas.«

»Eric.«, nickten ihr die beiden anderen freundlich lächelnd zu.

»Palina und Lumumba mit Amaretto.«

»Uhhh«, quittierten die Vier im Chor. Obwohl sie sich bemühte, ihn zu verstehen, ging der Witz irgendwie an ihr vorbei. Sie schaute verunsichert.

»Mundschenk, einen Lumumba mit Amaretto«, orderte Nils mit erhobenem Arm.

Palina sah, wie die Frau hinter dem Tresen zuerst genervt schaute, sich dann aber zu einem Lächeln zwang. Wahrscheinlich war sie gestern von der Truppe mit einem netten Trinkgeld bedacht worden und wollte es sich heute nicht verspielen, mutmaßte Palina.

Der späte Nachmittag ging zu Palinas Überraschung in so einen fröhlichen und unterhaltsamen Abend über, dass sie sogar ihre heiß geliebte Tombola verpasste und nicht mitbekam, wie sich die Nachrichten ihrer neugierigen Freundinnen im Messenger häuften. Im Laufe des Abends war auch irgendwann wieder der elegant gekleidete ältere Mann erschienen und hatte sich mit einem Becher heißen Getränks auf seinen Stammplatz gesetzt, von dem er das rege Treiben auf sich wirken ließ. Heute sah er entspannter aus als am Vortag, fand Palina. Allerdings war ihr noch immer unbehaglich zumute, als sie in seine Richtung schaute. Sie konnte sich nicht erklären warum, denn schließlich hatte sie nur helfen wollen und nichts Verwerfliches getan. Sie sah keinen Grund, dem Mann weiterhin Aufmerksamkeit zu schenken und amüsierte sich lieber über die unterhaltsamen Schwänke, mit denen sich Stefan und Konsorten gegenseitig aufzogen.

Im Laufe des Abends bekam Eric einen dienstlichen Anruf. An ein verständliches Gespräch war durch die Lautstärke der feuchtfröhlichen Weihnachtsmarktbesucher nicht zu denken. Notgedrungen wich er an den Rand des Marktplatzes aus, während der Rest weiter die Stellung am Glühweinstand hielt. Palina bemerkte, wie Stefan immer wieder den Blickkontakt zu Eric suchte. Auch Thomas schien zu versuchen, den Inhalt des Gesprächs zu erraten. Soweit Palina es auf die Entfernung erkennen konnte, lief Eric während des Gesprächs nervös auf und ab. Er gestikulierte wild, während er sprach. *Das sieht nach Problemen aus*, dachte sie sich. Da Stefan und Thomas aber ruhig blieben, maß sie dem keine tiefere Bedeutung bei. Nils bekam von allem anscheinend nicht das Geringste mit und ging darin auf, den Entertainer zu geben und die anderen mit seinen Geschichten zum Lachen zu bringen. Während er eine Geschichte über eine Abteilungsleiterin zum Besten gab, die den Kummer ihrer Scheidung mit einem jüngeren Kollegen aufgearbeitet hatte, wurde ihm ein eindringlicher Blick von Stefan zugeworfen. Der Blick und Thomas, der Stefan vor Lachen prustend mehrfach auf die Schulter klopfte, schien Nils aber nur noch zu bestärken, die daraus entstandenen peinlichen Situationen noch bildlicher zu beschreiben. Als Thomas schließlich vom Lachen erschöpft die Stirn auf die Theke legte, strich Palina dem leidenden Stefan tröstend mit ihrem Handrücken über die Wange. Für einen kurzen Moment schienen die Leiden aus Stefans Gesicht gewichen zu sein und er strahlte Palina glücklich an. In diesem Moment bemerkte Palina, wie Eric irgendwelche Zeichen in ihre Richtung gab. Sie deutete in Erics Richtung. Thomas schien die Bedeutung der Zeichen sofort zu erfassen.

»Gehst du oder soll ich gehen? Du bist schließlich Chef«, sagte er zu Stefan.

Beeindruckt schaute Palina zu Stefan. »Hilft nichts«, stellte dieser resignierend fest. »Es geht um zu viel.« Er warf Palina einen entschuldigenden Blick zu, während er schon zu Eric eilte.

Palina schaute von Zeit zu Zeit zu den beiden hinüber. Beide waren vollständig in das Gespräch vertieft. Nach zwei weiteren Schwänken, die von Nils mit geradezu komödiantischem Talent vorgetragen wurden, erschienen die beiden wieder am Stand. Sie sahen weder glücklich noch entspannt aus.

Palina schaute Stefan neugierig an. »Schlechte Nachrichten?«

»Herausforderungen«, winkte er ab. »Sorry, ich muss schnell einmal wo hin.«

19. KAPITEL

Stefan bahnte sich seinen Weg durch die Menschenmenge. Er mied die Toiletten des Sanitärcontainers, die meist schon am späten Nachmittag von den angeheiterten Besuchern völlig verdreckt waren. Die Unmengen an konsumierten Flüssigkeiten führten nicht nur zum Drang, sie wieder loszuwerden, sondern verringerten mit fortschreitendem Abend auch die Fertigkeit, es gezielt zu tun. Dagegen kam auch die allmorgendliche Komplettreinigung nicht an. Glücklicherweise kannte er sich in dieser Gegend gut aus.

Sie arbeiteten unweit des Veranstaltungsortes und nutzten ihre Mittagspausen, um im Quartier Zerstreuung zu finden. Die Tourismusbehörde versuchte, das Interesse möglichst vieler Besucher für diesen Teil des Hafens zu wecken und hatte weiter unten am Kanal für eine ordentliche Toilette gesorgt. Gestern war er auch dort gewesen und hatte festgestellt, dass sie kaum einer der abendlichen Weihnachtsmarktbesucher aufsuchte.

Er schmunzelte, als er sich vorstellte, wie ein Mann im Trenchcoat mit hochgeschlagenem Kragen, tief ins Gesicht gezogenem Fedora und einer stark getönten Wayfarer einem ahnungslosen Passanten hinter vorgehaltener Hand zuflüsterte:

»Haben Sie Interesse an der Position einer sauberen Toilette?«

»Wie? Einer Toilette?«

»Psst! Geheim!«

Vielleicht würde er das gleich am Stand bringen. Es waren primitive Witze und peinliche Erlebnisse, mit denen sie sich amüsierten. Das war ihnen auch vollkommen bewusst. Aber ihr platter Humor half ihnen, über den Tag zu kommen. Sie hatten es in ihrem Beruf mit derartig unschönen und moralisch mindestens grenzwertigen Handlungen zu tun, dass sie ein emotionales Gegengewicht benötigten, philosophierte er vor sich hin. So schafften sie es, sich gegenseitig den beruflichen Alltag erträglich zu machen, während sie so agierten, wie es von ihnen verlangt wurde, ohne dabei psychische Langzeitschäden davonzutragen. Jedenfalls hatte er Glück gehabt, dieses Team zusammenstellen zu können. Trotzdem konnte Stefan das latent über ihm schwebende Unwohlsein nicht komplett verdrängen. Ihm war klar, dass er sich täglich selbst belog, wenn er morgens versuchte, sich sein vor ihm liegendes Tagewerk schönzureden.

Aber Palina schien ihren Humor richtig einordnen zu können und sich köstlich zu amüsieren. Er bemerkte ein leicht aufgeregtes Kribbeln im Bauch, als er an sie dachte und wie er sich freute, wenn er sich ihr ihn frech anlächelndes Gesicht vorstellte.

Es hat dich wohl erwischt, du alter Sack. Wer hätte das gedacht?

Stefan betrat die öffentliche Toilette und drehte sich zum Vorraum der Herren. Seine Augen und sein Innenohr hatten unterschiedliche Auffassungen davon, in welche Richtung und mit welcher Geschwindigkeit rotiert wurde.

Uhh, ich bin doch schon ganz schön besoffen.

Kurz hielt er sich am Türrahmen fest. Nachdem sich seine Organe grob auf eine Richtung geeinigt hatten, peilte er die Tür mit dem stilisierten Mann an. Gewohnheitsmäßig wählte er das linke der beiden Becken. Während er bereits dabei war, den Reißverschluss seiner Hose zu öffnen, bemerkte er, dass es heute mit Absperrband überklebt war.

Gestern hatte ich es doch noch benutzt. Scheiß Vandalen.

Er wechselte zum benachbarten. Während er versuchte stillzustehen und sich aufs Zielen zu konzentrieren, schwangen seine Bewegungen noch im Kopf nach. Er wartete darauf, dass es endlich zu fließen begann und bemerkte, wie sich sein Unwohlsein steigerte.

So viel habe ich doch nun auch schon wieder nicht getrunken, wunderte er sich.

In seinem Magen entstand ein flaues Gefühl, begann seinen Hals hochzusteigen und zu einer Übelkeit heranzuwachsen. Schließlich kam ein Ziehen in der Brust dazu.

Oh, Mann. Ich muss mich gleich übergeben. Schnell zur Kloschüssel.

Ausgerechnet jetzt beschloss seine Blase, dass der richtige Zeitpunkt gekommen war, die Schleusen zu öffnen.

Na toll, fügte er sich. *Reiß dich jetzt noch einen Moment zusammen. Eins nach dem anderen.*

Er versuchte den Druck zu erhöhen, um schneller vom Urinal weg und zur Toilettenschüssel zu können. Zur Beklemmung in der Brust war ein Wärmegefühl gekommen, das sich inzwischen zu Hitze steigerte. Schweißperlen bildeten sich auf seiner Stirn. Eine Schweißperle lief zwischen seinen Brauen bis zur Nasenspitze und tropfte nach einer kurzen Zeit des Verweilens ins Becken. Stefan blickte dem fallenden Tropfen wie durch einen Tunnel hinterher. Dann flammte ein starker Schmerz in der Brust auf und ihm wurde schwarz vor Augen. Sich krümmend sackte er zusammen, schlug mit der Stirn auf den Rand des Beckens und rutschte an der Keramik und der gekachelten Wand entlang bis auf den gefliesten Boden. Unter ihm bildete sich eine Urinpfütze.

Einige Minuten später öffnete sich die Tür zur Toilette und ein angetrunkener Mann trat ein. Er stutzte, als er Stefan am Boden liegen sah.

»Ey, Kollege. Wenn man nichts verträgt, sollte man es lassen«, riet er Stefan in einem angewiderten, latent aggressiven Tonfall.

Der Mann wollte auf das linke Becken ausweichen, bemerkte dann aber, dass es abgesperrt war.

»Ey, geh mal beiseite. Andere müssen auch pullern.« Er tippte Stefan mit seiner Fußspitze zwischen die Schultern. Zuerst vorsichtig, dann, als die erwünschte Wirkung ausblieb, rabiater. Als er auf seinen Schuh blickte, sah er, dass dieser nass geworden war und er in einer Pfütze Urin stand.

»Was machst du hier für eine Sauerei?«, regte er sich laut auf.

Dann begriff er. Er holte sein Smartphone heraus und wählte 112.

20. KAPITEL

Palina hatte inzwischen aufgehört, ihre Lumumbas zu zählen. Die Vier mussten offensichtlich nicht aufs Geld achten und waren sehr spendabel. Im Gegenteil hatte Palina mit dem Problem zu kämpfen, dass sobald ihr einer etwas ausgegeben hatte, die anderen nicht zurückstehen wollten und so ein spendiertes Getränk automatisch eine Kettenreaktion auslöste. Einerseits wollte sie keinem vor den Kopf stoßen, andererseits genoss sie es auch, verwöhnt zu werden. Dass ihr jeder Wunsch von den Lippen abgelesen und ohne das geringste Zögern erfüllt wurde, war nicht wichtig, aber die Aufmerksamkeit, die ihr geschenkt wurde, war Balsam für ihre Seele. So war im Laufe des Abends einiges zusammengekommen, mit dem ihre Leber nun klarkommen musste.

Ein Wermutstropfen war, dass Stefan sie im Laufe des Abends verlassen hatte, ohne sich zu verabschieden.

Wahrscheinlich hat er einen weiteren Anruf bekommen und muss noch dringend etwas regeln.

Nach einiger Zeit, Palinas Zeitgefühl hatte sie schon vor einigen Bechern verlassen, klingelte Erics Smartphone und der Rest der Gruppe verabschiedeten sich schnell von ihr. Jedoch nicht, ohne dass sich jeder vorher von Palina in den Arm nehmen ließ.

Stefan braucht wahrscheinlich ihre tatkräftige Unterstützung.

Jedenfalls hatte sie das Gefühl, dass sich Stefan sehr für sie interessierte.

Mal sehen, wie es sich entwickelt, malte sie sich aus, während sie als letzte am Stand zurückblieb. Sie wollte erst noch in Ruhe ihren Lumumba zu Ende zu trinken, bevor sie die Segel strich.

Die Vier hatten in ihrer Hast vergessen, ihre Becher zurückzugeben. Die Budenbetreiber planten mit dem völlig überzogenen Becherpfand nicht nur die Neuanschaffung eines verschwundenen Bechers, sondern auch vergessene Pfandrückforderungen ein. Deren Gewinnspanne war auch ohne dieses Zusatzgeschäft unverschämt. Sie hatte darüber einmal eine Reportage gesehen und war entsetzt gewesen. Einerseits wollte sie dem Betreiber das Pfand nicht überlassen, andererseits hätte sie sich auch wie ein Pfennigfuchser gefühlt, wenn sie die Becher zurückgegeben und das Geld der anderen eingestrichen hätte. Nachdenklich betrachtete sie die Becher und ihr fiel auf, dass sie unterschiedliche hübsche Motive hatten.

Beim nächsten Mädelsabend machen sich die Becher bestimmt gut in meiner Küche. Und dann machen wir uns unseren Lumumba selbst. Oder Glühwein. Oder Apfelpunsch. Oh ja, Apfelpunsch mit Schuss.

Obwohl das Pfand bezahlt worden war, hatte Palina ein schlechtes Gewissen bei der Umsetzung ihres Plans. Sie wartete noch einen kurzen Moment, bis niemand schaute, bevor sie die Becher nahm und den Stand verließ. Die Becher waren verklebt und die Getränkereste würden ihre Tasche einsauen. Ihr Blick fiel auf den Brunnen. Der alte Mann war inzwischen gegangen. Sie konnte sich nicht erklären, warum er dieses unheimliche Gefühl in ihr hervorrief, verspürte aber auch keine Lust, dem Rätsel auf den Grund zu gehen.

Am Brunnen angekommen, stellte sie fest, dass auch er seinen Becher hatte stehen lassen. Sie linste hinüber. So einen hatte sie auch noch nicht.

Sechs Becher! Was für eine Ausbeute.

Palina setzte sich und spülte die Becher notdürftig ab. Während sie darauf wartete, dass sie wenigstens grob abtropften, und ihren Blick wandern ließ, verliefen sich ihre Gedanken. Wieder hatte der Alkohol seine Wirkung entfaltet und sie spürte eine Schwere in ihrem Körper, die sich zu ihren Augenlidern und bis in ihr Denken ausbreitete. Ihr wurde warm.

Nur kurz die Augen schließen und Kraft sammeln, dachte sie noch, bevor sie davontrieb.

Das langsam einsetzende Drehen ihrer Gedanken war ihr vom letzten Mal noch vertraut und sie genoss es.

Oh ja, jetzt noch einmal wie gestern die Sonne auf der nackten Haut spüren. Das wär's!

Ohne ein Gefühl für die inzwischen verstrichene Zeit zu haben, fand sie sich in ihrem Traum auf dem Kamm der Düne wieder. Dieses Mal war es heißer. Zuerst wunderte sie sich, erklärte es sich dann aber damit, dass es nun früher am Tage war und die Sonne noch höher stand. Die Realitätsnähe und Feinheiten, auf die ihr Unterbewusstsein bei der Simulation ihrer Traumwelt achtete, beeindruckten sie. Der Sand war sehr heiß. Viel zu heiß, um nackt darin zu sitzen. Palina stand auf und drehte sich um sich selbst, um einen Eindruck von der Landschaft zu bekommen. Feiner Sand klebte an ihrer feuchten Haut. Sanft strich sie mit den Fingerspitzen über ihren Po und ließ den Sand hinabrieseln.

Wie echt sich alles anfühlt. Und da! Da sind auch wieder die Fußspuren von gestern.

Die Hitze waberte vor ihren Augen.

Es sind heute mehr als gestern. Mein Traum baut auf dem Gestrigen auf.

Palina untersuchte die Stelle, an der sie stand, genauer. Direkt neben sich erblickte sie einen Sandhaufen, der nicht so aussah, als hätte der Wind ihn zusammengetragen. Er setzte sich von der Landschaft ab. Nicht sehr, aber erkennbar. Warum ließ ihr Unterbewusstsein dieses Detail entstehen? Sie blickte die Fußspuren entlang und versuchte zu erkennen, wie weit diese gingen. Sie konnte nur sehen, dass die Abdrücke bis zum Kamm der gegenüberliegenden Düne hinaufführten, jedoch nicht, ob sie dort endeten oder dahinter weiterführten.

Bin ich schon wieder zu Hause im Bett oder bin ich noch am Brunnen, kam ihr plötzlich in den Sinn.

Ich erinnere mich nicht, nach Hause gegangen zu sein. Dann müsste ich noch am Brunnen sitzen. Das ist nicht gut. Nachher werde ich noch ausgeraubt. Oder von einem Perversen begrapscht.

Palina merkte, wie sie nervös wurde und langsam Panik in ihr aufstieg. Bei dem Gedanken, wildfremden Personen hilflos ausgeliefert zu sein, wurde ihr unwohl.

Ich muss nach Hause. Wach auf Träumerle, versuchte sie ihren Traum zu beenden. Aber so einfach war es dieses Mal nicht. Sie hatte schon häufiger Träume gehabt, bei denen sie sich zwar bewusst war, dass sie träumte, aber es einfach nicht schaffte aufzuwachen. Wahrscheinlich schlief sie jetzt schon zu tief.

Jetzt ist aber wirklich Schluss mit dem Saufen. Kein Alkohol mehr. Mindestens einen Monat. Du bist auch echt bescheuert, Frau Solowjowa.

Sie musste sich setzen. Ihr wurde übel und sie fühlte sich ausgelaugt. Als sie wieder im Sand saß, überlegte sie, was sie tun konnte.

Ich muss es machen, wie bei einem Traum vom Sturz in die Tiefe. Ich darf mich nicht dagegen wehren. Ich muss mich zwingen, das Aufschlagen durchzuhalten. Es kann nichts passieren. Ich schlafe ja nur.

Sie schloss die Augen und versuchte wieder den Mindset ihres Kindheitstraums zu reaktivieren. Irgendwie schaffte sie es schließlich, die gleichen Empfindungen in sich hervorzurufen und gab sich diesen vollkommen hin.

Erleichtert spürte sie wenig später eisige Kälte und merkte, dass sie mitten im Aufwachen war. Ihre Haut fühlte sich an, als hätte sie einen Sonnenbrand davongetragen, weswegen ihr die klamme Kälte ihrer schweißnassen Kleidung fast schon wie eine angenehm lindernde Kühle vorkam. Sie öffnete die Augen und schaute nervös um sich. Zu ihrer Erleichterung war niemand in der Nähe und auch die feiernde Gesellschaft schien keine Notiz von ihr genommen zu haben. Zur Sicherheit kontrollierte sie ihre Tasche. Smartphone und Portemonnaie waren noch an Ort und Stelle. Sie kam sich verklemmt vor, als sie kurz checkte, ob ihre Kleidung noch geschlossen war. Unter den Bechern hatten die Pfützen des herablaufenden Wassers schon angefangen, eine Eisschicht zu bilden. Ein Becher war festgefroren und sie musste ihn ein bisschen vom Stein des Brunnens abbrechen, um ihn zusammen mit der restlichen Kriegsbeute in ihrer Tasche zu verstauen.

Jetzt aber schnell zur Bahn.

21. KAPITEL

Beim Aufstehen merkte Palina, wie ihr kurz schwarz vor Augen wurde. So etwas kannte sie schon von ihren sporadischen morgendlichen Kreislaufschwächen. In ihrer durchschwitzten Kleidung breitete sich die Kälte immer weiter aus. Nun war es keine lindernde Kühlung eines eingebildeten Sonnenbrandes mehr, sondern wurde unangenehm.

Nicht, dass ich mich durch meine Dummheit noch erkälte.

Palina versuchte die Menschenmenge möglichst schnell hinter sich zu lassen und auf die andere Seite des Marktplatzes Richtung U-Bahn-Station zu gelangen. Sie streifte hier und da ein paar Besucher, rempelte einmal versehentlich, um ihren Absatz schließlich in den Spann eines fremden Fußes zu graben.

»Uh«, hörte sie den Besitzer des Fußes neben sich stöhnen.

Beiläufig drehte sie sich um und setzte zu einem reflexartigem »Sorry« an. Wem das runde Gesicht mit der kleinen Brille gehörte, das sie so freundlich anlächelte, erkannte sie sofort.

»Wäre ich jünger und ein oder zwei Gramm leichter, dann würde ich mir etwas darauf einbilden, dass es eine attraktive junge Frau wiederholt auf mich abgesehen hat. Aber so scheint es mir, dass Sie es einfach auf meinen Fuß abgesehen haben«, amüsierte sich Charles.

»Es tut mir leid, Charles. Ich habe Sie gar nicht bemerkt.«

»Von einer Dame gar nicht erst bemerkt zu werden, schmerzt noch mehr.« Charles fasste sich ans Herz und setzte einen gespielt leidenden Gesichtsausdruck auf.

Palina musste lachen. »Ich kann Ihnen versichern, dass es nicht an Ihrer Person liegt. Ich habe es bloß heute ein wenig mit dem Feiern übertrieben. Und jetzt bin ich beduselt, müde und friere. Ich wollte nur schnell zur U-Bahn und nach Hause.«

»Beeindruckende Leistung«, Charles deutete auf die vielen Becher in ihrer offenen Tasche und nickte anerkennend. »Dann will ich Sie natürlich nicht aufhalten. Ich würde mir Vorwürfe machen, wenn Sie sich meinetwegen erkälteten.«

Palina überlegte kurz, ob sie das Bild geraderücken sollte, das sie gerade mit den vielen Bechern vermittelte. Es waren zwar nicht ihre Becher, aber korrekterweise musste sie sich eingestehen, dass sie über den Abend in Summe sogar noch mehr getrunken hatte. Und als moralisch fragwürdige Bechersammlerin fremder Becher wollte sie sich auch nicht präsentieren. Sie entschied sich, den Punkt zu ignorieren und das Thema zu wechseln.

»Kein Problem, so schnell werde ich nicht krank. Aber ich schulde Ihnen jetzt schon zwei Wiedergutmachungen fürs Auf-den-Fuß-treten und würde mich auch noch gerne für Ihre großzügige Einladung revanchieren. Gemütlich eine Kleinigkeit essen oder lecker Kaffee und Kuchen? Was halten Sie davon?«

»Palina.« Charles legte sanft seine Hand auf ihre Schulter. »Ich wollte Sie doch nur necken. Es gibt keinerlei Schuld, die Sie begleichen müssten. Und Sie sind viel zu leichtfüßig, um mir durch eine solche Berührung Schmerzen zuzufügen.« Er lächelte sie väterlich an.

»Ich würde es aber gerne.«

»Wie gesagt, einer Dame kann ein Gentleman schlecht einen Wunsch abschlagen. Verfügen Sie über mich.«

»Momentan bin ich in Eile und habe auch noch keine Idee, wohin. Verwenden Sie einen Messenger?«

»Ja, es ist kaum zu glauben, aber der alte Mann verwendet keine Rauchzeichen mehr. Das Feuerbohren wurde auf Dauer einfach zu mühselig.«

Palina deutete ein Herausstrecken ihrer Zunge an, indem sie nur Millimeter ihrer Zungenspitze durch den geschlossenen Mund schob. »Dann lassen Sie uns doch die Kontakte austauschen und wir verabreden uns in Ruhe später.«

Palina war überrascht, dass Charles zögerte. Für gewöhnlich ergriffen Männer sofort die Gelegenheit, an ihre Kontaktdaten zu kommen. Einmal hatte ein Mann sogar extra ihren Messenger installiert. Es war Yves gewesen. Sie dachte kurz an ihn zurück. Leider hatte sich diese Bereitschaft im Nachhinein nicht als gutes Omen herausgestellt.

Palinas Blick verriet eine Mischung aus Überraschung und Schuldgefühl. »Ich will mich nicht aufdrängen, wenn ...«, versuchte sie zu erklären.

Charles unterbrach sie schnell. »Nein, nein, es hat nichts mit Ihnen zu tun.« Dann schwieg er einen Moment.

»Nein, es wäre mir eine Freude.« Sein Tonfall vermittelte ihr den Eindruck, als hätte er sich gerade dazu durchgerungen.

Sie tauschten die Kontakte aus. Palina war überrascht, wie routiniert der alte Mann das Smartphone bediente.

»Palina, wären Sie mir sehr böse, wenn ich Sie nicht zur U-Bahn begleite? Ich habe hier leider noch etwas zu erledigen.«

»Nein, kein Problem. Ich bin schon groß und es ist nicht weit.«

»Kommen Sie gut nach Hause.«

»Viel Erfolg!«

»Viel Erfolg?«

»Bei dem, was Sie noch zu erledigen haben.«

»Ach so, ja. Vielen Dank. Bis bald. Ich freue mich.«

»Ich mich auch.«

Fröstelnd, aber mit einem zufriedenen Gefühl verließ Palina das Marktgelände. In den Seitenstraßen zwischen den hohen Gebäuden trat der Lärm der ausgelassenen Menschen immer weiter in den Hintergrund und die bunten, blinkenden Lichter der Buden wichen mehr und mehr der Dunkelheit. Sie traf nur noch auf wenige Passanten. Ab und zu hastete ein Pärchen vorbei. Als sie die verwinkelte Treppe zur U-Bahn-Station hinabstieg, war niemand mehr zu sehen. Sie mochte die Ruhe und Abgeschiedenheit, wenn sie den breiten unterirdischen Verbindungsgang zu den entfernteren Gleisen ganz für sich allein hatte. Dieser wurde abends kaum frequentiert. Hell ausgeleuchtet und mit bunten Mosaiken an den Wänden vermittelte er ihr ein Gefühl von Sicherheit. Nach weiteren Treppen war sie auf dem Bahnsteig angekommen. Die wenigen Wartenden hatten sich weit über den langen Bereich verstreut. Palina blickte auf die an der Decke hängende Anzeigetafel. Bis der Zug eintraf, waren noch siebzehn Minuten zu überbrücken. Palina schlenderte zum Kiosk, um sich die Wartezeit zu vertreiben und die Titelseiten der vielen Zeitschriften und Magazine anzuschauen.

Braucht man wirklich neun verschiedene Tattoo-Magazine, vier für Modelleisenbahnen und sogar zwei Magazine für Pfeifenraucher? Wer kauft das alles? Wie viele Kunden braucht eine Zeitschrift wohl, damit die Kosten getragen werden können? Und dann machen die sich noch untereinander Konkurrenz! Vierzehn Magazine mit nackten Frauen. Haben die Leser kein Internet?

Palina verstand es einfach nicht. Statt weiter zu versuchen, eine Antwort auf diese Fragen zu finden, wandte sie sich lieber den Zeitschriften zu, deren Notwendigkeit außer Frage stand und verschaffte sich anhand unterschiedlicher Titelseiten einen Eindruck davon, welche Fashion-Trends und Streetstyles gerade ausgerufen wurden. Als der Zug eintraf, hing sie gerade der Frage nach, ob sie – eine kosmopolitische Frau – wirklich so dringend Ratschläge bräuchte, um ihr Liebesleben in neue Sphären zu heben. Sie bezweifelte, dass ihr das Lesen der exklusiv in dieser Ausgabe abgedruckten neuesten wissenschaftlichen Erkenntnisse das Mysterium Mann entschlüsseln würden und stieg ein.

In der Bahn erinnerte sie das Piepsen des Smartphones an die Nachrichten, die nach Antwort verlangten. Das Gerät wurde zum Aufladen an die Stromversorgung am oberen Rand der Rückenlehne angeschlossen und sie widmete sich ganz der Neugier ihrer Mädels. Deren aus dem Ablauf des Abends resultierenden Einschätzungen und Vorhersagen liefen dabei weit auseinander. Es kam ihr so vor, als fände Tina zu jedem Punkt einen Bezug zu ihrer gescheiterten Beziehung. Die Freundinnen waren so in die Aufarbeitung des Abends vertieft, dass sie fast den Ausstieg verpasst hätte. Der Zug stand schon eine ganze Zeit, bis sie bemerkte, dass sie bereits am Ziel war. Erschreckt sprang sie auf und riss dabei den Stecker am Kabel aus der Buchse, während sie schon auf dem Weg zur Tür war. Sie hörte schon den piependen Warnton, der das Schließen der Tür ankündigte, als sie noch zwei Schritte entfernt war. Fast wäre sie noch eingeklemmt worden. Erleichtert drehte sie sich auf dem Bahnsteig in Richtung Zug um.

Das war knapp, stellte sie erleichtert fest. *Es hätte auch schiefgehen können.*

Die Bahn setzte sich in Gang. Als der nächste Waggon an ihr vorbeifuhr, traf sich ihr Blick mit dem Blick eines Mannes, der gerade den Kopf hob und aus dem Fenster blickte. Es war der Mann vom Brunnen. Emotionslos sah er durch sie hindurch und schien sie nicht zu bemerken. Trotzdem lief ihr ein kalter Schauer über den Rücken.

22. KAPITEL

Es war mehr die Schwerkraft, die Mario trieb, als er die Stufen zu den Räumen der Rechtsmedizin hinabstieg. Ohne den Hauch eines Elans bewegte er seine Füße gerade genug, um nicht zu stürzen.

Wochen waren vergangen, seit das Ermittlungsteam die mysteriösen Fälle auf den Tisch bekommen hatte. Die zeitkritischen Aufgaben hatten sie in den ersten Tagen erledigt. Zielführende Erkenntnisse hatte das nicht geliefert und so waren sie zum Fleißteil klassischer Polizeiarbeit übergegangen. Er hasste die Büroarbeit am Schreibtisch, das viele Lesen und ständige Hinterhertelefonieren auf der Suche nach der einen Auffälligkeit, die den ausschlaggebenden Ansatzpunkt lieferte, um sich von dort Stück für Stück bis zur Lösung des Falls weiterzuhangeln. Aus seiner Sicht war der einzige Vorteil, dass er pünktlich Feierabend machen konnte. Leider hatte er seine Freizeit nicht genießen können und die letzten vier Abende bis spät in die Nacht auf dem Weihnachtsmarkt jobben müssen. Er war ausgelaugt und hätte sofort an Ort und Stelle einschlafen können. Wenigstens hatte er das Geld für die Geschenke zusammen. Eigentlich wollte er noch ein paar weitere Tage jobben, um auch sich selbst mit einem Weihnachtsgeschenk belohnen zu können. Viel Zeit blieb nicht mehr. Es war kurz vor Weihnachten. Momentan konnte er sich allerdings nicht davon überzeugen, dass es die verschenkte Lebenszeit wert war.

Vor einigen Tagen hatte er am Arbeitsplatzrechner eine kreative Schaffenspause eingelegt und sich auf der Website des Skateboard-Ladens seines Vertrauens ein neues Board konfiguriert. Beim Zusammenstellen der Komponenten kam eines zum anderen. Nachdem sein Traumboard fertig war, bestätigte die Warenkorbanzeige seine Befürchtungen. Es waren noch einige Stunden hinterm Tresen nötig. Er seufzte. Aber er konnte es drehen und wenden, wie er wollte, das Deck, die Rollen und die Lager waren genau das, was ihm vorschwebte. Dann wäre es inkonsequent und würde preislich wenig ausmachen, bei den Achsen, dem Griptape oder dem Montagesatz zu knausern.

Mit der Ungerechtigkeit der Welt hadernd schlug ihm der spezielle Geruch aus der Rechtsmedizin entgegen und riss ihn aus seinen Gedanken. Als er sich im Durchgangsraum umzog, wurde die Tür auf der gegenüberliegenden Seite geöffnet und Giselher kam ihm entgegen.

»Siehst Scheiße aus«, stellte Giselher in seiner zurückhaltenden Art und Weise fest.

»Danke. Dir auch einen schönen guten Morgen.«

»Du bist dünn wie Strudelteig. Du isst zu wenig Fleisch.«

Mario schaute zu Giselher auf. Er schätzte ihn auf über zwei Meter Körperlänge und mindestens 130 kg Körpergewicht. *Wie viel Fleisch muss der wohl essen, um diese Körpermasse zu halten*, fragte er sich.

»Ich lebe meist vegetarisch.«

»Du siehst schwach und kränklich aus.« Giselher runzelte nachdenklich die Stirn.

»Du weißt schon, dass ich Kripo Kommissar bin«, grinste Mario ihn an.

»Du weißt schon, dass ich Schlachter bin und mit Leichen hantiere«, grinste Giselher zurück.

»Ok, du hast gewonnen.« Mario zwinkerte Giselher kameradschaftlich zu.

»Sag das nächste Mal vorher Bescheid, wenn du kommst. Dann bring ich dir gutes Fleisch mit«, sagte Giselher beiläufig, als er schon dabei war, den Raum durch die Tür zu verlassen, durch die Mario hineingekommen war.

Wenig später fand sich Mario bei Dr. Stein wieder, der sich einem Riesenstück Torte widmete.

»Torte zum Frühstück? Nobel geht die Welt zugrunde.«

»Prof. Dr. Hülsenbeck hat Geburtstag. Die Kollegen feiern gerade. Ich würde auch mitfeiern, aber ich muss ja arbeiten«, grummelte Dr. Stein. »Wahrscheinlich stürzen sie sich gerade wie die Geier auf die besten Sachen und mir bleiben nachher nur noch die Reste.«

»Wir haben alle unser Päckchen zu tragen.« Marios Mitleid hielt sich in Grenzen.

Dr. Stein blickte mit leicht zusammengekniffenen Augen zu ihm auf, konnte sich aber ein Grinsen nicht verkneifen, als er Marios gewinnendes Lächeln sah.

»Petersen meinte, Sie hätten etwas, das mit unserem Fall in Zusammenhang stehen könnte?« Mario wandte sich wieder der Arbeit zu.

»Urteilen Sie selbst.« Dr. Stein steckte sich noch schnell ein Stück Torte in den Mund, legte die Gabel auf dem Teller ab und stand auf. Er ging zu den Kühlabteilen an der Wand, öffnete eines und zog die Lade heraus.

»Giselher hat ihn schon wieder zugenäht. Wir wussten nicht, wann Sie im Dezernat mit dem Brunch durch sind und uns mit ihrer Anwesenheit beehren werden.« Stein amüsierte sich köstlich. »Aber ich zeige Ihnen gleich die Bilder. Sagt Ihnen dieser Mann irgendetwas?«

Mario schaute in das fahle Gesicht. »Nein, nichts. Er wurde auf einer öffentlichen Toilette mit aufgeschlagenem Schädel gefunden. Richtig?«

»Ja. Der aufgeschlagene Schädel ist aber nicht die eigentliche Todesursache. Wahrscheinlich postmortal. Fremdeinwirkung unwahrscheinlich – Stichwort Hutkrempe.«

»Ok, verstanden. Und nun?«

»Raten Sie einmal, woran er gestorben ist.«

»Da Sie schon so fragen und mein Chef ausgerechnet mich geschickt hat: Herz? Verbrennung? Innerlich?«

»Guter Mann. Dann brauche ich Ihnen die Aufnahmen nicht mehr zu zeigen. Dort drüben ist der Asservatenbeutel mit seinem persönlichen Besitz.«

»Und den Sanitätern ist nichts Ungewöhnliches aufgefallen?«

»Da kann man ihnen keinen Vorwurf machen. Es war ein reiner Zufallsfund.«

»Der Tatort ist höchstwahrscheinlich spurentechnisch komplett zerstört. Öffentliche Toilette auf einem Festgelände. Da macht die Kriminaltechnik gedanklich gleich auf der Türschwelle kehrt«, sagte Mario mehr zu sich selbst.

Als er das Gebäude der Rechtsmedizin durch die große Glastür verließ, begrüßte ihn ein blauer Himmel mit Sonnenschein. Er atmete die kalte, frische Luft tief ein, um den Formaldehydgeruch aus der Nase zu bekommen.

Bei so schönem Wetter mit dem neuen Skateboard fahren. Das wär's, träumte er. Sie wären nicht auf dem überdachten Parkdeck, sondern könnten sich unter freiem Himmel auf dem Skate Parcour austoben. Seine Kumpel würden seine neue Errungenschaft gründlich untersuchen und fachmännisch würdigen. Natürlich würde es jeder einmal fahren wollen.

Es hilft nichts. Ich muss wohl doch noch ein paar Abende jobben.

23. KAPITEL

Aus weiter Ferne schob sich das Zirpen einer Grille in Palinas Bewusstsein.

Das ist mein Wecker, begriff Palina plötzlich. Ohne die Augen zu öffnen, tastete sie in die Richtung des Geräusches und drückte die breite Taste auf der Oberseite. Die Grille verstummte.

Es war eine unruhige Nacht gewesen. Wirre Träume hatten einen erholsamen Schlaf verhindert. Sie hatte die Größe einer Ameise und schwamm in einem Waschbecken. Dann wurde der Stöpsel gezogen und sie versuchte verzweifelt, dem Sog des ablaufenden Wassers davonzuschwimmen. Aber die Kraft des Strudels war einfach zu stark und er zog sie hinab. Sie begann sich zu drehen und rotierte immer schneller, bis das Bild der Umgebung vor ihren Augen verschwamm. Plötzlich fand sie sich inmitten einer ihr unbekannten Landschaft wieder. Doch kaum hatte sie sich einen ersten Eindruck verschaffen können, begann sie erneut schneller und schneller zu rotieren, um am Ende an einem anderen Ort aufzutauchen. Das hatte sich in einer Endlosschleife wiederholt, bis die Grille sie schließlich erlöst hatte.

Palina bemerkte, dass sie nicht nur ihren Lieblingsschlafanzug mit den niedlichen Blümchen, sondern auch das Laken durchgeschwitzt hatte. Die Bettdecke war auf Höhe des Oberkörpers patschnass. Sie fühlte sich wie gerädert.

Nur noch einen kleinen Moment. Dann komme ich heute halt etwas später, eröffnete ihr innerer Schweinehund die Verhandlung. Kalte Luft kam unter die Decke, als sie sich in eine bequemere Position drehen wollte. Schlagartig hatten die nassen Teile des Betts jegliche lauschige Wärme verloren und fühlten sich unangenehm klamm an.

Dann kann ich auch gleich aufstehen. Sie seufzte und quälte sich hoch.

Nach einem lustlosen Frühstück fand sich Palina am Bahnsteig wieder. Das einzige Highlight war gewesen, dass Flo nicht mit Schmuseeinheiten gespart hatte und ständig um ihre Beine herumgestrichen war. Wahrscheinlich hatte er bemerkt, dass sie etwas belastete und wollte ihr beistehen. Ansonsten war der Morgen so gewöhnlich gewesen, dass sie nicht mit Bestimmtheit sagen konnte, ob die Erinnerungen an ihn von diesem oder einem anderen Tag stammten. So austauschbar waren die ersten eineinhalb Stunden nach dem Aufwachen gewesen.

Der Mensch ist ein Gewohnheitstier, stellte ihr noch untertourig laufender Denkapparat fest. Auch die Stelle, auf der sie auf dem Bahnsteig stand, war wahrscheinlich bis auf wenige Zentimeter die gleiche wie jeden Morgen. Sie spürte, wie der Gedanke an ein monotones Leben im Hamsterrad gesellschaftlicher Zwänge auf ihre Stimmung drückte.

Was ist eigentlich in letzter Zeit mit mir los? Eigentlich läuft doch alles ganz smooth.

Palina schaute auf die Gleise. Ihr Denken legte sich wieder schlafen. Langsam spürte sie eine Spannung um ihren Brustkorb entstehen, die anfing, ihre Atmung zu erschweren. In ihrem Rücken entstand ein unangenehmer Druck. Sie schüttelte sich. Das brachte Erleichterung. Die Schienen übertrugen ein metallisches Geräusch, das den kommenden Zug ankündigten. Ihr Blick fiel auf Alex, der gerade die Rolltreppe hinaufhetzte, als das Spannungsgefühl erneut einsetzte. Sie ignorierte es, drehte sich Alex zu und winkte. Er schaute auf und wollte gerade zurückwinken, als sie merkte, wie sie durch einen Stoß das Gleichgewicht verlor und in Richtung der nahen Bahnsteigkante taumelte. Aus dem Augenwinkel nahm sie wahr, wie er den Mund aufriss, reflexartig seinen Rucksack fallen ließ und in ihre Richtung sprintete. Glücklicherweise hatte sie sich genau in dem Moment gedreht, als der Stoß kam. So verfehlte sie ein Großteil der Energie und sie konnte sich gerade noch fangen. Alex wäre nicht mehr rechtzeitig bei ihr gewesen, um sie noch vor dem Sturz in das Gleisbett zu bewahren. Im Schwung ergriff er ihren Arm und zog sie zu sich. Sie krallte ihre Hände in seinen Mantel.

»Was war denn das? Spielst du die Stolperszene aus ›Dinner for One‹ nach?«

Sie stand noch unter Schock und schaute ihn verwirrt an.

»Ich wurde gestoßen. Jemand hat mich geschubst!«

»Geschubst? Von wem? Palina, hier ist niemand.«

»Doch ich habe es deutlich gespürt. Eine Hand hat mich gestoßen.«

»Das kann nicht sein. Ich habe dich die ganze Zeit gesehen. Es war niemand in deiner Nähe.«

Alex blickte in Palinas verängstigtes Gesicht. Eine Träne rollte aus ihren Augen, als sie seinen Blick erwiderte. Er zog sie zu sich und hielt sie fest in seinen Armen.

»Alles gut. Es ist nichts passiert«, sagte er, als er bemerkte, das sie anfing, leise zu schluchzen. »Das ist nur der Schock.«

24. KAPITEL

Michaela hastete quer über den Bahnsteig und versuchte den gegenüberliegenden Anschluss zu erwischen. Die Fahrpläne der beiden Linien waren an diesem Knotenpunkt so aufeinander abgestimmt, dass die Züge in der Regel zeitgleich einfuhren und an den beiden Seiten desselben Bahnsteigs hielten. Zu den Stoßzeiten hatten die Fahrgastmassen, die versuchten, die jeweils andere Bahn noch zu erreichen, Züge zweier aufeinanderstürmender Rugbymannschaften beim Kick-off. Um den sportlichen Anreiz für die Spieler zu steigern, wurden die Haltezeiten der beiden Bahnen kurz gehalten. Auch war an feststehende Hindernisse in Form von Säulen, Anzeigetafeln und Kiosken gedacht worden, um sicherzugehen, dass die so durch die Engstellen kanalisierten Mannschaften auch wirklich aufeinandertrafen und sich nicht versehentlich verfehlten.

Michaela versuchte, die Rugbyqualitäten ihrer Jugend reaktivierend, dem entgegenkommendem Pulk kein stillstehendes Ziel zu bieten. Slalomartig wich sie aus, ohne getackelt zu werden, während die entgegenströmenden Spieler ihrerseits versuchten, noch rechtzeitig in den Wagen zu gelangen, aus dem sie gerade gekommen war. Gerade wich sie einer rücksichtslosen Frau aus, als sie den Klingelton hörte, den sie Anrufen ihrer Mädels zugeordnet hatte. Meist chatteten sie nur über ihre Gruppe, anstatt zu telefonieren. Anscheinend war es etwas Dringendes, mutmaßte Michaela. Sobald sie das hinter der U-Bahntür liegende Malfeld erreicht und vielleicht sogar einen Sitzplatz ersprintet hatte, würde sie zurückrufen.

Michaela legte nicht nur den Try, sondern erhöhte noch auf einen Platz am Fenster. Sie stellte ihre Notebook-Tasche und die Trainingstasche vor sich auf dem Boden ab. In ihrem Damen-Rucksack kramte sie nach dem Smartphone.

»Na Süße, du hast angerufen? Wo brennt der Schuh?«

…

»Süße, du musst lauter sprechen. Ich verstehe dich nicht.« Michaela drückte das Smartphone dichter ans Ohr.

…

»Ich komme gerade von der Arbeit und bin auf dem Weg zum Sport.«

…

»Ich sitze in der U-Bahn.«

…

»Nein, du störst nicht. Ich sitze schon in der zweiten und es sind noch ungefähr fünf Stationen.«

…

»Erzähl ruhig.«

…

»Nein! Erzähl nichts. Echt?«

…

»Na, das kann ich versteh'n.«

…

»Weißt du was? Du kommst heute Abend zu mir, wir kochen uns was Leckeres und du erzählst mir alles in Ruhe.«

…

»Ach Quatsch, das macht doch keine Mühe.«

…

»Ich habe heute nichts vor. Nur eine Trainingseinheit und dann habe ich alle Zeit der Welt.«

…

»Aber nur, wenn du drauf bestehst. Was denn?«

…

»Oh ja! Ich liebe deine Lachs-Lauch-Lasagne.«

…

»Schaffst du das denn alles?«

…

»Also wenn du erst einkaufen gehst und dann auch noch kochen willst, dann machen wir es am besten so: Du fährst jetzt gleich nach der Arbeit zu mir – du weißt ja, wo der Ersatzschlüssel für den Notfall liegt – legst ab und kaufst von dort aus ein. Wenn du erst nach Hause fährst, wird es sonst so spät mit dem Essen.«

…

»Süße, du klingst wirklich nicht so gut. So langsam mache ich mir wirklich Sorgen um dich!«

…

»Ja, natürlich verstehe ich das. Wer will nach so einem Erlebnis schon allein sein?«

…

»Du bist doch auch immer für mich da, wenn es mir nicht gut geht.«

…

»Du kannst auch gerne bei mir übernachten. Vielleicht schläfst du dann endlich einmal wieder ruhig durch.«

…

»Super. Das wird bestimmt lustig.«

…

»Ach, das kriegen wir geregelt.«

…

»Ich komme nach dem Training eh bei dir vorbei. Liegt ja auf dem Weg. Ich muss nur kurz aus der Bahn hüpfen, deine Sachen holen und hüpf dann wieder rein.«

…

»Das ist keine Mühe.«

…

»Ja, ich weiß, wo dein Zweitschlüssel liegt.«

…

»Was brauchst du alles?«

…

»Ja.«

…

»Klar.«

…

»Hmmm.«

…

»Also ich finde ja, das Blaue steht dir viel besser.«

…

»Ja, darin siehst du zum Anbeißen aus.«

…

»Nein, das sage ich nicht nur, um dich aufzubauen.«

25. KAPITEL

Es war schon lange dunkel geworden, als Michaela die Straße zu Palinas Wohnung hochging. Mit dem Sport war sie für heute durch. Um die noch vom Duschen nassen Haare vor der Kälte zu schützen, hatte sie ihren dicken Schal so um Kopf und Hals gewickelt, dass selbst die Nasenspitze geschützt war. Zwar wusste sie, wo Palinas Wohnungszweitschlüssel versteckt war, aber dazu musste sie erst einmal in das Treppenhaus kommen. Bevor sie bei den Nachbarn klingelte, drückte sie versuchsweise gegen die Haustür. Glücklicherweise war der Türschließer wieder einmal defekt. Der Reparaturservice benötigte immer Wochen, bis er sich der Behebung eines Schadens annahm und danach mitunter noch mehrere Anläufe, bis er es geschafft hatte. So drückte sie die Tür einfach auf. Als sie den Treppenabsatz betrat, bemerkte sie Uringeruch. Wahrscheinlich hatte nachts wieder ein Betrunkener den freien Zugang genutzt und sich auf der Kellertreppe erleichtert. Angewidert entschied sie sich gegen die Stufen und ging zum Fahrstuhl. Beim Sport hatte sie wie üblich alles gegeben und war noch völlig ausgelaugt. Ihre Treppe-vor-Fahrstuhl-Regel konnte sie unter diesen Umständen ausnahmsweise einmal vernachlässigen.

Oben angekommen gönnte sie sich kurz den wunderbaren Ausblick aus dem Treppenhausfenster über die beleuchteten Fenster der Stadt. Sie mochte es hoch zu wohnen und weit sehen zu können. Leider wohnte sie selbst im ersten Stock. Neben Palinas Tür griff sie hinter die Verkleidung der Versorgungsleitungen und fischte den Ersatzschlüssel hervor.

Kaum hatte Michaela die Wohnungstür geöffnet, ruhten zwei Augen auf ihr.

»Na Süßer. Was guckst du mich so misstrauisch an? Du kennst mich doch.« Sie ging in die Hocke und hielt Flokati die Hand hin.

Erst zögerte er, aber dann ließ er sich dazu herab, sich von ihr kraulen zu lassen.

Sie schien ihre Aufgabe zu seiner Zufriedenheit zu erfüllen. Er fing an zu schnurren und seine Massen gegen sie zu drücken.

»Du hast dein Frauchen erwartet, stimmt's? Palina kommt heute aber nicht. Du musst mit mir vorliebnehmen.«

Der Sport forderte seinen Tribut. Vollgepackt, wie sie war, machten sich ihre Beine bemerkbar und sie musste aufstehen. Verständnislose Augen meldeten Protest an. Sie bedauerte, dass sie schlecht in der Zeit lag und sich nicht länger um das riesige Fellknäuel kümmern konnte.

Im Schlafzimmer zückte Michaela ihr Smartphone, um die Textnachrichten abzuarbeiten, was sie mitbringen sollte. Palina hatte sich mehrfach umentschieden, welches Outfit sie am nächsten Tag tragen wollte. Acht ungelesene Nachrichten von Palina. Michaela seufzte innerlich. Sie öffnete eine der Spiegeltüren am fünftürigen Kleiderschrank und begann nach dem ersten Kleidungsstück zu suchen, als ihr Telefon klingelte.

»Ja, ich bin schon bei dir.«

…

»Ja, alles klar.«

…

»Nein, kein Problem. Ich habe in der Sporttasche Platz genug. Hier streift nur ein riesiges Fellknäuel zwischen meinen Beinen herum und wirft mich fast um.«

…

»Ja, kann ich machen. Ich füttere ihn.«

…

Flo verharrte in seinen Bewegungen und schaute sie erwartungsvoll an.

»Er scheint das Wort zu kennen. Du solltest mal sehen, wie er mich gerade anguckt.«

…

»Keine Sorge, ich lasse mich nicht von ihm um den Finger wickeln. Nein, ich überfüttere ihn schon nicht. Wie viel soll ich ihm denn geben?«

…

»So viel?«

…

»Wie, das ist schon seine Diätration? Hammer. Ich hätte gedacht, er bekommt gerade einmal die Hälfte.«

…

»Hör auf zu lachen. Habe ich wirklich gedacht. Aber ok, bekommt er. Zuerst einmal deine Klamotten.«

…

»Wo finde ich eigentlich deinen grob gestrickten Pullover?«

…

»Den mit dem großen Kragen. Den wolltest du doch, oder?«

…

»Wenn du doch lieber den engen Roten willst, kann ich mir dann den mit dem großen Kragen ausborgen?«

…

»Das ist lieb.«

…

»Bei mir sitzt er etwas enger und betont dezent meine Oberweite ohne billig zu wirken.«

…

»Genau. Und als ich ihn das letzte Mal getragen habe, hatte Thorsten diesen Blick, als ich in den Raum kam …«, sie kicherte verschwörerisch.

…

»Ja, und warm ist er natürlich auch.«

…

»Ja, ordentlich Lauch. Macht satt und hat kaum Kalorien. Warum also damit geizen?«

…

»Super.«

…

»Nee, Weißwein habe ich selbst genug. Schau mal in die Abseite. Dort steht noch eine halbe Kiste Chardonnay.«

…

»Ja, die Hausmarke.«

…

»Nein, der ist nicht zu schade. Wir lassen es uns gut gehen.«

…

Nachdem sie die Kleidungsstücke in ihrer Tasche verstaut hatte, ging sie in die Küche, wechselte das Trinkwasser und füllte das Trockenfutter auf. Palina hatte ihr eingebläut, nicht mit dem Nassfutter zu beginnen.

Flo ging zum Napf, schaute rein und schaute dann, ohne auch nur einen Bissen zu nehmen zu ihr auf. Sie hätte schwören können, die Worte gehört zu haben: »Das ist jetzt nicht dein Ernst.«

Sie lehnte sich an die Arbeitsfläche und war fest entschlossen, Palinas Anweisung zu befolgen und zu warten, bis er davon etwas gegessen hatte, bevor der nächste Gang kam.

Flo setzte sich vor die Schale, ohne den Blickkontakt zu ihr zu unterbrechen.

Der denkt sich jetzt bestimmt: »Das kann ich auch. Wollen wir mal sehen, wer das von uns beiden länger aushält. Ich habe Zeit.«

Ungefähr eine Minute später hatte er gewonnen. Sie verlor die Geduld und öffnete eine Dose Katzenfutter in einer Größe, die sie nur bei Hundefutter kannte. In der festen Überzeugung, sein Blick würde sagen: »Na also, geht doch. Warum nicht gleich so?«, ärgerte sie sich ein bisschen über sich selbst. Aber das war nicht ihr Problem. Sie hatte gerade keine Zeit für diese Spielchen, füllte die Hälfte der Dose in den zweiten Futternapf und stellte ihn hin.

Begierig eilte Flo zum Napf, schaute erst rein und dann sofort wieder hoch. Allerdings nicht zu ihr, sondern zu der noch halbvollen Dose in ihrer Hand. Sein Blick verfolgte die Dose auf ihrem Weg in den Kühlschrank.

Da sag noch einer, Katzen wären nicht intelligent. Der weiß ganz genau, dass dort noch mehr drin ist.

Als sie die Kühlschranktür schloss, gab Flo zum ersten Mal einen Laut von sich. Sie konnte sein Entsetzen deutlich verstehen. *Schau ihm nicht in die Augen. Wenn du ihn ansiehst, hat er schon fast gewonnen. Geh einfach raus.*

Michaela verließ voll bepackt die Wohnung. Sie stellte die Taschen in den Flur, schloss die Tür hinter sich ab und fummelte den Zweitschlüssel wieder hinter die Verschalung.

Vorm Fahrstuhl drückte sie die Ruftaste und wartete. Nach einiger Zeit drückte sie erneut mehrfach auf die Taste. Der Fahrstuhl wollte einfach nicht kommen.

Wahrscheinlich hat unten wieder jemand den Fahrstuhl blockiert und bringt jetzt Stück für Stück seinen Großeinkauf vom Auto in den Fahrstuhl.

Michaela versuchte, sich ihre gute Laune nicht verderben zu lassen. Morgen würde sie Thorsten einen Besuch abstatten. Die Vorfreude ließ sie gerade ganz warm ums Herz werden.

26. KAPITEL

Palina schleppte die Einkäufe in den ersten Stock. Im Gedanken war sie mit den Essensvorbereitungen beschäftigt. Beim Öffnen der Wohnungstür stellte sie überrascht fest, dass Michaela immer noch nicht zurück war.

Egal. Ich kann ja schon einmal kochen. Das dauert sowieso. Irgendwann wird sie schon noch kommen.

Dabei hatte sie so viel Zeit für die Einkäufe benötigt, wunderte sie sich. Um alle Zutaten zu bekommen, war es erforderlich gewesen, in vier Läden einzukaufen. Am schwierigsten war es gewesen, den Dill aufzutreiben. Frischer war zu dieser Jahreszeit schwer zu bekommen und daher hatte sie es gar nicht erst probiert. Aber auch der tiefgekühlte war fast überall ausverkauft gewesen. Stattdessen quollen die Truhen vor Petersilie nur so über. Das war natürlich inakzeptabel. Ihre Lachs-Lauch-Lasagne hatte in ihrem Freundeskreis einen Ruf zu verlieren. Und getrockneter Dill – das ging gar nicht. Also hatte sie weitere Geschäfte abgeklappert.

Am Ende hatte Palina nur noch Tiefkühllachs gefunden. Frischer wäre ihr eigentlich lieber gewesen, da sie den nicht erst aufzutauen brauchte. Aber generell war es kein Problem. Sie sägte die gefrorenen Blöcke kurzerhand mit einem scharfen Brotmesser in Scheiben. Das war mühselig und dauerte, war aber immer noch praktischer als die Auftau-Arie in der Mikrowelle mit dem ganzen Schmadderkram, dem Schneiden des dann wabbeligen Fisches und des ungewollten Vorgarens. Kurzzeitig hatte sie mit dem Gedanken gespielt, Michaelas alte Brotschneidemaschine zu missbrauchen. Michaela hatte sie nicht nur zur Dekoration auf das Sideboard in ihrer riesigen Küche gestellt. Sie hatte sie von ihrer Oma geerbt und sie erinnerte sie auch an ihre glückliche Kindheit. Benutzt wurde die Maschine nie.

Das gäbe bestimmt schön gleichmäßig dünne Scheiben. Aber wenn die alte Maschine durch den hart gefrorenen Block ihren Geist aufgibt, ...

Palina ließ sich Zeit bei der Zubereitung und zelebrierte sie beinah. Nachdem das Essen im Ofen war, wusch sie ab, räumte die Küche auf und bereitete den Esstisch vor. Es sollte richtig festlich werden, mit der dunkelblauen Tischdecke, passenden Servietten und Kerzen. Als alles fertig war, schenkte sie sich ein halbes Glas Hausmarke ein. Sie lehnte am Rahmen der Küchentür und begutachtete zufrieden ihr Werk, während sie an dem Chardonnay nippte. Abgelenkt durch die Essensvorbereitungen, hatte sie jegliches Zeitgefühl verloren. Doch nun, wo nichts mehr zu erledigen war, fing sie an, sich zu fragen, wo Michaela blieb.

Im Wohnzimmer kramte sie ihr Smartphone aus der Handtasche und schaute auf die Uhrzeit. Schockiert stellte sie fest, dass es viel später war als vermutet. Sie hatte die ganze Zeit über gedacht, es könne nicht so spät sein, da Michaela sonst schon gekommen wäre, und sich gefreut, dass ihr genug Zeit geblieben war. Doch inzwischen hätte Michaela schon längst da sein müssen. Sie wählte Michaelas Nummer. Nach mehrfachem Klingeln ging die Mailbox ran.

Wahrscheinlich hat sie gerade keinen Empfang. »Hallo Süße. Essen ist gleich fertig. Wo bleibst du? Bis gleich.«

Palina stellte die Smart Speaker an. Es sollte eine gemütliche Atmosphäre sein, in der man sich gut entspannen und ruhig miteinander unterhalten konnte. Ihr war nach einem bisschen portugiesischem Saudade, aber wirklich nur einem Hauch und auf keinen Fall das volle Kaliber des Weltschmerzes eines Fado. Sie wählte den Webradio-Sender, der ihr dafür momentan am geeignetsten schien, Oceano Pacífico. Dann lehnte sie sich gemütlich in dem großen, weichen Sessel zurück und lauschte mit geschlossenen Augen der vor sich hin plätschernden Musik. Von Zeit zu Zeit nippte sie an ihrem Weinglas. Das Glas war noch nicht ganz leer, da piepte der Timer in der Küche in einer unerträglichen Tonhöhe. Sie schreckte auf. Die Lasagne war fertig. Sie eilte in die Küche und holte die Auflaufform aus dem Ofen. Die heiße Luft erzeugte in der Küche schlagartig eine bullige Temperatur. Das Gericht sah toll aus.

Wo bleibt Michaela nur? Das ist gar nicht typisch für sie. Ist vielleicht etwas passiert? Ihr wurde unwohl. Sie ging ins Wohnzimmer zurück, schnappte sich ihr Smartphone, das noch auf dem Couchtisch lag, und probierte es erneut. Nach dem vierten Klingeln wurde abgehoben. *Gott sei Dank.*

»Hallo?« Eine ruhige Männerstimme meldete sich. Palina stutzte.

»Hallo? Mit wem spreche ich?«

»Mit wem wollen Sie denn sprechen?«

»Ich wollte eigentlich Frau Hofmeister sprechen. Habe ich mich verwählt?«

»Nein, haben Sie nicht. Das ist ihr Telefon. Mit wem habe ich das Vergnügen?«

»Solowjowa. Palina. Ich bin Michaelas Freundin und warte hier schon auf sie. Und wer sind Sie? Würden Sie mich bitte weiterreichen?«

»Weller. Kommissar Weller. Stehen Sie Frau Hofmeister nahe?«

Palina spürte, wie ihr heiß wurde und Übelkeit in ihr aufstieg. Sie musste sich setzen.

»Was ist passiert?«

27. KAPITEL

Es klingelte an der Wohnungstür. Nach dem Telefonat hatte Palina auf dem Sofa gesessen und auf den Couchtisch gestarrt. Sie war kaum noch in der Lage gewesen, einen klaren Gedanken zu fassen. Die Musik spielte im Hintergrund, ohne dass die Melodien zu ihr durchdrangen. Sie konnte nicht sagen, welche Titel seit dem Telefonat gespielt wurden. Noch nicht einmal mehr am Weißwein hatte sie genippt. Die Türklingel riss sie aus ihrer Schockstarre. Erleichtert, nicht mehr allein sein zu müssen, sprang sie vom Sofa auf und eilte durch den Flur.

»Wenn das ein Scherz ist, dann flippe ich aber aus!« Tina rief aufgeregt in die Wohnung. »Michaela?«

»Michaela ist nicht da. Es ist kein Scherz. Nein, es ist ... es ist ...« Palina legte den Kopf auf Tinas Schulter und fing an zu schluchzen, während Tina sie in den Arm nahm. Sie spürte, wie ihre Wangen heiß und Tinas Schal feucht wurde. Als sie wieder aufschaute, sah sie, dass auch bei Tina die Dämme gebrochen waren. Nun bemerkte sie Sabine, die etwas hinter Tina gestanden hatte und beide zusammen wortlos in den Arm nahm.

»Du musst uns alles erzählen! Was ist passiert?« Tina schien es immer noch nicht glauben zu wollen.

»Fang ganz von vorn an. Lass dir Zeit.« Süßi strich ihr sanft mit dem Handrücken über die Wange. Palina merkte, wie ihr Blick nur noch verschwommener wurde.

»Kommt erst einmal rein.« Mit zwei Fingern wischte sich Palina die Tränen aus den Augen und versuchte sich zu beruhigen.

»Es ist so lieb, dass ihr sofort gekommen seid.« Palina hielt Tinas Hand und zog sie hinter sich durch den Flur, während Sabine die Tür schloss und erst einmal ablegte.

»Das ist ja wohl selbstverständlich.« Tinas Ton ließ leichte Entrüstung erkennen. »Süßi hat sogar ihr Date abgebrochen und wir sind dann zusammen zu dir gefahren.«

»Oh, wirklich? Das ist so lieb. Vielen Dank. Auf euch ist Verlass.«

»Kati kommt gleich auch noch«, rief Sabine aus dem Flur kommend. »Warte mit dem Erzählen am besten, bis sie da ist. Dann musst du nicht alles doppelt erzählen.«

»Bist du verrückt?« Entsetzen war in Tinas Gesicht geschrieben. »Wenn du mich so auf die Folter spannst, werde ich noch wahnsinnig. Wenigstens das Wichtigste vorab.«

»Ok, ich hole euch erst mal Wein. Setzt euch schon einmal. Ich bin sofort wieder da.«

»Bring die Flasche mit.«

»Besser zwei. Das ist ein Notfall!«

»Das kannst du laut sagen. Wenn das hier kein Notfall ist, …«

Gerade als Palina versuchte, an die Weingläser ganz oben im Hängeschrank in der Küche zu gelangen, klingelte es erneut.

»Ich geh schon«, hörte sie Sabine aus dem Flur rufen.

Katja war schon im Wohnzimmer und dabei sich zu setzen, als Palina Wein und Gläser brachte. Als sie Palina sah, stand sie gleich wieder auf, eilte auf sie zu und umarmte sie fest.

»Vorsicht, die Gläser.«

»Wie geht es dir, Süße?«, wollte Katja wissen.

»Jetzt, wo ihr bei mir seid, geht es schon viel besser.«

Sie setzten sich und Palina berichtete von dem Anruf der Polizei, dass sie am nächsten Tag auf das Kommissariat kommen und ihre Aussage machen sollte und dass sie sich schuldig fühlte, weil es ausgerechnet vor ihrer Wohnung passiert war.

»Hätte Michaela mir nicht geholfen, wäre das alles nicht geschehen und sie würde noch leben.«

»Da kannst du doch nichts für. Hast du geahnt, dass so was passieren könnte? Nein! Hast du was damit zu tun? Auch nein! Also.«

»Und wie ist es genau passiert?«

»Ich habe euch schon alles gesagt, was mir der Polizist gesagt hat. Er wollte mir am Telefon nicht mehr erzählen. Morgen erfahre ich wahrscheinlich mehr.«

»Es ist so unwirklich. Ich kann es immer noch nicht glauben. Wir sitzen hier bei Michaela, trinken ihren Wein und es gibt sie nicht mehr. Ich kriege das einfach nicht auf die Reihe.«

»Ich auch nicht.«

»Sie würde sich freuen, wenn sie uns sähe, wie wir an sie denken und auf sie anstoßen.«

»Auf jeden Fall.«

»Auf Michaela.« Die Gläser klangen.

Während sie stumm Michaela gedachten, bemerkte Palina, dass Katja nachdenklich den Kopf schwenkte wie ein Hund, der eine Witterung aufgenommen hatte und nun die Richtung aufzuspüren versuchte.

»Alles in Ordnung, Kati?« Nun wurde auch Tinas und Sabines Aufmerksamkeit auf Katja gelenkt.

»Ja«, meinte Katja zögerlich. »Haltet mich bitte nicht für gefühllos, aber was riecht hier so lecker?«

»Meine Lachs-Lauch-Lasagne.«

Katja schaute Palina mit großen Augen an, traute sich aber nicht, das zu fragen, was ihr die drei anderen längst von den Augen abgelesen hatten.

»Willst du ein Stück? Wäre schade, wenn es verkommt.«

»Wenn mich etwas aufwühlt, muss ich immer etwas essen. Das hilft.« Katja schaute schuldbewusst.

»Bei mir ist es anders rum. Ich kriege dann keinen Bissen hinunter«, erklärte Tina.

»Sei froh. Ich wollt' es wär' bei mir auch so. Der Kummer ist schon schlimm genug. Und dann noch zunehmen ...« Katja betrachtete nachdenklich Tinas zierlichen Körper.

Palina seufzte. »Nehmt eure Gläser und wir ziehen in die Küche um.«

»Du hast ja für eine halbe Kompanie gekocht. Das wäre doch viel zu viel für euch beide gewesen. Für wen ist das denn alles?« Sabine staunte.

Tina schaute Palina misstrauisch an. »Und wieso habt ihr uns nicht Bescheid gesagt?«

»Michaela hat doch nur die riesige gusseiserne Auflaufform, die sie von ihrer Oma geerbt hat und die kaum in den Backofen passt. Wisst ihr doch.«

»Gab es einen besonderen Anlass?«

»Eigentlich nicht, Michaela war nur so lieb für mich da zu sein und mich bei ihr übernachten zu lassen. Deshalb wollte ich mich bei ihr bedanken und etwas Leckeres kochen.«

»Wie? Du hast Kummer? Das hast du noch gar nicht erzählt?«

»Du kannst auch immer bei mir vorbeikommen, wenn du jemanden zum Reden brauchst – auch wenn es dir gut geht und du einfach nur was kochen willst«, bot Katja mit vollem Mund kauend an.

Katja ignorierte die vorwurfsvollen Blicke von Tina und Sabine. Palina musste lachen.

»Bei uns kannst du natürlich auch jederzeit vorbeikommen!«

»Weiß ich doch. Aber Süßi hatte heute ihr Date, Kati war tanzen und Tini hat doch diese Woche Frühschicht und muss schon immer so früh im Krankenhaus sein. Deshalb hatte ich das Essen nur für uns zwei gekocht. Sonst hätten wir euch selbstverständlich Bescheid gesagt.«

»Ach so, aber keine falsche Scham. Wenn du Probleme hast, komm einfach vorbei. Ich stehe auch mal einen Arbeitstag ohne ausreichend Schlaf durch.« Tina war wieder beruhigt.

»Und was bedrückt dich?«

Palina berichtete ihnen von ihrem Erlebnis am Bahnsteig.

»Strange, aber dafür gibt es bestimmt eine ganz einfache logische Erklärung.«

»Ich habe mir den Kopf schon zerbrochen, aber mir fällt beim besten Willen keine ein.«

»Immerhin war Alex rechtzeitig da, um dich in den Armen zu halten.« Süßi grinste.

Selbst für ihre Verhältnisse hatte Katja in ihrer Trauerbewältigung inzwischen neue Maßstäbe im Verdrücken von Lasagne aufgestellt. Palina konnte sich so etwas nur durch konsequente Verleugnung der Existenz von Kalorien gepaart mit einer beneidenswerten Gleichgültigkeit gegenüber den potenziellen Auswirkungen auf den eigenen Körper erklären. Unerklärlicherweise für sie alle war Katja im stolzen Besitz einer Figur, die einer Kim Kardashian würdig war. Die Männer verfielen ihr reihenweise. Sie hatte es gerade vor Kurzem wieder unbeabsichtigt auf dem Weihnachtsmarkt unter Beweis gestellt. Kati konnte ihnen direkt in die Augen blicken, hemmungslos von einem Berliner mit Puderzucker abbeißen und dabei ihr halbes Gesicht inklusive Nasenspitze mit Zucker und Marmeladenfüllung verschmieren. Trotzdem schmolzen die Männer bei diesem Anblick dahin – oder vielleicht auch gerade deshalb, wie Michaela einmal vermutet hatte. Sie fehlte so sehr.

28. KAPITEL

Kurz vor Mittag des folgenden Tages stand Palina vorm Gebäude des Landeskriminalamtes 41. Die Kulisse, die der Eingang mit seiner riesigen Glasfront und der überdimensionierten Treppe bot, schüchterte sie ein.

Das soll das Morddezernat sein? Mit was für einem Andrang an Mördern rechnet man denn hier, dass man den Eingang so riesig dimensioniert, wunderte sie sich.

Nachdem sie die Treppe hochgestiegen war, musste sie noch eine breite Betonbrücke überqueren, um zu den Glastüren zu kommen. Sie schaute über das Geländer. Der asphaltierte Weg, der unter ihr direkt an der Gebäudefront vorbeiführte, erinnerte an einen Burggraben.

Da hätte man statt der Betonbrücke auch gleich eine Zugbrücke bauen können.

In der Eingangshalle musste sie sich erst einmal orientieren. Der lange Tresen links war verwaist und schien nicht mehr genutzt zu werden. Über die Fläche waren mehrere Schaukästen verteilt. Am Ende des Raums in vielleicht zehn Metern sah sie Sicherheitsschleusen, die engen Drehtüren ähnelten. Dahinter kamen ihr zwei Personen entgegen, die erst umständlich mit ihren Ausweisen die Türen freischalteten und dann, ohne sie zu beachten, an ihr vorbei hinausgingen. Weitere Personen waren nicht zu sehen. Auf der linken Seite entdeckte sie eine Schiebetür, hinter der sich ein kleiner Durchgangsraum befand. Sie ging darauf zu und konnte erkennen, dass es in dem Durchgangsraum zwei gepanzerte Schalter gab. Am vorderen lümmelte ein junger, uniformierter Polizist in einem Drehstuhl und schwang gelangweilt hin und her. Nachdem er sie bemerkt hatte, schaute er desinteressiert in die andere Richtung.

Sie stand direkt vor der geschlossenen Glastür und überlegte, wie sie hineinkommen könnte. Neben der Tür gab es ein paar unbeschriftete

Druckknöpfe, bei denen ihr nicht klar war, wozu sie dienten. Daneben hing ein Schild, das darauf hinwies, dass man nur einzeln eingelassen wurde und warten solle, bis einem die Tür von innen geöffnet wurde. Sie wartete. Ohne sich zu hetzen, erschien ein weiterer Beamter aus einem Hinterzimmer und besetzte den anderen Schalter. Die Tür öffnete sich endlich und Palina ging an Wachtmeister Schlafmütz vorbei zu seinem Kollegen, der sich ihrer erbarmt und sie hineingelassen hatte.

Wenn ihr die Personen sowieso nur einzeln einlasst, wozu braucht ihr dann zwei besetzte Schalter? Innerlich schüttelte Palina nur mit dem Kopf.

Mit einem freundlichen Nicken ermunterte der arbeitswillige Beamte sie, zu ihm zu kommen. Eine dicke Panzerglasscheibe trennte sie voneinander und dämpfte das Gespräch.

»Moin. Was kann ich für Sie tun?«

»Guten Tag. Ich soll zu Kommissar Weller. Ich habe einen Termin um 11:45 Uhr.«

»Ah, Sie haben jemanden umgebracht und wollen gestehen«, strahlte er sie an.

Ihr blieb das Herz stehen. »Nein, nein. Ich bin eine Zeugin.«

»Weiß ich doch. War nur ein Scherz. Es ist recht selten, dass Täter einen Termin vereinbaren, um demnächst einmal vorbeizukommen und einen Mord zu gestehen. In der Regel nutzen sie unseren Fahrservice.«

»Sie haben einen Fahrservice für Mörder?« Sie war von der Situation so überfordert, dass ihr logisches Denken fast ausgeschaltet war.

»Ja. Und für die Fahrt stellen wir unseren Gästen sogar formschöne Armbänder.« Er hob dabei seinen Zeigefinger und nickte bedächtig, als wäre es nun an ihr diese besondere Serviceleistung mit Anerkennung und Wertschätzung zu würdigen. »... ohne Zusatzkosten und im Preis enthalten«, fügte er hinzu, als sie immer noch nicht reagierte.

Der Polizist amüsierte sich köstlich. Palina vermutete, dass er solche Scherze häufiger machte und ärgerte sich ein bisschen, dass sie ihm in die Karten gespielt hatte. Allerdings musste sie sich eingestehen, dass er ihr dadurch geholfen hatte, ihre Anspannung zu verlieren und sie nun viel lockerer geworden war.

»Sorry, ich bin hier zum ersten Mal.«

»Das spricht für Sie«, er hob einen der Telefonhörer ab. »Ich ruf mal kurz durch.«

Nach kurzer Rücksprache wandte er sich wieder an sie.

»Warten Sie bitte einen Moment. Gleich kommt eine Kollegin und kontrolliert Sie auf Waffen und Sprengstoff.«

»Wieso braucht man das hier?« Sie grinste frech zurück. »Das hätte man mir vorher sagen sollen, dann hätte ich noch schnell eine Pistole eingepackt.«

Der Polizist schmunzelte. »Wenn Sie ihre Glock 26 brav zu Hause gelassen haben und uns versprechen, heute mal keinen unserer Kollegen umzubringen, dann lasse ich Sie danach durch die nächste Tür.«

»Meine was?«

»Und mit dieser Frage bestätigen Sie meinen ersten Eindruck von Ihnen«, winkte ihr Gegenüber schmunzelnd ab. »Sie warten danach bitte im Wartezimmer, bis Sie abgeholt werden.«

Sie war dort die einzige Person und musste nicht lange warten, bis ein Mann in Sneakern, Jeans und Hemd erschien.

»Guten Tag, Frau Solowjowa. Wir hatten gestern schon telefoniert. René Weller. Ich bin einer der Ermittler.«

»René Wel…«

»Ja, wie der Boxer, aber nicht verwandt oder verschwägert«, stellte René sofort mit monotoner Routine richtig.

»Oh, 'tschuldigung.«

»Kein Problem. Sie sind nicht die Erste. Wenn Sie mir bitte folgen würden.«

Herr Weller führte sie zum Fahrstuhl, ließ ihr höflich den Vortritt und bevor sie sich umdrehte, hatte er schon eine Etage gewählt. Im Stockwerk angekommen folgten sie einem langen Gang mit vielen Türen. Herr Weller blieb vor Raum 413 stehen, öffnete die Tür und deutete mit der Hand hinein.

Palina fand sich in einem karg eingerichteten Zimmer wieder. Sie hatte den Eindruck, als wären die Wände seit Jahren nicht mehr gestrichen worden. Es gab kein Fenster und im Raum standen nur ein paar Stühle, die auch aus dem Sperrmüll einer Schule stammen konnten. Sogar ein Tisch fehlte.

»Gibt es hier keinen Spiegel?«

»Wieso? Wollen Sie sich noch schminken?«

»Nein«, Palina visierte Herrn Weller mit zusammengekniffenen Augen an, »wie im Fernsehen. Damit Beamte aus dem Nebenzimmer zuschauen können.«

»Ah, das meinen Sie. Nein«, René musste schmunzeln. »Man mag es kaum glauben, aber selbst bei uns hat schon ein bisschen Neue Welt Einzug gehalten. Wenn Sie einmal hinter mir an die Decke schauen.« Ohne sich umzudrehen deutete er mit dem Daumen hinter sich. Sie sah hoch und bemerkte eine kleine Überwachungskamera, deren Kabel in der Wand verschwand.

»Aber es läuft keine Videoaufzeichnung. Ich würde Sie auch vorher darüber informieren. Der Vollständigkeit halber: Es läuft auch keine Tonaufzeichnung.«

»Oh, vielen Dank.«

»Wir müssten noch auf jemanden warten. Kleinen Moment. Ich frag mal kurz nach.«

René zog sein Smartphone aus der Gesäßtasche und drückte eine Schnellwahl.

»Moin. Wir sitzen hier und warten eigentlich nur noch darauf, dass du uns mit deiner Anwesenheit beehrst. Ist dir 'was dazwischengekommen oder kommst du noch?«

…

»Das war bestimmt Petersen. Der nimmt immer den letzten Kaffee und kocht nicht nach.«

…

»Ja, ich stimme dir zu, auch Chefs könnten Kaffee kochen. Apropos. Wart' mal kurz.«

René wandte sich Palina zu. »Kaffee? Oder sonst einen Wunsch? Weil er sich verspätet, gibt mein Kollege einen aus.«

…

Palina konnte die Worte von Renés Gesprächspartner zwar nicht verstehen, aber Zustimmung klang anders.

»Nein danke, ich möchte Ihnen keine Mühe machen.«

»Mir machen Sie damit keine Mühe.«

…

René schienen die erneuten Kommentare am anderen Ende nicht zu beeindrucken, eher zu belustigen.

»Ginge auch ein Latte Macchiato?«, fragte sie unsicher.

»Klar geht das.« Er führte das Telefon wieder ans Ohr. »Zwei Latte und wir verzeihen dir.«

…

»Entspann dich. Ich zahl.«

…

»Ja, ich hab' dich auch lieb.« Er legte auf.

»Ihre Frau?« Palina war verwirrt.

René stutzte. Nach einem kurzen Augenblick schmunzelte er. »Nicht direkt. Wilde Ehe träfe es wohl eher.«

»Warum bin ich eigentlich hier? Was ist Michaela genau zugestoßen?« Sie konnte ihre Neugierde einfach nicht zurückhalten.

»Wir können noch nicht sagen, womit wir es genau zu tun haben. Es gibt ein paar Ungereimtheiten, die erst geklärt werden müssen. Und deshalb haben wir Sie auch gebeten, herzukommen. Vielleicht ist Ihnen irgendetwas aufgefallen, dass uns dabei weiterbringt.«

»Gehen Sie etwa von einem Verbrechen aus?« Ihr Herz begann schneller zu schlagen.

»Eine junge, sportliche Frau, die ganz plötzlich vor Ihrem Fahrstuhl das Zeitliche segnet, kommt Ihnen das normal vor?«

Palina zögerte. »Nicht gerade.« Sie überlegte. »Sie meinen also, ihr hat jemand etwas angetan?«

»Das untersuchen wir.«

»Aber haben Sie nicht so ein CSI-Team, wie im Fernsehen? Die finden doch schnell heraus, was es war, oder?«

Vor Renés innerem Auge standen sich Dr. Stein und die attraktiven Wissenschaftlerinnen aus den amerikanischen Fernsehserien gegenüber. »Es gibt da schon Unterschiede zwischen Realität und Fiktion.« Er seufzte und verwarf das Bild. »Aber im Prinzip haben Sie schon Recht. Wir haben natürlich auch solche Experten. Und genau die haben eben einige Ungereimtheiten festgestellt, die wir nun aufklären wollen.«

Palina setzte an, aber bevor sie weiter fragen konnte, fuhr René fort. »Aber lassen Sie uns doch bitte auf meinen Kollegen warten, damit wir nicht alles doppelt besprechen müssen.«

Nach einiger Zeit öffnete sich die Tür und ein schlanker Mann mit beneidenswerter Sommerbräune trat ein. Die Frisur seiner schwarzen Haare erinnerte sie an die Emo-Szene. Er trug ausgetretene Sneaker, verwaschene Jeans und einen Hoodzip von Santa Cruz, wie die prominente Aufschrift verriet. Den Vierer-Becherhalter aus Pappe mit den drei Latte Macchiato Bechern, den er mitgebracht hatte, stellte er auf den Tisch.

»Wir haben nur eine Sorte Latte Macchiato in der Kantine. Ich hoffe, er schmeckt. Dafür habe ich die großen mitgebracht. Kollege zahlt ja«, er grinste René an.

René rollte mit den Augen. »Als wäre ich in einer höheren Gehaltsklasse«, murmelte er vor sich hin.

»Moin, Posnanski.« Mario nickte ihr freundlich lächelnd zu.

»Moin, Solowjowa.«

Palina schaute die beiden Männer verwirrt an. Beide bemerkten ihre Verunsicherung. Schließlich fragte René: »Haben Sie eine Frage?«

»Nicht direkt.« Sie stockte kurz. »Ich frage mich nur gerade, wer von Ihnen der böse Cop ist.«

»Bitte?«

»Ja, im Fernsehen ist doch immer einer der gute und einer der böse Cop.«

René und Mario schauten sich gegenseitig überrascht an. Dann mussten sie lachen.

»Nein, nein, wir sind guter Cop und guter Cop«, erklärte René. »Außerdem ist dies nur ein netter Plausch.«

»Eigentlich würde ich Sie auch allein befragen. Aber erstens müsste ich den Kaffee dann selbst holen«, René ignorierte an dieser Stelle Marios vorwurfsvollen Blick, »und zweitens sind heute Morgen noch weitere Informationen aufgetaucht, sodass auch Herr Posnanski gerne ein paar Fragen stellen würde. Dazu sagt er aber nachher selbst etwas.«

Wieder nickte ihr Mario freundlich lächelnd zu.

»Also kurz zusammengefasst: Frau Michaela Hofmeister wurde tot vor dem Fahrstuhl Ihrer Wohnung aufgefunden, während Sie wiederum in der Wohnung von Frau Hofmeister waren, dort kochten und auf Frau Hofmeister warteten, mit der Sie verabredet waren. Korrekt?«

»Ja. Deshalb kann ich auch nicht sagen, was vor meiner Wohnung passiert ist. Das habe ich auch erst gestern Abend von Ihnen am Telefon erfahren.«

»Schon klar. Alles gut. Wer wusste außer Ihnen noch davon, dass Frau Hofmeister zu dem Zeitpunkt in Ihrer Wohnung sein würde?«

»Keine Ahnung. Es war ganz spontan. Ich habe mit niemandem darüber gesprochen. Vielleicht hat Michaela es jemandem erzählt.«

»Wann haben Sie beide sich denn verabredet?«

»Wir hatten telefoniert, als sie auf dem Weg zum Sport war. Da schlug Michaela vor, dass ich sie abends besuche.« Palina überlegte einen Moment, dann fiel ihr ein: »Sie haben doch ihr Telefon. Da können Sie genau sehen wann.«

René blätterte in den Zetteln seiner Mappe. Er zog einen Zettel hervor und schob ihn Palina hinüber. Zusätzlich hielt er ihr einen Kugelschreiber hin. »Das sind die Verbindungen von Frau Hofmeisters Smartphone in dem relevanten Zeitfenster. Würden Sie bitte ein Kreuz neben dem Anruf machen, bei dem Frau Hofmeister das Treffen vorschlug?«

»Darf ich dazu auf mein Smartphone schauen, um zu vergleichen?«

»Natürlich. Wir wollen den zeitlichen Ablauf ja möglichst genau rekonstruieren.«

Palina holte ihr Smartphone hervor und verglich die Einträge ihrer Anrufliste mit dem Ausdruck. Erleichtert fand sie die entsprechende Übereinstimmung und machte ein Kreuz.

»Und die Gespräche danach? Was war mit denen?«

»Kleinen Moment. Das danach, da habe ich vom Supermarkt aus angerufen. Und das nach dem, da wollte ich wissen, wo sie bleibt. Aber es ging nur die Mailbox ran. Und das danach …«

»Da haben Sie mit mir telefoniert«, ergänzte René.

»Als Sie Frau Hofmeister vom Supermarkt aus anriefen, ging sie auch selbst ans Telefon, oder? War sie allein oder befand sich jemand in ihrer Nähe?«

»Ja, sie ging selbst ran. Ich würde sagen, sie war allein. Ich habe zumindest niemanden sonst bemerkt.«

»Worum ging es in dem Gespräch? Ist Ihnen etwas Ungewöhnliches aufgefallen?«

»Nein, wir haben nur über die Kleidung und die Zutaten fürs Essen geredet. Sie wollte sich gern meinen dicken Pullover mit dem großen Kragen ausleihen. Wissen Sie? Er müsste auch noch in ihrer Tasche sein.«

»Ja, ich meine unter den Sachen dort auch einen Pullover gesehen zu haben, auf den das zutrifft.«

Palina schaute zu Mario. Er blickte die ganze Zeit nur auf den ungewöhnlich dicken Kugelschreiber in seiner Hand und vollführte kleine Kunststücke mit ihm, ohne etwas zu sagen oder irgendwelche Reaktionen zu zeigen. Allerdings hatte sie das Gefühl, dass er jedes gesprochene Wort genau verfolgte.

»Und Sie waren zu dem Zeitpunkt dieses Gespräches im Supermarkt?« René tippte mit dem Kugelschreiber auf die entsprechende Zeile der Liste.

»Ja, warten Sie. Ich müsste noch den Bon im Portemonnaie haben.« Sie kramte in ihrem kleinen Rucksack. René sah, dass es im Portemonnaie von alten Bons nur so wimmelte. Nach einiger Zeit fand Palina tatsächlich den passenden und reichte ihn René. Er schaute sich den Beleg genau an. Palina wunderte sich, wie lange sich René mit ihm beschäftigte. Er bot Mario den Bon an, der nur kurz die Hand hob und ein Kopfschütteln andeutete, ohne den Blick vom Kuli in der anderen abzuwenden.

»Gibt es da ein Problem?« Palina war verunsichert.

»Nein, nein. Alles gut.« René beschwichtigte sie mit einem freundlichen, sanften Ton in der Stimme.

»Was mich ein bisschen wundert: Es ist doch schon ein recht großes Zeitfenster zwischen dem Gespräch, als Frau Hofmeister bei Ihnen in der Wohnung die Kleidungsstücke zusammensammelte und Ihrem Nachfragen, wo sie bleibt.«

Palina schaute René fragend an. René schaut wortlos zurück und wartete. Palina betrachtete die beiden Einträge der Liste vor ihr.

»Stimmt. Im Nachhinein fällt mir das auch auf. Aber an dem Abend habe ich es nicht gemerkt. Ich war ja mit Einkaufen beschäftigt und hatte Spaß am Kochen und alles vorzubereiten. Ich wusste ja, sie würde schon noch kommen.« Palina stockte. »Zumindest dachte ich es.« Sie senkte den Kopf.

Plötzlich hob sie den Kopf. »Bin ich verdächtig? Meinen Sie, ich brauche einen Anwalt?« Sie blickte besorgt zu den beiden. Mario zeigte mit einem kaum wahrnehmbaren Schmunzeln eine minimale Regung, während René sie deutlich angrinste.

»Es steht Ihnen natürlich grundsätzlich frei, einen Anwalt hinzuzuziehen, wenn Sie sich damit wohler fühlen. Aber ich sehe dazu momentan absolut keinen Grund. Wir klönen hier einfach nur nett miteinander und versuchen uns mit Ihrer Hilfe ein möglichst genaues Bild der Ereignisse zu verschaffen.« René schaute ihr in die Augen, als könne er kein Wässerchen trüben.

»Selbst wenn Sie mir jetzt gestehen wollten, dass Sie Ihre Freundin umgebracht hätten, müssten Sie mir erst einmal genau erklären, wie Sie es denn gemacht haben wollen, um mich davon zu überzeugen.«

Sie schaute René erstaunt an.

»Eine Frage hätte ich.« Palina drehte den Kopf. Sie hatte nicht mehr damit gerechnet, dass Mario noch etwas sagen würde. »Kennen Sie einen Maximilian von Burg?«

»Maximilian von Burg?« Palina überlegte angestrengt. »Nee. Beim besten Willen. An so einen Namen hätte ich mich erinnert.«

»Wie ist es mit Stefan Weimar?«

»Stefan Weimar?«

»Ja.«

Palina überlegte einen Moment. »Also der einzige Stefan in letzter Zeit war der vom Weihnachtsmarkt.«

Marios scheinbare Teilnahmslosigkeit war wie weggeblasen. Er setzte sich aufrechter hin und schaute Palina nun direkt an. »Stefan vom Weihnachtsmarkt?«

»Ja, wir hatten die Jungs dort kennengelernt. Aber seit dem letzten Mal hat er sich nicht mehr gemeldet.«

»Würde es Ihnen etwas ausmachen, mir ausführlich davon zu erzählen?«

»Nein, natürlich nicht. Aber ist das wichtig? Hat das überhaupt etwas mit Michaela zu tun?«

»Es ist gut möglich, dass es nichts miteinander zu tun hat und es sich hier nur um zufällige Ereignisse ohne irgendwelche Verbindung zueinander handelt. Aber das kann ich Ihnen erst sagen, nachdem Sie mir alles möglichst genau erzählt haben.«

Sie konnte sich zwar nicht erklären, warum ihre Bekanntschaft mit Stefan im Zusammenhang mit Michaelas Ableben stehen sollte, aber die Ermittler würden das schon noch erkennen. Sie wusste aus dem Fernsehen, dass Ermittler immer eine Menge Fragen stellen, notgedrungen auch zu Unwichtigem. So erzählte sie ausführlich alles, was sie mit den Jungs am Stand erlebt hatte, als sie sich das letzte Mal getroffen hatten.

René und Mario hörten aufmerksam zu, ohne sie ein einziges Mal zu unterbrechen. Nachdem sie fertig war, schwiegen die beiden eine Zeit lang.

»Und von einem Maximilian von Burg haben Sie wirklich noch nie gehört?«, hakte Mario nach.

»Nein, wirklich nicht. Schon allein wegen des Namens hätte ich mich daran erinnert. Aber ist Stefan denn überhaupt der Stefan Weimar, von dem Sie sprechen?«

Mario holte sein Smartphone hervor und wischte mit dem Finger darauf herum, bis er ihr schließlich das Display hinhielt und ein Bild aus der Fotogalerie zeigte. »Ist das der Stefan, den Sie meinten?«

Sie nickte nur sprachlos mit geöffnetem Mund.

»Wo haben Sie denn ein Bild von Stefan her? Hat er etwas mit Michaelas Tod zu tun? Meinen Sie, er hat Michaela etwas angetan?«

»Das ist Stefan Weimar. Ich kann Ihnen aber versichern, dass er Frau Hofmeister nichts angetan hat.«

»Und Sie sind sich da sicher? Oder besteht eine Gefahr, wenn ich ihn wiedersehe?«

René setzte einen nachdenklichen Gesichtsausdruck auf. Sie hatte den Eindruck, er würde nach einer präzisen Formulierung suchen.

»Ganz sicher.« Es war schließlich Mario, der das nachdenkliche Schweigen brach. »Sie können beruhigt sein, von Herrn Weimar geht absolut keine Gefahr für Sie aus.«

»Also kann ich mich gefahrlos weiterhin mit ihm treffen?«

»Das wird schwierig«, sagte René, während er beim Sprechen Luft einsog.

29. KAPITEL

Es war früher Nachmittag geworden, als Palina die Treppe zu ihrer Wohnung hinaufstieg. Gedanklich war sie noch damit beschäftigt, das Gespräch auf dem Kommissariat zu verarbeiten. Ihr war einfach nicht klar, wie sie das Ganze zu deuten hatte. Sie hatte schon den Eindruck, dass die beiden Polizisten sie für unschuldig an Michaelas Tod hielten, auch wenn sie das nicht direkt sagten. Im Fernsehen hieß es in solchen Situationen immer: »Wir müssen uns die Ermittlung in alle Richtungen offen halten.« Dafür hatte sie auch vollstes Verständnis. Andererseits hatten die Fragen in ihr das Gefühl erweckt, dass zumindest Herr Posnanski vermutete, es gäbe irgendeine Verbindung zwischen ihr und gleich mehreren Toten. Aber so intensiv sie auch überlegte, ihr fiel einfach nicht ein, was sie damit zu tun haben könnte und wo ein Zusammenhang bestehen sollte.

Auf ihrer Etage angekommen, bog sie um die Ecke und kam an der Tür zum Fahrstuhl vorbei, vor der Michaela gestanden hatte. Auf dem Boden waren noch Reste der Markierungen zu erkennen, die die Polizei im Rahmen der Spurensicherung angebracht hatte.

Hier ist es passiert. Ich habe es nicht geträumt. Michaela ist tot. Warum ausgerechnet vor meiner Tür? Was hat das alles mit mir zu tun? Und wie passt Stefan da rein?

Während sie ihre Wohnungstür aufschloss, konnte Palina den Blick nicht von der Stelle vor dem Fahrstuhl abwenden. Um runterzukommen, machte sie sich einen Latte Macchiato und setzte sich ins Wohnzimmer. Aber sie wusste nichts mit sich anzufangen.

Flo lag neben ihr auf seiner Seite des Sofas und schlief. Ab und zu schreckte sein flauschiger Schwanz auf. Das war alles an Lebenszeichen, was er bereit war, von sich zu geben. Wahrscheinlich dachte er so etwas wie: *Palina kommt um diese Zeit nicht nach Hause. Palina kann gar nicht hier sein.* Sie beneidete die neben ihr ruhende Fellkugel für ihren pragmatischen

Nihilismus. Sie stellte sich vor, wie Flo ihre Existenz momentan als sinnlos betrachtete, den Gedanken daran einfach verwarf und sich stattdessen mit den wirklich wichtigen Themen des Lebens beschäftigte: Kleinsäuger, Vögel und warum es überhaupt Trockenfutter gab.

Sie konnte den Kopf einfach nicht freibekommen. In der Hoffnung, sich passiv einer Zerstreuung hingeben zu können, schaltete sie den Fernseher an. Doch nachdem sie sechzig Sender lustlos durchgezappt hatte, stellte sie ihn ernüchtert wieder aus. Um ein Buch zu lesen, fehlte ihr die Ruhe. Ihr Kopfkino sabotierte jegliches Eintauchen und Versinken in eine Geschichte. Ihre Freundinnen waren gerade alle beruflich eingespannt und hatten keine Zeit für sie.

Vielleicht hätte ich mich heute doch nicht kurzfristig krankmelden sollen. Es soll ja helfen, wenn man sich in die Arbeit stürzt und dadurch ablenkt. Aber ihr gingen so viele Fragen durch den Kopf, dass sie bezweifelte, sich davon freimachen und konzentriert arbeiten zu können. Dann machte es auch keinen Sinn, die Zeit ineffizient am Arbeitsplatz zu verbringen. Damit wäre niemanden geholfen, rechtfertigte sie ihre Entscheidung.

Lustlos ging sie ihre Kontaktliste durch, wer gerade Leerlauf haben könnte. Als sie dabei über den Eintrag für Charles stolperte, dachte sie, *warum eigentlich nicht? Ich muss doch sowieso noch mein Versprechen einlösen. Wahrscheinlich ist er Privatier und hat viel Zeit. Und unterhaltsam ist es auf jeden Fall mit ihm. Probieren kann ich es ja. Mehr als Nein sagen kann er nicht.* Sie chattete ihn an und zu ihrer Überraschung klingelte es schon, als sie das Smartphone gerade beiseitelegen wollte.

»Hallo Charles, das ging ja schnell.«

»Hallo Palina, oder wie ich vor Kurzem gelernt habe: Moin.«

Palina lachte. »Sie assimilieren sich aber schnell. Genau: Moin. Was halten Sie davon, eine Kleinigkeit essen zu gehen?«

»Wenn es um kulinarische Genüsse geht, bin ich sofort Feuer und Flamme – wie sich leider unschwer erkennen lässt. Daher hatte ich mir eigentlich vorgenommen, für eine gewisse Zeit kürzerzutreten ...«

»Sie sind auf Diät?«

»Nicht sehr erfolgreich, muss ich leider eingestehen. Zu meiner Verteidigung kann ich allerdings sagen, dass ich heute schon sehr diszipliniert war und nur einen Salat zum Mittag hatte.«

»Sehr gut. Dann wird es heute wohl nichts mit unserem gemeinsamen Essen.«

Eine kurze Gesprächspause entstand. »Hmm«, fuhr Charles nachdenklich fort, »andererseits soll man es mit dem Hungern auch nicht gleich übertreiben. Wie sähe das auch aus, wenn meine Anzüge nur noch traurig an mir hinunterhingen, wie Fahnen bei Flaute? Ein mitleiderregendes Bild.«

Sie stellte sich einen zum Strichmännchen abgemagerten Charles vor, an dem der Tweed-Dreiteiler wie ein nasser Sack herabhing. *Das wird noch einen Moment dauern,* dachte sie sich und gluckste.

»Einem kleinen Nachtisch wäre ich allerdings nicht abgeneigt«, setzte er den Schleichweg zu seinem Hintertürchen fort. »Ja, einen kleinen Nachtisch habe ich mir durch mein nahezu asketisches Darben doch bestimmt verdient, oder? Was meinen Sie?«

»Aber natürlich. Ich kenne da ein nettes kleines Wiener-Kaffeehaus. Das wäre genau das Richtige und bestimmt nach Ihrem Geschmack.«

»Das klingt vielversprechend. Sie haben mich überredet.«

»Genau, ich bin schuld. Sie haben sich mit aller Kraft gesträubt, aber meinen Überredungskünsten konnten Sie einfach nicht standhalten.« Sie spürte, wie sie allein durch das kurze Gespräch mit Charles wieder ein Stück der Leichtigkeit zurückgewonnen hatte, in der sie sich am besten gefiel.

Eine Dreiviertelstunde später kam Palina im Kaffeehaus an. Als sie eintrat, sah sie Charles schon in ihrer Lieblingsecke am Fenster sitzen und ihr fröhlich zuwinken.

»Hallo Charles, entschuldigen Sie bitte, ich hatte meine Bahn verpasst.«

»Moin die Dame. Kein Problem. Ich habe mir die Wartezeit inzwischen mit einer Kleinigkeit versüßt.«

Palina schaute vor ihm auf den Tisch. Dort stand ein kunstvoll geformter Glasbecher.

»Das sieht lecker aus. Was ist es denn?«

»Es ist ein doppelter Espresso mit Eierlikör und Schlagsahne. Damit lässt sich die Zeit gut vertreiben. Dann noch das ansprechende Ambiente und der Ausblick auf das Treiben draußen. Ihr Tipp macht schon einmal einen sehr guten ersten Eindruck.«

»Dann warten Sie, bis Sie die Kuchen und Torten probiert haben. Sie werden es lieben.«

»Ich muss gestehen, ich habe schon einen Blick riskiert. Aber setzen Sie sich bitte zuerst und bestellen Sie sich etwas. Ich kann Ihnen ja schlecht etwas voressen.«

»Aber heute zahle ich. Das habe ich Ihnen versprochen.«

Charles erwiderte darauf nichts, sondern lächelte nur.

Nachdem sie ihm eine ausführliche Beschreibung der süßen Sünden gegeben hatte, die sie hier schon verkostet hatte, entschied sich Charles für ein Stück Heidelbeer-Vanille-Schmandtorte und einen doppelten Espresso mit Kaffeelikör und Schlagsahne. Während sie sich für ein Stück Kirsch-Mohntorte und ihren üblichen Latte Macchiato entschied.

»Sie haben heute schon früh Feierabend gemacht oder ist es eine verspätete Mittagspause und Sie drängt die Zeit?«

»Nein, nein. Ich habe Zeit genug und muss erst einmal wieder zur Ruhe kommen. Heute war ich nicht bei der Arbeit. Ich habe mich für heute krank gemeldet. Das ist lange nicht mehr passiert.«

»Ich hoffe, es ist nichts Ernstes oder etwas Ansteckendes, wovor sich ein alter Mann in Acht nehmen sollte. Nicht dass ich nicht bereit wäre, diesen Preis für Ihre angenehme Gesellschaft zu zahlen.«

Sie amüsierte sich über Charles charmante Art alter Schule, dann seufzte sie: »Nein, machen Sie sich keine Sorgen. Es ist nicht ansteckend. Eine gute Freundin ist gestorben und wurde vielleicht ermordet. Ich war vorhin bei der Polizei zur Zeugenbefragung. Das muss ich erst einmal verarbeiten.«

»Das bereitet mir ehrlich gesagt mehr Sorgen, als irgendeinem Virus ausgesetzt zu sein. Kann ich irgendetwas für Sie tun?«

»Das ist ganz lieb von Ihnen. Aber dass Sie mir Gesellschaft leisten und wir einfach miteinander reden, hilft mir schon sehr. Ich kann momentan nicht sehr gut allein sein.«

»Wenn Sie sich etwas von der Seele reden wollen, tun Sie sich keinen Zwang an«, bot Charles an, während er über die Speisekarte gebeugt schon die nächste Sabotage seiner Diätbemühungen plante. »Es gibt reichlich Auswahl und ich kann hier gut sitzen und einfach zuhören.«

Palina lächelte. *Das glaube ich gern, Sie alter Genießer.*

Als hätte Charles ihre Gedanken gelesen, schaute er von der Karte hoch und grinste sie wie ein kleiner Bengel an, der gerade mit der Hand in der Keksdose überrascht wurde. Palina spürte, wie sich ihre aufgewühlte Gefühlswelt in der Gegenwart des gemütlichen Mannes wieder beruhigte.

»Laut der Ermittler ist einiges am Tod meiner Freundin rätselhaft.«

Charles schaute sie überrascht an.

»Sie starb quasi vor meiner Wohnungstür.«

Charles Gesichtsausdruck wechselte von überrascht zu ernst. »Fangen Sie am besten von vorn an.«

Palina berichtete, wie sie sich mit ihrer Freundin für einen gemeinsamen Abend verabredet hatte, wie sie die Vorbereitungen organisiert und aufgeteilt hatten, wie sie eingekauft und gekocht hatte, von dem Telefonat, in dem ihr die schreckliche Nachricht überbracht wurde, von dem Abend mit den Freundinnen und dem Verhör der Ermittler. Ohne ein Wort zu sagen, hörte ihr Charles die ganze Zeit konzentriert zu. Palina las in seinem Gesicht, wie ihn der Beistand ihrer Freundinnen rührte und er sich über die lockere Art der Kommissare amüsierte. Nachdem Palina zum Ende gekommen war, verharrte er noch eine Zeit still und nippte an dem Pharisäer, bei dem er inzwischen angekommen war. Offensichtlich war er zu der Einsicht gelangt, dass die Tragweite der Geschehnisse eine härtere Gangart bei der Wahl der Kaffeevariante erforderte.

An sich gefiel es ihr, einen aufmerksamen Zuhörer zu haben, der sie nicht ständig unterbrach, aber sie benötigte auch eine Rückmeldung. »Sie verstehen nun, warum ich heute ein wenig durch den Wind bin, oder?«

»Aber natürlich. Selbst mich hat Ihre Geschichte aufgewühlt und ich bin nur ein unbeteiligter Zuhörer.« Sie sah, dass ihn etwas zu beschäftigen schien.

»Wäre es unpassend von mir, wenn ich Ihnen eine Frage stellte? Wäre Ihnen das zu persönlich?«

»Nein, fragen Sie ruhig.« Palina vollführte eine einladende Handbewegung.

»Es sind zwei Punkte, um genau zu sein. Warum hatten Sie sich so kurzfristig mit Ihrer Freundin verabredet? Ich hatte den Eindruck, dass irgendetwas Sie so aufgewühlt hat, dass Sie darüber dringend mit Ihrer Freundin sprechen mussten.«

»Im Prinzip schon. Aber es ist eigentlich nichts. Ich habe mir da bestimmt nur etwas eingebildet.«

»Ein Nichts ist selten so dringend, dass man Beistand benötigt. Aber wenn es Ihnen unangenehm ist, will ich Sie nicht drängen. Mein Bauchgefühl sagt mir, dass es eine Rolle spielen könnte.« Zwinkernd tätschelte er seinen Bauch. »Und davon habe ich eine ganze Menge.«

Palina lachte. »Sie halten mich bestimmt für verrückt.«

»Sie können ganz gewiss sein, das ist das Letzte, wofür ich Sie zu halten überhaupt imstande bin.« Er lehnte sich zurück und unterstrich die Abwegigkeit dieses Gedankengangs mit einer zurückweisenden Geste.

Sie erzählte von ihrem Erlebnis am Bahnsteig. Sie merkte, wie es sie befreite, je mehr sie sich von der Seele reden konnte. Ihr kam es so vor, als würde sie ihn schon ewig kennen. Zu ihrer Überraschung fesselte es ihn mehr als das Drama vorm Fahrstuhl. An der Stelle mit dem eingebildeten Stoß, fragte er zweimal nach und ließ sich ihre Wahrnehmung und die Umgebung genau beschreiben.

»Und was war der zweite Punkt?«

»Sie sagten, dass Ihnen ein zweiter Ermittler Fragen zu weiteren Personen stellte, zu denen er einen Zusammenhang mit Ihrem Fall vermutete.«

»Ja.«

»Welche weiteren Personen? Welche Verbindung zu dem Vorfall bei ihrer Freundin?«

»Er hat eigentlich nicht viel dazu gesagt. Ich hatte das Gefühl, dass mir beide Ermittler nur das Nötigste erzählt haben. Wahrscheinlich, um mich nicht zu beunruhigen.«

»Oder, um sich nicht in die Karten schauen zu lassen und keine Informationen preiszugeben, die die weiteren Ermittlungen erschweren könnten«, ergänzte Charles.

»Mag sein. Sie waren jedenfalls sehr nett und freundlich.«

»Das steht außer Frage.«

»Eigentlich fragten sie mich nur, ob ich einen gewissen Maximilian von Burg kenne. Und Stefan, Stefan Weimar.«

Charles schaute sie abschätzend an. »So, wie Sie das formulieren, vermute ich, dass Sie den ersten nicht kennen, den zweiten aber schon. Könnte das sein?«

Palina schaute ihn verblüfft an. »Sie sind ein aufmerksamer Zuhörer. Stefan kenne ich eigentlich auch nicht richtig. Wir haben ihn und seine Kollegen erst vor Kurzem zufällig auf dem Weihnachtsmarkt kennengelernt.«

Charles blickte sie fragend an.

Sie berichtete davon, wie sie sich das erste Mal über den Weg liefen, die Verabredung ablief, als sie genau in diesem Kaffeehaus saß, vom netten Abend und dem plötzlichen dienstlichen Anruf, der den gemeinsamen Abend schließlich vorzeitig enden ließ.

»Verstehe ich es richtig? Herrn Weimar ist also etwas zugestoßen und die Ermittler sehen einen möglichen Zusammenhang zum Tod Ihrer Freundin?«

»Ja, so habe ich es verstanden.«

»Haben Ihnen die Ermittler gesagt, was genau Herrn Weimar zugestoßen ist und wie sie darauf kommen, dass es eine Verbindung geben könnte?«

»Sie haben gesagt, dass Stefan nicht mehr lebt, aber nicht, was ihm genau zugestoßen ist. Es klang so, als wären es so mysteriöse Umstände wie bei Michaela, nur auf dem Weihnachtsmarkt und nicht vor meiner Tür.«

»Hmm, das ist wirklich interessant. Und wann genau es Herrn Weimar ereilt hat, haben Ihnen die Ermittler auch nicht verraten?«, fuhr Charles fort.

»Sie haben keinen genauen Zeitpunkt genannt. Aber sie haben sich den Abend am Glühweinstand haarklein beschreiben lassen und sich besonders für den Zeitpunkt interessiert, als Stefan zur Toilette gegangen ist. Leider hatte ich nicht auf die Uhr geschaut. Ich vermute, dass es kurz danach passiert ist.«

»Das könnte erklären, warum er nicht zu Ihnen zurückgekommen ist.« Charles trank nachdenklich den Rest seines Pharisäers.

»Und was ist an dem Abend noch passiert? Ich meine, nachdem Sie allein zurückblieben.«

»Ich habe die schönen Glühweinbecher eingesammelt und am Brunnen ausgewaschen. Sie erinnern sich doch bestimmt an die vielen Glühweinbecher in meiner Tasche, als wir uns danach trafen, oder?«

Charles stockte. »Es war der Abend, an dem wir uns über den Weg liefen?«

»Ja, wieso?«

Charles spielte gedankenverloren mit der leeren Tasse vor sich. »Nur so. Zufälle gibt es. Man glaubt es kaum.«

»Was meinen Sie? Was beschäftigt Sie?«

»Nur so ein Gedanke. Herr Weimar wird umgebracht, während Sie in der Nähe sind. Und kurze Zeit später wird Ihre Freundin vor Ihrer Wohnung auf eine, wie vermutet wird, ähnliche Weise umgebracht.«

Er blickte von der Tasse auf, ihr direkt in die Augen. »Ist schon jemand auf die Idee gekommen, dass nicht Ihre Freundin Michaela das eigentliche Ziel war?«

30. KAPITEL

Starkwind war aufgekommen und klatschte den Schneeregen gegen die Scheiben des Büros. Die alten Fenster arbeiteten durch den auf ihnen stehenden Winddruck in den Fensterrahmen und an einigen Stellen bahnte sich Luft leise pfeifend den Weg. Mario schaute vom Bildschirm auf. Es war ein ekliges Wetter da draußen. Er zog sich den Hoodie über den Kopf. Allein schon der Gedanke an das klamme und feuchte Wetter löste in ihm ein unbehagliches Gefühl aus. Er fröstelte, obwohl ihm bewusst war, dass sein Blick aus dem Fenster keine spontane Absenkung der Raumtemperatur hervorgerufen haben konnte. Draußen hatte die Dunkelheit schon seit Stunden die Oberhand gewonnen. Es gab ein paar Nischen im urbanen Raum, die sich in der Skateboard-Szene auch bei so unwirtlichem Wetter zum Üben von Tricks etabliert hatten. Aber dort zog es ihn momentan nicht hin. Kälte und Feuchtigkeit wogen heute stärker als sein Bewegungsdrang.

Ich werde wohl alt. Früher hätte mich nichts davon abgehalten, mit den Jungs zu skaten, bemitleidete er sich selbst, als er bemerkte, dass René den Raum mit zwei Flaschen Bier betrat.

»Du hier als Letzter? Wohl scharf auf eine Beförderung oder schaust du heimlich Pornos auf dem Dienstrechner?« René verzog keine Miene und sagte es so beiläufig, dass Mario von einer rhetorischen Begrüßung ausging.

»Wenn du mich hier nicht erwartet hast, dann wolltest du die beiden Bier' wohl allein trinken«, konterte Mario.

René reichte Mario eine Flasche, bevor er sich einen Stuhl vom Nachbarschreibtisch heranzog und ausgelaugt drauffallen ließ.

»Saúde!« Mit müdem Blick hob René die Flasche in Richtung seines Gegenübers.

»Cheers!« Sie tranken still ihre Biere, ohne miteinander zu sprechen. Beide hingen ihren Gedanken nach. Die Gegenwart des anderen war ihnen

Austausch genug. Im Neandertal hätten sie wortlos vor einem Feuer gehockt und mangels Bier auf verkohltem Fleisch herumgekaut.

»Spoileralarm: Ab morgen werden unsere Fälle zusammengelegt.« René brach das Schweigen. »Wird morgen in der Frühbesprechung verkündet.«

»Aha. Petersen bleibt Chef?«

»Jepp, er spielt einfach zu gut Skat. Das qualifiziert.«

»Ich war heute Morgen überrascht, dass du im Fahrstuhlmord ermittelst.«

»Frag mich mal.«

»Ich dachte, du arbeitest noch am Prostituiertenmord?«

»Nee. Gestern früh haben die Laborratten eine genetische Übereinstimmung entdeckt. Dann ging alles ganz schnell: Festnahme, Konfrontation mit der neuen Beweislage und Geständnis, um das Strafmaß zu verringern. Nun wird nur noch der Papierkram aufgehübscht und so weiter. Die freigewordenen Ressourcen wurden umverteilt. Passend zum Feierabend kam dann die Meldung vom neuen Fall rein. Und wer war als Einziger noch nicht im Feierabend? Ich könnte mir in den Arsch beißen.«

»Dumm gelaufen. Woher wusstest du eigentlich, dass ein Zusammenhang zwischen den Fällen besteht?«

»Tja, junger Padawan. Wenn eines Tages – in ferner Zukunft – auch in dir die Macht geweckt wurde, dann wirst auch du ...«

Mario verdrehte die Augen. »Nee, im Ernst.«

»Tipp der Rechtsmedizin. Dr. Stein, das Schlitzohr.«

»Aber wie kam es dazu, dass die Leiche überhaupt über seinen ›Schreibtisch‹ geht.« Mario sah, dass sich um Renés Augen Lachfalten bildeten, während er einen genüsslichen Schluck aus der Bierflasche nahm.

»Als Leiter der Rechtsmedizin hat er vor Kurzem mit dem Leiter der Notfallambulanz Mittag gegessen und dabei angeregt, dass die Notärzte noch ein mobiles Ultraschall des Herzens machen, bevor sie natürlichen Tod attestieren. Dr. Stein hatte auch darauf hingewiesen, worauf genau geachtet werden sollte. Und wie der Zufall so will, kam der Notarzt beim letzten Fahrstuhlmord aus dessen Klinik.«

»Man kann auch einmal Glück haben.« Mario trank andächtig.

»Das sind dann schon drei Tote mit gleicher Todesursache innerhalb kurzer Zeit.«

»Plus einem, der zufällig zur gleichen Zeit unmittelbar neben dem ersten verstarb.« Mario rief sich das Bild von dem Mann im Sessel ins Gedächtnis zurück.

»Schwer, dabei an Zufälle zu glauben.«

»Ja, schwer an Zufälle zu glauben. Wobei der im Sessel keine inneren Verbrennungen hatte.«

»Aber war es nicht so, dass er viel zu jung und gesund war, als dass sich das medizinisch erklären ließe?«

»Korrekt. Wahrscheinlichste Ursache: Tod durch Erschöpfung. In einem Sessel zu sitzen, kann bei jungen Männern schnell zu Erschöpfung bis hin zum Tod führen.«

»Eventuell wäre das ein Ansatzpunkt? Was unterscheidet ihn von den anderen?«

»Möglich. Matthias tobt sich schon am Mapping der Profile aus. Darin geht er richtig auf. Aber auch die Frau hat Alleinstellungsmerkmale.«

»Zuerst einmal ist sie die einzige Frau.«

Mario rollte mit den Augen. »Bis jetzt. Wer weiß, wie viele solcher Fälle uns unerkannt durch die Lappen gegangen sind?«

»Wohl wahr. Wohl wahr. Vorhin bei der Besprechung hatte ich den Eindruck, dass inzwischen auch andere auf die Idee gekommen sind. Aber ausgesprochen hat das keiner.« René lächelte. »Keine schlafenden Hunde wecken. Könnte ein schlechtes Licht auf unsere Abteilung werfen.«

»Zudem hatte sie weder örtliche noch berufliche Nähe zu den drei anderen.«

»Weil sie auch nicht das eigentliche Ziel war, junger Padawan. Was ist deine Einschätzung vom Verhör heute Morgen? Von Frau Solowjowa.«

»Ich denke auch, dass sie das Ziel war, da nur sie in einer Beziehung zu einem der anderen Opfer steht – wenn auch einer sehr entfernten Beziehung. Aber warum sie? Ich habe nicht die Spur einer Idee, was das Motiv sein könnte.«

»Hmm. Und welchen Eindruck hat sie auf dich gemacht?« René schaute Mario abwartend an.

»Ich denke nicht, dass sie als Täter infrage kommt. Sie war zu der Tatzeit einkaufen.«

»Ein Bon reicht nicht als Beweis.«

»Stimmt. Aber Matthias hat die Zeitangabe auf dem Bon mit den Aufnahmen der Überwachungskameras des Supermarktes und der Webcams zur Ampelsteuerung davor abgeglichen. Und wo er gerade dabei war, auch sämtliche Kameras entlang ihres Weges.«

»Ja, da gibt es einige. Gut, dass die Bevölkerung noch nicht darüber gestolpert ist, sonst hätten wir schon längst die Datenschützer am Hacken.«

»Zum Zeitpunkt des Todes ihrer Freundin war sie definitiv weit weg.«

»Könnte aber theoretisch noch die Finger bei den anderen im Spiel haben.«

»Auch nicht bei dem auf dem Weihnachtsmarkt. Die Kollegen des Opfers haben in ihren Aussagen bestätigt, dass sie sich zu der Todeszeit am Glühweinstand befand. Unabhängig davon: Und wie hätte sie es bei den anderen zwei machen können?«

»Wie schafft man es überhaupt, jemanden auf diese Weise zu töten?« Renés Augen öffneten sich weit, während er langsam tief einatmete. »Aber welchen Eindruck macht Frau Solowjowa vom Wesen und ihrem Verhalten auf dich?«

»Ich denke, sie ist entweder eine verdammt gute Schauspielerin oder tatsächlich vollkommen ahnungslos von dem, was um sie herum geschieht. So wie sie reagiert hat, als sie erfuhr, dass auch ihr Flirt das Zeitliche gesegnet hat. Ich glaube nicht, dass sie schon auf die Idee gekommen ist, dass das mit ihrer Freundin eine Verwechslung gewesen sein könnte.«

»Wenn wir eine Verbindung zwischen den Opfern herstellen könnten, kämen wir eventuell auf eine Idee, welches Motiv dahinter stecken könnte. Und wenn wir das Motiv haben, dann könnte uns das einen Hinweis auf den Täter liefern. Ich befürchte, bei diesen Fällen erfahren wir erst ganz zum Schluss, wenn wir den Täter bereits haben, wie er es gemacht hat.«

»Wenn überhaupt.« Mario legte den Kopf weit in den Nacken und leerte die Neige seiner Bierflasche.

31. KAPITEL

Die dralle junge Frau rekelte sich nackt auf der massiven Holzbank. Lediglich ihre Scham wurde locker von hauchdünnem, fast schon gazeähnlichem weißem Tuch bedeckt. Ihr hochgestecktes blondes Haar wurde von einem üppigen Kranz weißer und roter Rosen zusammengehalten. Ihre makellose weiße Haut wirkte, als wäre sie nie der Sonne ausgesetzt gewesen. Verschämt drehte sie ihren Blick weg von dem Mann, der ihr zu Füßen lehnte und sie fasziniert mit seinen Augen verschlang, während er genüsslich an seinem mit Rosé gefüllten Glaskelch nippte. Auch er war nackt. Seine sonnenverwöhnte, ledrige Haut deutete ein fortgeschrittenes Alter an. Die doch recht konvexe Ausprägung seines Bauches und sein speckiges Fleisch ließen vermuten, dass er seinen Lebensinhalt zu großen Teilen Rausch und Genuss gewidmet hatte. Er trug einen grob aus Efeu geflochtenen Kranz und sein halblanges, welliges Haar hing offen hinab. Hinter der jungen Frau saß ein Mädchen, welches ihren Arm zart um den Hals der jungen Frau gelegt hatte und deren Gesicht sanft zu ihrem führte.

»Ihr Port, Sir«, lenkte die Aufmerksamkeit des Betrachters weg vom Gemälde, das über dem Kamin im Bar Room des altehrwürdigen Gentlemen's Club thronte. Der Gentleman nickte dem Butler beiläufig zu, der ihm den Portwein auf einem Silbertablett serviert hatte. In dem klassischen, dick gepolsterten Ledersessel sitzend bot der Mann das Bild des gepflegten älteren Gentlemans, der auch in Bezug auf die Qualität seiner Garderobe keinerlei Abstriche zu machen bereit war. Sein Kleidungsstil orientierte sich ganz an dem altenglischer Adliger. In der Ecke, gleich neben dem Kamin, wartete er an einem Zweiertisch aus dunklem Mahagoni auf seinen Gesprächspartner. Hinter seinem Sessel befand sich eine Stehlampe, deren mit edlem Stoff bezogener Lampenschirm für gedämpftes Licht sorgte.

Der Gentleman hatte es nicht eilig. Er verbrachte seine Zeit gern in diesem Club. In seinem Alter hatte der Begriff Zeit eine besondere Bedeutung gewonnen. Am deutlichsten wurde sie ihm bewusst, wenn sie beim einsamen Verweilen in diesen altehrwürdigen Räumen zäh verstrich. Das Verständnis des Wesens von Zeit war in seinem Beruf von essenzieller Bedeutung. So manches Mal hatte es ihn davor bewahrt, sein Leben vorzeitig zu verlieren, während die Leben vieler seiner Weggefährten in wesentlich weniger heiklen Situationen ein vorzeitiges Ende gefunden hatten. Seinen Gedanken nachhängend ließ er seinen Blick durch den Raum wandern. Wände und Decken waren vollständig mit dunkel gebeizter Eiche vertäfelt. Ihre filigranen Ornamente und feinen Verzierungen hatten alte Meister mit großer Präzision und handwerklichem Geschick gefertigt. Er sah in den alten Meistern Seelenverwandte, die sich nur in der Art ihrer Werke von ihm unterschieden, nicht aber in ihrer Hingabe zu ihrer Kunst. Er bedauerte, dass im Kamin kein offenes Feuer prasselte. Es war noch mitten am Tag und durch das große Fenster im Raum, das aus farbigen, kleinen Glasscheiben kunstvoll komponiert worden war und vom Boden bis zur hohen Decke reichte, drang Tageslicht hinein. Auch die prunkvollen Messingleuchter an den Wänden und die beiden riesigen Kandelaber an der Decke waren ausgeschaltet. Außer ihm und dem Butler war niemand anwesend. Die Ruhe wurde unterbrochen, als die schwere Eichentür zum Bar Room aufgestoßen wurde.

»Entschuldigen Sie bitte. Die Gespräche zogen sich.« Ein Mann in einem teuren Business-Anzug trat ein. Er hatte einen Schnitt, der der aktuellen Mode entsprach, die gerade in den Führungsebenen großer Firmen en vogue war.

»Guten Tag«, antwortete der Gentleman ruhig.

Der Geschäftsmann blickte zum Butler und deutete fast unmerklich eine Geste an. Der Butler verstand und kam in würdevoller Haltung zum Tisch. Bei den Herren angelangt schwieg er und wartete zurückhaltend, bis das Wort an ihn gerichtet wurde.

»Bringen Sie bitte einen GlenDronach. Den 12-Jährigen.« Der Geschäftsmann wandte sich wieder seinem Gegenüber zu. Beide Männer lächelten sich an. »Zwei GlenDronach. Und bitte doch den 18-Jährigen Allardice.«

»Wünschen die Gentlemen, ihren Whisky in klassischen Kristall-Tumblern zu genießen oder lieber in Sniftern zu verkosten?«

»Ich denke, ein Allardice verlangt nach Sniftern. Danke Colin.« Dabei schaute der Gentleman den Butler nicht an, sondern dankte mit dem Heben seines Portweinglases und einem leichten Kopfnicken in Richtung des Geschäftsmannes.

»Ich habe um dieses Gespräch gebeten, weil ich neue Informationen erhalten habe. Unsere Sache betreffend«, eröffnete der Geschäftsmann. »Doch alles zu seiner Zeit. Lassen Sie uns nichts überhasten.«

»Nichts liegt mir ferner. Zumal das sanfte Fließen des Dronach seinen Schatten vorauswirft.« Der Gentleman genoss die Neige seines Ports ohne Hast.

Als der Butler das flüssige Gold in den bauchigen Gläsern servierte, befanden sich auch eine stilvolle Glaskaraffe mit Wasser und zwei Wassergläser auf dem Silbertablett.

»Colin«, wandte sich der Geschäftsmann an den Butler.

»Ja, Sir.«

»Lässt es sich einrichten, dass zwei Gentlemen hier die nächste halbe Stunde ungestört Geschäfte miteinander besprechen können oder sind irgendwelche Störungen zu erwarten?«

»Es lässt sich einrichten, Sir.« Colin ließ nicht erkennen, ob er bemerkt hatte, dass sich ein zusammengefalteter Geldschein auf dem Silbertablett verirrt hatte, als er es nach dem Servieren der Getränke wieder vom Tisch nahm. Er brachte es hinter den Tresen und verließ den Raum durch die massive Eichentür, die er geräuschlos hinter sich schloss.

Zuerst befreiten die Herren mithilfe des Wassers den Mundraum von unerwünschten Geschmacksträgern. Dann lehnten sie sich zurück, während sie schweigend ihre Gläser neigten und schwenkten.

Die Aufmerksamkeit des Gentlemans war vollständig auf diesen Moment gerichtet. Das bernsteinfarbene Wasser des Lebens benetzte die Wand seines Glases, bevor es leicht ölige Schlieren bildend in das Glas zurückrann. Mehrmals hielt er die Nase dicht über den Rand und versuchte möglichst viele der aufsteigenden Geruchsmoleküle einzufangen. Während er sich in das Geruchserlebnis vertiefte, trat die Umgebung in den Hintergrund. Schließlich nahm er einen kleinen Schluck und ließ ihn mehrfach über seine Zunge gleiten, bevor er ihm erlaubte, die Kehle hinabzurinnen. Das leicht kribbelnde Gefühl wich den sich im Nachklang bildenden Aromen.

»Auf den mächtigen Orden«, riss ihn sein Gegenüber aus seiner Gedankenwelt.

»Auf die ehrwürdige Loge«, erwiderte der Gentleman.

»Möge unsere Zusammenarbeit weiterhin prachtvolle Früchte tragen.«

»Wie schon seit Generationen.«

Beide nahmen einen weiteren Schluck, den sie in andächtigem Schweigen genossen.

»Ihr Mann hat versagt.« Unerwartet hart brach der Geschäftsmann das Schweigen, ohne den anderen dabei anzuschauen. »Er hat die falsche Person beseitigt.«

»Ich gehe davon aus, dass Ihre Informationen zuverlässig sind?«

»Das können Sie. Die Quelle ist über jeden Zweifel erhaben.«

»Was können Sie uns an weiteren Informationen geben? Je mehr, desto leichter lässt sich dieses kleine Missgeschick korrigieren.«

»Kleines Missgeschick?«

»Kleines Missgeschick. Es handelt sich doch sowieso nur um eine ahnungslose Nebenfigur, die lediglich der Vollständigkeit halber vom Spielfeld entfernt wird. Sie hat keinerlei Einfluss auf den weiteren Verlauf des Spieles. Die verlangten Figuren wurden wie vereinbart sauber abgeräumt.«

Der Geschäftsmann schaute nun auf. Sein Gesichtsausdruck ließ erkennen, dass er mit dieser Sicht auf die Dinge nicht einverstanden war. Er setzte an, etwas zu sagen, zögerte dann aber und fuhr in der Sache fort.

»Ihre Freundin wurde mit ihr verwechselt.«

»Unglücklich, aber nicht relevant. Wurde der Ort korrekt bestimmt?«

»Ja.«

»Gut. Das ist der wesentliche Punkt. Wir werden nachbessern. Sonst noch etwas?«

»Es scheint, als hätte die Rechtsmedizin einen Weg gefunden, Opfer zu erkennen und dadurch auch Zusammenhänge herzustellen.«

Der Gentleman fixierte den Geschäftsmann mit einem Blick, der diesem kurz einen Schauer über den Rücken laufen ließ. Trotzdem fuhr der Geschäftsmann fort: »Wie kann das sein? Sie garantieren doch, dass kein Unterschied zu einem natürlichen Tod erkennbar ist.«

»Und der Orden hat sein Versprechen auch immer gehalten. Ich kann das nicht glauben. Was genau wissen Sie darüber? Ich brauche alle Informationen.«

»Ich muss Sie darauf aufmerksam machen, dass ein wesentlicher Bestandteil der Zusammenarbeit unserer Loge mit Ihrem Orden die strikte Entkopplung unserer Tätigkeitsfelder und Reduktion des Informationsflusses auf das absolut Notwendigste ist.«

»Sie müssen mich auf nichts aufmerksam machen.« Die Stimme des Gentlemans wurde etwas leiser, ihr Klang dafür eine Spur härter. Der Geschäftsmann bemerkte den Unterschied sofort. »Sollte das, was Sie gerade gesagt haben, tatsächlich zutreffen, dann ist das wesentlich wichtiger als die Frage, ob einfach nur eine Person verwechselt wurde. Wenn Sie mir jetzt also bitte alle Informationen zu den Erkenntnissen und dem Vorgehen der Rechtsmedizin geben würden ...«

»Ich glaube, Ihnen ist nicht klar, mit wem Sie reden. Ich bin der ...«

Der Gentleman hob die rechte Hand. Seine Stimme war ganz ruhig, während sein Gesichtsausdruck diabolische Züge annahm. »Ich befürchte, Sie haben kurzzeitig vergessen, mit wem Sie reden. Der Einfluss Ihrer Loge beruht im Wesentlichen lediglich auf Politik, Kontakten und Geld – während die Macht unseres Ordens auf Fähigkeiten gründet, die ...« Er lehnte sich zurück in den Ledersessel. Ihm war das Zittern des Snifters in der Hand seines Gegenübers aufgefallen. Seine Miene entspannte sich und er nahm einen kleinen Schluck des 18-Jährigen, mit dem er genüsslich lächelnd seine Zunge umspülte, bevor er ihn die Kehle hinuntergleiten ließ. »Also, teurer Freund. Wären Sie jetzt bitte so freundlich, mir – in unser aller Interesse – die Informationen zu geben, um die ich Sie höflich ersucht habe?«

»Ich kann Ihnen nur sagen, dass die Rechtsmedizin bei den Opfern innere Verbrennungen festgestellt hat.«

»Innere Verbrennungen?« Der Gentleman schaute überrascht.

»Ja. Am Herzen. Um genau zu sein.«

Der Gentleman nickte mehrfach, während er nachdenklich zur Decke blickte. Schließlich brach er sein Schweigen und fragte: »Und sonst noch etwas?«

»Die Notärzte sind nun angehalten, bei Toten, die eines natürlichen Todes gestorben sind, ein Ultraschall des Herzens zu machen, bevor sie einen Totenschein ausstellen.«

»Ich nehme an, die Notärzte haben Hinweise bekommen, worauf sie achten müssen?«

»Ja, von der Rechtsmedizin. Aber mehr kann ich Ihnen beim besten Willen nicht sagen. Meine Quellen sind viel zu hoch aufgehängt, um an kleinteiligere Informationen zu kommen, ohne Aufsehen zu erregen.«

»Das reicht mir auch schon. Es war sehr aufschlussreich. Vielen Dank für Ihr Zuvorkommen.« Nach einer ausgiebigen Pause des Schweigens und einem weiteren Schluck fügte er hinzu: »Ich versichere Ihnen, das kleine

Missgeschick wird umgehend von uns korrigiert und Sie brauchen sich keine Gedanken zu machen. Und zum Zeichen unserer Freundschaft und tiefen Verbundenheit muss ich darauf bestehen, die Rechnung des Abends zu übernehmen. Lassen Sie uns Colin hereinrufen und den Abend gemütlich mit angenehmeren Themen und einem weiteren GlenDronach einläuten.«

32. KAPITEL

In den beiden großen Packtaschen zu ihren Füßen schepperten Kochtöpfe. Michaelas Tod lag einige Zeit zurück. Inzwischen war Palina wieder vom Alltag vereinnahmt worden. Früh morgens fuhr sie zur Arbeit und kam spät abends zurück, bereitete sich eine Kleinigkeit zu essen und fiel nur noch todmüde ins Bett. Sie wusste nicht, woran es lag, dass sie neuerdings ständig so müde war. Lag es an den vielen Überstunden, die in letzter Zeit anfielen? Sie war natürlich froh, dass ihr die stressige Arbeit tagsüber keine Gelegenheit ließ, in melancholische Gedanken abzugleiten. Auf der anderen Seite fühlte sie sich abends ausgelaugt. Die früh einsetzende Dunkelheit des Winters, der Schneeregen der letzten Tage und der kalte Wind halfen nicht gerade, ihre Lebensgeister zu reaktivieren. Sie hatte irgendwo gelesen, dass die Selbstmordrate in Finnland über die Wintermonate auf außergewöhnlich hohe Werte stieg. War es auch bei ihr ein Winter Blues oder warf Michaelas Tod immer noch einen Schatten auf ihr Gemüt? Oder war es alles zusammen? Es war alles zusammen, entschied sie pragmatisch.

Nach Michaelas Tod weiterzumachen, war nicht einfach. Gerade kam sie aus Michaelas Wohnung. Ihre Eltern kümmerten sich um die Haushaltsauflösung. Mitten in der Trauer über den Verlust des einzigen Kindes versuchten die alten Herrschaften zu funktionieren. Zwar hätten sie einfach ein Entrümpelungsunternehmen mit der Räumung der Wohnung beauftragen können, aber das brachten sie nicht übers Herz, hatte Michaelas Mutter ihr letzte Woche erklärt. Über eine Dreiviertelstunde hatte Palina mit der alten Frau Hofmeister telefoniert. So lange hatte sie in all den Jahren, in denen sie Michaela kannte, noch nicht einmal in Summe mit ihr gesprochen. Und dabei hatte Frau Hofmeister lediglich fragen wollen, ob Palina Interesse an Gegenständen aus Michaelas Wohnung hätte. Frau Hofmeister wollte dafür kein Geld nehmen, sondern versuchte verzweifelt, möglichst viel vom

Andenken an ihre Tochter zu bewahren. Auf jeden Fall besser, als wenn anonyme Hilfskräfte ohne Bezug zu ihrem Kind emotionslos die Wohnung ausräumten und sich nur mit der Frage beschäftigten, womit sich noch ein, zwei Euros machen ließen oder es ansonsten auf den Müll warfen. Michaela hätte sich gewünscht, dass ihre besten Freundinnen ihre Sachen bekommen. Das Telefonat mit Michaelas Mutter verlief alles andere als leicht. Immer wieder hatte sich Frau Hofmeister schluchzend selbst in ihren Sätzen unterbrochen. Schließlich hatte sich auch Palina nicht mehr zusammenreißen können und geweint. Es war seltsam, fand Palina, als sie daran zurückdachte. Obwohl die Frauen sich in ihrer Trauer gegenseitig aufgeschaukelt hatten, ging es ihnen am Ende des Gesprächs spürbar besser. Gerade hatte sich Palina mit den Eltern und den Mädels in Michaelas Wohnung getroffen. Frau Hofmeister hatte sie beiseitegenommen und ihr gesagt, wie gut ihr das Telefonat getan hatte. Dann hatte sie Palina in den Arm genommen und lange festgehalten. Es endete damit, dass beide in Michaelas Schlafzimmer auf dem Bett saßen und versuchten, nicht mehr zu weinen. Der alte Herr Hofmeister war kurz hereingekommen, um etwas zu fragen, hatte aber noch auf der Türschwelle kehrtgemacht. Spontan hatte er beschlossen, besser ein anderes Zimmer auszuräumen. Von den anderen Freundinnen hatte sich nur Tina kurz in das Schlafzimmer getraut. Sabine meinte später, dass, nachdem sie Tina herauskommen sah, sie lieber draußen geblieben war.

Und nun klapperten vor ihr Michaelas Kochtöpfe, während sie mit der U-Bahn nach Hause fuhr. Sie hatte noch einen Sitzplatz am Fenster ergattern können. Ihre Stirn lehnte an der Fensterscheibe. Hinter dem Spiegelbild ihres Gesichts zogen im Dunkeln die Straßenzüge an ihr vorüber. Palina nahm es nicht wahr. Als sie von der Haltestellenansage wieder in das Hier und Jetzt zurückgerissen wurde, hätte sie fast den Ausstieg verpasst. Hektisch sprang sie auf und hastete zur Tür. Verärgerte Blicke folgten ihr, als sie im überfüllten Abteil mehreren Fahrgästen ihre schweren Taschen gegen die Knie schlug, aber keiner sagte etwas. Palina hatte den schweren gusseisernen 7-Liter Bräter mit dem massiven Eisendeckel bekommen. Ein wunderschöner Bräter, keine Frage, aber das rächte sich jetzt. Sie schleppte die Taschen die Stufen vom Bahnsteig hinab und bis zur Haustür.

Sie würde wahrscheinlich noch mehrere Male fahren müssen. Dabei hatte sie an Alex gedacht. Alex besaß einen zum Camper umgebauten alten Transporter und genügend Energie zum Tragen. Ihr Plan war, ihn mit einem selbstgekochten Mehrgänge-Menü zu ködern. Das klappte bei ihm immer. ›Futtergesteuert‹ würde man es bei einem Hund nennen. Im Zweifelsfall würde sie noch das Crafts-Bier seiner Lieblingsmarke in den Ring werfen. Das gönnte er sich nur zu besonderen Anlässen, weil es so teuer war. In dem Fall müsste er allerdings noch eine sanfte Nackenmassage drauflegen. Schließlich verspannten sich ihre Schultern immer so extrem, wenn sie lange in der Küche arbeitete. Innerlich grinste sie verschwörerisch und freute sich auf ihre Verspannung, von der sie völlig überraschend heimgesucht werden würde.

Als Palina die Wohnungstür hinter sich schloss, war sie froh, dass die Schlepperei ein Ende hatte. Sie stellte die Taschen im Flur ab. Auspacken würde sie später. Nachdem sie Michaelas Wohnung verlassen hatten, hatten die Mädels beschlossen, sich später noch bei Tina zu treffen. Kati würde einen Schlenker fahren und sie auf dem Weg zu Tina einsammeln. Aber bis dahin war noch Zeit für einen Latte.

Vom Flur aus sah sie, dass sich Flo auf seiner Sofahälfte erhoben hatte, die Krallen in die Polster schlug und sich müde streckte. Träge kam er zu ihr, um sie zu begrüßen und sich seine Streichelakkus aufladen zu lassen. Als er genug hatte, ging er in die Küche. Auf der Türschwelle drehte er sich um und kontrollierte, ob sie ihm auch folgte. Mit etwas Abstand beobachtete der Kater, wie sie Wasser und Trockenfutter auffüllte. Erst als sie die Dose öffnete, kam er zu ihr und strich ihr um die Beine. »Ja, ich habe schon lange begriffen, wo deine Prioritäten liegen. Hör auf mich zu konditionieren.« Während sie sich einen Latte Macchiato bereitete, beobachtete sie das kapitale Fellbüschel, wie es zufrieden vor sich hin futterte.

Sie ging ins Wohnzimmer und kuschelte sich auf dem Sofa in die Wolldecke. Die Anspannung fiel von ihr ab und ihr Körper sank gemütlich ins Polster. Das Heißgetränk und die warme Wohnung vertrieben langsam die Kälte aus ihren Gliedern. Sie spürte deutlich, wie sich ihr Rücken aufwärmte. Es war dieses wohlig warme Gefühl, das sie normalerweise überkam, wenn alle Anspannung von ihr abfiel. Doch dann begann sich das Wärmegefühl vom äußeren Rücken gezielt ins Zentrum ihres Oberkörpers fortzupflanzen. Es wurde unangenehmer und heißer. Ihr kam schlagartig der Vorfall auf dem Bahnsteig in den Sinn, als sie fast ins Gleisbett gestürzt wäre. Das hatte sich ähnlich angekündigt. Erschrocken fuhr sie hoch und sofort verschwand die Hitze. Sie drehte sich um, konnte aber nichts Ungewöhnliches sehen. Kurz hatte sie gemeint, ein Flimmern in der Luft zu erkennen, schrieb es aber ihrem schwächelnden Kreislauf zu. Ihr niedriger

Blutdruck führte manchmal zu Schwindel und Sehstörungen, wenn sie zu schnell aufstand. Das war nichts Ungewöhnliches. Zudem hatte sich das Gefühl am Bahnsteig nicht in den Körper hinein ausgebreitet, sondern war oberflächlich geblieben.

Das muss etwas anderes sein. Wahrscheinlich war es in letzter Zeit einfach nur zu viel für mich und meine Psyche spielt mir jetzt Streiche. Werd jetzt bloß nicht hysterisch, Frau Solowjowa. Reiß dich mal am Riemen. Palina ärgerte sich ein bisschen über sich selbst und setzte sich wieder.

Nachdem sie sich erneut gemütlich zurückgelehnt hatte und zur Ruhe gekommen war, begann die punktuelle Hitze erneut. Sie sprang auf und blickte aufs Sofa, wo sie eben gesessen hatte.

Was ist das? Sie suchte die Sitzfläche und die Rückenlehne ab. Es war immer noch nichts Auffälliges zu sehen.

Es kann nicht am Sofa liegen. Ich sitze da doch nicht zum ersten Mal.

Während sie das Sofa nachdenklich betrachtete, strich etwas an ihren Beinen vorbei. Flokati bedankte sich kurz für sein Mahl und sprang auf seine Seite des Sofas. Er schleckte sich das Maul und betrachtete sie fragend, als wollte er sagen: »Warum stehst du da rum? Warum setzt du dich nicht zu mir und streichelst mich noch ein bisschen zum Nachtisch?« Sie fand keine logische Erklärung und setzte sich zu ihm. Sofort robbte Flo ein Stück zu ihr rüber und kuschelte sich an. Misstrauisch lauschte sie in ihren Körper hinein. Aber alles fühlte sich normal an. Auch das Wärmeempfinden kam nicht mehr auf.

Vielleicht taucht es nur auf, wenn der Kreislauf schwächer wird? Sie versuchte sich zu entspannen. Das Sofa war so gemütlich. Fast döste sie weg. Zum Glück wiederholte sich das eben Erlebte nicht mehr. Es hatte anscheinend doch keine körperliche Ursache. *Oder zumindest jetzt nicht mehr.* Sie war ratlos.

Wie sind eigentlich die Symptome für einen Herzinfarkt? Bei Frauen ist die Symptomatik doch unklarer als bei Männern, oder? War das alles in letzter Zeit zu viel für mich und das sind die Vorboten? Quatsch, dafür bist du wirklich noch zu jung.

Palina kraulte Flo und trank ihren Latte, als kurze Zeit später ihr Smartphone piepste. *Das ist Kati. Und ich bin noch nicht fertig. Jetzt aber schnell.* Sie sprang auf, was Flo mit einem missbilligenden Mauzen kommentierte, zog sich schnell an und verließ die Wohnung. Die Zerstreuung mit den Mädels war jetzt genau das, was sie brauchte.

33. KAPITEL

Hallo. Hallo? Hallo! Ist mit Ihnen alles in Ordnung? Brauchen Sie Hilfe?« Der Mann öffnete die Augen und blickte in das besorgte Gesicht der Bedienung, die sich über ihn beugte und zaghaft an seiner Schulter rüttelte. Dafür, dass er noch in den Dreißigern war, fühlte er sich gerade sehr alt. Die Kälte hatte es geschafft, sich einen Weg durch den klassischen Wintermantel aus Schurwolle und den dunklen Anzug zu bahnen. Sein pastellblaues Hemd mit blauer Seidenkrawatte überwand sie im Anschluss mit Leichtigkeit.

Kurz blickte er sich um und orientierte sich. Er saß auf einer Bank im Außenbereich eines kleinen Cafés. Hüfte und Beine hatte er in eine dicke, karierte Wolldecke mit langen Fransen gewickelt. Das Café befand sich am Rand eines schmalen Durchgangs, der zwischen lückenlos aneinandergereihten Mehrfamilienhäusern unterschiedlicher Bauart verlief. Durch die Nachverdichtung des Hinterhofbereichs mit modernen Wohnanlagen hatte der Mann nicht den Eindruck, dass das Café im Innenhof eines in der Nachkriegszeit organisch gewachsenem Häuserblocks lag, sondern eher in einer engen Gasse mit mehreren Treppenabschnitten. Als einziger Gast saß er draußen in Dunkelheit und Kälte. Mit dem Rücken gegen die Außenwand des Cafés gelehnt, war er seitlich weggesackt.

Lächelnd versuchte er, die Sorge der Bedienung zu zerstreuen. »Es ist alles in Ordnung. Vielen Dank. Ich kenne das schon.«

Die junge Studentin schaute ihn prüfend an. »Sie wären fast von der Bank gefallen. Ich hatte schon gedacht, Sie wären hier draußen erfroren.«

»Alles gut. Nur eine kleine Kreislaufschwäche. Ich brauche wirklich keine Hilfe.« Um das Gesagte zu unterstreichen, stand er schnell auf, spürte aber, wie wackelig er auf seinen Beinen war.

»Kann ich Ihnen sonst noch irgendwie helfen? Vielleicht einen doppelten Espresso zum Wachwerden?«

Der Mann sah sie freundlich an. »Nein, mir geht es gut. Würden Sie mir bitte die Rechnung bringen? Vielen Dank.«

Die Bedienung setzte an, etwas zu sagen, stockte jedoch, als er sich wegdrehte. Sie schüttelte nur kurz den Kopf und ging zurück in den warmen Innenraum des Cafés. Es dauerte eine Zeit, bis sie wieder zum Abkassieren erschien. Er lächelte und gab ihr ein großzügiges Trinkgeld. Nachdem sie gegangen war, machte er sich daran, die Gasse durch den Durchgang im Rotklinkerbau am oberen Ende zu verlassen. Sein Arm pochte. An unterschiedlichen Stellen schmerzten Verkrampfungen und seine Gliedmaßen zuckten unwillkürlich. Das Atmen fiel ihm schwer. Diesen Ort schnell und möglichst unauffällig zu verlassen, verlangte ihm in seinem Zustand viel ab.

In der Mitte des schmalen Durchgangs musste er eine Erholungspause einlegen und stützte sich dazu an der Hauswand ab. Während er versuchte, sich zu sammeln und ruhig durchzuatmen, blickte er zurück und bemerkte, dass ihm eine Dame in einem eleganten geschnittenem Wintermantel folgte, den auch Audrey Hepburn in einem ihrer Filme hätte tragen können. Sie telefonierte und musste aus dem Café gekommen sein, kurz nachdem er sich auf den Weg gemacht hatte. Ihr Blick hatte nichts unbeteiligt Zufälliges, sondern eher Lauerndes. Leise lachend drehte er sich wieder weg, während er sich immer noch gegen die Wand stützen musste, schloss die Augen und begann tief auszuatmen. Er hörte ein Klacken, das leiser als ein kräftiges Fingerschnippen war. Der Einschlag, den er spürte, riss ihn wieder aus dem Strudel zurück, in den er sich zu flüchten versucht hatte. Ihm blieb die Luft weg. Mit einem Stöhnen fiel er auf den Boden und sein Körper fing an, reflexartig zu zucken. Jedes Krampfen ließ starken Schmerz aufflammen. Verschwommen sah er, wie sich die Dame ruhig und langsam näherte. Als sie bei ihm angekommen war, lächelte sie ihn beinahe liebevoll an.

»Dumm gelaufen. Mein Fehler.« Er schaute in das Ende eines überlangen Schalldämpfers und wunderte sich gerade über die ungewöhnliche, netzartige Konstruktion an der Seite der automatischen Waffe, als das Licht erlosch. Dieses Mal hatte er weder das Klacken gehört noch etwas gespürt.

Nachdem sie ihm ins Zentrum seines Schädels geschossen hatte, schoss sie ihm noch ein weiteres Mal präzise ins Herz. Ohne Zeit zu verschwenden, die Konstruktion zu zerlegen, ließ sie die Waffe sofort in ihrer ledernen Schopper-Tasche verschwinden. Sie zeigte keinerlei Anzeichen von Nervosität oder Hektik. Bevor sie die Szene verließ, schlang sie sich ihr Tuch um

Kopf und Hals und setzte eine übergroße Sonnenbrille auf, die angesichts der winterlichen Lichtverhältnisse zwar unnötig war, allerdings im Zusammenspiel mit ihrem restlichen Outfit stimmig wirkte. Als hätte sie bewusst den eleganten Stil aus alten Hollywood-Filmen gewählt. Von ihrem Gesicht war nur noch die Mundpartie sichtbar. Ohne sich umzudrehen, ging sie weg, während sie darauf achtete, immer zu Boden zu schauen. Zwei Straßen weiter zückte sie erneut ihr Telefon und wählt eine Nummer.

»Es ist nicht ganz so gelaufen wie erhofft. Aber ich hatte keine andere Wahl. Alles unter Kontrolle. Ich melde mich später. Jetzt ist es gerade ungünstig.«

34. KAPITEL

Mario war erleichtert, dass die Morgenbesprechung vorbei war. Morgenbesprechungen waren sowieso nicht gerade seine favorisierte Weise, wertvolle Lebenszeit zu verplempern, aber diese war besonders zäh verlaufen und eine Quälerei für alle Beteiligten gewesen. Mario schaute unmotiviert in die Gegend und hätte nichts gegen eine Fee einzuwenden gehabt, die zufällig vorbeigeschwebt käme, funkensprühend ihren winzigen Zauberstab auf seinen zugekleisterten Schädel hämmerte und ihn mit den Geistesblitzen befruchtete, die er jetzt dringend brauchte, um mit den Ermittlungen weiterzukommen. Stattdessen betrat René den Raum mit zwei Bechern Kaffee. *Nicht ganz dasselbe, aber zur Not ...,* tröstete er sich.

»So, jetzt erst einmal offiziell: Moin.« René reichte ihm einen Becher.

»Moin. Danke.«

»Was für einen Eindruck hast du von eben?«

»Der Besprechung?«

»Jepp, sonst ist heute ja auch noch nichts passiert.« René rollte mit den Augen.

Mario schlürfte vorsichtig vom kochend heißen Kaffee. »Hmm.«

»Eloquent wie immer. Ich liebe deine tiefschürfenden Analysen.«

Auf den ermüdeten Blick Renés antwortete Mario mit einem Grinsen über den Rand seines Kaffeebechers hinweg: »Was soll ich sagen? Bringt uns kein Stück weiter voran.«

»Das ist klar. Hast du von unseren Skat-Koryphäen etwas anderes erwartet? Insofern: Punktlandung. Genau das geliefert, was erwartet wurde. Chapeau. Ansonsten kam dir also nichts komisch vor?«

Mario schaute René fragend an. »Das einzig Unterhaltsame war Petersen zuzusehen, wie unwohl er sich in seiner Rolle fühlte. Ohne irgendwelche Erkenntnisse so viel Redezeit zu füllen ... Das war schon eine reife Leistung. Respekt. Zum Chef muss man geboren sein.«

»Ich liebe deinen Humor. Aber stimmt schon. Keiner hat eine Idee, was wir noch tun können.«

»Ich weiß schon gar nicht mehr, was ich noch sinnvoll recherchieren könnte. Und trotzdem werden dem Fall immer mehr Ressourcen zugewiesen. Dadurch stochern doch nur noch mehr Ermittler ratlos im Dunkeln herum.«

»Genau. Die Mitarbeiter werden jetzt nur aufgestockt, weil es auch ein hohes Tier erwischt hat und der Fall eine political attention auf sich zieht. Man will sich später nicht vorwerfen lassen, dass man nichts getan hat.«

»›political attention‹«, Mario grinste René an.

René ignorierte das Necken und fuhr fort. »Aber warum scheint sich niemand für die Mordmethode zu interessieren?«

Nun blickte Mario René direkt an.

»Schließlich ist das die Gemeinsamkeit zwischen den Morden und das Alleinstellungsmerkmal der Mordserie.«

»›Alleinstellungsmerkmal‹«, Mario rollte mit den Augen.

Genervt verkniff sich René den Konter, Mario demnächst ein Wörterbuch zu schenken. »Mal konstruktiv. Warum?«

Mario nahm einen Schluck Kaffee, während er in die Tasse schaute, als ob sich auf der Oberfläche des Kaffees ein Hinweis befände. »Weil keiner auch nur einen Schimmer davon hat, wie das abgelaufen sein könnte.«

»Zu einfach gedacht.«

An seinem Becher nippend schaute Mario René fragend an.

»Ich hätte erwartet, dass, wenn man aus einem Akt der Verzweiflung heraus sogar Ressourcen ohne Sinn und Verstand aufstockt, man auch nach jedem anderen Strohhalm greift, der auch nur infrage kommen konnte. Oder sehe ich das so falsch?«

»Im Prinzip schon, aber was stört dich daran?«

»Ich hatte gestern einmal mit Dr. Stein telefoniert. Eigentlich hatte ich auf neue Erkenntnisse oder irgendwelche Hinweise gehofft, die uns weiterbringen könnten.«

»Hmm.«

»Er sagte mir, dass ihn der Fall aus wissenschaftlicher Sicht sehr beschäftigt und erzählte mir allerlei Kram, den ich nicht verstanden habe. Was er schon untersucht hat, was man vielleicht noch untersuchen könnte und so weiter.«

»Etwas, was uns weiterbringt?«

»Nee, nichts.«

»Siehst du.«

»Daraufhin hatte ich gestern einmal mit Petersen gesprochen und angeregt, verstärkt der Mordmethode und allem, was damit zusammenhängen könnte, nachzugehen. Aber er hat nur abgewiegelt und lapidar gesagt, dass die Rechtsmedizin ihren Job erledigt hat und wir uns nun auf unseren Job konzentrieren sollen.«

»Womit er nicht so ganz Unrecht hat.«

»Schon. Aber das müsste ja auch für alle anderen Mordfälle gelten, die wir sonst untersuchen. Da kümmern wir uns ja auch um diese Frage und schieben es nicht komplett auf die Rechtsmedizin. In der Besprechung hatte ich mitunter das Gefühl, dass schnell das Thema gewechselt wurde, sobald die Methode zur Sprache kam.«

»Hattest du das Gefühl, er blockiert?« Mario wunderte sich. So hatte er Petersen eigentlich nicht eingeschätzt.

»Zitat: ›wir sollen uns …‹«

»Ah, so meintest du das. Er hat selbst die Order bekommen, dort nicht genauer draufzuschauen.«

»Si! Ich habe das Gefühl, man will zwar einen Schuldigen für den Pranger haben, aber nicht so genau wissen, wie er es gemacht hat.«

»Das erklär nachher mal dem Richter.«

»Das wird man dann sehen.«

»Alter Verschwörungstheoretiker.«

»Nur weil ich unter Verfolgungswahn leide, heißt das nicht, dass sie nicht hinter mir her sind.« René hob mahnend den Zeigefinger.

Matthias kam in den Raum. Es war anscheinend dringend. Als Mario bemerkte, wie Matthias hastig sein Bein nachzog, aber dadurch gleichzeitig mit dem kaputten Fuß instabiler wurde, wäre er am liebsten aufgesprungen und hätte ihm geholfen. Andererseits wollte er unbedingt vermeiden, dass bei Matthias der Eindruck entstehen könnte, man würde ihn für einen hilfsbedürftigen Krüppel halten. Daher hielt er sich lieber zurück, obwohl er als Skater nur zu gut aus eigener, schmerzlicher Erfahrung wusste, wie Gelenkverletzungen einen behinderten. Er war froh, dass sie immer ohne bleibende Schäden abgeheilt waren.

»Hier«, René war aufgestanden und bot Matthias seinen Stuhl an.

»Danke, aber ich wollte nur kurz mit euch sprechen.«

»Keine Hektik. Ich wollte uns sowieso gerade neuen Kaffee holen. Mit Milch und Zucker, wie üblich?«

»Wenn es keine Mühe macht?«

»Kein Ding.«

Matthias setzte sich, während René Mario die Hand entgegenstreckte.

»Ich krieg noch einen Kaffee-Flash.« Mario kippte schnell den letzten Schluck hinunter, bevor er René den Becher reichte.

»Dann wirst du vielleicht endlich einmal wach.«

Nachdem René abgezogen war, fragte Matthias: »Was macht das Skateboardfahren? Bei dem Wetter kommst du bestimmt nicht oft dazu, oder?«

»Du bist einer der Wenigen, die mich nicht für einen Surfer halten. Ja, ich komme kaum noch aufs Brett. Das nasse Wetter, die Ermittlungen, der Nebenjob. Wenigstens ist damit erst einmal Schluss.«

»Haben sich die Kinder über die Geschenke gefreut?«

»Ja, wenigstens war der Aufwand nicht umsonst. Aber in zwei Monaten hat die Kleine Geburtstag. Und wenn beide noch mit in den Urlaub zum Snowboardfahren wollen, kann ich gleich wieder anheuern.«

»Sind die beiden so verrückt aufs Skaten wie ihr Vater?«

»Meine Tochter hält mich für bescheuert. Mein Sohn ist noch in dem Alter, wo er seinem Vater nacheifert. Da er aber nur mit mir skatet und sich keiner seiner Freunde dafür interessiert, glaube ich nicht, dass es von Dauer sein wird.«

René kam zurück und versuchte, sich nicht vollzukleckern oder eine Spur von Kaffeeflecken zu hinterlassen, indem er auf die drei Becher starrte, als wollte er sie hypnotisieren.

»Das ging schnell«, staunte Matthias. »Danke.«

»Überraschenderweise war noch Kaffee da. Und das zu dieser Tageszeit. Da haben die Koffeinjunkies normalerweise schon längst den letzten Tropfen geräubert.«

Nachdem jeder einen Schluck genossen hatte, fragte Mario: »Was verschafft uns die Ehre deines Besuchs?«

»Ich weiß nicht, ob es etwas mit unserem Fall zu tun hat und wahrscheinlich ist es auch ein bisschen zu konstruiert, aber ein seltsamer Zufall ist es schon.« Matthias schien noch mit sich ringen.

Mario schaute zu René rüber. Bei solch einer Einleitung spitzte dieser schon aus Prinzip die Ohren. *Gib ihm offensichtliche Spuren und Beweise und er ist sofort desinteressiert, aber gib ihm etwas völlig Abstruses und an den*

Haaren Herbeigezogenes und du hast sofort seine volle Aufmerksamkeit. Er grinste zu René hinüber, der seine Gedanken zu lesen schien und diese nur kurz mit einem gelangweilten Blick kommentierte. Mario amüsierte sich trotzdem.

»Nur raus damit. Alles kann helfen. Und zurzeit gibt es eh keine anderen Ansatzpunkte.« René hatte seinen Blick wieder auf Matthias gerichtet.

»Heute früh saßen wir beim Frühstück zusammen und ...«

»Moment, nicht so schnell. Welches Frühstück?« René war entsetzt.

»Na, Dieter hat doch Geburtstag und da hat er ein Frühstück für unsere Brettspielgruppe ausgegeben.«

»Und da hast du etwas Wichtiges erfahren ...«, Mario erstickte die noch größere Vorliebe Renés, die Beschaffung von Verpflegung jeglicher Art, im Keim.

René murmelte etwas von ›Skatrunde‹, ›Brettspielgruppe‹ und ›Cliquen‹.

»Ob es wichtig ist, weiß ich nicht. Aber wenn man nicht an Zufälle glaubt, könnte man schon misstrauisch werden.«

Mario brauchte gar nicht zu René rüberschauen. Er wusste auch so, was kommen würde und hätte René vergessen es zu sagen, hätte er es für ihn sagen können.

»Zufälle gibt es nicht!« René hatte offensichtlich seine Gedanken an belegte Brötchen verdrängt.

»Dieter hat erzählt, dass gestern Abend ein Mann ermordet wurde. Noch nicht einmal zweihundert Meter vom Tatort entfernt, den René vor Kurzem besucht hatte.«

»Wie wurde der Mann ermordet?«

»Drei Kugeln. Die erste aus größerer Entfernung. Offensichtlich, um ihn am Weggehen zu hindern. Dann eine in den Kopf und eine genau ins Herz. Aus nächster Nähe. Die Ballistik meint, dass es nach Subsonic Ammunition aussieht und die ungewöhnliche Riefenstruktur der Projektile zusammen mit den Resten von anhaftendem Gel auf einen Schalldämpfer der Oberklasse hindeutet. Am Tatort wurden trotz gründlicher Suche keine Hülsen gefunden. Eventuell wurde ein Brass Catcher eingesetzt. Der würde das erklären.«

»Subsonic? Brass Catcher?« Mario hatte den Anschluss verloren.

»Spezielle Unterschall-Munition und ein Hülsenfänger. Im Prinzip ein kleiner, netzartiger Käfig, dessen Öffnung vor dem Auswurf an der Seite der Waffe liegt. Der wesentliche Punkt ist: Hier war ein Profi am Werk.«

»Interessante Nummer. Aber ein anderes Muster als bei unseren Fällen.«

»Schon, aber ich habe mir dann einmal auf den Luftaufnahmen die Umgebung angeschaut. Das Café, in dem der Mann vorher saß, müsste in Sichtweite zu der Wohnung sein, wo die Freundin des Opfers wohnt.«

»Ok. Und?«

»Die Bedienung des Cafés hat ausgesagt, dass der Mann als einziger Gast draußen saß. Stundenlang. Bei diesem Wetter.«

Mario sah aus dem Augenwinkel, wie René, der zu Matthias vorgebeugt gelauscht hatte, sich wissend nickend aufrichtete und dabei tief einatmete. *So typisch. Wäre der Erschossene grün gewesen, hätte er noch drei Häuserblöcke weiter sitzen können und René hätte auch angebissen.*

»Sehr gute Arbeit. Mario und ich schauen uns das gleich vor Ort an.«

»Tun wir das?«

»Willst du noch ein bisschen an deinem Schreibtisch sitzen und aus dem Fenster schauen? Ok, zu viel Bewegung in deinem Alter ...«

»Ja, ja, ich komm ja mit.«

»Matthias, kannst du uns vorher noch einmal die Luftaufnahmen zeigen?«

35. KAPITEL

Ach, hier sind sie alle«, murmelte René vor sich hin, als er drei Streifenwagen in der zweiten Reihe vor dem Dönerladen des U-Bahnhofs stehen sah. Ein Uniformierter war bei den Einsatzfahrzeugen zurückgeblieben, der sich mit seinem Smartphone die Wartezeit vertrieb. Durch die Glasfront hindurch war deutlich zu sehen, wie seine Kollegen im Dönerladen Schlange standen und ausgelassen miteinander schwatzten.

»Es ist ja auch schon viertel vor zwölf. Fast Mittag. Etwas später und sie wären in ihrer Not mit Blaulicht zum Imbiss gefahren.« René schüttelte den Kopf.

Mario hatte dafür kein Auge. Er hatte den Münzwurf verloren und musste fahren. Nun suchte er einen Parkplatz für das große Zivilfahrzeug, das nur noch verfügbar gewesen war. In dieser Wohngegend war das keine leichte Aufgabe. Schließlich fanden sie einen Parkplatz in der Park & Ride Bucht der Bahn.

Während sie zu dem Durchgang schlenderten, kamen sie an den Streifenwagen vorbei.

»Und bloß nicht die Donuts vergessen«, murmelte René.

»Das ist doch reiner Futterneid. Du wärst doch bestimmt der Erste, der auf die Barrikaden geht, wenn das Mittagessen ausfällt.«

»Nicht bei Döner oder Donuts.«

Sie gingen unter dem großen Bogen des Durchgangs hindurch, der durch ein Rotklinker-Mehrfamilien-Mietshaus führte und den Zugang zum unteren Ende der Gasse bildete. Über Steintreppen kamen sie zu der höhergelegenen Ebene, auf der sich das kleine Café befand. Davor standen Holzbänke und kleine Tischchen, die durch das überstehende Dach leidlich gegen Regen geschützt wurden. Im Sommer konnte hier bestimmt das Flair eines kleinen französischen Cafés einer Pariser Gasse aufkommen, aber zurzeit wichen die Gäste der Kälte aus und scharten sich drinnen. Niemand saß draußen, obwohl der Betreiber sogar dicke Wolldecken ausgelegt hatte. In Anbetracht der frühen Tageszeit schien der Innenraum überraschend gut gefüllt zu sein. Die Fensterscheiben waren komplett von innen beschlagen. René deutete auf die Bank, von der er vermutete, dass dort das Opfer gesessen hatte. Mario nickte ihm kurz zu.

»Ich geh mal rein.«

René machte keine Anstalten, Mario zu folgen. Er gab nur kurz ein Handzeichen, setzte sich auf die Bank und ließ die Umgebung auf sich wirken. Kurze Zeit später kam Mario wieder raus.

»Und?«

»Die Bedienung, die zum Tatzeitpunkt Dienst hatte, ist heute nicht da. Aber der Typ hinter der Theke meinte, du sitzt genau dort, wo auch das Opfer gesessen hatte.«

»Nettes Panorama. Setz dich mal zu mir.«

Mario setzte sich. »Hat was von morbiden Charme.«

»Ja. Aber nicht genug, um bei Nässe und Kälte stundenlang allein zu sitzen.«

»Bei Weitem nicht. Aber das sagt noch nichts.«

»Stimmt. Siehst du die Doppelfenster da oben? Hinter dem Balkon?« René nickte mit dem Kopf in Richtung quer über die Hinterhöfe.

»Nö, wo?«

»Rechts an der Kastanie vorbei, ganz oben. Wo die zwei Blumenkästen sind.«

»Die roten?«

»Ja.«

»Seh ich. Und?«

»Wenn mich nicht alles täuscht, müsste das die Wohnung von der Solowjowa sein.«

»Ich dachte, die ist über zweihundert Meter entfernt.«

»Laut Routenplaner. Wenn du außen herum läufst.«

»Wenn das ihre Wohnung ist, kann man aber nicht viel sehen.«

»Na ja, zumindest, ob das Licht brennt, sie da ist, Licht angestellt wird, sie kommt, ...«

»Aber man kann noch nicht einmal erkennen, wer ...« Marios Augen verengten sich. Stumm nickte er René zu.

»Ich habe noch keine Ahnung, was hier abgeht. Aber ein ganz komisches Bauchgefühl.« René kratzte sich die Bartstoppeln am Kinn.

»Das hat Captain Conspiracy doch immer.«

»Dann sag mir, dass ich falschliegen muss.«

Mario überlegte einen Moment. »Tu ich nicht. Möglich ist vieles.«

»Vielleicht sollten wir heute Abend einmal bei Frau Solowjowa klingeln.«

»Abends?« Mario schreckte auf.

»Besser als dann noch als Letzter im Büro zu sitzen.«

»Das ist schon lange nicht mehr passiert. Lass uns lieber anrufen.«

René seufzte. »Ich würde ihre spontane Reaktion ganz gerne live sehen, wenn wir sie überraschen. Am Telefon geht das leider nicht.«

»Glaubst du wirklich, sie weiß etwas?«

»Ich habe keine Ahnung. Aber schau mal hoch. Der Mann sitzt ausgerechnet hier, wo wir sitzen. Stundenlang. In der Kälte. Hat freien Blick auf die Wohnung, vor der vor Kurzem eine Frau umgebracht wurde. Eine Frau, die dort gar nicht wohnt und nur zufällig zu der Zeit ...« René schwieg kurz, bevor er fortfuhr. »Und kurz nachdem er aufsteht, wird er professionell hingerichtet.«

»Ok, ok. Einen Versuch ist es wert.«

36. KAPITEL

Als Mario und René am Abend bei Frau Solowjowa klingelten, öffnete niemand. Glücklicherweise hatten sie einen Parkplatz in Sichtweite bekommen, also beschlossen sie im Wagen zu warten und beobachteten den Hauseingang.

»Hoffentlich macht unsere gute Frau Solowjowa heute keine Überstunden. Ich bereue so langsam, dass ich mich von dir habe überreden lassen.«

»Nur die Ruhe junger Padawan. In Geduld üben er sich muss.«

Mario lehnte seinen Kopf gegen die Nackenstütze und schloss die Augen. Nach einiger Zeit rüttelte René an seinem Arm. »Da kommt sie.«

Mario war sich nicht sicher, ob er zwischendurch weggenickt war. Müde schaute er zur Frau, die das Fahrzeug gerade in einigen Metern Entfernung passierte.

»Komm mal mit. Ich habe da eine Idee.« Im Gegensatz zu Mario war René hellwach.

»Du und deine Ideen.«

Beide stiegen aus und zu Marios Überraschung folgte René nicht der Frau, sondern schlug die entgegengesetzte Richtung zum Durchgang ein. René hatte es eilig. Nachdem sie den Durchgang durchquert hatten und er hinter René die Stufen hochhastete, dämmerte ihm, was er plante. Sie setzten sich in der Dunkelheit auf die Bank und schauten in Richtung der Doppelfenster, hinter der sie am Mittag Solowjowas Wohnung vermutet hatten. Die Wohnung dahinter war dunkel. Einen kurzen Moment später ging das Licht an. Eine Person, wahrscheinlich eine Frau, das konnte Mario auf die Entfernung nicht genau erkennen, kam an das Fenster des hell erleuchteten Raumes und zog die Vorhänge zu.

René lächelte ihn an. »Na, hast du sie erkannt?«

»Ich habe niemanden erkannt. Sah nach einer Frau aus. Aber das ist auch schon alles, was ich erkennen konnte.«

»Genau.« René nickte ihn vielsagend an.

»Hmm, ich weiß, was du meinst. Das ist mir aber alles noch ein bisschen zu dünn.«

»Lass uns mal klönen gehen.«

»Dafür sind wir hergekommen.«

Kurze Zeit später standen sie vor der Haustür. René suchte noch die richtige Klingel, als Mario aus reiner Gewohnheit gegen die Tür drückte und diese sich mit einem metallischen Knirschen im Schließer öffnete. Renés Zeigefinger verharrte einige Zentimeter vor der Klingeltaste, während er verblüfft auf die offene Tür blickte. Mario schaute ihn fragend an.

»War das Haustürschloss eigentlich schon am Tag des Mordes defekt? Ich erinnere mich nicht, dazu etwas im Bericht der Spurensicherung gelesen zu haben.«

»Ich weiß es nicht. Als ich kam, stand die Tür offen und war am Stopper arretiert. Aber ich erinnere mich auch nicht, dazu etwas gehört oder im Bericht gelesen zu haben.«

»Wär' ja eigentlich schon interessant ...«

»Ja–a« Mario konnte an Renés Miene erkennen, wie es in ihm arbeitete.

»Stichworte: ›Ziel ausbaldowern‹ ... ›Anschlagsvorbereitung‹ ... Wollte ich nur mal so erwähnen.«

»Ich hab's begriffen.«

So langsam fand er Spaß an dem kleinen Ausflug, zu dem ihn René überredet hatte. Als er die ersten Stufen der Treppe hinaufgestiegen war, drehte er sich um, um zu sehen, wo sein Kollege abgeblieben war. René stand vor dem Fahrstuhl und schaute ihn nur kopfschüttelnd an.

»Willst du tatsächlich den Fahrstuhl nehmen, nachdem du fast den ganzen Tag am Schreibtisch gesessen hast?«

»Das ist der Plan.«

»Hmm, seid ihr eigentlich alle bei der Tatortbesichtigung mit dem Fahrstuhl gefahren?« Mario setzte seine Unschuldsmiene auf.

René schaute ihn misstrauisch an und schien schon zu ahnen, welche Breitseite Mario ihm gleich verpassen würde. Er schwieg.

»Meinst du nicht, wir sollten wenigstens einmal die Treppe hinaufsteigen, um zu sehen, was ihr sonst noch so übersehen habt?«, setzte Mario nach. »So in der Tradition dieses Falles – zwei Tote in unmittelbarer Nähe. Ich meine ja nur, wenn euch noch nicht einmal kaputte Türschlösser auffallen, vielleicht habt ihr dann auch noch den einen oder anderen Leichnam in den unteren Stockwerken übersehen.«

»Wir haben keine weitere Leiche übersehen.«

»Dann ist ja gut.« Mario wandte sich ab und stieg langsam weiter die Treppen hoch. Ohne sich umzublicken, ergänzte er: »Wenn ich gleich über eine stolpere, soll ich dann einfach drübersteigen und so tun, als hätte ich nichts bemerkt?«

»Du bist echt nervig, wenn du aus dem Schlaf gerissen wurdest.«

Als Mario an der Wohnungstür ankam, wartete René schon auf ihn.

»Und? Wie viele Leichen hast du noch gefunden?«

»Ich wusste, du warst dir nicht sicher, ob ihr alle gefunden habt.«

René blickte kurz gen Decke. Dann klingelte er. Frau Solowjowa öffnete ihre Wohnungstür und schaute die beiden Polizisten überrascht an.

»Hallo?«

»Moin Frau Solowjowa. Entschuldigen Sie bitte die Störung. Kommissar Weller und Kommissar Posnanski. Sollen wir uns sicherheitshalber ausweisen oder erinnern Sie sich noch an uns und lassen uns auch so hinein?«

Beide hielten ihr unschuldig lächelnd ihre Dienstausweise hin.

»Nicht nötig, ich erinnere mich.«

»Sollen wir unsere Schuhe ausziehen, es sieht so ordentlich und sauber bei Ihnen aus.«

Sie drehte sich erstaunt um. »Danke, nein, brauchen Sie nicht.«

Schon waren die beiden in der Wohnung und die Tür wurde hinter ihnen geschlossen.

»Wie kann ich Ihnen helfen?«

»Eigentlich sind wir nur hier, weil wir sichergehen wollen, dass es Ihnen gut geht«, antwortete René beiläufig, während er seinen Blick durch die Wohnung schweifen ließ.

Frau Solowjowa schaute René verunsichert an. »Wieso? Bin ich in Gefahr?«

Mario kam es so vor, als hätte ihre Stimme einen nervösen Unterton bekommen. »Ist Ihnen gestern Abend zufällig etwas Ungewöhnliches aufgefallen?«, übernahm er das Wort.

Da sie zwischen den beiden Ermittlern stand, musste sie sich nun zu ihm drehen.

»Gestern Abend?«

Obwohl sie sahen, wie ihr das Blut in den Kopf schoss und ihr Gesicht erkennbar an Röte gewann, verhielten sich die Polizisten so, als hätten sie es nicht bemerkt.

»So zwischen 20:00 und 21:00 Uhr«, fuhr René fort.

Sie drehte sich zurück zu René.

»Wieso?«

»Es wäre wirklich wichtig für unsere Ermittlungen. Je schneller wir den Täter haben, desto schneller ist diese Gegend auch wieder sicher. Wissen Sie? Also, was haben Sie bemerkt?«

»Jede kleinste Spur kann uns helfen und wird sorgfältig verfolgt«, ergänzte Mario.

Frau Solowjowa stockte. Sie blickte kurz in Richtung Wohnzimmer, schwieg aber. Mario folgte ihrem Blick, sah dort aber nichts, was mit dem Mord in der Gasse zusammenhängen könnte. Trotzdem hatte er den Eindruck, als würde sie etwas Interessantes verschweigen. Nur was?

René und Mario warteten seelenruhig und ließen die Stille wirken.

Schließlich brach Frau Solowjowa das Schweigen. »Also, nein. Eigentlich war nichts.«

»Eigentlich?«

»Nee, wirklich nicht.«

René schaute Mario an. Mario fing langsam an misstrauischer zu werden, als er es aufgrund seines Berufes sowieso schon war.

»Wissen Sie denn noch, wo Sie gestern so um die Zeit waren und was Sie gemacht haben?«

»Werde ich verdächtigt?«

»Nein, Frau Solowjowa. Sie sind wahrscheinlich die Letzte, von der wir vermuten würden, dass Sie gestern – unweit von hier – kaltblütig einen Mann erschossen hat.«

Der krasse Gegensatz zwischen der dramatischen Bedeutung der Worte und dem ruhigen und freundlichen Tonfall schien sie aus dem Konzept zu bringen.

»Ich war bei meiner Freundin. Frau Hofmeister.«

»Die Frau, die hier vor Ihrer Tür verstarb?«, ergänzte René.

»Äh, ja. Ich meine, ich war in ihrer Wohnung.«

»Bis wann genau? Es ist wirklich sehr wichtig und wie gesagt: Wir sind auf Ihrer Seite. Überlegen Sie gern noch einmal ganz genau. Eine möglichst präzise Antwort ist uns viel wichtiger als eine schnelle Antwort.«

»Es kann sein, dass ich um diese Zeit herum zurückgekommen bin. Michaelas Eltern lösen ihren Haushalt auf, wissen Sie? Und da haben wir geholfen. Ich habe die ganzen Töpfe bekommen und sie gestern mitgenommen. Und ...«

»Sind Sie mit der U-Bahn gefahren?«, klinkte sich Mario ein.

»Äh, ja. Wieso? Mache ich immer. Ist das ein Problem?«

»Nein, Frau Solowjowa. Ganz und gar nicht. Wir wollen doch nur helfen. Wenn Sie sich nicht erinnern können, dann machen Sie sich keinen Kopf. Unsere Kollegen finden ganz schnell raus, wann Sie genau die U-Bahn verlassen haben. Sie würden unseren Kollegen nur ein bisschen Arbeit ersparen, wenn es Ihnen doch noch einfallen würde. Haben Sie vielleicht noch den Fahrschein?«

»Nein, ich habe ein Monatskarten-Abo von der Firma.«

»Und Sie haben zwischendurch nicht zufällig auf die Uhr geschaut?«

»Nein, ich war noch so durcheinander. Es war so emotional.«

»Kein Problem. Alles gut. Was machten Sie dann?«

»Ich ging direkt nach Hause, habe Flo gefüttert, mir einen Latte Macchiato gemacht und mich aufs Sofa gesetzt, um herunterzukommen.«

»Flo?«

»Mein Maine Coon Kater.«

René und Mario schauten sich gegenseitig an. Sie konnte ihren Blick nicht einordnen, vermutete aber, sie würden sie gerade für bescheuert halten. Flo hatte seinen Namen gehört und kam gemächlich aus dem Wohnzimmer, um nach dem Rechten zu schauen.

»Ist das eine normale Katze? Die ist ja riesig!«

»Maine Coons können sogar noch größer und schwerer werden.«

»Noch größer?«

»Er ist nur 1,13 lang und das auch nur inklusive Schwanz und er wiegt gerade einmal 10 Kilo«, entrüstete sich Palina. Mit der Arroganz, zu der nur eine Katze fähig ist, bedachte Flo die beiden mit einem abfälligen Blick. Dann drehte er sich weg und schmiegte sich in die hintere Ecke des Flurs, um sich vom Treiben des gemeinen Fußvolks unterhalten zu lassen.

»Noch größer?« Mario konnte es nicht glauben.

»Maine Coons können gut 1,20 bis zur Schwanzspitze werden und bis zu 12 Kilo schwer.«

»Ich hätte ihn sogar noch schwerer geschätzt«, staunte René.

»Das liegt am vielen Fell. Sein vollständiger Name ist auch Flokati. Flo ist sein Rufname.«

Mario und René grinsten breit.

»Der haart dann bestimmt auch ganz fürchterlich.«

»Stimmt, ich komme mit dem Staubsaugen kaum hinterher.«

»Wo Sie davon sprechen, fällt mir ein, wir bräuchten noch eine Speichelprobe von Ihnen – von Ihnen beiden.« Er blickte nachdenklich auf den Kater, der gerade damit beschäftigt war, seine Pfote zu lecken.

»Wieso? Werde ich verdächtigt?«

»Nicht, dass ich wüsste. Gerade deshalb bräuchten wir die Probe. Am Tatort vor dem Fahrstuhl gibt es viele Spuren und das Opfer war in Ihrer Wohnung und hatte eine Tasche mit Ihrer Kleidung dabei. Das heißt, zwangsläufig werden auch Spuren von Ihnen und Ihrer Katze am Tatort zu finden sein. Und da wäre es hilfreich, wenn wir wüssten, welche der Spuren zu Ihnen beiden gehören, damit wir diese dann ignorieren können. So stark wie der Fahrstuhl frequentiert wurde, ist es zwar unwahrscheinlich, aber wir hoffen, wenn wir alle aussortieren, die es nicht sein können und nur Spuren einer Person übrig bleiben ...«

»... dann muss das der Täter sein.«

»Genau. Wir rechnen bei der Fülle des Materials zwar nicht damit. Aber probieren müssen wir es einfach. Wir tun alles, um den Mörder Ihrer Freundin dingfest zu machen. Das ist doch bestimmt auch in Ihrem Interesse, oder?«

»Die Hoffnung stirbt zuletzt«, ergänzte Mario.

»Natürlich. Finden Sie das Schwein und buchten Sie ihn ein. Uh, sorry.«

Mario lachte. »Keine Sorge. Sehen wir auch so.«

»Aber da gibt es ein kleines Problem.«

»Wieso? Wollen Sie nicht?«

»Nee, ich habe damit kein Problem. Aber versuchen Sie einmal, Flo eine Speichelprobe abzunehmen. Er wird sich wehren. Und er ist viel stärker als die üblichen Katzen. Ich möchte vermeiden, dass es zu Verletzungen kommt und ich eine Anzeige wegen was auch immer von Polizeibeamten bekomme.«

Alle drei guckten zu Flokati. Mario hätte schwören können, dass der Blick, mit dem Flokati sie herausfordernd musterte, bedeutete, dass er René und ihn als Opfer betrachtete.

»Nun ja, wir sind ja alle friedfertige Wesen. Gibt es auch noch eine friedliche Möglichkeit? Ist es einfacher, ihm ein Haar zu entnehmen? Dann muss die Kriminaltechnik halt daraus die DNA gewinnen.«

Palina lachte auf. »Nein, das ist kein Problem. Das Problem ist eher, nur ein Haar zu bekommen.«

»Und wie sollen wir da am besten vorgehen?«

»Kraulen und streicheln Sie ihn einfach. Ihre Hände werden voller Haaren sein.«

»Und er lässt uns einfach so ran?«

»Wenn Sie ruhig zu ihm hingehen, freundlich mit ihm reden und sich langsam bewegen, ist das eigentlich kein Problem. Wenn Sie ihm ein Leckerli reichen, steigert das natürlich seine Bereitschaft.«

»Verstehe. Von nichts kommt nichts.«

»Ich hätte noch ein Brötchen mit Schinken. Darf er Schinken?«, fragte René.

»Du hast Schinkenbrötchen dabei?« Mario staunte.

»Klar. Ich wusste doch nicht, wie lange wir warten müssen.«

»Eigentlich darf er keinen Schinken und keine Wurstwaren. Aber deshalb liebt er sie nur umso mehr. Ich denke, ausnahmsweise geht das in Ordnung.«

René ging langsam zu Flokati, der ihn ruhig abwartend beobachtete. Dann bückte er sich und holte aus der Innentasche seine Jacke ein eingepacktes belegtes Brötchen. Flokatis Blick fixierte die seltene Leckerei. Wahrscheinlich hatte er den Geruch schon wahrgenommen. Seine Schwanzspitze klopfte gegen den Boden. René packte das Brötchen aus und zog die Scheibe Schinken heraus. Während er versuchte, ein kleines Stück abzutrennen, hatte der Kater sich schon erhoben und schnupperte am Schinken in seinen Händen.

»Sein Interesse ist schon einmal geweckt. Ey, lass mich das doch wenigstens erst einmal für dich zerteilen.«

»Wenn Sie ihm sowieso die ganze Scheibe geben wollen, brauchen Sie das nicht. Er kommt damit klar.«

René schaute Palina ungläubig an. Dann hielt er Flokati die ganze Scheibe hin und staunte nicht schlecht. Er stülpte eine Plastiktüte linksherum um seine Hand und kraulte den schmatzenden Kater. Schnell war ein großer Ballen Haare zusammengekommen und er krempelte die Tüte um.

Nun befanden sich die Haare in der Tüte. Der Kater war fertig und schaute ihn fragend an.

»Ich habe nichts mehr für dich. Tut mir leid. Das war mein letzter Snack.«

»Er ist scharf auf den Rest.«

»Aber das ist doch nur ein Brötchen. Ich wusste gar nicht, dass Katzen Brötchen essen.«

»Tun sie eigentlich auch nicht. Er ist scharf auf die Butter. Ganz besonders mit dem Schinkenaroma.«

Unsicher legte René die Brötchenhälften auf den Boden. Der Kater begann sofort die Butter abzuschlecken.

»Na, das war einfach.«

»René der Katzenflüsterer«, kommentierte Mario.

»Dürften wir jetzt noch einmal kurz mit einem Wattestäbchen Ihre Mundhöhle abstreichen?«

»Kein Problem.« Palina öffnete den Mund und René machte den Abstrich.

»Sehen Sie, das war es auch schon. Vielen Dank für Ihre Hilfe.« René lächelte ihr beruhigend zu. Während Mario ihn verwundert anschaute, aber nichts sagte.

»Wenn Ihnen irgendetwas Ungewöhnliches auffällt, und sei es auf den ersten Blick auch noch so unwichtig, rufen Sie bitte umgehend Herrn Posnanski oder mich an. Wir lassen beide unsere Karten hier. Und bitte passen Sie auf sich auf. Momentan scheint mir das in dieser Gegend angebracht zu sein.«

»Bin ich denn nun in Gefahr oder nicht?«, sie verschluckte sich fast am letzten Wort.

»Ich weiß es ehrlich gesagt nicht, Frau Solowjowa. Ich möchte Sie wirklich gerne beruhigen. Daher arbeiten wir mit Hochdruck daran, diese Frage zu beantworten.«

Sie nahm die beiden Visitenkarten entgegen, die ihr gereicht wurden.

»Moment noch. Mir fällt gerade ein. Irgendwann hat mich Kati abgeholt. Wir sind dann zusammen zu Tini gefahren.«

»Wissen Sie, wann das war?«

»Leider nicht. Sie hat geklingelt und ich bin runter.«

»Sind Sie wieder mit der Bahn gefahren?«

»Ja.«

»Wir schauen einmal, ob wir anhand der Kameras herausbekommen können, wann das war. Es wäre aber trotzdem hilfreich, wenn Sie Ihre Freundin fragen würden, ob sie sich noch erinnert, wann sie genau bei Ihnen vor der Tür stand. Unsere Nummern haben Sie jetzt ja.«

»Ja, mache ich gerne.«

»Vielen Dank für Ihre Hilfe und entschuldigen Sie bitte noch einmal die Störung zu so später Stunde. Machen Sie sich keine Mühe, wir finden allein hinaus.«

Erst als beide wieder im Auto saßen, begann Mario: »Warum hast du sie so schnell wieder vom Haken gelassen?«

»Bei den beiden Morden mit Bezug zu ihr spricht die Beweislage klar dagegen, dass sie es war.«

»Du meinst den Toiletten- und den Fahrstuhlmord?«

»Genau. Zudem hat sie keinerlei Motiv oder Vorteil durch irgendeinen der Morde.«

»Ein paar Töpfe.«

»Interessant, wofür du morden würdest. Das lässt tief blicken.«

»Ich wollte nur das ›keinerlei‹ relativieren.«

»Schon klar. Wenn ich einmal ein teures Surfbrett besitze, werde ich es dir jedenfalls nicht erzählen. Ich bin ja nicht lebensmüde.«

Du Arsch weißt genau, dass ich SKATE. Mario rollte mit den Augen. »Und beim Café-Mord?«

»Es passt nicht.«

»Was passt nicht?«

»Sie macht auf mich nicht den Eindruck einer kaltblütigen Profikillerin. Außerdem war sie viel zu überrascht über das, was hier gestern passiert ist. Es schien ihr wirklich neu zu sein.«

»Ich habe trotzdem das Gefühl, sie wusste etwas, was sie uns nicht erzählen wollte. Sie machte einen viel zu nervösen und zögerlichen Eindruck für einen unbeteiligten Dritten, der mit all dem nichts zu tun hat.«

»Aber wenn sie dicht macht, erzählt sie uns gar nichts mehr. Lieber erst einmal Vertrauen aufbauen. Übe dich in Geduld, junger Padawan. Jedenfalls freut es mich, zu sehen, dass du nun auch die Witterung aufgenommen hast.«

»Nur, weil wir momentan keine bessere Alternative haben. Bild' dir da mal nichts ein.«

37. KAPITEL

Palina kam von der Arbeit und öffnete ihre Wohnungstür. Die Vorfälle der letzten Tage beschäftigten sie noch immer und hatten sie sehr unruhig schlafen lassen. An diesem Tag war sie sogar schweißgebadet aufgewacht. Übermüdet war sie in der Firma mit Zusatzaufgaben überhäuft worden, die »alle ganz dringend« waren und »sofort erledigt werden« mussten. Das hatte sie zwar vom Grübeln abgehalten, dafür war sie nun geistig ausgelaugt und müde.

Die restlichen Erbstücke hatte sie immer noch nicht aus Michaelas Wohnung abgeholt. Das musste so langsam einmal erledigt werden. Leider hatte sie noch keine Gelegenheit gehabt, Alex zu erreichen und zu bitten, ihr dabei mit seinem Campingbus zu helfen. Mit seiner wortkargen Art könnte sie ihn zudem gut als Zuhörer gebrauchen. Gestern war sie mehrfach zu ihm rübergegangen und hatte geklingelt, aber er war nicht zu Hause gewesen. Er wohnte nur zwei Türen von ihr entfernt auf demselben Gang und hatte kein Problem damit, wenn sie zu den unmöglichsten Tageszeiten bei ihm klingelte. Deshalb war es auch nie ein Thema gewesen, die Telefonnummern auszutauschen. Eigentlich kam es ihr so ganz gelegen. Dadurch brauchte sie nie erklären, warum sie wieder wegen irgendeiner unwichtigen Kleinigkeit bei ihm vor der Tür stand, statt kurz durchzurufen. Heute würde sie es erneut probieren.

Michaelas Vater hatte zwar gesagt, dass es nicht drängte, aber sie wollte seine Gutmütigkeit auch nicht ausnutzen. Es war für Michaelas Eltern sowieso schon schwer genug, den Verlust ihrer Tochter zu verarbeiten. Die Erinnerungen, die durch verbliebene Gegenstände ausgelöst wurden, erschwerten das nur noch mehr. Ihnen kam es so vor, als würde mit jedem Stück, das aussortiert wurde, ein weiterer Teil Michaelas Fußabdrucks auf dieser Welt verblassen, hatte die alte Frau Hofmeister ihr das Herz ausgeschüttet.

Sie schloss die Wohnungstür. Als sie Rucksack und Mantel ablegte, klingelte ihr Telefon. Verwundert schaute sie auf das Display. Es war unwahrscheinlich, dass es eines der Mädels war. Sie chatteten meist oder kamen lieber unangemeldet zum Klönen vorbei, wenn sie sowieso gerade in der Gegend waren. Das Display zeigte ›Charles‹ an. Vielleicht war er jetzt sogar genau der Richtige, mit dem sie reden konnte. Eine ausgewogene Mischung aus Abstand und Vertrauen.

»Moin Charles.«

»Moin Palina. Ist es Ihnen gerade recht oder störe ich?«

»Nein Charles, Sie stören überhaupt nicht. Was liegt Ihnen auf dem Herzen?«

»Ich bin ein wenig verloren. Sie wissen ja, dass ich erst vor Kurzem hergezogen bin. Ich bin noch ein bisschen orientierungslos, aber eventuell hätten Sie einen Tipp für mich. Ich habe heute noch nicht zu Abend gegessen und bin auf der Suche nach einem gemütlichen, rustikalen Kneipenrestaurant. Kennen Sie zufälligerweise eins, das Sie empfehlen würden?«

»Da muss ich erst einmal überlegen. Mir fallen schon ein oder zwei ein, die bei Ihnen in der Gegend liegen. Aber ich weiß nicht, ob sie Ihren hohen Ansprüchen gerecht werden können.«

»Da machen Sie sich bitte keine Sorgen. Mir ist natürlich bewusst, dass in einem Kneipenrestaurant kein Bocuse kocht. Aber genau darum geht es mir auch. Ich habe in letzter Zeit einfach zu häufig die Haute Cuisine genossen und könnte ein wenig Abwechslung gebrauchen. Welche Kandidaten schweben Ihnen denn vor?«

Palina überlegte kurz. »Da wäre zum Beispiel ein sehr uriges mit holzbefeuertem Steinofen. Die machen dort tolle Pizzen und Calzone. Aber auch Gemüsepfannen und Aufläufe. Dort gibt es auch ein süffiges Schwarzbier und einfache Rotweine. Nichts Edles, passen aber gut zu den Gerichten. Aber ich war schon lange nicht mehr dort und kann Ihnen leider nicht sagen, ob noch alles so ist, wie ich es von früher kenne.«

»Das klingt doch sehr vielversprechend. Mir läuft schon das Wasser im Mund zusammen. Und es ist einige Zeit her, dass Sie dort waren?«

»Ja, also bitte mit Vorbehalt.«

»Wenn das kein Wink des Schicksals ist. Was halten Sie davon, das Experiment mit mir zusammen zu wagen? Ständig allein zu essen, macht schnell einsam. Ich würde Sie selbstverständlich als Gegenleistung für Ihren Tipp einladen.«

Damit hatte sie nicht gerechnet. Sie musste erst einen Moment nachdenken. *Aber warum eigentlich nicht? Charles ist recht unterhaltsam. Und ein bisschen Ablenkung ist jetzt vielleicht genau das richtige für mich.*

»Das ist ja lieb. Gern.«

Wenig später fand sie sich auch schon auf dem Weg dorthin wieder. Als sie das Restaurant betrat, fiel ihr ein Stein vom Herzen. Es vermittelte noch den gleichen lauschigen Eindruck, den sie in Erinnerung hatte. Der Wirt plauschte mit zwei Gästen, die vorm Tresen saßen, während er mit einem Küchenhandtuch Gläser abtrocknete. Er hieß sie mit einem warmen Lächeln willkommen und nickte ihr zu, ohne die Unterhaltung zu unterbrechen. Sie bezweifelte, dass er sich tatsächlich noch an sie erinnerte. Seitdem sie das letzte Mal hier gewesen war, mussten sich Hunderte anderer Gäste gegenseitig die Klinke in die Hand gegeben haben. Aber irgendwie schaffte er es, sogar neuen Gästen das Gefühl zu vermitteln, sie kämen zu Freunden in ihr zweites Wohnzimmer. Sie hätte gern gewusst, worin sein Geheimnis lag.

Sie ging am Tresen vorbei. Es war noch genau so, wie sie es in Erinnerung hatte. Die Wände mit dunklem Holz verschalt, Holzgeländer mit dicken, gedrechselten Pfosten bildeten verwinkelte Nischen, in denen massive Holztische mit einfachen, stabilen Holzstühlen standen. Die Einrichtung war deutlich erkennbar abgenutzt, was den rustikalen Eindruck nur noch verstärkte. Die Messingkerzenständer waren von der Art, wie sie sich diejenigen vorstellte, mit denen man sich früher im Schlafrock und mit langer Schlafmütze den Weg zum Bett ausgeleuchtet hatte. Dicke Schichten heruntergelaufenen Kerzenwachses verwandelten sie in farbenfrohe Kunstwerke. Palina erinnerte sich an einen Abend, an dem sie auf die bunten Wachsstrukturen gestarrt hatte, bis die Farben anfingen wunderschön zu changieren. Allerdings hatte sie sich später eingestehen müssen, dass bei der Menge Rotwein, die sie damals intus hatte, wohl auch ein bunt gesprenkeltes Malervlies eine ähnliche Faszination in ihr ausgelöst hätte.

Hinter dem Durchgangsraum mit seinen kleinen Tischen gelangte sie in den großen Hauptraum. Zentrales Element war der aus Natursteinen gemauerte Holzofen, der bis zur Decke reichte. Er war bauchig rund gemauert und strahlte eine Wärme ab, die sich deutlich von der moderner Zentralheizungen unterschied. Es war eine behagliche, verschwenderische Wärme, die sich kraftvoll in den Raum drängte. Direkt neben dem Ofen entdeckte sie Charles. Er hatte es sich an einem der kleinen Dreiertische auf dem durch Holzgeländer umrandeten Podest gemütlich gemacht. Dieser Bereich kam Palinas Vorstellung eines mittelalterlichen Wirtshauses noch näher.

Nur ein bisschen anders gekleidet und er würde mit seiner Karaffe Rotwein glatt als Hobbit in einem Dorfkrug des Shires durchgehen. Als hätte er ihre Gedanken gelesen, blickte er mit einem gemütlichen Lächeln zu ihr auf.

»'Tschuldigen Sie bitte. Darf ich einmal durch.« Palina blickte zur Seite, aber da war das junge Mädchen, das sich heute als Bedienung etwas zum Taschengeld dazu verdiente, bereits geschickt mit ihrem Tablett an ihr vorbeigehuscht. Sie lud einen Korb mit zwei Hälften eines Pizzabrotes und ein kleines Schälchen mit einem hellen Dip vor Charles ab. Und schon eilte sie Palina wieder freundlich lächelnd entgegen, um sich mit einem weiteren »'Tschuldigung« erneut an ihr vorbeizuschlängeln.

»Einen wunderschönen guten Abend, die Dame.« Charles machte Anstalten aufzustehen, aber Palina signalisierte ihm mit einer senkenden Bewegung ihrer Hand, dass er sich keine Umstände machen sollte. Viel Platz hatte er ohnehin nicht. Wahrscheinlich war man beim Zusammenstellen der Tische eher von ausgehungerten Studenten als korpulenten Feinschmeckern ausgegangen, vermutete sie.

»Ich hoffe, Sie verzeihen mir. Ich war viel schneller hier, als ich erwartet hatte. Es roch so herrlich nach frisch gebackenen Pizzen. Und als mir der Hauswein und das frisch gebackene Pizzabrot mit Kräutern zum Warten empfohlen wurden, ...« Schuldbewusst lächelte er sie an.

Palina musste lachen. »Kein Problem. Hauptsache, es gefällt Ihnen hier. Es entspricht natürlich nicht den Restaurants, die Sie normalerweise besuchen.«

»Es gefällt mir sehr. Wenn das Essen jetzt auch noch so schmeckt, wie es duftet, dann bin ich wunschlos glücklich.« Er hielt ihr den Korb mit dem Brot hin.

Palina bediente sich. »Vielen Dank. Darf ich mir eine ganze Hälfte nehmen? Ich habe auch noch nichts gegessen und bin am Verhungern.«

»Dafür ist es da. Wir können jederzeit nachbestellen. So viel, wie Sie nur wollen. Gibt es etwas, was Sie empfehlen?«

»Also eigentlich mag ich hier alles.« Sie blätterte die übersichtliche Karte durch, die nur aus vier Seiten bestand. »Hmm, ich glaube, am meisten reizt mich heute die griechische Pfanne mit schwarzen Oliven, Schafskäse und Pfefferschoten.«

Charles blickte über den Tisch zu ihrer Karte, um einen Anhaltspunkt zu finden, wo sie das Gericht entdeckt hatte. Dann suchte er es auf seiner Karte und las nachdenklich die Zutatenliste. »Auch nicht schlecht. Nehme ich das vor oder nach der Calzone nach Art des Hauses? Trinken Sie den Landwein mit? Er passt bestimmt gut zu der Pfanne. Ach, ich bestelle uns einfach schon einmal die nächste Karaffe. Er wird schon nicht schlecht werden.«

Charles interpretierte Palinas wortloses Lächeln als Zustimmung und versuchte Blickkontakt zur Bedienung herzustellen. Zu Palinas Überraschung reichte das bereits, um die Aufmerksamkeit auf sich zu ziehen. Er musste noch nicht einmal die Hand heben. Sie gaben die Bestellung auf und stießen mit dem restlichen Wein an.

Seinen Gedanken nachhängend betrachtete Charles den Steinofen, während er ein Stück Brot nach dem anderen abbrach und schweigend aß. »Wie geht es Ihnen? Sie sehen ziemlich müde und erschöpft aus«, brach er überraschend sein Schweigen, ohne seinen Blick vom Ofen abzuwenden.

»Mir geht es gut.«

»Das freut mich.« Charles tunkte ein weiteres Stück Brot in den Dip. »Dann hat die Polizei inzwischen alles aufklären können und es besteht kein Anlass mehr zur Sorge?«

Palina nahm einen Schluck aus ihrem Weinglas und schwieg. Leicht bedrückt schaute sie zu Charles und bemerkte, dass er inzwischen nicht mehr auf den Ofen schaute. Stattdessen sah er sie an und schien ihre Reaktion zu beobachten. Sie hatte den Abend als gute Gelegenheit gesehen, sich ein wenig von der Seele zu reden, doch nun fiel es ihr plötzlich schwerer als sie angenommen hatte.

»Also, um ehrlich zu sein«, sie stockte kurz, »gestern Abend waren die beiden Ermittler bei mir.«

Charles nippte an seinem Wein und musterte kritisch die Neige der Karaffe. »Anscheinend war es den Herren wichtig, von Angesicht zu Angesicht mit Ihnen zu sprechen, sonst hätten sie sich bestimmt den Weg gespart und stattdessen einfach angerufen«, kommentierte er beiläufig.

Dieser Gedanke war ihr noch gar nicht gekommen. »Sie sagten, dass ganz in der Nähe noch ein Mann umgebracht wurde. Und deshalb wollten sie sichergehen, dass es mir auch gut geht.«

»Das ist wirklich sehr fürsorglich von den Herren. Gleich an Sie zu denken und dann auch noch persönlich vorstellig zu werden, um nach dem

Rechten zu sehen. Da haben Sie wohl zwei heimliche Verehrer.« Er zwinkerte ihr zu. »Wer könnte es den Herren auch verdenken?«

Palina winkte lachend ab. »Nein, ich glaube nicht.«

»Wirklich nicht? Wenn es kein persönliches Interesse war, was kann dann der Grund für den Besuch gewesen sein? Vermutet die Polizei vielleicht auch hier eine Verbindung zu Ihnen?«

Palina stutzte. »Meinen Sie? Das glaube ich nicht. Wieso sollten sie?«

»Persönliches Interesse oder berufliches. Sorry, als Außenstehender fällt mir auf Anhieb keine dritte Möglichkeit ein. Ihnen?«

Charles blickte auf und an ihr vorbei. Die Bedienung näherte sich mit einem vollen Tablett. Sie stellte das Essen und eine weitere Karaffe Wein auf den Tisch. Er lächelte sie an. »Das sieht alles sehr schmackhaft aus. Vielen Dank.«

»Guten Appetit.« Das Mädchen strahlte. »Lassen Sie es sich schmecken. Haben Sie sonst noch einen Wunsch?«

»Vielen Dank, wir werfen nachher bestimmt noch einmal einen Blick in die Karte – wegen des Nachtisches.«

»Sehr gern.«

Charles hatte sich auch für die griechische Gemüsepfanne entschieden. »Einen guten Appetit wünsche ich.«

»Ihnen auch und vielen Dank für die Einladung.«

Er dippte ein Stück Pizzabrot in die Soße und probierte. »Rustikal und sehr schmackhaft. Ihr Tipp war goldrichtig.«

Schweigend aßen sie eine Weile, bevor Charles das Thema wieder aufgriff: »Sie haben mich neugierig gemacht. Konnten Sie den freundlichen Beamten weiterhelfen? Ist Ihnen denn irgendetwas aufgefallen?«

Palina wurde aus ihren Gedanken gerissen. »Äh, das hatten mich die Ermittler auch gefragt.«

»Und was haben Sie geantwortet?« Charles kämpfte mit einer widerspenstigen schwarzen Olive, die sich einfach nicht von seiner Gabel aufspießen lassen wollte.

»Ich habe gesagt, dass mir nichts aufgefallen ist.«

Charles blickte kurz von seinem Teller auf und lächelte ihr verschwörerisch zu. »Und was ist Ihnen aufgefallen, das Sie nicht erzählt haben?«

Palina spürte, wie ihr wieder einmal das Blut in den Kopf schoss. Leugnen wäre jetzt nicht sehr glaubwürdig und Charles hatte eine so charmante Art, dass sie ihn nicht vor den Kopf stoßen wollte.

»Na ja, eigentlich war da schon etwas ungewöhnlich. Aber das hat nichts zu sagen. Hätte es in der Zeit nicht diesen Mord gegeben und hätten die Ermittler nicht nachgefragt, hätte ich es schon längst vergessen.«

»Wir haben alle Zeit der Welt und ein behagliches Ambiente.« Charles schwang sein Glas in ausladendem Bogen durch die Luft. »Auf dem Tisch steht gutes Essen und süffiger Wein. Wie kann ich es da nicht genießen, Ihnen zuzuhören?«

Ob es die einsetzende Wirkung des Weins, die entspannte Atmosphäre oder Charles warmherzige Art war, konnte sie nicht sagen. Jedenfalls fiel sämtliche Anspannung von ihr ab und während sie aßen, berichtete Palina von ihrem Erlebnis auf dem Sofa. Charles schwieg und futterte zufrieden vor sich hin. Am Ende war sie unsicher, ob er ihr überhaupt richtig zugehört hatte oder ihre Stimme für ihn lediglich eine angenehme akustische Untermalung im Hintergrund gewesen war.

»Im Nachhinein kommt es mir so vor, als hätte es sich so ähnlich wie am Bahnsteig angefühlt. Nur nicht am, sondern im Körper. Aber wahrscheinlich bilde ich mir das nur ein.«

Charles seufzte und legte sein Besteck beiseite. »Nein, Palina, es klingt für mich nicht so, als ob Sie das täten.« Er hatte ganz unerwartet sein Schweigen gebrochen und in einem ruhigen, aber ernsten Ton gesprochen, den sie gar nicht von ihm kannte.

»Bitte?«

»Ich glaube nicht, dass Sie es sich einbilden.«

»Was macht Sie da so sicher?«

Charles tupfte sich den Mund mit der Serviette ab und schenkte sich ein weiteres Glas Wein ein. Er lehnte sich zurück und trank in Ruhe einen Schluck. Nachdenklich schaute er ihr lange in die Augen, während er den Abgang des Weines auf sich wirken ließ.

»Als wir das letzte Mal gesprochen haben, habe ich schon die Möglichkeit in Betracht gezogen, dass nicht Ihre Freundin – Michaela war ihr Name, oder? – das Ziel war. Für mich sieht es immer mehr danach aus, als wären Sie, Palina, das eigentliche Ziel.«

In Palina verkrampfte sich etwas und sie musste sich erst einmal einen Moment sammeln. Sie erinnerte sich an Charles Andeutung während ihres letzten Treffens. Damals hatte sie für einen kurzen Moment überlegt, inwiefern sie in das Ganze passte. Aber dann hatte sie alle Gedanken in diese Richtung schnell als Hirngespinste und Überängstlichkeit verworfen.

»Bitte? Wieso ich?«

»Wollen wir diese These einfach einmal gedanklich durchspielen?«

Als sie nichts sagte, fuhr Charles fort.

»Also einmal von vorn: Ein Bekannter, Stefan, stirbt auf dem Weihnachtsmarkt, während Sie dort mit ihm feiern. Es hätte nicht viel gefehlt und der Vorfall auf dem Bahnsteig hätte damit geendet, dass Sie ins Gleisbett fallen und der Zug Sie überrollt. Sie haben keinerlei Erklärung, was dort passiert ist. Aber Sie haben deutlich etwas gespürt, wie Sie es auch jetzt wieder spürten, als jemand in Ihrer Nähe ermordet wurde. Und zwischendurch kommt Ihre Freundin – im wahrsten Sinne des Wortes – vor Ihrer Tür auf mysteriöse Weise ums Leben.«

»Aber wie ...«

»Das ›Wie‹ spielt für unsere Betrachtung erst einmal keine Rolle. Weder wie die Tode ausgelöst wurden, noch wie Sie es spüren konnten. Nennen wir es einfach Bauchgefühl oder Siebten Sinn. Naheliegender ist doch erst einmal die Frage: Wenn es jemand auf Ihre Freundin abgesehen hätte, warum dann ausgerechnet bei Ihnen und nicht bei ihr? Und warum hat es mit dem Tod ihrer Freundin dann nicht aufgehört? Damit wäre das Ziel dann doch erreicht. Ist es wirklich so undenkbar, dass die Frau, die in Ihrem Alter war und die aus Ihrer Wohnung kam, mit Ihnen verwechselt wurde? Die Gemeinsamkeiten dieser vier Vorfälle sind zum einen Sie, Palina, – nicht Ihre Freundin – und zum anderen ein tödlicher oder fast tödlicher Ausgang. Außerdem liegt das auch alles zeitlich zu dicht beieinander, um es einfach als Zufall abzutun. Ich würde mich nicht wundern, wenn auch die freundlichen Ermittler schon längst in diese Richtung denken würden. Wer weiß, was die Herren noch so an Informationen haben, die sie Ihnen nur noch nicht mitgeteilt haben und die diese Vermutung noch weiter unterstreichen.«

Palina spürte, wie ihr übel wurde. Sie versuchte dieses unangenehme Szenario schnell wieder beiseite zu schieben.

»Aber warum denn ausgerechnet ich? Das macht doch gar keinen Sinn. Ich habe doch gar nichts getan.« Palina merkte, wie ihre Stimme bebte.

»Sie müssen sich dessen ja nicht bewusst sein. Vielleicht haben Sie zufällig etwas mitbekommen, was nicht bekannt werden soll.«

»Was habe ich denn mitbekommen?«

»Ich habe keinen Schimmer. Es begann doch alles mit dem Verschwinden Ihres Kavaliers. Korrekt? Ist Ihnen an dem Abend auf dem Weihnachtsmarkt irgendetwas aufgefallen, was damit in Zusammenhang stehen könnte?« Charles wischte mit dem letzten Stückchen Brot den Soßenrest aus der Eisenpfanne.

»Dann sollte ich zur Polizei gehen.«

»Das könnten Sie. Natürlich.« Charles klang nicht sonderlich überzeugt. Er blickte an ihr vorbei und schien die Bedienung zu suchen. Aber er konnte sie nirgends entdecken. Enttäuscht schaute er wieder zu Palina. »Teilen wir uns eine weitere Karaffe? Haben Sie schon einen Nachtisch gefunden? Etwas, was Sie empfehlen würden?«

Palina war perplex. Wie konnte Charles jetzt ans Essen denken? »Meinen Sie nicht, dass es das Beste ist, was ich tun kann?«, lenkte sie seine Aufmerksamkeit zurück auf das Thema.

»Wenn Sie einer der Ermittler wären und jemand, den Sie im Verdacht haben, mit mehreren Morden in Verbindung zu stehen, würde Ihnen erzählen, er spürte mysteriöse, unsichtbare Kräfte, was würden Sie denken?«

»Ich würde mich entweder für verrückt halten oder glauben, ich würde mir das alles ausdenken. Auf jeden Fall würde ich misstrauisch werden.«

»Ah!« Charles erleichterter Seufzer galt allerdings der Bedienung, die er gerade entdeckt hatte. Er zeigte auf die leere Karaffe und zeichnete mit beiden Zeigefingern ein Viereck in die Luft. Sie nickte lächelnd. Dann machte sie kehrt, um den Wein und die Karte zu holen. Zufrieden wandte sich Charles wieder Palina zu.

»Stellen Sie sich bitte eine weitere Frage.«

Palina antwortete zögerlich: »Ok?«

»Und selbst wenn man Ihnen glaubte, wie könnte die Polizei Ihnen überhaupt helfen?«

Verwirrt erwiderte Palina: »Äh, einen Wachposten vor die Tür stellen?«

»Um was zu tun? Um Sie wie zu schützen?«

»Was meinen Sie?«

»Palina, Sie stehen am Bahnsteig und etwas schiebt Sie Richtung Gleis. Etwas, was sich für Sie so anfühlt, als würde Sie jemand schubsen. Aber um Sie herum befand sich niemand. Sie erzählten mir selbst, dass auch Ihr Nachbar niemanden sehen konnte. Soll ständig ein Polizist neben Ihnen stehen? Dann sitzen Sie auf dem Sofa, allein in Ihrer Wohnung, und spüren mehrfach, wie sich etwas in Ihrem Körper ausbreitet. Was nützt da ein Wachposten vor der Tür? Diese mysteriöse, unsichtbare Kraft oder wie auch immer klopft doch nicht an und kommt dann vorangemeldet durch die Tür.«

Die Bedienung kam mit dem Wein, schenkte beiden nach und überreichte die Karten.

»Etwas, das Sie uns als Nachtisch wärmstens ans Herz legen würden?«

»Unser tunesischer Pizzabäcker ...«

»Sie haben einen *tunesischen* Pizzabäcker?« Charles war überrascht.

Lachend antwortete die Bedienung: »Ja, wieso? Schmeckte Ihnen das Pizzabrot nicht?«

»Es war ganz ausgezeichnet.«

»Das freut mich. Also unser tunesischer Pizzabäcker hat gerade einen Nachtisch aus seiner Heimat frisch zubereitet. Le Monde de Jacey. Es ist ein Honigpudding mit Nüssen. Er ist noch warm.«

»Sie brauchen nicht weiterzureden – zwei Stück.« Die Bedienung drehte sich schon um, als er ihr signalisierte, noch zu warten. »Palina, nehmen Sie auch einen?«

Palina nickte.

»Sehr gut. Dann drei.«

»Brauchen Sie die Karte noch?«

Nachdenklich strich sich Charles über seinen Bauch und schaute auf die Karte. Mit leidender Miene sah er die Bedienung an. »Ich befürchte ja.«

Er schaute der Bedienung noch kurz hinterher, bevor er sich wieder an Palina wandte. »Entschuldigen Sie bitte vielmals. Wo waren wir stehengeblieben?« Er nahm einen Schluck vom frisch eingeschenkten Wein, während er sie erwartungsvoll anschaute.

Sie brachte kaum einen Ton heraus und piepste mehr als dass sie sprach: »... kommt nicht vorangemeldet durch die Tür.«

Er schaute sie weiterhin fragend an.

»Die mysteriöse Kraft ...«, half sie ihm auf die Sprünge.

»Ah, ja. Ich hatte den Faden verloren. Warmer Honigpudding mit Nüssen. So etwas kenne ich gar nicht. Allein die Vorstellung, was es sein könnte, lässt mir das Wasser im Mund ...«

»Charles ... bitte.« Sie hatte das Gefühl, als stünden ihr gleich die Tränen in den Augen.

»Natürlich. Verzeihen Sie bitte.« Entschuldigend berührten seine Fingerspitzen sanft ihren Handrücken. »Die Frage ist nicht, ob ich denke, dass nicht Ihre Freundin auf unerklärliche Weise sterben sollte, sondern Sie. Die Frage ist, was Sie denken.«

»So, wie Sie es sich zusammenpuzzeln, bin es eher ich. Aber andererseits kann ich es nicht glauben. Das widerspricht dem, wie die Welt funktioniert, sämtlichen wissenschaftlichen Fakten.«

»Tut es das? Oder haben wir einfach noch nicht alles verstanden, alle Geheimnisse gelüftet und alle Rätsel gelöst? Sie haben es doch selbst am eigenen Körper erlebt. Spielt es da eine Rolle, ob Sie es sich momentan erklären können? Man kann von einem Auto auch überfahren werden, ohne erklären zu können, wie es fahren kann, wie es funktioniert. Unabhängig vom ›Wie‹ und ›Warum‹: Teilen Sie überhaupt meine Einschätzung, dass Sie in Gefahr sind? Und wenn ja, meinen Sie, dass die Polizei Ihnen helfen kann? Es geht hier um Sie und es ist entscheidend, dass Sie sich zuerst darüber im Klaren werden. Und erst danach macht es Sinn, sich den Kopf zu zerbrechen, was am besten zu tun ist.«

Charles füllte Palinas nachdenkliches Schweigen mit der Betrachtung des Weines, den er in seinem Glas kreisen ließ. Sie war sich bewusst, dass sie nicht um eine Entscheidung herum kam. Es ging nicht um Charles. Es ging um sie. Wenn Charles recht hatte, dann würde sie Michaela früher oder später folgen.

»Sie haben schon recht – glaube ich«, sagte Palina zögernd, »und ich denke auch nicht, dass mir die Polizei glauben würde oder helfen könnte. Aber was soll ich dann tun? Ich verstehe immer noch nichts.«

Charles beugte sich vor und schaute Palina direkt in die Augen. »Und genau da irren Sie sich. Sie verstehen davon mit am meisten – von den Tätern einmal abgesehen.«

Palina schaute Charles überrascht an. »Was verstehe ich denn?«

»Na, Sie nehmen diese mysteriösen Kräfte doch wahr.«

»Ich kann Ihnen nicht folgen, Charles.«

Charles schenkte Palina nach und hob sein Glas, um mit ihr anzustoßen. Geistesabwesend stimmte sie ein und ließ die Gläser klingen.

»Könnte es sein«, Charles kniff die Augen leicht zusammen, »dass Ihnen Ihre Wahrnehmung half – auf dem Bahnsteig und auf dem Sofa –, gerade noch rechtzeitig zu bemerken, dass Sie angegriffen wurden? Und Ihnen dadurch überhaupt erst möglich war, sich dem zu entziehen? Wenn auch instinktiv, aber im Endeffekt erfolgreich. Etwas, das die anderen Opfer leider nicht vermochten.«

Palina überlegte. »Also, wenn alles so wäre, wie Sie es sich ausmalen, dann wäre es denkbar. Aber würde das nicht bedeuten, dass ich mich schon gut genug selbst schützen kann und mir keine Sorgen machen muss?«

Charles lächelte. »Können Sie Ihre Fähigkeiten denn zuverlässig einsetzen?«

Palina war nicht klar, worauf Charles hinaus wollte und schaute ihn nur fragend an.

»Na, um sich selbst schützen zu können, müssten Sie sich darauf verlassen können, dass es Ihnen immer gelingt, sobald Ihr Leben davon abhängt.«

»Es ist ja nur ein Gedankenspiel. Und demnach hat es bisher geklappt.«

Charles Lächeln verbreiterte sich. »Als Sie auf dem Sofa saßen, haben Sie sich also verteidigt, indem Sie den Angreifer zwei Straßen weiter erschossen haben?«

Palina war schockiert. »Ich weiß nicht, was Sie meinen. Worauf wollen Sie hinaus?«

»Dass Sie zwar instinktiv kurzzeitig ausweichen konnten, aber nicht Sie es waren, die die Gefahr gebannt hat. Sie hatten einen Schutzengel, der das für Sie übernommen hat. Und das war nicht die Polizei. So viel ist klar.«

Entsetzt schaute sie Charles an. Einen Moment schwiegen sie. Dann blickte Charles an die Decke und atmete tief ein. Palina hatte den Eindruck, er würde eine innere Auseinandersetzung mit sich führen. Schließlich wandte er sich ihr zu.

»Nach unserem letzten Gespräch habe ich erkannt, dass uns ein glücklicher Zufall zusammengeführt hat. Im Prinzip verfolgen wir das gleiche Ziel, wenn auch aufgrund unterschiedlicher Beweggründe. Sie sind da unverschuldet in etwas hineingeschliddert und versuchen einfach nur heil wieder herauszukommen. Das Problem dabei ist, dass Sie einer Organisation von Attentätern in die Quere gekommen sind, die es für nötig erachtet, Sie zum Schweigen zu bringen, um ihre Geheimnisse zu wahren und unerkannt zu bleiben. Seit dem Toten im Café ist das keine Vermutung mehr, sondern leider ein Fakt.«

Die Farbe entwich nun vollständig aus Palinas Gesicht. »Aber woher wollen Sie das wissen. Ich weiß doch nichts.« Sie zögerte. »Und warum sollte es ein Fakt sein?«

»Was ich Ihnen jetzt sage, muss ich Sie bitten, vertraulich zu behandeln. Sie brauchen sich keine Sorgen zu machen und können sicher sein, dass ich nicht den leisesten Hauch eines Interesses habe, Ihnen zu schaden. Im

Gegenteil, ich denke, wir können uns gegenseitig helfen. Kann ich mich auf Ihr Stillschweigen verlassen?«

Palina war perplex. Sie wusste nicht, wie sie das einordnen sollte, nickte aber stumm. Obwohl die Worte sie nur noch mehr verunsicherten, hatte sie das Gefühl, dass Charles auf ihrer Seite stand und ihr nichts Böses wollte.

»Ich gehöre einer Gruppe an, die schon sehr lange versucht, diesen Attentätern, die sich selbst als Assassinen bezeichnen, habhaft zu werden und ihnen das Handwerk zu legen. Daher hatte ich schon nach Ihren Schilderungen bei unserem letzten Treffen die Vermutung, dass Sie das Ziel sind und diese Personen nicht aufhören werden, bis sie Sie ausgeschaltet haben. Deswegen hatte ich auf Verdacht hin dafür gesorgt, dass man nach Ihnen schaut und auf Sie achtgibt. Und tatsächlich, es wurde erneut ein Assassine geschickt. Wir konnten ihn glücklicherweise dabei beobachten, wie er Sie angriff, wodurch meine Vermutung zur Gewissheit wurde.« Charles befeuchtete seinen vom Sprechen ausgetrockneten Mund mit einem Schluck Wein.

Palina konnte nicht glauben, was sie gerade hörte. »Meinen Sie den Mann, der erschossen wurde? Haben Sie den Mann getötet?«, unterbrach sie Charles.

»Der Mann, der erschossen wurde, war ein Assassine. Das stimmt. Wir hätten uns sehr gerne ausgiebig mit ihm unterhalten. Da können Sie sicher sein. Leider klappte es nicht so, wie wir es uns gewünscht hätten und Ihre Sicherheit hatte höhere Priorität. Kurz: Hätten wir nicht zugeschlagen, wären Sie inzwischen sicherlich nicht mehr am Leben.«

Das war zu viel für sie. Sie sprang vom Stuhl auf. Einige der wenigen Gäste, die den Abend gemütlich in diesem Raum ausklingen ließen, drehten sich überrascht zu ihr um. Eigentlich wollten die Worte geschrien werden, aber sie riss sich zusammen und zwang sich, möglichst leise zu sprechen. »Haben Sie auch etwas mit den anderen Morden zu tun?«

Charles schaute zu ihr hoch und hielt beide Hände in einer zurückweisenden Geste hoch. »Palina, Sie haben es noch nicht richtig verstanden. Keiner der anderen Toten geht auf unser Konto. Um es ganz einfach und deutlich zu sagen: Wir sind die Guten.« Sie schaute Charles misstrauisch an. »Natürlich würde das jeder von sich behaupten und Sie müssen mir kein Wort glauben.«

»Woher soll ich wissen, dass es nicht Sie sind, der mir schaden will?« Sie unterdrückte die in ihr aufsteigende Wut und zwang sich, leise zu sprechen.

Charles war die Betroffenheit durch diese Anschuldigung anzusehen, aber er behielt die Fassung und blieb ruhig. »Wenn ich Ihnen schaden wollte, dann müsste ich mich doch einfach nur zurücklehnen und abwarten, bis ein Assassine Erfolg hat. Und machen Sie sich bitte bewusst, es spielt auch keine Rolle, ob und was Sie genau wissen. Es reicht, dass die glauben, Sie könnten zu einem Risiko für sie werden. Und das tun sie ganz offensichtlich. Es ist keine Frage mehr, ob ein weiterer Anschlag erfolgen wird, sondern wann.«

Mit offenem Mund fiel Palina auf ihren Stuhl zurück.

»Hören Sie mir bitte nur noch einen kleinen Moment zu. Es ist in Ihrem Interesse. Würden Sie uns diesen kleinen Gefallen tun?«

Er hat recht. Wenn er mir hätte schaden wollen, hätte er es schon längst tun können. Ohne großen Aufwand.

»Wenn wir uns zusammenschließen, dann besteht der Vorteil für Sie darin, dass Sie mich – im Gegensatz zur Polizei – nicht erst von etwas überzeugen müssen. Und ich kann Ihnen auch effektiver helfen, als die Polizei es könnte. Um es ganz deutlich zu sagen: Sie brauchen dringend kompetente Hilfe. Für uns besteht der Vorteil darin, dass wir Sie haben, meine liebe Palina. Wenn ich mich nicht sehr täusche, eine Antenne, um die Angriffe der Assassinen zu erspüren und uns damit auf eine Weise zu helfen, die uns bisher schlicht unmöglich war. Denn wir verfügen nicht über diese Fähigkeit. Wir können uns gegenseitig helfen und diese Bedrohung für immer ausschalten. Es liegt komplett in Ihrer Entscheidung. Entweder Sie vertrauen auf die Polizei, was natürlich Ihr gutes Recht und genau das ist, was die meisten machen würden. Oder Sie rufen sich die Vorfälle noch einmal genau ins Gedächtnis und ziehen daraus Ihre Schlüsse.«

»Waren das denn überhaupt Anschläge. Sie sagen das so, aber ...«

»Palina, es waren! Sie müssen mir nicht glauben, aber wenn Sie sich falsch entscheiden, befürchte ich, dass die Folgen für Sie irreparabel und endgültig sein werden.«

Palina sprang wieder auf. »Ich glaube Ihnen kein Wort. Ich gehe jetzt.«

Charles lehnte sich ermattet zurück. »Es tut mir schrecklich leid, dass meine Worte Sie so erschreckt haben. Aber Ihre aktuelle Situation ist weitaus erschreckender. Ob Sie es wahrhaben wollen oder nicht, spielt dabei keine Rolle. Ich wünschte, ich könnte es Ihnen besser verdeutlichen. Aber ich befürchte, das können Sie nur ganz allein. Bitte gehen Sie in sich und reflektieren Ihre Erlebnisse der letzten Wochen genau. Es eilt. Wenn Sie sich entschieden haben, Sie haben meine Kontaktdaten. Melden Sie sich bitte.« Er schaute an Ihr vorbei und sah die Bedienung mit dem Nachtisch kommen. »Ein Vorschlag zur Güte: Wir lassen das Thema und genießen den Le Monde de Jacey. Es wäre doch schade darum. Bitte lassen Sie uns den wundervollen Abend nicht so beenden. Was meinen Sie?«

Palina merkte, wie ihr eine Träne die Wange hinunterrollte. Sie setzte sich und schaute vor sich auf den Tisch, als ihr die gelbe Sünde mit der stellenweise gebräunten, kristallisierten Oberfläche kredenzt wurde, die geschmackvoll mit Pistaziensplittern verziert war.

38. KAPITEL

Zwei Tage später fand sich Palina erneut auf den Stufen zum Eingang des Landeskriminalamtes 41 wieder. Sie hatte einen Anruf einer gewissen Karin Meissner bekommen, die sich als ermittelnde Kommissarin in dem Fall des Schussopfers vorstellte und sie aufforderte, zu einer weiteren Befragung in das Landeskriminalamt zu kommen. Es hätten sich neue Sachverhalte ergeben, welche ihr persönliches Erscheinen erforderlich machten.

Bestimmt hat sich inzwischen herausgestellt, dass alles nur ein großes Missverständnis war, hoffte Palina, obwohl es ihr komisch vorkam, dass man ihr das nicht einfach am Telefon sagte. *Wahrscheinlich haben die Ermittler irgendwelche Dienstvorschriften, an die sie gebunden sind. Beim Arzt darf die Sprechstundenhilfe ja auch keine Untersuchungsdaten am Telefon durchgeben. So was wird es sein.* Ihr war auch noch nicht klar, wie sie es mit dem Gespräch mit Charles in Einklang bringen könnte.

Am Empfangstresen begrüßte sie das bekannte Gesicht des Uniformierten. »Einen guten Morgen. Wenn ich mich nicht täusche, haben wir uns doch erst vor Kurzem hier gesehen, oder?« Er hatte wieder glänzende Laune und machte nicht den Eindruck, als müsse er sich morgens zur Arbeit schleppen.

Palina nickte freundlich lächelnd zurück. »Guten Morgen. Ja, das stimmt.« Durch den warmen Empfang und die ihr schon bekannte Umgebung war sie nun wesentlich entspannter als bei ihrem ersten Besuch.

»Es scheint sich bei Ihnen wohl um eine Wiederholungstäterin zu handeln. Müssen wir uns Sorgen machen?«

Palina lachte. »Nein, nein, es hat sich nur Neues ergeben und man will noch einmal mit mir sprechen. Ich denke, Herr Posnanski und Herr Weller haben den Fall gelöst und wollen mir Entwarnung geben.«

Der Polizist suchte den passenden Eintrag im Computer. Nachdenklich schaute er wieder zu ihr. »Also, weder Herr Weller noch Herr Posnanski haben für heute einen Termin eingetragen. Wie war doch noch gleich Ihr Name? Dann suche ich noch einmal danach.«

»Solowjowa. Palina Solowjowa. Vielleicht haben Herr Weller und Herr Posnanski nur vergessen, den Termin einzutragen?«

»Das finden wir schon raus. Keine Sorge. Ich glaube Ihnen, dass Sie einen Termin haben. In der Regel verspüren unsere Gäste eher den Drang, uns spontan zu verlassen, als uns spontan zu besuchen.« Er schaute kurz hoch, um sie anzulächeln. »Ich habe nicht die Spur einer Ahnung, woran das liegen könnte.« Dann suchte er weiter.

Palina schaute zurück in die große Eingangshalle. Eigentlich ganz nett hier, fand sie. Der Polizist riss sie aus ihren Gedanken.

»Da haben wir es. Sie sind heute bei Frau Meissner. Die Kollegin kommt gleich.«

»Aber warum bin ich bei Frau Meissner? Ich dachte, ich spreche wieder mit Herrn Posnanski und Herrn Weller, mit denen ich sonst gesprochen habe. Und Frau Meissner hätte mich nur benachrichtigt, weil die beiden Dringenderes zu tun haben?«

»Warum Sie mit Frau Meissner sprechen, kann ich Ihnen leider auch nicht sagen. Nur ein kleiner Tipp: Ich würde vermeiden, Frau Meissner etwas in der Art zu sagen, dass den Eindruck erwecken könnte, sie sei die Sekretärin der beiden.«

Palina schaute ihn fragend an.

»Besser für das Gesprächsklima«, zwinkerte er ihr zu. »Wirklich besser.«

Wenig später saß Palina im Wartebereich. Es dauerte dieses Mal viel länger bis sie abgeholt wurde. Eine Frau, etwas älter als sie, kam auf sie zu. Sie hatte lange blonde Haare und machte einen sportlichen, aber bei weitem nicht so entspannten und ausgeglichenen Eindruck wie Herr Posnanski oder Herr Weller. Gestikulierend forderte die Frau Palina auf, ihr zu folgen. Jedenfalls war es das, was Palina aus dem wilden Gefuchtel herauslas. Sie wurde in einen Vernehmungsraum geführt und nahm Platz. Sie bemerkte, dass die Frau währenddessen Datum und Zeit auf ein Aufnahmegerät sprach.

»Ich zeichne dieses Gespräch auf. Die Aufzeichnung dient der Dokumentation Ihrer Aussage und ich mache Sie darauf aufmerksam, dass alles, was

Sie sagen, vor Gericht auch gegen Sie verwendet werden kann. Ich fordere Sie auf, alle Fragen wahrheitsgemäß und vollständig zu beantworten.«

Palina war sprachlos. Damit hatte sie nicht gerechnet. Sie dachte, es wäre wieder ein netter Plausch in angenehmer Atmosphäre, bei dem die Ermittler sie um ihre Unterstützung baten und sie natürlich versuchen würde, zu helfen, so gut es eben ging. Aber so, wie dieses Gespräch eröffnet wurde, fühlte sie sich, als wäre sie es, die unter Verdacht stand.

»Ich bin Kommissarin Meissner und ermittle in dem Fall. Sie wissen, warum Sie hier sind?«

Palina spürte einen Kloß im Hals und stammelte: »Nein ... Ich habe keine Ahnung ... Warten wir noch auf Herrn Posnanski und Herrn Weller?« Ihre Hoffnung auf ein angenehmes Gespräch verflog schlagartig, als sie sah, wie Karin Meissner sie säuerlich anstarrte. Palina versuchte eine bequemere Sitzposition auf dem Stuhl zu finden, aber irgendwie gelang es ihr nicht. Der Stuhl fühlte sich dieses Mal in jeder Position unbequem an. *Das kann 'was werden. Ich hoffe, es ist schnell vorbei.*

»Nein, Sie reden heute mit mir. Sie haben wirklich gar keine Ahnung, weshalb Sie hier sind? Überlegen Sie noch einmal.«

»Also, wenn Herr Posnanski hier wäre, würde ich vermuten ...«

»Herr Posnanski ist aber nicht hier. Ich sagte Ihnen schon, Sie reden heute mit mir. Konzentrieren Sie sich auf die Frage.«

Palina benötigte nicht viel Einfühlungsvermögen, um den Wechsel im Tonfall ihrer Gegenüber von ernst zu verärgert zu bemerken. »Das Letzte, was mir Herr ...«, Palina blickte erschrocken in Kommissarin Meissners Gesicht. »Das Letzte, was mir gesagt wurde, war, dass zufällig ein Mann in der Nähe meiner Wohnung ermordet wurde. Aber ich war wohl zu dem Zeitpunkt in meiner Wohnung und habe von all dem nichts mitbekommen.«

Karins linker Mundwinkel bewegte sich ein kleines Stück aufwärts und ihre Augen verengten sich minimal. »Wenn es so zufällig war, wie kommt es dann, dass unsere Kriminaltechnik Hautschuppen vom Tatort vor Ihrer Wohnung dem Mordopfer zuordnen konnte?«

Palinas Denken schien plötzlich von ihrem Körper getrennt zu sein und diesen am liebsten panikartig verlassen zu wollen. Nachdem sie den Einschlag dieses ›neuen Sachverhalts‹, den Frau Meissner wohl zuvor am Telefon gemeint hatte, wenigstens so weit verarbeitet hatte, dass sie wieder ein paar Worte vorbringen konnte, stammelte Palina: »Was?«

»Sie haben mich schon verstanden. Aber ich formuliere es für Sie auch gerne noch einmal anders. Wenn es so zufällig war, wie kommt es dann, dass der Ermordete direkt vor Ihrer Wohnung gewesen war? Dort, wo Ihre Freundin ermordet wurde.« Frau Meissner lehnte sich entspannt zurück. Das Gespräch lief scheinbar so, wie sie es sich gewünscht hatte.

»Keine Ahnung.«

»Und wie erklären Sie, dass an dem Toten Haare von Ihrer Katze gefunden wurden?«

»Haare von meiner Katze? Woher wissen Sie, dass es Haare von meiner Katze sind?«

»Weil unsere Kriminaltechnik Haare an der Kleidung des Opfers genetisch eindeutig den Haarproben Ihrer Katze zuordnen konnte.«

»Ich kann es Ihnen nicht sagen.« Palina schaute zu Karin auf.

»Erzählen Sie keinen Mist. Woher kennt Sie der Tote? Woher kennen Sie den Toten?«

»Ich habe keine Ahnung. Ich weiß doch noch nicht einmal, wer der Tote ist.«

»Sie wollen mir das doch nicht ernsthaft erzählen.«

»Mir wurde nur gesagt, dass es ein Mann ist.«

Gerade beugte sich Karin vor und ihre Gesichtszüge ließen Palina keine angenehme Wendung des Gesprächs erwarten, als die Tür geöffnet wurde. Herein kam ein älterer Beamter, dem ein akkurat angezogener, grauhaariger Mann in einem dreiteiligen Anzug folgte.

»Hallo Karin«, begann der ältere Beamte. Er wandte sich Palina zu und stellte sich freundlich lächelnd vor: »Guten Tag, ich bin Hauptkommissar Petersen und leite das Ermittlungsteam.«

»Peter, ich bin hier gerade mitten in einem Verhör«, erwiderte Karin. Dabei ließen ihr Tonfall und ihre Mimik nicht nur Freundlichkeit und Höflichkeit, sondern auch das Bewusstsein vermissen, dass sie gerade mit ihrem Vorgesetzten sprach.

Petersen ließ sich dadurch allerdings nicht aus der Ruhe bringen. »Darf ich vorstellen, Dr. von Habermann. Frau Solowjowas Anwalt.«

Karin entglitten die Gesichtszüge – ganz im Gegensatz zu Dr. von Habermann. Dessen Gesichtsausdruck vermittelte Palina den Eindruck, er hätte die gleiche glänzende Laune und Freude an seiner Arbeit, wie sie es zuvor bei dem Beamten vom Empfang vermutet hatte. Petersen machte auf sie allerdings gerade den Eindruck, als hätte er heute lieber einen Tag frei, statt hier stehen zu müssen.

»Sie wollen sich bestimmt setzen, ich hole Ihnen einen Stuhl.« Petersen schaute Dr. von Habermann entschuldigend an.

»Das ist sehr freundlich von Ihnen. Aber machen Sie sich keine Mühe.« Er schien sich richtig zu freuen. Fast schon glucksend fügte er hinzu: »Es wird nicht lange dauern.«

39. KAPITEL

Dr. von Habermann hielt ihr eine der großen Glastüren auf. Palina lächelte ihm dankend zu und verließ kurz vor Mittag das Landeskriminalamt.

»Vielen Dank, dass Sie mich da rausgeholt haben. Ich weiß nicht, was ich ohne Sie gemacht hätte. Es war einfach zu viel für mich. Ich hatte eigentlich gedacht, es wäre nur wieder eine nette Unterhaltung mit den beiden freundlichen Ermittlern. Aber als die Frau mich wie eine Verbrecherin behandelt hat, war ich wie gelähmt und habe kein Wort mehr herausgebracht.«

»Das war auch gut so. Denn dadurch haben Sie auch nichts gesagt, was gegen Sie verwendet werden könnte. In Zukunft sagen Sie einfach nur noch ›Anwalt‹ und schweigen konsequent.«

»Auch bei den Kommissaren? Die waren immer so locker und freundlich.«

Von Habermann lächelte sie an. »Frau Solowjowa, lassen Sie sich nicht von der lockeren, freundlichen Art täuschen. Sie müssen verstehen, Ermittler wollen Sie dazu bringen, dass Sie reden – je mehr, desto besser. Und das macht man nicht wie in schlechten Filmen mit einer Schreibtischlampe im dunklen Raum. Was kann einem Ermittler denn besseres passieren, als dass Sie sich vertrauensvoll öffnen und sich munter alles von der Seele reden? Zudem sind Sie ja kein hart gesottener Krimineller, der schon einige Verhöre hinter sich hat und mit der Situation vertraut ist. Für Sie ist es eine Ausnahmesituation, in der Sie wahrscheinlich verunsichert oder sogar gestresst sind und sich dadurch vielleicht dazu hinreißen lassen, etwas Unüberlegtes zu sagen, das später gegen Sie ausgelegt werden könnte. Kurz: Am besten gar nichts sagen. Dann können Sie sich auch nicht belasten. Egal was Ihr Gegenüber unternimmt, um Ihr Schweigen zu brechen. Warten Sie ab, bis ich bei Ihnen bin und wir uns besprochen haben. Es ist meine Aufgabe, Sie vor Schaden zu bewahren. Das ist mein Beruf.«

Bei »Beruf« wurde ihr klar, dass sie in der Aufregung ganz vergessen hatte, vorab die Konditionen zu klären.

»Woher wussten Sie eigentlich, dass ich Hilfe brauche? Und welche Kosten kommen nun auf mich zu?«, fragte sie unsicher.

»Machen Sie sich darüber keine Sorgen.« Von Habermann winkte ab. »Jemand, dem Ihr Wohlergehen am Herzen liegt, hat mich informiert und beauftragt. Ich bin mir sicher, Sie kennen ihn. Im Moment ist wichtiger, dass Sie sich meine Ratschläge zu Herzen nehmen und zukünftig konsequent befolgen.« Er holte sein Smartphone aus der Tasche. »Ich gebe Ihnen meinen Chat-Kontakt. Melden Sie sich bitte umgehend bei mir, sobald Sie in juristische Not geraten. Und im Notfall, wenn es schnell gehen muss und Sie nicht sprechen können, schicken Sie mir darüber einfach nur schnell Ihre Positionsangabe. Das ist nur ein Knopfdruck. Sie wissen, wie das geht?«.

Palina nickte. »Woher wissen Sie eigentlich, welchen Chat ich nutze?«

Von Habermann zwinkerte ihr zu. »Bei anderen Notfällen kontaktieren Sie bitte Ihren Schutzengel.«

40. KAPITEL

Mario lag mehr in seinem Bürostuhl, als dass er saß und knabberte Rettich, Möhren und Fenchel. Er hatte das Gemüse zu Hause vorbereitet und in Plastikdosen mitgebracht. Mit jedem Stück löffelte er einen Klumpen Hüttenkäse und balancierte das wackelige Konstrukt in den Mund. Die Reaktion seiner Kollegen, die auf dem Weg zur Kantine an seinem Büro vorbeiliefen, war ebenso unterschiedlich, wie sie ihm egal war. Während die männlichen Kollegen nur mitleidig den Kopf schüttelten und wahrscheinlich etwas wie »arme Sau« dachten, nickten ihm die Damen anerkennend zu. Seine Reaktion war in allen Fällen die gleiche. Seine Hand glitt kraftvoll über den durch seinen Sweater verborgenen Sixpack. Selbst durch den dicken Baumwollstoff hindurch war deutlich zu sehen, dass die Kleidung nichts verdeckte, was in der Lage gewesen wäre nachzugeben. Sein süffisantes Grinsen unterstrich die Wirkung. Während ihn die Herren der Schöpfung mit verärgerter Miene ignorierten, strahlte ihn die Damenwelt bewundernd an. In beiden Fällen hatte er seinen Spaß. Das allein war es ihm schon wert, von Zeit zu Zeit seine Bikini-Figur zu pflegen. *Die Strandfigur wird im Winter gemacht*, dachte er. Er war sowieso der Außenseiter der Abteilung. Warum dagegen ankämpfen, wenn man es auch genießen kann. René war der einzige Kollege, zu dem er ein freundschaftliches Verhältnis hatte. *Man kann entweder viele oder gute Freunde haben*, philosophierte er. In diesem Moment sah er René den Raum mit drei Flaschen Bier betreten. *Wenn man vom Teufel spricht ...* Mario schüttelte innerlich seinen Kopf. Am nächsten Tag würde es wohl einen weiteren Gemüsetag geben müssen.

»Du beginnst schon vor Sonnenuntergang? Muss ich mir Sorgen machen?« Mario kaute genüsslich an einer Karotte.

»Hier Meister Lampe. Das wirst du gleich brauchen.« René öffnete die erste Flasche und hielt sie Mario hin.

»Respekt«, René deutete auf den Bereich in Marios Körpermitte, der bei den meisten Männern als Problemzone bekannt war. »Mach so weiter und ich kann mich nicht länger beherrschen. Beschwer dich dann aber nicht, wenn ich plötzlich auf deinem Schoß sitze.« René deutete einen lasziven Blick an.

Mario schätzte es an René, dass er neidlos seine Erfolge würdigte und griff nach der Flasche. »Und wer ist der Dritte, der gleich ein Bier braucht?«

»Wieso der Dritte? Die anderen beiden sind für mich. Ich hätte dir auch zwei mitgebracht. Aber du bist auf Diät und ich will dich nicht reinreißen.«

»Sehr fürsorglich. Man dankt.«

»Du sitzt. Das ist gut.« René öffnete seine Flasche und ließ sich auf den Stuhl neben Marios Schreibtisch plumpsen.

»Ich vermute, du hast Neuigkeiten.«

»Sorry, ich brauch einen Moment, um runterzukommen.« Er setzte an und leerte die erste Flasche fast vollständig, bevor er absetzte.

Das und der für René seltene ernste Tonfall ließen Böses erahnen. René sah Mario nur an und schwieg. Mario trank einen Schluck und stimmte ins Schweigen ein. Es verstrich etwas Zeit, bevor René seine natürliche Mitteilsamkeit wiedergewonnen hatte. Mario hatte zwar erst die Hälfte seiner Flasche geleert, aber René war inzwischen schon bei der zweiten.

»In zeitlich geordneter Folge oder gleich das dicke Ende, kurz und schmerzvoll? Deine Entscheidung.« Er nahm einen Schluck.

»In zeitlich geordneter Folge. Wenn ich dich so anschaue, habe ich das Gefühl, dass beides schmerzvoll wird. Da bevorzuge ich den Schmerz, bei dem ich wenigstens die ganze Geschichte kenne.«

»Eine weise Entscheidung, junger Padawan. Es erfreut mein Herz zu sehen, dass all die Jahre mühseliger Ausbildung Früchte getragen haben.«

Mario verdrehte die Augen, war aber erleichtert, dass René so langsam wieder seinen seelischen Normalzustand zurückgewann.

»Gestern hat die Kriminaltechnik Haare von Solowjowas Kater beim Toten gefunden und zusätzlich seine Hautschuppen vorm Fahrstuhl.«

»Von welchem Toten sprichst du, oh du mein Meister? Wir haben einige.«

»Der vorm Café, bei Frau Solowjowa um die Ecke.«

»Schau an. Klingt doch interessant. Warum regst du dich so auf? Fahren wir doch einfach noch einmal hin.«

René beugte sich vor und klopfte Mario kameradschaftlich aber resignierend auf die Schulter.

»Deine Affäre hatte es irgendwie als Erste spitzgekriegt.« René leerte den Rest seines zweiten Bieres und versuchte mit kritischem Blick durch das Glas der Flasche zu ergründen, wohin der Inhalt so plötzlich verschwunden war.

»Welche Affäre?« Marios Standardreaktion kam reflexartig.

René quittierte es mit einem müden Lächeln.

»Ich kann verstehen, dass du inzwischen Probleme mit der Buchführung hast. Egal. Jedenfalls ist sie daraufhin gleich zu Petersen gedackelt und hat ihn so lange besabbelt, bis er ihr die erneute Befragung von Frau Solowjowa überantwortet hat.«

Das ist nicht gut. Mario rutschte auf seinem Stuhl hoch in einen aufrechten Sitz. »Wann wird sie befragt? Gibt es schon einen Termin?«

»Sie wurde heute Morgen befragt.«

Sein ungutes Gefühl wich einer bösen Vorahnung.

»Unschön ausgegangen?«

»Ich denke, man hängt sich nicht aus dem Fenster, wenn man es so formuliert. Soweit ich erfahren habe, war Frau Solowjowa dabei so verschreckt, dass aus ihr nichts mehr herauszubekommen war.«

»So viel zum Thema Vertrauen schaffen und die Gesprächsbereitschaft fördern.«

»Es wird noch besser: Überraschenderweise tauchte nicht nur ein Anwalt auf, der Frau Solowjowa in kürzester Zeit herausholte. Sondern aufgrund von Karins – nennen wir es einmal wohlwollend ›ungeschicktem‹ – Verhalten wurden ihm auch noch Winkelzüge ermöglicht, die uns weitere Befragungen von Frau Solowjowa deutlich erschweren. Da wir sie nun nicht mehr nur als Zeugin, sondern offensichtlich als Verdächtige behandeln und sie auch schon über ihre Rechte aufgeklärt wurde, werden zukünftige Befragungen nur noch nach vorheriger Terminabsprache und in seinem Beisein stattfinden. Es sieht ganz danach aus, als hätte Karin ihm da ungewollt in die Karten gespielt.«

Sie schwiegen. Mario bot René von seinem Gemüse an. Zuerst machte dieser eine ablehnende Handbewegung, entschied sich dann aber doch für ein Stück Möhre.

»Die ist gut. Schön süß.«

»Ja, du darfst nicht den Fehler machen, die 08/15 Möhren in der Plastiktüte beim Discounter zu kaufen. Die schmecken irgendwie komisch und sind schon nach zwei Tagen verschrumpelt.«

»Du musst mir einmal den Dealer deines Vertrauens nennen.«

»Wir treffen uns nur bei Vollmond auf einem einsamen Waldweg, wo er aus dem Kofferraum heraus verkauft.«

»Das erklärt den Geschmack nach mehr. Hänge ich nun an der Karotte? Baut mein Körper nun rapide ab und ich ende, bevor ich mich versehe, ausgemergelt mit einem Waschbrettbauch?«

»Ich kann dich beruhigen. So schnell geht das nicht.«

»Mist.«

»Aber zurück zum Thema. Mich wundert, dass Frau Solowjowas Anwalt nicht gleich von Anfang an dabei war.«

»So, wie Petersen es mir erzählt hat, machte Frau Solowjowa den Eindruck, als wäre sie selbst überrascht, dass sie überhaupt einen Anwalt hatte.«

»Interessant. Dann stellt sich die Frage, wie hat der es geschafft, so schnell beim Verhör zu sein?«

»Keine Ahnung. Petersen meinte, er hätte von dem Anwalt schon einmal gehört – oberste Preiskategorie.«

Mario staunte. »Ich hätte vermutet, dass sie dafür nicht das nötige Kleingeld hat.«

»Wird sie auch nicht haben. Aber wenn sie ihn nicht bestellt hat, wird es wohl jemand gewesen sein, der es sich auch erlauben kann.«

Mario hob die Flasche gen René.

»Wofür huldigt er mir?«

»Du lagst mit deinen Vermutungen richtig. Es gibt wohl einen Zusammenhang zwischen Palina Solowjowa und dem Mord im Café. Chapeau. Ok, Karin hat unsere Vorarbeit sabotiert. Aber uns fällt bestimmt etwas ein, wie wir das wieder einrenken.«

»Dir.«

»Mir?« Marios ungutes Gefühl meldete sich wieder. »Was hast du angestellt?«

René grinste. »Du kennst mich doch. Nachdem ich gesehen hatte, wie der Anwalt mit Frau Solowjowa aus Petersens Büro kam, habe ich mich mit Petersen – sagen wir mal – unterhalten. Ich habe ihn gefragt, was das sollte, ausgerechnet Karin und nicht uns die Befragung durchführen zu lassen, wo wir doch schon eine Vertrauensebene hergestellt haben. Außerdem habe ich ihm gesagt, dass inzwischen Beweise vorliegen, dass Frau Solowjowa zum Zeitpunkt des Mordes definitiv weit entfernt war.«

»War sie? Welche Beweise?«

»Habe ich das noch nicht erwähnt? Ich kam gerade von Matthias. Der Mann ist ein Künstler am Telefon. Ich glaube, wenn er Kühlschränke am Telefon verkaufen und mich anrufen würde, hätte ich drei.«

»Das kann gut sein. Du bist immer so gutgläubig.«

»Schon klar. Jedenfalls hat er im Café angerufen und sich von der Bedienung, die am Abend der Tat Dienst hatte, den Zeitpunkt aus der elektronischen Kasse heraussuchen lassen, an dem der Bon ausgestellt wurde, den das Mordopfer beglichen hat, kurz bevor es aufstand und ging. Der Mord muss nur wenige Minuten später stattgefunden haben.«

»Sauber. Und woher wissen wir, dass Frau Solowjowa zu dem Zeitpunkt weit weg war?«

»Sie hatte uns doch erzählt, eine Freundin hätte sie abgeholt und sie wären dann mit der U-Bahn gefahren. Matthias hat beide auf zwei Überwachungskameras ausgemacht – genau 3 Minuten und 47 Sekunden bevor der Bon ausgestellt wurde, besteigen beide das Abteil.«

»Tja, damit ist sie aus dem Schneider. Karin beißt sich bestimmt gerade in den Arsch, dass sie das nicht wusste. Wie ging es weiter mit Petersen?«

»Nachdem ich ihm die Beweise geschildert hatte, hat er mich angepupt, warum davon nichts im Bericht zu finden ist. Hätte es im Bericht gestanden, wäre das nicht so abgelaufen.«

»Ich sehe euch beide förmlich vor mir, wie ihr euch gegenseitig zum Hochkochen bringt.«

»Jedenfalls habe ich ihm klar gemacht, dass die Ergebnisse neu sind und wir uns noch mitten in der Auswertung befinden und er wohl nicht ernsthaft glaubt, dass selbst wenn es im Bericht gestanden hätte, Karin ihn vorher gelesen hätte. Hätte er sich nicht von Karin bequatschen und uns einfach unseren Job machen lassen, wäre alles smooth gelaufen.«

Mario kniff sich schon mit Zeigefinger und Daumen die Augen zu, bevor René weitersprach. Er wusste, dass René zu 98 % ein umgänglicher, fröhlicher Kerl war. Es waren die restlichen 2 %, die ihm Sorge bereiteten und die man René nicht auf den ersten Blick ansah.

»Wie schlimm ist es?«

»Halb so schlimm. Eigentlich war ich recht ruhig. Aber Petersen war wohl schon etwas vorgespannt – erst Karins ›schüchterne, fast schon verhuschte‹ Art, dann auch noch kalt lächelnd von einem Anwalt angezählt werden und schließlich ein Untergebener, der ihm seine Fehler vorhält. Kann ich ihm eigentlich nicht verdenken, wenn ich jetzt mit etwas Abstand und zwei Bier im Blut darüber nachdenke. Du siehst mich übrigens gerade in beidseitigem Einvernehmen in den Urlaub gehen. Offizielle Version: Überstunden abbummeln.«

»Dann wurdest du genau genommen sogar belohnt. Von dir lernen heißt vom Besten lernen.« Mario dachte daran zurück, dass seine letzten beiden Anträge, ein paar Tage auf Überstunden freizunehmen, abgelehnt wurden. Dabei hatte er einen Berg Überstunden angesammelt und wollte die Zeit eigentlich nutzen, damit er seinen finanziellen Spielraum verbessern konnte. Die Kinder hatten sich entschieden, mit ihm Snowboard zu fahren. Die Alternative, das Winterwandern mit ihrer Mutter, hatte wenig Anklang gefunden. Seine Kinder kamen doch mehr nach ihm, das ließ sich nicht leugnen.

»Fühlte sich eben im Eifer des Gefechts noch nicht so an. Aber wo du recht hast, hast du recht. Vielleicht leihe ich mir ein Brett von dir, gehe surfen und schick dir 'n paar Bilder«, grinste René. »Ende nächster Woche bin ich wieder da.«

41. Kapitel

Palina kam erst am frühen Nachmittag zu Hause an. Nach dem Verhör war sie zuerst in die Firma gefahren. An diesem Tag ging ihr einfach zu viel durch den Kopf und sie wollte sich auf Überstunden freinehmen, um sich in Ruhe zu sortieren und ihre Situation zu durchdenken. Sie vermutete, dass Jan so kurz nach ihren letzten freien Tagen wenig begeistert sein würde. So etwas war er von ihr nicht gewohnt. Deshalb wollte sie lieber persönlich mit ihm sprechen. Einige ihrer Kollegen nahmen viel häufiger frei oder verlängerten sogar die Wochenenden, indem sie die Regelung missbrauchten, sich auch ohne Krankschreibung bis zu zwei Tagen krankmelden zu dürfen. Aber die holten für Jan auch nicht ständig die Eisen aus dem Feuer und hielten ihm den Rücken frei, waren daher für ihn eher verzichtbar. Ihre Befürchtungen stellten sich allerdings schon in dem Moment als unbegründet heraus, als sie sein Büro betreten hatte. Er hatte nur kurz von dem Golfball aufgeschaut, »Moin« gesagt und dann seinen Putter geschwungen. Zwei erfolglose Puttversuche später war sie schon wieder aus dem Büro heraus und hatte sich den Kollegen auf dem Weg zur Kantine angeschlossen. Wenn sie schon einmal dort war, konnte sie sich auch gleich das Kochen sparen und nebenbei ein bisschen dem Flurfunk lauschen.

Nun war sie zu Hause, legte ab und ging erst einmal in die Küche. Eine Kanne Tee war genau das Richtige, die innere Ruhe zurückzugewinnen und alles zu durchdenken. Sie öffnete die Teedose und hielt ihre Nase dicht an die Öffnung. Allein den Duft auf sich wirken zu lassen, ließ sie wieder runterkommen. Ihr war unerwartet Zeit geschenkt worden und Zeit ließ sie sich nun auch bei der Teezubereitung. Dazu brauchte sie kein fest vorgegebenes Ritual wie den Senchadō.

Immer wieder hatte sich das letzte Gespräch mit Charles in den Vordergrund ihrer Gedanken geschoben.

Sie gab Tee in den Siebeinsatz.

Das heutige Erlebnis beim LKA hatte nicht nur jegliche Motivation zerstört, mit der Polizei zu reden, sondern auch ihr Vertrauen in den Polizeiapparat. Es zeigte, dass von der Polizei keine Unterstützung, geschweige denn Schutz zu erwarten war. Schlimmer noch war sie nun auch zur Zielscheibe der polizeilichen Ermittlungen geworden. Als hätte sie nicht schon genug Probleme mit diesen ominösen Assassinen. Da hatte Charles wohl leider recht.

Palina füllte den Wasserkocher und stellte ihn an.

Aber was war mit diesen sonderbaren Wahrnehmungen? Charles schien davon überzeugt zu sein, dass es sich um eine besondere Fähigkeit handelte. Hatte sie sich alles nur eingebildet? Es hatte doch so real gewirkt, auch wenn sie es sich nicht erklären konnte. Aber sie war auf dem Bahnsteig definitiv gestoßen worden und Alex hatte genauso wenig jemanden sehen können, wie sie selbst.

Das Wasser bildete erste Blasen.

Warum hatte der Tote Haare von ihr und Flo an sich gehabt? Mit Abstand betrachtet, war die Frage der Ermittlerin schon berechtigt. Warum?

Das kochende Wasser riss sie aus ihren Gedanken. Sie stellte den Wasserkocher aus und wartete darauf, dass sich das Wasser ausreichend abkühlte, um den Tee aufgießen zu können.

Und nicht nur die Polizei vermutete einen Zusammenhang zwischen dem Toten und ihr. Charles hatte diese Theorie schon vorher und ohne DNA-Abgleich. Und Stefan war auch kein Unbekannter gewesen. Mit Zufall ließ sich diese Häufung von Todesfällen um sie herum nicht erklären. Aber wenn Charles mit seiner abenteuerlichen Geschichte wirklich recht hatte, was bedeutete das für sie? Was sollte sie dann tun?

Sie spülte den Tee mit heißem Wasser, setzte den ersten Aufguss an und startete den Tea-Timer.

Ihre Freundinnen wären ihr bestimmt eine große emotionale Stütze. Aber das würde sich aufs Zuhören beschränken. Was konnten sie schon unternehmen? Und wie sollte sie es Ihnen auch erklären? Sie konnte es sich doch selbst noch nicht einmal erklären. Und dann wäre da noch die Sache mit Michaela. Hätte Michaelas Tod vermieden werden können? Würde man ihr eine Schuld an Michaelas Tod geben? Eine Teilschuld oder zumindest stille Vorwürfe stünden bestimmt immer unterschwellig im Raum. Wie könnte sie unter solchen Umständen überhaupt noch Michaelas Eltern gegenübertreten und ins Gesicht schauen? Wenn sie zukünftig Palina sähen, müssten sie doch jedes Mal daran denken, dass Palina nur deshalb noch lebte, weil Michaela an ihrer statt gestorben war. Nein, unter keinen Umständen konnte sie darüber in ihrem Freundeskreis sprechen. Sie wollte auf keinen Fall das Risiko eingehen, ihre Freundinnen zu verlieren.

Der Timer piepte. Sie nahm das Teesieb aus der Kanne und schenkte sich einen Becher ein.

Aber was immer sie auch unternehmen würde, zuerst bräuchte sie Gewissheit. Blinden Aktionismus konnte sie sich angesichts der Tragweite einer Fehlentscheidung nicht erlauben.

Mit dampfendem Becher ging sie ins Wohnzimmer und setzte sich auf die Couch. Sie hatte nur ein Bein angewinkelt, als säße sie im Schneidersitz, ansonsten saß sie wie auf einem Stuhl. Sie legte sich ihre Kuscheldecke aus dicken, roten Fleece über die Beine. Mit beiden Händen hielt sie den Becher und wärmte sich die Finger, während sie gedankenversunken über die Oberfläche des dampfenden Seelenbalsams pustete und darauf wartete, dass er Trinktemperatur erreichte.

Es war in letzter Zeit einfach zu viel für sie gewesen. *In der Ruhe liegt die Kraft. Es wird sich schon eine Lösung finden.* Palina nahm einen Schluck, lehnte sich zurück und genoss den Tee mit geschlossenen Augen. Es fühlte sich an, als würde sie sich immer weiter zurücklehnen. Durch die Rücken-lehne des Sofas hindurch. Würde in den Sitzpolstern versinken und von ihnen umschlossen. Es bereitete ihr keine Angst. Sie glitt wieder rotierend in die Tiefe.

42. KAPITEL

Kalter Regen prasselte auf Palinas nackten Körper und in ihr Gesicht. In die Rückseite ihrer weichen Schenkel und ihres Pos drückten sich scharfkantige Steine. Sie öffnete die Augen. *Was um Himmels Willen ...? Wo ...?* Palinas erster Reflex war aufzustehen. Aber die Steine waren nass, mit glitschigen Algen überzogen und wackelten schon beim ersten zaghaften Versuch, einen stabilen Stand zu finden. Sie wollte keinen Sturz riskieren und blieb sitzen. Sie blickte sich um. Über ihr trieb stürmischer Wind dunkle Wolkenmassen vor sich her. Vor ihr brachen tosende Wellen und klatschten auf die Steinbrocken des Küstenstreifens. Sie war gerade weit genug entfernt, um nicht direkt von den Wellen erwischt zu werden, doch der Wind peitschte ihr Gischt ins Gesicht. Es schmeckte salzig. Nicht weit hinter ihr befand sich eine hohe Steilküste. Es sah nach lockerem, brüchigem Gestein aus, das ihr nicht gerade ein Gefühl von Sicherheit vermittelte. Bei diesem Wetter bestand bestimmt die Gefahr eines Erdrutsches.

Und warum bin ich eigentlich schon wieder nackt? Mit ihren Fingerspitzen strich sie über die Gänsehaut auf ihrem Oberschenkel und konnte die einzelnen Erhebungen deutlich spüren. Die Szenerie, in der sie sich gerade befand, war kein weichgezeichnetes Schauspiel. Sie war hellwach, verspürte Schmerz und Kälte. Es war nicht nötig, nach den kleinen Abweichungen zu suchen, bei denen das Unterbewusstsein in seiner Nachbildung der Realität scheiterte. *Das kann unmöglich noch ein Traum sein. Ich habe keine Ahnung, was gerade mit mir passiert. Aber ein Traum ist es nicht. Definitiv nicht!*

Nachdem das erste Überraschungsmoment vorüber war, versuchte sie sich zu orientieren. Der Sockel, den sie in ihrem Rücken spürte, bestand aus gestapelten Steinen. Sie waren ähnlich einer Trockenmauer stabil ineinander verzahnt worden. Das konnte unmöglich durch Naturkräfte verursacht worden sein. Hier war ein Mensch am Werk gewesen. *Wozu denn das? Hier ist doch nichts.*

Palina hatte keine Zeit, sich mit Nebensächlichkeiten zu beschäftigen. Unbekleidet würde sie es hier nicht lange überstehen, da war sie sich sicher. Sie spürte, wie Angst in ihr aufkam. Eine Lösung musste her, und zwar schnell. Hektisch suchte sie ihre Umgebung nach einem Ausweg ab. Wenige Meter entfernt entdeckte sie einen weiteren Steinhaufen und ein ganzes Stück weiter einen dritten. War das eine Möglichkeit, wieder von hier wegzukommen? Sie war sich nicht sicher. Aber im Moment hatte sie einfach keine bessere Idee, als dort zu suchen.

Obwohl sie ihre Füße nicht mehr spüren konnte, zwang sie sich aufzustehen und loszugehen. Am ganzen Körper zitterte sie inzwischen so stark, dass ihre Extremitäten unwillkürlich zuckten und es war schwer, stabile Tritte zu finden. Immer wieder rutschte sie weg und schaffte es gerade noch rechtzeitig, sich mit den Händen abzufangen, bevor sie sich schwer verletzte. Sie sah, wie Blut aus kleinen Schnitten und Rissen aus ihren Füßen rann. Wenigstens sorgte die Taubheit dafür, dass der Schmerz erträglich wurde.

Als Palina den nächsten Steinhaufen erreichte, untersuchte sie ihn zaghaft. Eigentlich wusste sie gar nicht, wonach sie überhaupt suchte. Sie hatte gehofft, ihr würde schon etwas auffallen, sobald sie erst einmal dort war. Aber ihr sprang nichts ins Auge, was ihr einen Hinweis geliefert hätte. Sehr viel länger würde sie es nicht mehr aushalten. In ihrer Verzweiflung passte sie nur einen Moment nicht auf, rutschte von einem Stein ab und knickte um. Direkt vor dem Steingebilde knallte sie auf ihr Knie und schlug es sich auf. Ein starker Schmerz durchfuhr ihr Bein. Das war nun endgültig zu viel für sie. Tränen liefen an ihren Wangen hinab und sie versuchte sich am Steingebilde abzustützen, um wieder hochzukommen. Es war wie früher im Sportunterricht, wenn sie einen Liegestütz machen sollte. So sehr sie auch gegen den Widerstand anpresste, sie bewegte sich keinen Millimeter. Palina gab schließlich auf. Nicht nur ihre Bemühungen, sondern sich selbst. Das war es. Sie würde einfach auf das Ende warten und schloss die Augen. Mit der Resignation kam die innere Ruhe. Mehr aus einem Reflex heraus drücke sie noch einmal. Aber statt einen festen Widerstand zu spüren, tauchten ihre Arme und ihr Kopf wie durch eine milchige Wand.

Es überraschte sie schon gar nicht mehr, dass sie verschwommen etwas Metallisches wahrnahm. Lethargisch nahm sie es hin. Es hatte eine rechteckige Form. Daneben waren zwei kleine, schwarze Dreiecke übereinander angeordnet. Sie hatte nicht die Spur einer Ahnung, was ihr ihre Sinne nun

schon wieder vortäuschten. Vielleicht war sie ja auch einfach nur geistes-
krank. Das würde alles erklären. Dann würde sie gleich in einem warmen
Bett in einer Nervenheilanstalt aufwachen, ein bisschen essen und vielleicht
noch einmal aufs Klo gehen, bevor ihr ein Nachtisch in Form farbenfroher
Pillen den nächsten Trip bescherte. Palina freundete sich gerade mit dem
Gedanken an, als sich das metallische Rechteck vor ihr vertikal teilte und
auseinander glitt. *Ein Traum in einem Traum. Ich breche sämtliche Rekorde
des Wahnsinns.* Eine Person trat ihr entgegen. Zu ihrer Überraschung
erkannte sie das vor ihr wabernde Gesicht. Die wirren roten Haare und den
roten Bart würde sie immer erkennen. Aber er schien sie nicht zu bemerken. Er strafte sie mit Nichtbeachtung und schaute durch sie hindurch. Sie
versuchte sich bemerkbar zu machen und schrie, so laut sie konnte. Ihre
Stimme überschlug sich. Die Stimmbänder schmerzten. Er machte plötzlich
einen Schritt direkt auf sie zu. Palina riss Arme und Kopf zurück.

Sie befand sich wieder im Regen. *Was passiert hier? Ein Fenster? Kann es
wirklich sein?* Sofort drehte sie sich um und schaute zum ersten Steinhaufen.
Eine Tür? Ein Tor? Ein Tor zu ... Ich habe nichts zu verlieren. Die aufkeimende
Hoffnung spendete frische Energie. Wunden spielten jetzt keine Rolle mehr.
So schnell sie konnte, stolperte sie zurück. Als sie angekommen war, setzte
sie sich wieder dort hin, wo sie erschienen war. *Das muss der Wahnsinn
sein. Wer kommt sonst auf solche Ideen. Gleich weiß ich mehr.* Erschöpft
schloss sie die Augen, lehnte sich kraftlos zurück und ließ sich ohne jegliche
Anspannung fallen, wie sie es in letzter Zeit schon so oft getan hatte. Nur
dieses Mal, davon war sie überzeugt, war sie es, die die Zügel in der Hand
hielt.

Ihre Augen waren immer noch geschlossen. Sie war immer noch pitschnass. Aber es war keine kalte Nässe. Es war warme Nässe. Um nicht zu
sagen, heiße Nässe. Schlagartig riss sie die Augen auf. *Verdammt, der Tee.*

Nachdem Palina die Sauerei beseitigt hatte, schenkte sie sich einen weiteren Becher ein. Während sie den Tee nachdenklich Schluck für Schluck
trank, tippte sie auf ihrem Smartphone eine Nachricht.

»Ich weiß, wo es leckeren Mohnstriezel gibt. Aber dieses Mal zahle ich.«

43. KAPITEL

Palina stieg die Treppe vom Bahnsteig hinauf. Sie hatte irgendwo aufgeschnappt, dass diese Haltestelle circa zwanzig Meter unter der Erde lag. Angesichts der schieren Anzahl breiter Stufen, die nach oben ans Tageslicht führten, hätte sie mehr geschätzt. Natürlich hätte sie auch die schmale Rolltreppe nehmen können. Aber der beeindruckende Anblick der endlosen Stufen hatte sie in seinen Bann gezogen. Erst nach einigen Metern wurde ihr klar, auf was sie sich eingelassen hatte. *Was soll's? Alex wäre stolz auf mich. Gleich gibt's Kuchen. Den habe ich mir damit verdient und kann ihn ohne schlechtes Gewissen essen,* tröstete sie sich. Alex hatte ihr einmal erzählt, dass er diese Treppe mit seinen Trainingskameraden mehrfach hintereinander hochgesprintet war. Wie oft, daran konnte sie sich nicht mehr erinnern. Intervalltraining hatte er es genannt. Was das war, konnte sie sich nur grob vorstellen. Jedenfalls hörte sich für sie allein schon das Wort nach Quälerei an. Das musste es wohl auch sein, so glücklich, wie er danach davon erzählt hatte, dass er es hinter sich hatte.

Oben angekommen erfassten sie starken Windböen, die hier häufig entstanden, wenn einfallender Wind die Hafenterrassen hochgeleitet, von den mächtigen Betonbauten eingefangen und in den tiefen Häuserschluchten kanalisiert wurde. Nachdem bereits mehrere ihrer Schirme das Zeitliche gesegnet hatten, verwendete sie auf diesem Stück grundsätzlich keinen mehr. Sollte es zu stark regnen, stellte sie sich lieber unter und wartete auf eine Regenpause.

Die Front des Bäckerei-Cafés bestand komplett aus Glas. Palina sah schon beim Überqueren der Straße, dass fast alle Tische frei waren. Charles war anscheinend noch nicht da. Sie betrat die Bäckerei. Der Sturm auf die Backwaren hatte sich schon gelegt. In der Auslage präsentierten die meisten Bleche nur noch Krümel und zeugten von einem erfolgreichen Tagesgeschäft. Die beiden Verkäuferinnen klönten entspannt miteinander. *Oh, bitte lass sie noch Striezel haben*, schickte sie schnell ein Stoßgebet gen Himmel. Eine der Damen hinter der Theke bemerkte sie und lächelte ihr freundlich zu. *Glück gehabt. Noch drei Stück da*, seufzte sie innerlich. *Ich kann nicht warten, bis Charles da ist. Sonst sind die auch noch weg.* Sie schaute die Bedienung an.

»Ich hätte gern diese drei«, sie deutete auf den Striezel, »auf zwei Tellern bitte.«

»Sehr gern. Sonst noch etwas?«

»Schon einmal einen Latte Macchiato. Ich warte noch auf jemanden.«

»Ist das erst einmal alles?«

Palina scannte die Auslage. *Da, noch zwei Stück gedeckter Apfelkuchen. So wie ich Charles kenne ...* Sie deutete auf die beiden Stücke. »Diese beiden bitte auch noch.«

»Auch auf getrennten Tellern?«

»Ja, bitte. Das wäre dann erst einmal alles.«

Sie zahlte und nahm das Tablett von der Theke.

Auch die Seite zum Hafenbecken bestand aus deckenhohen Panoramascheiben. Hier hatte man freien Ausblick auf die Terrassen bis hinunter zum Wasser. Leider war ausgerechnet der Tisch mit der besten Sicht besetzt. *Klar, den hätte ich auch genommen. Na ja, sowieso besser, wenn wir uns ungestört unterhalten können.* Sie setzte sich an den Fenstertisch in der hinteren Ecke. Während sie den Milchschaum ihres Lattes löffelte, schaute sie den frechen Spatzen zu, die draußen auf der Terrasse herumhüpften und im Zank um Brotkrümel aufgeregt schimpften.

Wenig später riss sie die plötzlich lauter eindringende Geräuschkulisse der Straße aus ihren Gedanken. Die Eingangstür war geöffnet worden. Charles hatte den Raum betreten und hielt nach ihr Ausschau. Diesmal hatte er einen dreiteiligen Tweedanzug mit einer gewagten Kombination von hellgrauen und blutroten Farbtönen gewählt. *Wenn einer meiner Kollegen so in die Firma käme, würde er sich aber einiges anhören müssen. Aber zu Charles passt es.* Sie konnte sich Charles auch gar nicht mit einem anderen Kleidungsstil vorstellen. Als er sie bemerkte, gewann sein ohnehin freundlicher Gesichtsausdruck weiter an Fröhlichkeit.

»Moin, die Dame. Von einem solch bezaubernden Lächeln begrüßt zu werden – womit habe ich das nur verdient?«

Palina bemerkte, dass sie ihn unbewusst angestrahlt hatte. »Moin, der Herr. Wie immer – sehr elegant«, nickte sie anerkennend.

Charles schaute zuerst leicht verwundert an sich hinab. Dann öffnete er beide Arme in einer einladenden Geste, hob gespielt übertrieben sein Kinn und drehte sich langsam vor Palina. Sie applaudierte geräuschlos und beide lachten.

»Das ist also das Bild, das Sie von mir haben.« Charles deutete auf die fünf unberührten Stücke Kuchen auf seiner Seite des Tisches. Auf Palinas Seite stand nur der Latte Macchiato, mit dem sie sich die Zeit vertrieben hatte.

»Nein, nein, die sind schon für uns beide. Ich habe uns nur die letzten Stücke gesichert. Aber wenn Sie lieber etwas anderes möchten ...«

»Alles gut. Das sieht sehr schmackhaft aus.« Er winkte zur Dame hinter dem Tresen.

Sie bemerkte es und sagte schnell: »Äh, hier gibt es leider keine Bedienung an den Tischen. Sagen Sie mir einfach, was Sie gern hätten. Ich hole es dann.«

»Sorry, Missverständnis meinerseits. Bleiben Sie bitte sitzen, ich ...«

Palina war schon von ihrem Stuhl aufgestanden und legte Charles ihre Hand auf den Unterarm. »Ich habe Sie schließlich eingeladen.«

Zögernd ließ sich Charles wieder auf seinen Stuhl sinken. »Dann hätte ich gerne einen grünen Tee, falls das möglich ist. Ich hatte heute bereits viel zu viel Kaffee und ein abschließender Espresso wirft schon seinen Schatten voraus.«

»Kommt sofort.« Sie eilte zur Theke und kam kurze Zeit später mit einer kleinen weißen Porzellankanne wieder.

Charles wartete, bis sie anfing zu essen und begann danach mit dem Mohnstriezel.

»Der Kuchen ist eindeutig nicht geeignet, um eine Diät zu unterstützen«, stellte er fest. »Dafür schmeckt er viel zu sehr nach mehr.« Er deutete mit der Gabel auf das Hafenbecken. »Eine nette Aussicht.«

Sie nickte ihm zu. Nachdem der Striezel verputzt war, verteilte Palina den Apfelkuchen und rückte mit der Frage raus, die ihr schon die ganze Zeit auf der Seele lag: »Das waren Sie heute, nicht wahr?«

»Sie meinen?« Charles zeigte sein verschmitztes Lächeln.

»Charles ... der Anwalt ... das waren Sie, nicht?« Palina atmete ermahnend aus.

»Ich weiß, Sie haben mir Ihre Entscheidung zwar noch nicht mitgeteilt, aber es ist nicht mein Stil, eine Dame ins Messer laufen zu lassen, um eine bestimmte Entscheidung zu forcieren. Ich denke, die Unterstützung war in Ihrem Interesse.«

Palina nickte. »Das war sie. Auf jeden Fall. Vielen, vielen Dank. Ich weiß nicht …«

Charles fuhr fort: »Fühlen Sie sich durch diese kleine Geste bitte zu nichts verpflichtet. Es liegt mir viel daran, dass Sie sich frei entscheiden und …«

»Das habe ich. Ich möchte Ihnen etwas erzählen.«

Charles schaute Palina interessiert an. Während Palina ausführlich von ihrem Experiment berichtete, verschwanden sowohl Charles Apfelkuchen als auch das dritte Stück Mohnstriezel und sogar die zweite Hälfte von Palinas Stück, das sie Charles zwischendurch lächelnd zugeschoben hatte, auf wundersame Weise.

»Ich verstehe das alles nicht. Und obwohl ich es selbst erlebt habe, fällt es mir schwer, es zu glauben. Aber ich habe das Gefühl, dass Sie wissen, was hier vor sich geht.«

»Ein bisschen kann ich Ihnen erklären. Aber bei den tieferen Wahrheiten kann ich Sie leider nur unterstützen, die Antworten selbst zu finden.«

Palina schaute Charles fragend an.

»Das liegt schlicht und ergreifend daran, dass wir nicht über Ihre Fähigkeiten verfügen. Wir sind auf Berichte angewiesen oder beobachten von außen und ziehen unsere Schlüsse. Was dort im Verborgenen tatsächlich passiert, ist für uns eine Black Box. Und der Orden hat aus offensichtlichen Gründen auch kein übermäßiges Interesse, uns seine Geheimnisse zu offenbaren. Das macht es schwer, an fundierte Informationen zu kommen.«

»Aber was ist das für ein ominöser Orden?«

»Der Orden ist der Geheimbund der Assassinen, in den nur aufgenommen wird, wer auch ihre Fähigkeiten besitzt und sich durch Schwur ihren Regeln und Zielen verpflichtet.«

»Das klingt ja so, als gäbe es sie schon seit dem Mittelalter oder noch länger.«

»Ja, es gibt sie schon einige Zeit. Ich denke, das lässt sich sagen. Wie lang genau? Das kann ich nicht sicher sagen. Soweit wir wissen, liegt ihr Ursprung in einer religiösen Gemeinschaft, ähnlich einer Sekte. Dort stolperte man wohl mehr zufällig beim Ausüben spiritueller Übungen über die Verbindungen zu benachbarten Welten und interpretierte es als Erreichen einer höheren spirituellen Daseinsebene. Sie waren noch ganz am Anfang und weit von dem Niveau der heutigen Assassinen entfernt. Jedenfalls ging es damals allein um das Erreichen und Erleben des Zustands und nicht darum, es als Werkzeug zu nutzen, geschweige denn anderen damit zu schaden.«

»Und warum hat man nichts über sie erfahren? Bei den Assassinen verstehe ich es. Man würde sie festnehmen und verurteilen. Aber wenn man niemandem schadet? Warum muss man es dann geheim halten?«

»Vielleicht aus Angst vor Verfolgung. Schließlich hat jede konkurrierende Religion ein Argumentationsproblem, wenn sie erklären soll, warum sie ihren Anhängern diese ›göttlichen Fähigkeiten‹ nicht bieten kann, wo sie doch in Anspruch nimmt, die ›einzig wahre‹ zu sein. Es ist schwer zu vermitteln, warum gerade die damit gesegnete Konkurrenz einen Irrweg eingeschlagen haben soll, wo doch deren Anhänger nach Belieben auf göttlichen Pfaden schreiten können. Das hätte wahrscheinlich einen Mitgliederschwund zur Folge. Und offensichtlich kann man auch nicht einfach Mitglied werden und bekäme dann diese Fähigkeiten geschenkt. Beides würde zu nicht unerheblichen Unmut führen und traditionell wohl in Religionskriegen enden. Dass man sich dem als kleine Glaubensgemeinschaft gerne entziehen würde, wäre eine mögliche Erklärung.«

»Und irgendwann wurden sie überheblich und warfen ihre eigenen guten Vorsätze über Bord?«

»Möglich, aber soweit wir es zusammengepuzzelt haben, hat sich erst vor wenigen Jahrzehnten eine Gruppe abgespaltet. Vielleicht war man vorher noch nicht soweit, dass man es für Anschläge nutzen konnte. Wer weiß? Jedenfalls wollte sich ein Teil von ihnen nicht damit abfinden, dieses Können nicht zu ihrem Nutzen einsetzen zu dürfen.«

»Aber warum hat die ursprüngliche Gemeinschaft das nicht verhindert?«

»Oh, es ist nicht so, dass sie es nicht versucht hätten. Darum ranken sich spannende Mythen. Am Ende hat sich der Orden durchgesetzt, indem er konsequent alle ausgeschaltet hat, die ihm nicht folgen wollten oder auch nur im Wege standen. Jeder, der das Potenzial hatte und nicht bereit war, sich seinen Regeln zu unterwerfen, wurde getötet. Das Vorgehen ist bis heute geblieben.«

»Und wer ist ›wir‹?«

»Die wenigen, die es geschafft haben, am Leben zu bleiben, nachdem sie aus den unterschiedlichsten Gründen zu Zielpersonen des Assassinenordens wurden. Wir sind im Prinzip nichts weiter als eine Zweckgemeinschaft, die sich zusammengeschlossen hat, um gemeinsam dem Orden gegenüberzutreten und Widerstand zu leisten, da wir auch weiterhin ganz gern überleben würden. Der Orden bezeichnet uns übrigens auch als ›Widerstand‹. Wir haben uns selbst keinen Namen gegeben. Wozu auch?«

»Und von Ihnen hat keiner die Fähigkeiten dieser Assassinen?«

»Bisher nicht ...« Charles schmunzelte vielsagend. »Aber ganz so hilflos sind wir auch nicht. Ein paar Tricks haben wir auch in petto.«

»Und Sie versprechen sich also von mir, dass ich Ihre Trickkiste bereichere?«

»Das wäre zweifellos hilfreich, aber vergessen Sie bitte nicht, dass wir uns auch alle in derselben Situation befinden. Wenn Sie so wollen, der Feind meines Feindes ...«

»... könnte mein Freund sein.«

»Oder auch so«, Charles lachte.

»Verstehe. Aber warum sind Sie mit all dem Wissen nicht zur Polizei gegangen?«

»Und welche Beweise haben wir, die vor Gericht Bestand hätten? Die Morde sehen wie natürliche Tode aus. Fallen gar nicht auf. Manchmal ein paar Ungereimtheiten. Das ist alles. Und selbst wenn man die Attentate von natürlichen Todesfällen unterscheiden könnte, wäre es unmöglich, die Verbindung zu dem Täter herzustellen und ihn zu überführen. Es ist sogar so: Wir könnten auf die Leiche zeigen und sagen: ›Das ist das Opfer‹, dann könnten wir noch auf den Täter zeigen und sagen: ›Das ist der Mörder‹ und der Täter könnte immer noch kalt lächelnd ein wasserdichtes Alibi vorlegen. Die Polizei könnte sogar während der Tat neben dem Opfer stehen und alles filmen. Es wäre kein Täter, ja noch nicht einmal äußeres Einwirken zu sehen.«

»Und was wollen Sie unternehmen?«

»Assassinen sind Überzeugungstäter, sie sind dem Orden gegenüber loyal. Ansonsten hätte er sie längst umgebracht. Wir sehen also leider keine andere Möglichkeit, als alle Assassinen auszuschalten.«

»Sie meinen töten?«

»Wie sollen wir einen Assassinen Ihrer Meinung nach sonst vom Morden abhalten? Er kann im Prinzip von überall aus zuschlagen. Es gibt Einschränkungen. Soviel wissen wir. Aber welche das genau sind, das bleibt uns verborgen. Da kommen Sie ins Spiel. Sie können uns zeigen, was wir nicht sehen können.«

Palina schwieg. Immer mehr Fragen kamen auf und wirbelten in ihrem Kopf umher. Unschlüssig schaute sie Charles an. »Noch einen Espresso?«

»Sehr gern. Aber dieses Mal gehe ich. Wollen wir doch einmal sehen, was es noch gibt.«

Aber Palina war schon aufgesprungen und kam wenig später mit Espresso und Kirschkuchen zurück.

»Ihre Bekanntschaft ist nicht gut für meine Figur.« Palina zwinkerte Charles zu.

»Eine sehr diplomatische Weise, mir anzudeuten, dass ich es bin, der kürzertreten sollte.« Charles zwinkerte zurück.

»So war das gar nicht gemeint«, kokettierte Palina. Während sie aßen, dachte Palina über das Gespräch nach.

»Was soll ich denn jetzt tun? Wie soll es jetzt weiter gehen? Was schlagen Sie vor?«

»Das ist gar nicht so einfach zu sagen.«

»Ich dachte, Ihr Widerstand weiß, wie man am besten vorgeht?«

»Wir haben schon Erfahrungswerte. Das ist wahr. Allerdings sind Sie ein besonderer Fall für uns.«

»Nehmen Sie es mir bitte nicht übel, aber ich möchte eigentlich kein Mitglied irgendeiner Organisation sein. Auch nicht Ihres Widerstands.«

»Da kann ich Sie beruhigen. Bei uns kann man nicht Mitglied werden.« Palina war verwirrt.

Charles erläuterte weiter: »Es gibt bei uns keine Treueschwüre und so weiter. Wir sind kein eingetragener Verein oder so etwas. Wir haben lediglich erkannt, dass wir nur dann eine Chance haben, wenn wir zusammenhalten und uns gegenseitig helfen.«

»Gibt es auch Personen, die sich heraushalten und weder etwas mit dem Orden noch ihrem Widerstand zu tun haben wollen?«

»Die gab es. Wir hatten deren Entscheidung respektiert – im Gegensatz zum Assassinenorden.«

»Verstehe.«

Charles schob sich ein Stückchen Kuchen in den Mund. Palina war nicht sicher, woher die Zufriedenheit in seinem Blick kam. Lag es daran, dass sie endlich begriffen hatte, in welcher Zwickmühle sie sich befand, oder daran, dass der Ameisenbär dabei war, mit seiner Kuchengabel die letzten Termiten aus den Gängen des Hügels zu fischen. Es war wohl ein bisschen von beidem.

»So ist die Situation – unser aller Situation«, schien Charles ihre Gedanken gelesen zu haben. »Wobei – verstehen Sie es bitte nicht falsch – es mitnichten so ist, dass wir das ausnutzen, um Entscheidungen zu erzwingen. Es ist vielmehr so: Warum sollte man ständig sein eigenes Leben für jemanden riskieren, der sich im Gegenzug nicht auch einbringen will?«

Palina nickte nachdenklich. Sie war bestimmt nicht der erste Neuzugang, den Charles rekrutierte. Dafür verhielt er sich viel zu routiniert und sicher in seiner Argumentation. Jedenfalls hätte sie mit dem Widerstand die charmantere und freundlichere Seite gewählt. Das war klar.

»Aber zurück zur Frage, wie geht es nun weiter?«

Charles musterte sie nachdenklich. »Bei Ihrem Experiment hätten Sie es fast nicht zurückgeschafft, korrekt?«

»Stimmt. Ich probiere nur herum und versuche, das zu reproduzieren, was schon ’mal geklappt hat. Ich bin noch weit davon entfernt zu verstehen, was ich da überhaupt mache und es zu beherrschen.«

»Und dadurch besteht für Sie ein beträchtliches Risiko.« Charles schob den Kuchenteller von sich weg und schaute nachdenklich zum Hafenbecken. *Er scheint wirklich mit seinem Latein am Ende zu sein*, staunte Palina. *Er hat tatsächlich keinen Appetit mehr.*

»Ich denke, es ist am vernünftigsten, einen Schritt nach dem anderen zu machen und nicht in blinden Aktionismus zu verfallen. Mein Vorschlag wäre, Sie lernen erst einmal zuverlässig durch die Tore und vor allem wieder sicher zurück zu kommen. Sie müssen sich darauf verlassen können, dass es sitzt. Ansonsten bringen Sie sich womöglich noch selbst um. Wenn Sie dabei Hilfe benötigen oder auf Informationen stoßen, von den Sie glauben, dass sie sich nutzen ließen, melden Sie sich bitte umgehend bei mir.«

»Das kann ich tun. Aber bin ich nicht in Gefahr, wenn ich mir dafür Zeit lasse?«

»Im Prinzip schon. Aber es hilft ja nichts. Ohne eine solide Basis ist die Gefahr nur noch größer. Erst recht, wenn Sie sich zusätzlich noch mit einem Assassinen rumschlagen müssen. Ich sehe leider keine einfache, schnelle Lösung.«

Das war nicht das, was sie sich erhofft hatte.

»Vergessen Sie dabei aber bitte nicht, Sie haben mehrere ganz entscheidende Vorteile. Zuerst einmal werden wir Ihre Umgebung und die bekannten Tore überwachen. Auch wenn ich nicht glaube, dass der Orden sich dem Risiko aussetzt, diese erneut zu nutzen, verbessert es Ihren Schutz. Und ich vermute, je besser Sie werden, desto besser werden Sie auch zukünftige Angriffe bemerken und ausweichen können. Sie werden so zu einem Moving Target und ungleich schwerer zu treffen sein als eines der unbedarften Opfer, mit denen es der Orden üblicherweise zu tun hat. Ich würde vermuten, dass sich der Orden nach den letzten Rückschlägen selbst erst einmal Zeit nehmen wird, sich auf die neue Situation einzustellen und einen passenden Plan zu entwickeln. Und diese Zeit nutzen wir. Wir brauchen momentan nichts zu unternehmen, um die Assassinen aufzuspüren. Der Orden kommt schon von ganz allein. Den Aufwand können wir uns sparen und unsere Energie besser dazu nutzen, uns darauf vorzubereiten.«

44. KAPITEL

Palina hatte ihre Stirn seitlich gegen das Fenster gelehnt und betrachtete ihr Spiegelbild. Dahinter blitzten in regelmäßigem Abstand die Lichter der Bauleuchten auf, die in diesem Abschnitt des U-Bahn-Tunnels in Vorbereitung auf anstehende Wartungsarbeiten angebracht worden waren. Es erinnerte sie an das Stroboskop, das sie früher im Physikunterricht genutzt hatten. Doch wie sollte sie ihre Experimente nun am besten angehen? Das Tor bei ihrem Sofa war jederzeit zu erreichen und sie saß bequem und trocken. Falls Assassinen auf der Lauer lagen, war sie in ihrem Wohnzimmer eindeutig besser aufgehoben, als ihren Körper unter kompletten Kontrollverlust an einem öffentlichen Platz zu präsentieren. Aber die Steinküste war so furchtbar kalt und nass. Und durch ihre leidige Angewohnheit, nackt aufzutauchen, hatten ihr die unwirtlichen Bedingungen letztes Mal fast den Rest gegeben. Ganz zu schweigen von den Schwierigkeiten wieder zurückzukommen. Ihr war klar, dass das kein Selbstgänger war. Nein, es war auch so schon schwierig genug. *Wenigstens bin ich nicht Sonntagfrüh nackt auf dem Fischmarkt aufgetaucht. Womöglich direkt neben dem Marktschreier auf dem Wagen, der gerade Aale zu den Schaulustigen runter wirft.* Palina gluckste, als sie sich diese Situation ausmalte. Die Dame, die ihr gegenüber saß, hob den Blick von ihrem E-Book-Reader und musterte sie über den Rand ihrer Brille. Sie tat so, als hätte sie es nicht bemerkt.

Wenn ich schon nackt sein muss, dann doch bitte, wo es schön warm ist und ich nicht über scharfkantige Steine laufen muss. Warum gerade eine stürmische Steinküste und nicht ein sonniger Sandstrand? Natürlich auf einer einsamen Insel und nicht inmitten hunderter Touristen in ihren Strandkörben und unter ihren Sonnenschirmen. Womöglich zwischen einer Familie mit Kindern, die gerade am Strand picknickt. Und ich erscheine plötzlich nackt, mitten auf einer Picknickdecke und sitze im Kartoffelsalat. Palina versuchte ihr Lachen zu unterdrücken. Aber das machte es nur schwerer. Sie vermied es zu der

Dame hinüberzusehen. Bestimmt wurde sie von ihr gemustert. *Ignorieren. Und ruhig, ganz ruhig.* Sie atmete möglichst unauffällig zweimal tief ein und aus.

Warum konnte es nicht so schön warm sein wie in dem Traum am Brunnen? *Moment.* Damals hatte der Sog des Strudels große Ähnlichkeit mit dem Eintritt durch das Tor beim Sofa. Wie konnte ihr das entgangen sein? Wahrscheinlich war es in letzter Zeit zu viel Aufregung gewesen und hatte sie abgelenkt.

Sie könnte am Brunnen üben. Der Nachteil war allerdings, dass sie erst hinfahren und dann bei den immer noch unangenehmen Temperaturen für jedermann sichtbar auf dem Präsentierteller sitzen müsste. *Gegen die Temperaturen hilft die passende Kleidung, aber was hilft gegen hilfsbereite Mitmenschen, Lustmolche oder lauernde Assassinen?* Früher oder später würde ihr jemand zu Hilfe kommen wollen, wie auch sie damals dem alten Mann zu Hilfe kommen wollte. *Der alte Mann.* Es war vielleicht kein Zufall gewesen, dass er ausgerechnet an dieser Stelle gesessen hatte. Was wäre, wenn der alte Mann auch ein Assassine war? War er es, der den Anschlag auf Stefan ... Ihr wurde mulmig. Das würde jedenfalls ihr Unwohlsein erklären, das sie bei ihm hatte. Aber ginge es danach, bei wem sie ein ungutes Bauchgefühl hatte, dann müsste sie sehr viel häufiger über Assassinen und Leichen stolpern. In der Firma müsste es an manchen Tagen nur so von Notärzten, Kriminaltechnikern, Ermittlern und vor allem Leichen wimmeln. Nein, ihr persönliches Unbehagen war keine zuverlässige Hilfe bei der Identifikation von Assassinen.

Sollte sie Charles davon erzählen und um Unterstützung bitten? Noch war es ja gar nicht klar, ob sie mit ihrer Vermutung überhaupt richtig lag. Und wenn ja, was könnte Charles dann tun? Er könnte eine Wache abstellen, die sich neben sie setzt. Dann wäre sie allerdings garantiert jemandem hilflos ausgeliefert, sobald ihr Bewusstsein ihren Körper zurückgelassen hatte.

Die Polizei hatte doch von einem Mord auf dem Weihnachtsmarkt gesprochen. Inzwischen hatte der Weihnachtsmarkt seine Tore geschlossen und der Frühling stand vor der Tür. Warum sollte der alte Mann, wenn er überhaupt ein Assassine war, wiederkommen wollen? Nein, es war bestimmt nicht nötig, dass Charles ein Kindermädchen für sie abstellte. Er würde es bestimmt ohne Zögern machen, aber am Ende würde sie vielleicht als hysterische Nervensäge rüberkommen.

Sie hatte jetzt erst einmal frei und könnte an einem der nächsten Tage, an dem das Wetter einigermaßen mitspielte, einen kleinen Bummel zum Brunnen unternehmen. Es wurde noch früh dunkel. Sie würde also kaum auffallen. Ohne Weihnachtsmarkt hatte zu dieser Jahreszeit kaum jemand einen Grund, sich noch in der Nähe des Platzes herumzutreiben. Wenn sich ihre Vermutung bestätigen sollte, dann hätte sie etwas Handfestes, das sie Charles berichten könnte, und sie würden das weitere Vorgehen absprechen.

So mach ich's! Froh, zumindest für den nächsten Schritt einen Schlachtplan zu haben, kehrten ihre Gedanken zurück in das Hier und Jetzt des Abteils. Sie schaute entschlossen auf. *Mist!* Palina bemerkte, dass die Bahn inzwischen an der Endstation angekommen war. Die anderen Fahrgäste hatten längst die Abteile verlassen. Vereinzelt stiegen sogar schon Leute hinzu, die darauf warteten, dass die Zugfahrt in entgegengesetzte Richtung beginnen würde.

45. KAPITEL

Der Sonntagmorgen musste erst noch beginnen. Soweit Charles erkennen konnte, war er der Einzige, der zu dieser Zeit hinter den Häusern am Fleet entlangschlenderte. Er genoss das Flair. Die Uferbefestigung war aus Natursteinquadern gebaut. Alte schmiedeeiserne Geländer hatten so manchen Nachtschwärmer davor bewahrt, den mühsam über den Abend erarbeiteten Bewusstseinszustand durch ein kaltes Bad zu einer Fehlinvestition werden zu lassen. Unter den Brücken waren routiniert Nachtlager aus Schlafsäcken und Decken auf zerlegten Pappkartons errichtet worden. In ihnen war keine Bewegung auszumachen. Der Himmel war wolkenlos, die Sonne schien, kein Wind war zu spüren und es war auf angenehme Weise kühl. Selbst das Wasser im Fleet schien noch keine Lust zu haben, sich zu regen. Charles schaute über das Geländer hinab. Die Schwebteilchen, die es sonst dreckig braun erschienen ließen, waren aufgrund der fehlenden Wellenbewegung komplett zu Boden gesunken. Nun war es so klar, dass Charles die von der Sonne angestrahlten Steine am Grund sehen konnte. Es faszinierte ihn, dass er das Wasser gar nicht wahrnahm, wenn er die Steine fokussierte. Leider hatte er jetzt keine Zeit, das Schauspiel zu genießen. Er befand sich auf dem Weg ins Shamrocks & Buttercups.

Das Eingangsschild des Irish Pubs konnte er schon in einiger Entfernung auf der gegenüberliegenden Seite des Fleets ausmachen. An der nächsten Brücke nahm er die Stufen, die ihn die Treppe vom Stieg hoch zur Straße führten, und überquerte das Wasser, um auf der anderen Seite wieder zum Ufer hinabzusteigen. Von der Fleetseite führte eine schmale Steintreppe zum Eingang des Shamrocks & Buttercups hinab. Der Pub befand sich in den Kellergewölben eines der wenigen historischen Häuser, die der Zerstörung durch Brandkatastrophen, Kriege und den auf ihre Weise sicherlich nicht weniger unmenschlichen Immobilienspekulanten getrotzt hatten. Um diese Zeit war der Pub noch weit von der Öffnung entfernt. Allerdings hatte er eine Vereinbarung mit dem Wirt geschlossen. Gegen einen Obolus, dessen Umfang ausreichte, die Prinzipien des Wirtes in den Hintergrund treten zu lassen, durften sie den hinteren Bereich der Räumlichkeiten vor der Öffnung nutzen.

Die ältere Schwester des Wirts sorgte dafür, dass die geschlossene Gesellschaft weder Durst noch Hunger litt. Mildred war eine gestandene Barfrau. Sie konnte auf ein langes Arbeitsleben in diversen Kneipen und Lokalen zurückblicken. Gegen leicht verdientes Geld zur Aufbesserung ihrer spärlichen Rente hatte sie nichts einzuwenden. Charles hatte allerdings das Gefühl, dass der eigentliche Grund für ihren Einsatzwillen darin lag, dass sie sich im Ruhestand langweilte und es genoss, wenn sich Gäste um ihre Aufmerksamkeit bemühten. *Raue Schale, herzlicher Kern,* kam Charles in den Sinn. Zu diesem inneren Kern durchzudringen, war allerdings nicht jedem gegeben. Ein lallender Stammgast hatte Charles einmal erzählt, dass schon Gäste verdurstet sein sollen, die den Fehler gemacht hatten, sie mit Mildred statt Milly anzusprechen.

Charles stieg die Treppe hinab, die vom Fleet her an der hinteren Seite des Hauses zum Keller hinunterführte. Das eiserne Geländer war im Laufe der Zeit so oft übermalt worden, dass die kunstvollen Verschnörkelungen alter Schmiedekunst inzwischen fast vollständig von dicken, schwarzen Farbschichten verborgen wurden und ihre Details kaum noch zu erahnen waren. Die schwere Holztür klemmte und erst nachdem Charles ein zweites Mal kraftvoll daran gerissen hatte, öffnete sie sich. Das Quietschen der Scharniere breitete sich von seinen Ohren über den Schädelknochen sein Skelett hinunter bis in die Knie aus. Sein Körper reagierte, wie damals auf das quietschende Kratzen der Kreide auf der Schultafel. Mit aufgestellten Nackenhaaren betrat er den Pub.

»Einen wunderschönen guten Morgen.«

»Hmm.« Am Rand des vorderen Schankraums schaute der Wirt missmutig von einem der Tische hoch. Vor ihm stapelten sich Aktenordner und Papiere. *Wahrscheinlich nutzt er die Zeit vor der Öffnung, um liegengebliebene Buchführung nachzuholen. Auch eine Methode, um sich einen strahlenden Sonntagmorgen zu verderben.*

»Entschuldigen Sie bitte, wenn ich Sie mit diesem markzerreißenden Geräusch aus der Konzentration gerissen habe.« Er schloss die Tür ganz langsam, wodurch er nicht nur den Ton in die Länge zog, sondern auch zielsicher die unangenehmste Frequenz herausarbeitete. *Also, wenn er den Wink nicht verstanden hat ...* Ohne den Wirt zu beachten, ging er nach hinten durch.

»Dia duit, Milly«, grüßte Charles die Bedienung, die ihm gerade auf den Bestellblock in ihrer Hand schauend entgegen kam.

»Dia is Muire duit, Charles. Was willst du trinken?«

»Wie wäre es mit einem guten Scotch?«, grinste er sie frech an.

»Witzbold, du bekommst 'nen Paddy.« Sie ging an ihm vorbei und ließ ihn kopfschüttelnd stehen. Charles ging in den hinteren Bereich und kam zum Tisch, an dem man ihn schon erwartete.

»Einen wunderschönen Sonntagmorgen allerseits«, grüßte er in die Runde, »und heute sogar mit überraschendem Besuch der Raben. Es ist mir eine große Freude, Oyá.« Charles strahlte die hager wirkende Frau von nicht ganz zwei Meter Größe an. Ihr kunstvoll hochgestecktes krauses Haar, das teilweise mit einem bunten Tuch umwickelt war, ließ sie noch größer erscheinen. Beneidenswert weiße Zähne und wache, braune Augen mit fröhlichen Krähenfüßen antworteten stumm. Obwohl Charles wusste, dass die exotische Schönheit gerade einmal Mitte 30 war, vermittelte ihm ihr Lächeln ein Gefühl von mütterlicher Wärme.

Ein schlanker Mittfünfziger mit spärlichem blondem Haar und Hornbrille, rollte die Augen und schüttelte ungeduldig den Kopf. »Charles mit seinem Hang zur Theatralik. Verteil doch gleich Handküsse.«

Charles lachte, ging zu ihm rüber und reichte ihm zur Begrüßung die Hand.

»Ich wusste gar nicht, dass dir so viel daran liegt, Marcus. Natürlich erfülle ich deinen Wunsch.« Er drehte Marcus' Hand nach oben und zelebrierte einen formvollendeten Handkuss.

Marcus' Hand lag locker und entspannt in Charles' und er machte keine Anstalten, sie wegzuziehen, zog nur eine Augenbraue hoch und schüttelte den Kopf. »So war das eigentlich nicht gemeint.« Die Wirkung des gelangweilt genervten Klangs seiner Stimme verpuffte durch sein Lächeln.

»Aber genossen hast du es schon, oder?«

Die anderen am Tisch warfen sich amüsiert Blicke zu.

»Und ich hätte es noch mehr genossen, wenn ich wüsste, dass du es wirklich ernst meinst«, konterte Marcus.

»Ich hoffe, die Damen vergeben mir, dass ich sie erst jetzt begrüße.« Charles nickte den verbliebenen beiden zu. »Samantha. Anne.«

Anne winkte mäßig belustigt ab. »Ich werde es irgendwie überwinden, Charles.« Sie war wieder elegant gekleidet und hätte in dem klassischen kurzen schwarzen Kleid auch auf einer Cocktailparty der gehobenen Gesellschaft die Blicke auf sich gezogen. Ihre zarten Züge und ihre makellose Haut wurden hier nicht durch eine Sonnenbrille und ein Kopftuch verborgen. Es verblüffte ihn jedes Mal von neuem, dass dieses unschuldig blickende Gesicht zu der gleichen Frau gehörte, die dem Orden gerade erst vor kurzem gnadenlos zugesetzt hatte.

Samantha saß am Kopfende des Tisches. Mit ihr verspürte Charles die größte Verbundenheit. Sie trug ihr dunkelrotes Haar kurz und ihr Gesichtsausdruck, der in jeder Lebenssituation ein distinguiertes Vergnügen zeigte, entsprach am ehesten seinem eigenen Naturell, auch wenn sie häufig eine andere Sicht auf die Dinge hatte und berechnend kühl ihre Sache vertrat. Eine Frau, die er nie unterschätzen würde.

»Hallo Charles. Wir haben schon ein bisschen über deine Neuigkeiten gesprochen. Leider liegen wir noch recht weit auseinander, was die Schlüsse angeht, die wir daraus ziehen sollten. Ich denke, es ist wichtig, dass du uns noch ausführlicher berichtest. Ansonsten befürchte ich, wird es schwer, eine gemeinsame Lösung zu finden, die jeder mittragen kann. Mich würde auch interessieren, wie wir deiner Meinung nach mit der neuen Situation umgehen sollten«, moderierte Samantha an.

Charles versuchte sich seine Verwirrung nicht anmerken zu lassen. Er schaute die Anwesenden der Reihe nach an und versuchte, die Gesichtsausdrücke zu lesen.

»Meine Sicht ist schnell dargelegt. Da ist eine junge Dame mit außergewöhnlichen Fähigkeiten – Fähigkeiten, die keiner von uns hat oder jemals haben wird und über die bisher ausschließlich die Assassinen des Ordens verfügen. Es steht außer Frage, dass es für uns eine Bereicherung wäre, sie zu unserer Verbündeten zu machen und mit ihrer Hilfe den Assassinenorden in einer Weise bekämpfen zu können, wie wir es noch nie konnten. Ich sehe offen gesagt noch nicht einmal den Ansatz, wo es da noch eine Frage gibt, was zu tun sei.« Die Runde schwieg.

»Verzeih, aber das ist uns allen ein bisschen dünn. Wir brauchen da schon mehr«, hakte Samantha nach.

»Sagt mir am besten einfach, an welcher Stelle euch der Schuh drückt und ich kann gezielt darauf eingehen. Es verschwendet nur unser aller Zeit, wenn ich erst herauskitzeln muss, wer sich wohl was fragt.« Charles war sich zwar bewusst, dass Samanthas Position, wenn man in ihrer Zweckgemeinschaft etwas wie offizielle Ränge vergeben würde, höher als seine war. Aber das hieß noch lange nicht, dass er es war, der sich den anderen gegenüber erklären und rechtfertigen musste. Es kam ihm gelegen, dass Milly in diesem Moment auftauchte und dadurch die Fortsetzung der vertraulichen Unterhaltung verhinderte. Sie trug ein Tablett mit den bestellten Getränken, ein paar Nüssen und, als Aufforderung zu einer Essensbestellung gedacht, ein Körbchen mit Brotstücken. Er unterstrich seine fehlende Bereitschaft, sich an taktischen Gesprächsscharmützeln zu beteiligen, indem er seine Aufmerksamkeit für alle klar erkennbar auf die Bedienung richtete.

Aus dem Augenwinkel nahm er wahr, dass Oyá lächelte, während Anne genervt die Augen verdrehte. Von Samantha hörte er ein etwas tieferes Einatmeten als normalerweise.

»Nun, der Punkt ist eindeutig. Wir haben wieder jemanden aufgespürt, der die Fähigkeiten der Assassinen hat und schalten die Person genauso aus, wie wir es mit allen Assassinen machen. So einfach ist die Sache. Da hast du recht.« Es war Marcus, der es noch schnell leise gesagt hatte, bevor Milly in Hörweite gekommen war. Charles vergaß augenblicklich Milly und sein leibliches Wohl. Als er sich zu Marcus drehte, begegneten ihm ein emotionsloser Gesichtsausdruck und Augen, die seinem Blick standhielten.

Die Runde schwieg, während Milly die Getränke verteilte und Charles konnte die allseitige Anspannung deutlich spüren. Es war Marcus, der das Schweigen wieder brach, nachdem Milly den Raum wieder verlassen hatte. »Anne hat schon gesagt, sie würde das übernehmen.«

Wortlos sah Charles zu Anne und in ein, wenn auch wesentlich hübscheres, jedoch fast genauso emotionsloses Gesicht. Charles blickte ihr in die Augen und wartete auf ihre Reaktion. Die Spur eines Lächelns schien ihren Mundwinkel zu ergreifen. »Das ist so nicht ganz richtig, Marcus.«

Mit entsetztem Gesicht drehte sich Marcus schlagartig zu Anne, die ihn allerdings keines Blickes würdigte, sondern weiterhin den Blick zu Charles aufrecht hielt. *Ja, es ist ein Lächeln,* war sich Charles nun sicher und erwiderte es.

»Du hast gesagt, du würdest den Auftrag übernehmen. Das hast du gesagt. Eben gerade. Hier vor allen.« Marcus Stimme war etwas lauter geworden und er ließ seinen Blick nach Bestätigung suchend in der Runde kreisen. Als niemand reagierte, wurde seine Miene fast schon kampflustig,

216

stellte Charles überrascht fest. So hatte er Marcus noch nie erlebt. *Was ist hier los, um Gottes Willen? Was ist passiert?*

Charles bemerkte, wie Marcus ihn mit seinem Blick fixierte. Obwohl er weiterhin zu Anne sprach, schaute er Charles mit trotzigem Grinsen an. »Aber wenn dein Wort nichts mehr zählt, dann werde ich es eben tun – kein Problem.«

»Nichts wirst du tun, bevor wir zusammen eine Entscheidung gefällt haben, so wie wir es immer gemacht haben und ganz bestimmt auch jetzt nicht davon abweichen werden.« Überrascht wandten alle ihr Gesicht zu Oyá, die gesprochen hatte. Es war selten, dass sie sich überhaupt äußerte. Meist hörte sie nur aufmerksam zu, bildete sich insgeheim ihre Meinung und sagte lediglich etwas, wenn es sich aus ihrer Sicht nicht vermeiden ließ. Umso stärker schlugen ihre harten Worte in diesem Moment bei den Anwesenden ein.

Marcus öffnete verdattert seinen Mund, als wollte er etwas sagen, dann besann er sich eines anderen, schloss ihn wieder und lehnte sich entspannt lächelnd zurück.

»Wenn du erlaubst, Marcus. Die Frage war vorhin: ›Wenn wir zu dem Schluss kommen sollten, dass diese Solowjowa‹«, Anne schaute fragend zu Charles. »Das ist doch ihr Name, richtig?«

»Palina Solowjowa, vollkommen korrekt«, bestätigte Charles.

»... eine Gefahr für uns darstellt und wir – wir gemeinsam – die Entscheidung treffen sollten, dass sie ausgeschaltet werden muss, dann – und unter dieser Voraussetzung – wäre ich bereit, den Auftrag zu übernehmen.« Charles' Blick fixierend fügte sie hinzu: »Und das werde ich dann auch tun. So wie es meine Pflicht ist.«

Charles nickte bestätigend. Er war sich bewusst, dass es nicht in seiner Macht lag, das zu verhindern, sollten sich die anderen dazu entschieden haben. Es machte also im Ergebnis keinen Unterschied, ob er nun nickte oder nicht. Außer, dass er durch sein Nicken zeigte, dass auch er seinen persönlichen Willen nicht über das Wohl der Gemeinschaft stellte.

Marcus schaute ihn abschätzend an, während die Blicke der anderen auf ihm ruhten. »Ein Missverständnis meinerseits. Ich bitte mein emotionales und unangebrachtes Verhalten zu entschuldigen. Ja, natürlich machen wir es so, wie Oyá mich zu Recht erinnert hat.«

Milly kam erneut an den Tisch und zückte einen Stift und ihren Block. »Will jemand etwas essen?«

Alle schauten Charles an.

»Das tut weh.« Charles fasste sich in die Herzgegend.

»Diät?« Belustigt zog Milly eine Augenbraue in die Höhe.

»Tatsächlich habe ich zwei Kilogramm abgenommen«, Charles hob seinen Zeigefinger.

»Herzlichen Glückwunsch. Das muss gefeiert werden«, lobte Milly, während die anderen Charles überrascht musterten. »Wie viele hast du denn noch vor dir?«

»Bevor ich das beantworte: Was stünde denn zur Sabotage meiner Bemühungen zur Auswahl?«

»Ballymaloe von gestern – gut durchgezogen, so schmeckt er am besten –, Coddle – Liam hatte letzte Woche viel zu viele Schweinswürste bestellt – und frischer Pie – Cottage, nicht Shepards. Und natürlich wie immer Boxties, Black Pudding oder Garlic Cheese Chips.«

»Höre ich da zwischen den Zeilen, dass der Coddle dieses Mal einen besonders hohen Wurstanteil hat?«

»Na, an Kartoffeln habe ich zwar nicht gespart. Du kennst doch Liam und seine Freunde – die Zahlen.« Verschwörerisch fügte sie hinzu: »Aber wenn du dich mit der Bedienung gut stellst ... wenn beim Schöpfen ... zufällig ... man kann doch von einer gestressten Bedienung nicht verlangen, dass sie in der Hektik des Tagesbetriebs die Würste genau abzählt, oder?«

»Mit Bedienung meinst du die Göttin des Pubs, der einfach jeder Mann verfallen muss?« Charles schaute wie ein unschuldiger kleiner Junge.

Milly lachte. »Ja, genau die.«

»Dann eine große Portion Coddle – und ein paar Boxties.«

»Deine Diät musst du mir mal genau erläutern. Dabei noch abzunehmen – mit dem Trick kannst du reich werden.«

»Das ist ganz einfach ... Ich lass den Black Pudding und die Garlic Cheese Chips weg. Dadurch bin ich in einem relativen Kaloriendefizit ... und schwupp ... schon passt sich der Körper dem Mangel an.«

»Das wird es sein, du Clown.«

Oyá zog neidische Blicke von Anne und Samantha auf sich, als sie zwei Stück Cottage Pie und Boxties bestellte. Nachdem Marcus sich wie immer für seine Garlic Cheese Chips entschieden hatte, verschwand Milly wieder.

»Wie willst du sicherstellen, dass Frau Solowjowa sich nicht den Assassinen anschließt? Oder ihre Kräfte nicht gegen uns einsetzt? Oder keine Informationen über uns preisgibt?«, griff Marcus das Thema wieder auf.

»Genauso viel oder wenig wie bei jedem von euch.«

»Charles … bitte … konstruktiv«, schaltete sich Samantha ein. »Du weißt genau, hier geht es nicht um persönliche Sympathien oder Wünsche. Es sind berechtigte Fragen, die Marcus stellt. Es ist von größter Wichtigkeit für unsere Sicherheit. Das weißt du sehr gut. Und es macht einen Unterschied, ob es sich um langjährige Weggefährten handelt, die unter Einsatz ihres Lebens ihre Loyalität bewiesen haben oder ob es sich um eine Fremde handelt, die wir nicht einschätzen können.«

»Ja, ich weiß«, seufzte Charles. »Im Prinzip stimmt das alles. Ich möchte aber darauf hinweisen, dass wir bei allen Neulingen vor diesem Problem stehen und noch nie in die Zukunft schauen konnten. Auch die wundervolle Oyá«, er lächelte sie an, »war uns völlig unbekannt, als sie damals zu uns stieß.« Während er sprach, ließ er seinen Blick von einem zum anderen wandern. »Sie hatte keinerlei Chance gehabt, uns vorher zu zeigen, dass sie auf unserer Seite steht und uns nicht in den Rücken fallen würde. Wie auch? In ihrer zentrale Rolle bei den Raben wurde der Orden auf sie aufmerksam, ordnete sie als Risikofaktor ein und sie wurde genauso wie Palina zur Zielscheibe. Bereut hier irgendjemand, dass wir ihr, ohne zu zögern gegen den Orden beigestanden haben, als sie uns brauchte? Zweifelt hier irgendjemand an dem unschätzbaren Wert, den uns die Unterstützung der Raben dadurch gebracht hat? Ich denke nicht. Und auch bei Palina ergeben sich uns Möglichkeiten, die wir allein auf uns gestellt nie hätten.«

»Die Unterstützung der Raben ist sehr wertvoll. Das ist nicht der Punkt. Aber sie verfügten trotzdem nicht über die Fähigkeiten der Assassinen«, unterbrach Marcus.

»Da hast du zweifellos recht. Palina wird allerdings genauso vom Orden gejagt wie wir alle. Wahrscheinlich sogar noch engagierter.«

»Wieso bist du dir so sicher, dass sie tatsächlich gejagt wird und es sich nicht um eine Falle handelt, bei der sie den Köder spielt?«, fragte Samantha.

»Aus mehreren Gründen. Zum einen konnte Anne einen ihrer Attentäter auf frischer Tat erwischen.«

Die Runde guckte in Richtung Anne. »Ja und nein«, erwiderte Anne.

Marcus rollte mit den Augen.

»Es tut mir leid, Marcus«, entschuldigte sich Anne, »aber ich möchte bei den Fakten bleiben und nichts hineininterpretieren. Fakt ist: Ich hatte ihn lange beobachtet und sein Verhalten entsprach exakt dem Muster eines

Assassinen, der gerade dabei ist, einen Anschlag auszuführen. Ich bin mir sogar ziemlich sicher.«

Charles richtete sich erleichtert auf seinem Stuhl auf.

»Nicht so schnell, Charles«, fuhr Anne fort. »Ob er aber tatsächlich gerade dabei war, Frau Solowjowa umzubringen, kann ich nicht sagen.«

»Was sollte er denn dort sonst gemacht haben? Ihr beim Duschen zuschauen?« Charles wurde ungeduldig.

»Möglich.« Charles wollte etwas sagen, aber Anne machte mit einer Handbewegung deutlich, dass sie nicht bereit war, sich unterbrechen zu lassen. »Möglich ist es. Ich habe keinen klaren Beweis. Das ist der Punkt. Genauso wäre es möglich, dass er die Aufgabe hatte, uns nur etwas vorzuspielen, um die Täuschung perfekt zu machen. Vielleicht hat er zwar gewusst, dass er von uns beobachtet wird, ging jedoch davon aus, durch die anderen Cafébesucher ausreichend vor unserem Zugriff geschützt zu sein. Er hätte auch dort sein können, um jemand ganz anderen anzugreifen. Oder vielleicht sollte er sogar Frau Solowjowa schützen. Ich weiß es leider nicht, Charles.«

»Ich verstehe dich, Anne.« Charles wusste, dass er keine harten Fakten dafür vorlegen konnte, dass Palina auf ihrer und nicht auf der Seite des Ordens stand. Aber es fühlte sich für ihn völlig falsch an, dass Palina zu der Gegenseite gehören sollte. Er konnte lediglich hoffen, seine Verbündeten auf emotionaler Ebene zu überzeugen. »Vieles ist möglich und wir können nichts durch harte Fakten ausschließen oder bestätigen. Ich kann nur sagen, ich habe mir mehrfach ein persönliches Bild von Palina Solowjowa machen können. Ich müsste mich schon sehr täuschen, wenn mein Eindruck so daneben läge. Aber wenn ihr darauf besteht, gehen wir auf Nummer sicher und bringen sie – bringen Palina – einfach um. Kein Risiko eingehen. Wenn das gewünscht ist. Wunderbar. Dann sollten wir uns allerdings auch gleich in Schlachtergilde umbenennen. Was ist aus dem Prinzip der Unschuldsvermutung geworden? Sind wir wirklich schon auf das moralische Niveau unserer Feinde gesunken, die emotionslos jeden Menschen umbringen, der ein Risiko bedeuten könnte? Womit rechtfertigen wir dann noch unsere Selbstwahrnehmung, wir seien besser als der Assassinenorden und wir wären die Guten?«

»Charles«, Samantha versuchte die Wogen zu glätten, »zuallererst müssen wir an unsere Sicherheit denken. Du weißt das. Ich brauche es dir nicht zu erklären.«

»Wahrscheinlich weiß ich es von uns allen am besten.« Charles Stimme war sehr leise geworden. Er schaute auf sein Glas. »Die Tage, an denen ich von schmerzvollen Erinnerungen an frühere Fehler und unsere Verluste verschont bleibe, sind selten. Ich habe es so satt, für das Nehmen von Leben Verantwortung zu tragen.« Charles schaute auf und spürte, wie sein Blick verschwamm. »Aber genauso wie es keinen zweifelsfreien Beleg für Palinas Unschuld gibt, gibt es auch keinen zweifelsfreien Beleg für ihre Schuld. Und dieser ist nicht nur nötig, weil wir sie nicht wieder lebendig machen können, wenn wir uns getäuscht haben sollten, sondern wir uns dann auch selbst unwiederbringlich um einen strategischen Vorteil gebracht haben. Ich sehe hier eine riesengroße Chance, die Waage deutlich in unsere Richtung zu bewegen. Und, meine lieben Freunde, ich weiß beim besten Willen nicht, wie wir es schaffen könnten, wenn wir so weiter machen wie bisher.«

Charles war froh, als Milly in diesem Moment mit dem Essen auftauchte und auf den Tisch zuhielt. Er musste sich erst wieder sammeln und die alten Wunden, die Samantha mit ihrer Bemerkung aufgerissen hatte, versorgen. Vielleicht war es nicht schlecht, seine Worte nachschwingen zu lassen und so die Wirkung zu erhöhen, überlegte er.

Der Inhalt der Schüssel, die Milly vor ihm abstellte, bestand überwiegend aus deftigen Wurststücken. Er blickte zu Milly hoch und deutete ein Küsschen an. Ihr Gesichtsausdruck blieb unverändert. Aber die Falten um ihre Augen herum hoben sich leicht.

»Bilde dir bloß nichts ein, du alter Schwerenöter. Das ist kein Heiratsantrag.«

»Bedauerlich.«

Milly knuffte seine Schulter, verteilte die weiteren Gerichte und verschwand, ohne ein weiteres Wort gesagt zu haben.

Charles aß ein Stück, das so schön würzig und salzig schmeckte, dass es ihn über die verfahrene Situation hinwegtröstete. »Sind wir uns wenigstens so weit einig, dass – wenn Frau Solowjowa auf unserer Seite wäre – wir in großem Maße von ihr profitieren würden?« Er schaute in die Runde. Keiner sagte etwas, aber es sah für ihn danach aus, als würde jeder mehr oder weniger verhalten zustimmen. Charles nahm einen zweiten Löffel zu sich. »Also müssen wir doch eigentlich nur einen Weg finden, so mit ihr zusammenzuarbeiten, dass gewährleistet ist, dass wir uns dadurch keiner Gefahr aussetzen, oder? Und irgendwann später, wenn wir uns sicher sind, was die Beurteilung der Person Solowjowa angeht, reden wir erneut über sie.«

Circa eineinhalb Stunden später verließen Samantha und Charles als letzte den Pub.

»Darf ich dir eine persönliche Frage stellen, Charles?«

»Wir kennen uns schon so lange, Samantha – selbstverständlich.«

»Diese Palina Solowjowa«, Samantha hielt inne, um nach einer kurzen Überlegung doch fortzufahren, »ist sie Dorothy eigentlich sehr ähnlich?«

46. KAPITEL

Van Der Steen nippte an seinem Glas, während der Schatzmeister den Finanzbericht vor dem Hohen Rat des Ordens verlas. Beiläufig nahm er zur Kenntnis, dass alle Aufträge zur vollsten Zufriedenheit der Kunden erfüllt und die Rechnungen pünktlich bezahlt worden waren. *Wer würde es auch wagen, uns nicht zu bezahlen,* fragte er sich. Die Auftraggeber wussten ganz genau, mit wem sie es zu tun hatten. Einen solchen Geschäftspartner bezahlte man besser anstandslos. Der Respekt vor den Fähigkeiten seiner Leute war es, der die Überzeugungsarbeit beim Kunden leistete. Der Zahlungswille wurde ganz bestimmt nicht davon beeinflusst, ob jemand gewissenhaft Zahlen zusammenrechnete. Sein spöttischer Gesichtsausdruck blieb nicht von allen Anwesenden unbemerkt.

An der Sitzung des Hohen Rats nahm etwas mehr als eine Handvoll hochrangiger Mitglieder teil. Sie fand im Boardroom des Clubs statt. Gebeizte Hölzer und altes Leder in dunklen Tönen verliehen den hier abgehaltenen Sitzungen einen Anstrich von Würde und Gewicht. Deckenhohe Bücherregale verdeckten großteils die Ornamentschnitte der Wandvertäfelungen, mit denen sämtliche Wände verkleidet waren. Akkurat angeordnet reihten sich lederne Buchrücken aneinander. Kaum ein Buchrücken, der nicht neben mehreren identisch aussehenden Nachbarn stand, als ob die Bandreihen als Meterware angeschafft und optisch ansprechend angeordnet worden waren. Es fehlte das scheinbare Durcheinander einer über die Zeit organisch gewachsenen und intensiv genutzten Büchersammlung, bei der sich Buchrücken in unterschiedlichen Farben, Breiten und Höhen abwechselten. Nirgends fanden sich Bücher, die quer auf anderen lagen oder Lücken von Büchern, die gerade ihren Sinn erfüllten und gelesen wurden. Auf einem dicken, persischen Wollteppich befand sich das zentrale Möbel des Boardrooms, ein schwerer Versammlungstisch. Die Tischfläche war fast vollständig mit Leder in matten Grüntönen bespannt, das von hunderten

Messingnieten fixiert wurde. An den Seiten standen Chesterfield-Armstühle. Auch deren Rückenlehnen und Sitzflächen waren mit Leder bespannt und ihre edlen Knöpfungen ließen eine außergewöhnliche Qualität erkennen.

Als der Großmeister das Wort ergriff, wurde die Aufmerksamkeit Van Der Steens zurück auf die Sitzung gelenkt.

»Vielen Dank an unseren Schatzmeister für diesen erfreulichen Bericht.« Jedes Einatmen schien er sich gegen einen unsichtbaren Widerstand erkämpfen zu müssen. Beim Sprechen presste er seine Worte heiser hervor. Trotz der sichtlichen Anstrengung, die es ihm bereitete, kamen sie bei seinen Zuhörern nur kraftlos und heiser an. Für Van Der Steen war es nur eine Frage der Zeit, wann der Großmeister sein Leben aushauchen würde. Es war ihm ohnehin ein Rätsel, wie dieser längere Reden durchhielt, ohne zwischendurch auf medizinischen Sauerstoff zurückgreifen zu müssen. Die Zeiten, in denen der Vorsitzende selbst als Assassine Aufträge ausgeführt hatte, waren lange vorbei.

»Leider haben wir auch zwei schmerzliche Verluste erlitten«, fuhr der Großmeister fort. »Es ist uns allen bekannt, dass sich unsere ohnehin schon geringe Zahl langsam aber stetig verringert. Nachwuchs ist rar. Es wird immer schwerer, geeignete Kandidaten zu finden und für unsere Sache zu gewinnen. Dazu kommt die lange Dauer der schwierigen Ausbildung.« Sein Blick wanderte zu Van Der Steen und fixierte ihn eindringlich. »Es ist absolut inakzeptabel, Novizen auf Einsätze zu schicken, für die sie noch nicht gewappnet sind und die sie überfordern. Die daraus resultierenden unnötigen Verluste schaden uns massiv und müssen unbedingt vermieden werden!« Die Lippen des Großmeisters bebten. In einem besseren Gesundheitszustand, wäre er bestimmt aufgesprungen und laut geworden, dachte sich Van Der Steen. Es war erbärmlich, wie schwach der Großmeister inzwischen geworden war. Er spürte, wie die Blicke der anderen Ratsmitglieder dem des Großmeisters folgten und nun auf ihm lasteten.

»Auch mich schmerzt es. Zwar nicht auf die Weise, wie es einen Onkel schmerzt, seinen Neffen zu verlieren – an dieser Stelle noch einmal mein ausdrückliches Beileid, Großmeister«, gelassen erwiderte er den Blick, »sondern wie es den Lehrer schmerzt, einen Schüler zu verlieren, in den er so viel Arbeit hineingesteckt hat. Und da ich es bin, der die Ausbildung leitet, ist mir natürlich am ehesten bewusst, wie groß dieser Aufwand ist und wie schwer ein solcher Verlust wiegt.«

»Solche Fehler werden nie wieder vorkommen ...«, setzte der Großmeister nach. Mit einem Ausdruck der Überlegenheit brach der Großmeister den Blickkontakt ab und wandte ihn wieder den anderen Ratsmitgliedern zu. In einigen der Gesichter nahm Van Der Steen einen Anflug von Schadenfreude wahr.

»Ich teile Ihren Wunsch«, unterbrach ihn der Assassine ruhig, »aber ich möchte da nicht so hart mit Ihrem Neffen ins Gericht gehen. Er hat schon einen sehr hohen Preis für seinen Fehler bezahlt.«

Der Großmeister starrte ihn an. Sein feistes Gesicht war puterrot.

»Als eines der wenigen Mitglieder dieses Rates, für den aktive Einsätze keine Erinnerungen an vergangene Zeiten sind, sehe ich mich gezwungen zu verhindern, dass hier ein falscher Eindruck entsteht.«

Der Großmeister setzte an, etwas zu erwidern. Angesichts der unverhohlenen Verachtung im Blick seines Gegenübers entschied er sich aber erst einmal abzuwarten.

»Ihr Neffe war gut vorbereitet und es war sein ausdrücklicher Wunsch, den Auftrag auszuführen. Es wurde ihm von niemandem aufgetragen und war seine freie Entscheidung. Wie jeder erfahrene Assassine zweifelsfrei am Ausgang der Tragödie ablesen kann, hat er einfach seine Energiereserven überschätzt und ist dadurch gescheitert. Keine weitere Person war beteiligt oder auch nur in der Nähe, um Einfluss nehmen zu können. Fakt ist, hätte er rechtzeitig abgebrochen und wäre umgekehrt, wäre ihm nichts zugestoßen. Es war sein eigener Fehler und es lag ausschließlich in seiner Hand, ihn zu vermeiden.

Aber wir dürfen nicht vergessen: Er hat alles gegeben, um seinen Auftrag erfolgreich auszuführen und das hat er auch geschafft. Dafür gebührt ihm Anerkennung. Meine hat er jedenfalls. Ich kann nicht sagen, was ihn dazu getrieben hat, die Lehren seiner Ausbildung dem Erreichen des Ziels derartig unterzuordnen und ein so hohes Risiko einzugehen.

Er war zwar nicht mein Neffe, aber es sollte allen Anwesenden klar sein, dass ich – sein Lehrer und Mentor – alles andere als zufrieden mit diesem Ausgang bin und mich über diesen Verlust maßlos ärgere.«

»Von fehlenden Beteiligten kann man hingegen im zweiten Fall kaum sprechen ...«

»Das stimmt. Wie jedem der hier Anwesenden nur zu gut bekannt ist, besteht immer ein Risiko vom Widerstand und ihren Helfern, den Raben, aufgespürt zu werden. Das ist hier passiert. Es ist schmerzlich, keine Frage.

Die wesentliche Frage, die wir uns hier stellen müssen, ist allerdings nicht, wem kann dafür die Schuld zugeschoben werden, sondern, wie konnte der Widerstand unseren Mann dieses Mal so schnell aufspüren? Denn eigentlich war es ein einfacher Einsatz unter fast schon idealen Bedingungen.«

»Herr Van Der Steen, ich habe zu diesem Einsatz keinen Auftrag in den Büchern finden können. Wieso fand er überhaupt statt, wenn er uns nichts einbringt?« Der Schatzmeister schaltete sich ein. »Die Assassinen sind doch nicht Ihre Privatarmee, über die Sie nach Belieben frei verfügen können! Wir haben …«

Van Der Steen merkte, wie es immer stärker in ihm brodelte und zwang sich, seiner Wut nicht nachzugeben. »Es gibt wesentlich wichtigere Faktoren, um die wir uns im Interesse des gesamten Ordens kümmern müssen als Ihre Zahlen, Herr Ackermann. Dazu gehört es, sicherzustellen, dass keinerlei Informationen über uns nach draußen dringen und wir unsere Interessen weiterhin ungestört im Verborgenen verfolgen können. Genau darum ging es hier. Jemanden auszuschalten, dessen Neugierde uns ungewollt Aufmerksamkeit verschaffen und dadurch in eine unangenehme Lage bringen könnte.«

Er spürte, wie seine Wut innerlich langsam abebbte. Aber er hatte sich schon zu lange im Zaum gehalten, um weiterhin dem Drang widerstehen zu können, den Wichtigtuer auf seinen Platz zu verweisen. »Und schließlich profitiert auch die Buchhaltung davon. Um es mit Ihrer Logik zu verdeutlichen: Mit Entdeckung fehlt uns die Geschäftsgrundlage. – Ohne Geschäftsgrundlage bekommen wir keine Aufträge. – Ohne Aufträge gibt es keine Zahlen. – Und ohne Zahlen gibt es auch kein Bedarf an jemandem, der sie zusammenzählt.«

In seinem Stolz getroffen protestierte Ackermann sofort: »Meine Aufgaben …«

»Ich gönne Ihnen Ihren Spaß – allerdings darf er unserer Arbeit nicht im Wege stehen«, unterbrach ihn der Assassine ruhig.

Sowohl der Großmeister als auch der Schatzmeister richteten sich in ihren Stühlen kampflustig auf und machten Anstalten zum verbalen Gegenschlag auszuholen.

»Herr Van Der Steen«, eine kaum hörbare weibliche Stimme ergriff das Wort. Alle Blicke wandten sich erstaunt in die Richtung einer zierlichen älteren Dame. Van Der Steen ließ sich nicht einen Moment von ihrem freundlichen Lächeln oder ihrem Chanel-Kostüm täuschen. Er wusste ihren emotionslos kalten Blick zu deuten.

»Ich bin mir sicher, es ist uns allen klar, dass Sie ein Mann der Tat sind und – und das möchte ich hier noch einmal in aller Deutlichkeit ausdrücklich hervorheben – Ihre Kompetenz und Ihr Erfolg stehen für uns alle außer Frage.« Sie ließ ihren Blick in der Runde kreisen. Keiner widersprach ihr. Zwei Ratsmitglieder deuteten ein leichtes Nicken an.

»Genauso steht außer Frage, dass Herr Ackermann wichtige Aufgaben erfüllt, die für eine Organisation wie die unsere absolut notwendig sind. Und uns beiden ist doch klar, dass Sie ganz froh sind, dass Sie diese Arbeit nicht machen müssen und in Ihrem Aufgabenbereich zufrieden und gut aufgehoben sind.« Ihre Lippen spitzten sich süffisant und die Fältchen an ihren Augen traten etwas deutlicher hervor.

Van Der Steen bemerkte das Grinsen der anderen Ratsmitglieder, aber anstatt sich darüber zu ärgern, musste er selbst lächeln. »Meine teure Vize-Großmeisterin. Wie so oft kann ich Ihnen nur zustimmen. Was …«

»Ich habe Sie schon verstanden. Lassen Sie uns also diesen lächerlichen Disput beenden und uns dem Problem zuwenden, das Ihre Aufmerksamkeit auf sich gezogen hat«, unterbrach sie ihn.

»Sehr gern.«

»Leider muss ich gestehen, dass mir bisher entgangen ist, dass wir überhaupt ein Problem haben. Ich bitte um Entschuldigung. Ich könnte mir vorstellen, dass es dem einen oder anderen dieser Runde ebenso geht. Würden Sie uns bitte kurz abholen.«

Van Der Steen war klar, dass der Vize-Großmeisterin nicht entgangen war, dass er den Hohen Rat noch nicht einmal informiert hatte, sondern vorher schnell alles auf seine Weise bereinigt und Fakten geschaffen haben wollte.

»Ich fürchte, ich bin es, der um Entschuldigung bitten muss, Großmeisterin.« Zufrieden bemerkte er, wie der Großmeister die Nase rümpfte, als er ihre Titelbezeichnung missverständlich verkürzte. »Ich habe den Hohen Rat schlicht nicht mit einer Kleinigkeit belästigen wollen, die sich schnell und unkompliziert aus der Welt schaffen lässt.«

»Offensichtlich ließ sich diese Kleinigkeit nicht schnell aus der Welt schaffen und war kompliziert genug, um einen Verlust beklagen zu müssen.« Ihr Tonfall hatte an Freundlichkeit verloren.

»Im Nachhinein ist man immer schlauer. Leider kann ich Ihnen nur zustimmen. Sie können sich nicht vorstellen, wie sehr ich mich darüber ärgere.«

»Doch, das kann ich«, sie lächelte ihn ausgesprochen freundlich an, »und das ist auch der Grund, warum ich davon absehe, Sie für die Folgen Ihres Handelns zur Verantwortung zu ziehen.«

Der Großmeister schaute sie überrascht an, aber sie beachtete ihn nicht, sondern fuhr ungerührt fort. »Bitte, Herr Van Der Steen! Berichten Sie uns nun alles ausführlich.«

Er erzählte, dass die junge Frau ihn mehrfach beobachtet und sogar angesprochen hatte, dass sie ihn identifizieren könnte und sich genau dort ausgeruht hatte, wo sich das Tor befand. Er berichtete davon, wie sie sich zwei Anschlägen entzogen hatte und er es sich nicht erklären konnte, welche Rolle der Widerstand in diesem Zusammenhang spielte.

»Also, alles in allem wissen wir, dass wir genau genommen gar nichts wissen«, fasste der Großmeister zusammen. »Es gibt da einfach nur eine junge Frau, die vielleicht etwas gesehen hat, aber dessen Bedeutung nicht erkennt oder versteht. Sie hat Sie gesehen, ok. Aber sie hat bestimmt schon mehr hilfsbedürftige senile Männer gesehen.« Grinsend ließ er seinen Blick in der Runde kreisen. »Einer mehr oder weniger – was macht das schon. Sie scheint mir eher hilfsbereit zu sein, als eine Gefahr darzustellen. Sie hat zudem etwas Glück gehabt. Was soll's? Ich sehe nicht, was so bedrohlich gewesen sein soll, dass wir zum schnellen Eingreifen gezwungen wurden.«

»Es spielt keine Rolle, was wir vermuten. Wir können uns keine Risiken erlauben und müssen sichergehen, dass von ihr keine Gefahr ausgehen kann. Es reicht nicht, dass es vielleicht unwahrscheinlich ist.«

»Mit dieser Logik müssten wir fast jeden, der einem von uns über den Weg läuft, eliminieren. Und mit welchem Ergebnis? Mit dem Ergebnis, dass wir uns dadurch nur noch mehr exponieren und wiederum gezwungen werden, weitere Personen zu eliminieren. Und so weiter und so fort. Es wäre ein endloser Rattenschwanz, den wir da hinter uns herzögen. So wie ich es heraushöre, wäre es vernünftiger gewesen, einfach die Füße stillzuhalten. Die zwei fehlgeschlagenen Anschläge haben den Stein erst richtig ins Rollen gebracht und Aufmerksamkeit in einem Maß auf uns gezogen, wie es sonst nicht passiert wäre. Zudem wäre uns der letzte Verlust erspart geblieben.«

»Ich stimme dem Großmeister zu«, schaltete sich die Vize-Großmeisterin ein, bevor Van Der Steen etwas erwidern konnte. »Wir brauchen erst belastbare Informationen. Vorher wird nichts mehr unternommen.«

Van Der Steen setzte erneut an, aber sie blickte ihn nur kalt an und fuhr fort: »Lassen Sie mich noch kurz meinen Gedanken abschließen und auf etwas Weiteres hinweisen, Herr Van Der Steen. Wären Sie bitte so freundlich?«

Van Der Steen nahm sich zurück und schwieg.

»Der Widerstand kennt nun offensichtlich das Tor beim Café und überwacht es. Deshalb müssen wir es meiden, um dort in keine Falle zu tappen. Ich denke, ich spreche da ganz im Sinne Ihres Grundgedankens – Wir können uns kein Risiko erlauben.« Sie schaute zu ihm und er bestätigte mit einem leichten Nicken, obwohl es ihm innerlich widerstrebte.

47. KAPITEL

Die Sonne stand schon tief, aber die Dämmerung hatte noch nicht begonnen, als Palina am Marktplatz ankam. Während der U-Bahn-fahrt waren Palina Zweifel gekommen, ob sie ihr Vorhaben wirklich umsetzen könnte, ohne Aufmerksamkeit auf sich zu ziehen. Glücklicherweise konnte sie nur wenige Passanten ausmachen. Von ihren Verpflichtungen getrieben, eilten sie quer über den Platz und schenkten der Umgebung keine Aufmerksamkeit. *Wahrscheinlich könnte ich hier jetzt auch nackt stehen und es würde keinem auffallen*, stellte Palina beruhigt fest. *Na ja, wenn ich richtig liege, bin ich es ja sowieso gleich wieder.*

Ganz entgegen ihrer Gewohnheit hatte sie ihren Damen-Rucksack zu Hause gelassen. Aus Sorge, jemand könnte durch den Anblick einer schla-fenden Frau dazu animiert werden, die Gunst der Stunde zu nutzen, hatte sie nur das Nötigste mitgenommen und sicher in den Innentaschen ihres Wintermantels verstaut. Ihr Mantel war viel zu warm für das frühlingshafte Wetter. In der Bahn hatte sie sogar schon angefangen, leicht zu schwitzen. Aber sie war sich sicher, wenn sie länger am Brunnen bewegungslos ver-harrte, würde sich das ändern. Lauschig warm eingemummelt würde sie viel besser entspannen können, als wenn sie saisongerecht gestylt fror.

Nach längerer Suche hatte sie auf dem Dachboden die Sitzunterlage gefunden, die sie sich früher einmal für ein Campingwochenende mit einem jungen Mann besorgt hatte. Den dicken Schaumstoff in ihren Händen hal-tend, erinnerte sie sich an das prägende Erlebnis.

Zu der Zeit hatte sie sich noch nie mit dem Thema Camping beschäftigt. Seine Augen hatten so geglänzt, als er ihr von seinen Erlebnissen berichtet hatte. Seine Begeisterung war auf ihre Neugierde, Neues auszuprobieren, getroffen. In ihrer Vorstellung war ein romantisches Bild entstanden, wie sie beide zusammen, eng unter einer Decke zusammengekuschelt, an dem Ufer eines Sees saßen und den Sonnenuntergang betrachteten. Es hatte reizvoll geklungen, gemeinsame Zeit in der Natur zu verbringen und sie unmittelbar zu erleben.

Doch dann hatte es von Freitagnachmittag bis Sonntagabend ununterbrochen geregnet. Das Zelt im Regen aufbauen, vorm Zelt im Regen grillen, nachts im Regen auf dem aufgeweichten, schlammigen Boden über den gesamten Campingplatz zur Toilette stapfen und mit dreckigen Füßen wieder pitschnass in den Schlafsack kriechen, hatte dieses Unmittelbare schnell seinen Reiz verlieren lassen. Vielleicht hätte sie Petrus' Segen besser abgewettert, wenn sie wenigstens aneinandergeschmiegt den Wärmeverlust reduziert hätten. Dieser Gedanke hatte sie beschäftigt, als sie aufgrund eines überraschenden nächtlichen Kälteeinbruchs mit mehreren Kleidungsschichten hermetisch abgeschlossen in ihrem Mumienschlafsack lag und sich ihr das Bild eines Ganzkörperkondoms aufgedrängt hatte. Wenigstens hatte sie es so tatsächlich geschafft, sich keine Erkältung einzufangen. Sie musste sich noch immer über sich selbst wundern, dass all das nicht ausgereicht hatte, den Mann Mann sein zu lassen und das Wochenende abzubrechen. Auf der Rückfahrt hatte er ihr erklärt, wie toll sie sei und dass sie eine der wenigen Frauen war, die so etwas mitmachte. Sie war sich in dem Moment nicht sicher gewesen, ob das etwas Gutes oder Schlechtes war. Doch nachdem er ihr amüsiert erklärte: »Aber eins muss ich dir wirklich einmal sagen. So als Tipp. In so einem dünnen Billigschlafsack geht man bei solchen Bedingungen auch nicht zelten. In meinem Expeditionsschlafsack hatte ich es die ganze Nacht schön warm und gemütlich«, da war es ihr schlagartig klar geworden. Sie dachte angestrengt nach, aber ihr fiel noch nicht einmal mehr sein Name ein.

Palina ging zu der Stelle am Brunnen, setzte sich dort auf ihre Sitzunterlage und ließ die Umgebung auf sich wirken. Im Vergleich zum Trubel zur Weihnachtszeit war es nun nahezu ausgestorben. An einem heißen Sommertag hätten vorbeirollende Steppensträucher die Stimmung passend untermalt. Sie nippte an ihrem Thermosbecher. In einem Anfall von Perfektionismus war sie zu Hause auf die Idee gekommen, die damaligen Ausgangsbedingungen möglichst genau nachzustellen. Da die Glühweinzeit inzwischen vorbei war, war sie auf Apfelpunsch ausgewichen und hatte sicherheitshalber noch einen großzügigen Schuss Calvados hinzugefügt. Das war nun einmal die Art von Opfer, die eine Forscherin für den angestrebten Erkenntnisgewinn bereit sein musste zu bringen.

Versunken in ihre Gedanken, eingekuschelt in den dicken Mantel und mit langsam einsetzender Wirkung ihrer flüssigen Versuchsvorbereitung fühlte sie sich pudelwohl. *Vielleicht hätte ich beruflich doch den wissenschaftlichen Zweig einschlagen sollen.*

Ihre Gedankenwölkchen zogen immer ruhiger an ihrer Aufmerksamkeit vorbei und ihr Geist klarte allmählich auf. Bei jedem Ausatmen merkte sie, wie sich innere Anspannungen stückchenweise auflösten und schließlich ganz verschwanden. Sie begann zu trudeln. Schließlich öffnete sie wieder die Augen. Sie befand sich immer noch am Brunnen. Nichts war passiert.

Enttäuscht nahm sie einen weiteren Schluck und überlegte. *Was habe ich dieses Mal falsch gemacht? Oder war die Wüste doch ein Traum gewesen?* Ihr fiel beim besten Willen nicht ein, was sie anders gemacht hatte, als es vom Sofa zur Steinküste ging. *Hätte ich damals bloß besser aufgepasst.*

Die nächsten beiden Versuche verliefen noch deutlich schlechter. Ihre Frustration stieg. So würde sie Charles kaum von Nutzen sein. Palina stand auf und nahm das Kissen. Inzwischen war es dunkel geworden und sie war fast allein auf dem Platz. Irgendein schlauer Wissenschaftler hatte einmal gesagt: Das Gleiche immer wieder tun und ein anderes Ergebnis erwarten, sei die Definition von Wahnsinn. Es musste etwas geben, was sie zuvor anders gemacht hatte. Was sollte sie an ihrer Versuchsanordnung ändern? Ihr fiel nichts ein.

Wenn sie schon einmal hier war, dann konnte sie wenigstens den restlichen Punsch genießen, bevor es wieder nach Hause ging. Enttäuscht setzte sie sich wieder auf ihre Sitzunterlage an den Rand des Brunnens. Sie ließ die Pflicht Pflicht sein und nahm das Flair in sich auf. Während sie in kleinen Schlückchen trank, dachte sie an die unwirtliche Steinküste. *Ich habe echt keine Lust, mir dort den Hintern abzufrieren und die Füße kaputtzumachen.* Sie hatte den Thermosbecher gerade geleert und war kurz davor, sich damit abzufinden, wohl doch in der unwirtlichen Umgebung der Steilküste üben zu müssen, als der Calvados seine Wirkung entfaltete und ihr die Augen zufielen.

Als sie sie wieder öffnete, saß sie auf der Sanddüne. *Mist, ausgerechnet jetzt, wo ich es irgendwie hinbekommen habe, habe ich wieder nicht aufgepasst.* Die Restsonne brannte noch überraschend heiß auf ihrer nackten Haut. Palina griff in den Sand, nahm eine Handvoll und ließ ihn hindurchrieseln.

Es fühlt sich so echt an. Würde ich jedenfalls sagen. Ich war ja noch nie in einer Wüste, sondern nur im Sommerurlaub am Meer. Heißt es nicht, dass Wüstensand feiner sein soll? Sogar so fein, dass er sich nicht für Beton eignet? Wie fein wäre das? Ist der hier dafür fein genug?

Während sie mit dem Sand spielte, bemerkte sie eine Bewegung am Rand ihres Blickfeldes. Oder hatte sie sich getäuscht? Ihr gegenüber in östlicher Richtung lag die Düne, zu der die Fußspuren geführt hatten. Jetzt waren keine Fußspuren mehr zu sehen. Wahrscheinlich war inzwischen alles vom Wind verweht worden, überlegte sie. Von der übernächsten Düne konnte sie nur den Kamm sehen. Diese war etwas höher als die gegenüberliegende und vielleicht zweihundert Meter von derjenigen entfernt, auf der sie gerade saß.

Die Bewegung, die ihre Aufmerksamkeit erregt hatte, war Luft, die dort anfing zu flimmern. Es war wahrscheinlich nur so ein Fata Morgana Effekt durch wabernde, aufgeheizte Luft, erklärte sie es sich. Aber sie hatte nicht gewusst, dass solche optischen Täuschungen derartig lokal und mit so geringen Ausmaßen auftreten können. Bisher hatte sie gedacht, dass die Luft über dem gesamten Kamm dieser Düne flimmern müsste. *Man lernt nie aus.*

Bei genauerer Betrachtung hatte es eine kugelförmige Ausdehnung und nicht viel Ähnlichkeit mit dem Flimmern von heißer Luft, das man im Sommer auf erhitzten Gehwegplatten beobachten konnte, wenn man sich dazu die Zeit nahm. Dies hatte mehr von komplexen Strömungsmustern entlang einer kugelförmigen Oberfläche. Es erinnerte sie an Satellitenaufnahmen von Wolkenbewegungen oder Meeresströmungen, die beim Wetterbericht im Fernsehen gezeigt wurden. Fasziniert beobachtete sie, wie die Strömungen immer deutlicher wurden. Schließlich wurde die Luft in der Kugel diffuser. Das war keine Fata Morgana. Inzwischen bildete sich eine Art Nebel in der Kugel und nahm Kontur an. Ein Schatten entstand, der sich nun schnell in einen richtigen Körper verwandelte. Schließlich verschwanden die Luftphänomene und zurück blieb etwas, das auf die Entfernung wie eine im Sand sitzende Person aussah. Es kam ihr so vor, als würde sie ein Khaki-Hemd und einen von diesen Tropenhelmen tragen, die sie nur aus alten Filmen kannte, in denen sich Fremdenlegionäre durch die Wüste Nordafrikas kämpften. Der Legionär saß mit dem Rücken zu ihr und es war nicht zu erkennen, ob es ein Mann oder eine Frau war. Palina war vor Anspannung wie gelähmt.

Schwerfällig stand der Legionär auf, untersuchte den Boden vor sich und kniete sich schließlich wieder hin. Er schien irgendetwas im Sand auszubuddeln. Doch dann erkannte sie, dass ein Sandhaufen aufgeschüttet wurde. Dass es ein Mann war, erkannte Palina erst, als er sich langsam um den Haufen herum bewegte, um ihn von allen Seiten gleichmäßig aufzuschütten. *Er macht sich eine Markierung,* durchfuhr es Palina, *es muss ein Assassine sein.* Verschreckt gab sie einen kurzen Laut von sich. Sogar auf diese Entfernung konnte sie erkennen, wie der Mann zusammenzuckte. Sie hielt sich die Hand vor den Mund. *Warum kannst du dumme Kuh dich nicht einfach zusammenreißen und die Klappe halten.* Der Mann drehte seinen Kopf in die Richtung, aus der er das Geräusch gehört hatte. Beide starrten sich gegenseitig an und versuchten zu erkennen, wer der Gegenüber war. Palinas Augen weiteten sich. *War es etwa der alte Mann, der am Brunnen gesessen hatte?* Ähnlichkeit war vorhanden. Aber er war zu weit weg, um es genau erkennen zu können. Sie sprang vor Schreck auf. Fast wäre sie wie ein aufgeschrecktes Huhn in Panik hin und her gelaufen. Schüttelte der Mann gerade seinen Kopf, während er sie ansah? *Warum schüttelt ...*

Reflexartig versuchte sie möglichst viel ihrer Blöße mit ihren Händen und Armen zu bedecken. Sie spürte, wie Blut in ihr Gesicht schoss. Der Mann setzte sich in Bewegung und begann seelenruhig und ohne Hast den Abstieg von seiner Düne in ihre Richtung. Panik stieg in ihr auf. Sie sah ihn hinter der ihr gegenüberliegenden Düne verschwinden. *Zurück. Schnell zurück. So schnell es geht.* Sie blickte um sich. Dort waren noch deutlich die Abdrücke ihres Pos im Sand zu sehen. In diesem Moment war sie wohl zum ersten Mal in ihrem Leben froh, dass ihr ihre halbherzigen Diätbemühungen ihre weiblichen Rundungen bewahrt hatten. Durch ihre Fehlversuche an der Steinküste hatte sie gelernt, dass es wohl wichtig war, für die Rückkehr wieder genau die Haltung einzunehmen, die sie bei der Ankunft hatte. Sie setzte sich und brachte ihre Wölbungen mit der maßgeschneiderten Markierung in Übereinstimmung. Dann schloss sie die Augen und versuchte sich zu entspannen. Ihr Puls raste und schlug ihr bis zum Hals. Palina öffnete wieder die Augen, um zu sehen, wie viel Zeit ihr noch blieb. Der alte Assassine befand sich noch hinter der gegenüberliegenden Düne und war nicht zu sehen.

Sie schloss wieder die Augen. *Du musst dich entspannen! Du hast noch Zeit. Er ist noch nicht zu sehen. Aber entspanne dich. Schnell! Um Gottes Willen – schnell!* Sie atmete aus, um die Entspannung zu unterstützen. Ihr

Mund zitterte beim Ausatmen. *Oh Gott, ich schaffe es nicht.* Sie öffnete wieder die Augen. Der Helm des Mannes tauchte hinter dem Kamm der gegenüberliegenden Düne auf und stieg langsam in die Höhe. Zuerst folgte der Kopf dann immer mehr vom Körper. Ja, es war der alte Mann. Sie hatte den Eindruck, er würde sie fast schon mit diabolischer Böswilligkeit angrinsen. Satan persönlich kam in kurzer Wüstenuniform auf sie zu, steigerte sie sich immer mehr in ihre Angst. Schweiß lief ihr am Körper hinab. Sie musste hier weg. Erneut schloss sie die Augen. Das letzte Bild vor ihren Augen war der Mann, der den Abstieg zu ihr hinüber begann. Sie begann zu trudeln.

Es fühlte sich dieses Mal mehr wie der Schwindel an, den sie im Karussell bekam, bevor ihr schlecht wurde. Fast so wie im ›Rotor‹, bei dem sie in ihrer Kindheit das Angebot am Mittwoch, dem Familientag, ausgenutzt hatte. Fünf Fahrten zum Preis von zwei. Die Freude, für ihr spärliches Taschengeld so viele Fahrten zu bekommen, war so groß gewesen, dass sie nicht darüber gestolpert war, dass diese ohne Pause direkt hintereinander absolviert werden mussten. Denn ungenutzte Fahrten verfielen beim Ausstieg. Am Ende hatte sie es tatsächlich geschafft, keine Fahrt zu verschenken. Nur fiel es ihr schwer, sich so richtig über den Erfolg zu freuen, angesichts der Tatsache, dass sie sich hinter einem Schaustellerwagen auf eine Deichsel gestützt wiederfand und versuchte, ihren Körper davon abzuhalten, ihr Inneres nach außen zu würgen.

Sie öffnete die Augen. Entsetzen packte sie und fast hätte sie die damaligen Bemühungen ihres Körpers fortgesetzt, als sie sah, dass sie immer noch auf der Düne saß und der Assassine kurz davor war, den Aufstieg zu ihr zu beginnen. Sie konnte sein Gesicht nun deutlich erkennen. Große, dunkle Flecken zeigten, dass seine Uniform von Schweiß durchnässt war. Sein Lächeln war einem gequälten Gesichtsausdruck gewichen. Palina war sich nicht sicher, aber es sah für sie so aus, als würde sein rechtes Bein nicht mehr so richtig mitspielen. Nach wenigen Schritten hinauf blieb er stehen. Er atmete schwer und schien über etwas nachzudenken. Vor Wut kochend starrte er sie an. Nachdem er ein knurrendes Geräusch von sich gegeben hatte, drehte er sich um und machte sich auf den Rückweg.

Warum gibt er auf? Warum kommt er mich nicht holen? Er muss doch gemerkt haben, dass ich es nicht hinbekomme, vor ihm zu fliehen. Palina betrachtete das surreale Geschehen. Sie merkte, wie ihre Anspannung angesichts der verpufften Bedrohung von ihr abfiel und sich ihr Puls beruhigte. Es hatte sie offensichtlich mehr mitgenommen, als ihr bewusst war. Ihre

Muskeln waren ganz schlapp und schwer. Vor Müdigkeit fielen ihr die Augen zu. Sie dachte noch: *So muss sich Entspannung anfühlen. Sinken und wegtreiben.*

Palina öffnete die Augen und fand sich am Brunnen wieder. Ein flüchtiges Lächeln huschte über ihr Gesicht. *Jetzt aber nichts wie weg und nach Haus. Ich habe genug für heute.* Beim Versuch aufzustehen strauchelte sie und fiel wieder zurück auf ihren natürlichen Schwerpunkt. Der zweite Versuch gelang. Fast hätte sie ihre Sitzunterlage und den Thermosbecher vergessen. Im Tran griff sie beides und schleppte sich Richtung Bahn. Beim Gehen merkte sie, dass ihre Lebensgeister langsam zurückkehrten, aber sie fühlte sich längst nicht so frisch, wie sie sich zu Beginn gefühlt hatte. Als sie die Geschäfte am Rand des Platzes erreicht hatte, drehte sie sich um und schaute auf den Platz zurück. Nur wenige Passanten waren zu sehen. Ganz wie zu dem Zeitpunkt, als sie gekommen war. Niemand schien Notiz von ihr genommen zu haben. Sie freute sich, dass ihr Experiment zumindest unentdeckt geblieben war. Ihr Blick schweifte zur anderen Seite des Platzes. Ein Schlag durchfuhr sie. Aus einer Seitenstraße gegenüber kam der alte Assassine. Er war wieder in seiner klassisch eleganten Ausstattung gekleidet. Schnell ging sie hinter einer Säule der Arkaden in Deckung, die die Geschäftszeile umsäumten. Sein Kopf schwenkte hin und her. Offensichtlich suchte er sie. Sein Bein nachziehend versuchte er, so schnell er konnte, den Platz zu queren, aber man sah ihm seine Erschöpfung an. Sie nutzte den Moment, als er sich suchend umdrehte, verließ kurz ihren Sichtschutz und war wenig später hinter der Häuserecke in der Seitenstraße verschwunden.

Der Schreck hatte ihre Energiereserven aktiviert. Die Erschöpfung spürte sie zwar noch, aber zu ihrer Überraschung hatte ihr Körper eigenständig entschieden, zur Bahn zu laufen. Wenn auch langsam und schwer atmend, aber immerhin laufend erreichte sie die Treppen, die hinab zum Bahnsteig führten. Sie hoffte, dass das reichte, um den erschöpften alten Mann abzuhängen. Als sie die Treppen hinunterstieg, schwor sie sich, Alex um Personal Training zu bitten. Ihre Fitness zu erhöhen, war nun lebenswichtig. Heute war es noch einmal gut gegangen, aber so knapp durfte es nie wieder werden.

Auf dem letzten Treppenabschnitt zum Gleis hinab sah sie die U-Bahn stehen und mit geöffneten Türen auf das Einsteigen der Fahrgäste warten. *Bitte, bitte nicht abfahren.* Für die Fahrgäste musste es aussehen, als würde eine alte Frau mit schweren Einkaufstüten versuchen, die Bahn noch zu erreichen. Es war ihr ein bisschen peinlich. *Aber egal,* sagte sie sich. *Hauptsache, die Bahn fährt mir nicht vor der Nase weg.* Der Assassine würde sie sonst vielleicht noch einholen, während sie auf die nächste Bahn wartete. Noch ungefähr zehn Meter vom nächsten Waggon entfernt hörte sie das Piepen des Warntons, der das Schließen der Türen ankündigte, die Fahrgäste aufforderte, von den Türen zurückzutreten und auf das Einsteigen zu verzichten. Sie stürmte weiter. Die anderen Fahrgäste schauten sie ermahnend an, als die Türen sich knapp hinter ihrem Rücken schlossen. Palina hatte das Abteil zwar noch erreicht, aber der untere Saum des Mantels hatte sich in der Tür eingeklemmt. Eine Unschuldsmiene aufgesetzt hielt sie sich an der Schlaufe des Deckenlaufs fest. Eine Station würde sie stehen bleiben, dann die Tür öffnen und den Mantel befreien. Kein Grund zur Aufregung.

Die weiteren Stationen hatte sie sogar eine ganze Sitzgruppe für sich allein. Gedanken gingen ihr durch den Kopf und Fragen kamen auf. *Warum hatte der Assassine eine Uniform an, während ich nackt war? Warum kehrte er um? Was war mit seinem Bein?* Gern hätte sie sich sofort mit Charles ausgetauscht. Aber ihr Smartphone war eines der Dinge, die sie zu Hause gelassen hatte, damit es ihr während ihres vermeintlichen Schlafes nicht geklaut werden konnte. Wahrscheinlich würde sie noch einmal überdenken müssen, was genau notwendig war und was nicht. Nun musste sie mit dem Gespräch wohl oder übel warten, bis sie wieder zu Hause war. Das Üben im warmen Sand der Wüste war jedenfalls erst einmal tabu.

48. KAPITEL

Erst als Palina wieder zu Hause angekommen war und die Wohnungstür hinter sich geschlossen hatte, fiel die Anspannung langsam von ihr ab. Entgegen ihrer Gewohnheit schloss sie von innen ab. Zweimal drehte sie den Schlüssel, um auch wirklich ganz sicherzugehen. Nachdem sie den Schlüssel in die Schale auf dem kleinen Schränkchen neben der Tür gelegt hatte, fiel ihr Blick auf ihre Hand. Ihr war bisher noch gar nicht aufgefallen, wie stark sie zitterte. Sie legte den Mantel ab. Ihre Kleidung war durchgeschwitzt. Nach einer heißen Dusche hockte sie sich mit angezogenen Beinen auf den Sessel. Das Sofa mied sie. Für heute hatte sie genug von den Toren der Assassinen. Ihre Haare waren noch nass. Sie hatte ihre Lieblingsschlabberhose, die dicken Fleecesocken und das viel zu große Sweatshirt angezogen, das innen so schön kuschelig war. Den Becher mit dem dampfenden Earl Grey hielt sie mit beiden Händen, während sie vor sich auf den Wohnzimmertisch schaute, auf dem ihr Telefon lag. Nach ein paar Minuten und einem halben Becher Tee hatte sie wieder zu sich gefunden, nahm das Telefon vom Tisch und wählte Charles' Nummer. Es war ihr klar, dass es heute nicht gerade optimal gelaufen war und sie ihren Anteil daran gehabt hatte. Ein bisschen unangenehm war es ihr schon, Charles davon zu erzählen und sie hätte es gern vermieden. Aber sie brauchte jetzt einfach jemanden, mit dem sie darüber reden konnte und ihr dabei half, ihre Erlebnisse zu verarbeiten.

»Einen wunderschönen guten Abend, die Dame.« Charles' fröhliche Stimme baute sie weiter auf.

»Ihnen auch einen wunderschönen guten Abend, Charles.«

»Was verschafft mir die freudige Überraschung Ihres Anrufs?«

»Ich habe heute ein neues Experiment gemacht und muss Ihnen dringend davon erzählen.«

»Sie klingen ziemlich angespannt. Ist alles in Ordnung?«

»Alles in Ordnung. Ich denke, es ist glimpflich ausgegangen.«

»Sie machen einen alten Mann neugierig. Erzählen Sie. Ich höre.«

Palina erzählte ihm, wie sie auf die Idee gekommen war, dass ihr Wüstentraum am Brunnen vielleicht kein Traum gewesen sei und dass es doch viel angenehmer sei, in einer angenehmen Umgebung zu üben als in einer unwirtlichen. Als sie ihm erklärte, dass sie dort ja nackt erschien, hörte sie, wie Charles am anderen Ende der Telefonverbindung erfolglos versuchte, ein Lachen zu unterdrücken.

»Sehr unterhaltsam. Entschuldigen Sie bitte, aber äußerst amüsant. Fahren Sie bitte fort.«

Sein Lachen verstummte, als sie ihm vom Auftauchen des Assassinen und den folgenden Ereignissen berichtete. Es war still auf der anderen Seite der Leitung. Palina war sich unsicher, ob es daran lag, dass Charles nur gebannt lauschte oder Emotionen unterdrückte. Am Ende des Berichts fragte sie ihn verunsichert: »Ich weiß, ich habe viel falsch gemacht. Sind Sie verärgert?«

Palina hörte Charles am anderen Ende tief durchatmen. »Nein, nein. Sie haben mich keinesfalls verärgert. Ich kann auch nicht sagen, Sie hätten so viel falsch gemacht. Ich bin besorgt.«

»Ich habe nichts falsch gemacht?« Damit hatte sie nicht gerechnet.

»Nein. Auf Anhieb fällt mir nur ein, dass Sie nicht allein am Brunnen sitzen sollten. Es hätte Ihnen zwar auch nicht bei der Konfrontation in der Wüste helfen können, aber zumindest den Rückweg zur Bahn gesichert. Aber das wissen Sie selbst.«

Charles hatte es nicht als Frage artikuliert, aber in ihrer Vorstellung zog er dabei eine Augenbraue hoch.

»Ja.« Sie erklärte ihm, was sie dazu bewegt hatte.

»Ich verstehe. Machen Sie sich keine Vorwürfe. Dazu gibt es keinen Grund. Es ist ja nicht so, als hätten Sie nicht nachgedacht und Ihr Leben leichtfertig aufs Spiel gesetzt. Sie haben sich lediglich für etwas entschieden, das sich im Nachhinein als ungünstig herausstellte. Das passiert. Hinterher ist man immer schlauer. Ich möchte Ihnen aber dringend nahelegen: Bevor Sie das nächste Mal etwas unternehmen, sprechen Sie bitte vorher mit mir. Vier Augen sehen mehr als zwei. Und kommen Sie bitte nicht auf die Idee, Sie könnten stören. Es wäre für uns beide sehr viel störender, wenn … Sie wissen schon.«

»Ja, habe ich verstanden. Vielen Dank für das Angebot. Soetwas, wie heute passiert ist, möchte ich nicht noch einmal erleben müssen.«

»Wir haben übrigens auch Damen, die unauffällig ein Auge auf Sie werfen können. Vielleicht fühlen Sie sich dann weniger schutzlos ausgeliefert. Tatsächlich haben wir mehr Frauen, die sich für diese Aufgabe eignen, als Männer.«

»Aber ist das nicht gefährlich?«

»Ja«, sie hörte, wie sich Charles amüsierte, »für die Assassinen. Falls es Sie beruhigt, es war auch eine Dame, die Sie beschützt hatte. Es wäre interessant gewesen, zu sehen, wie es für den Assassinen ausgegangen wäre, wenn sie heute in Ihrer Nähe gewesen wäre. Nein, weder für den Orden noch für uns ist körperliche Kraft von irgendeiner Bedeutung, falls Ihre Gedanken in diese Richtung gingen.«

»Verstehe. War das, was ich herausbekommen habe, denn überhaupt interessant für Sie?«

»Auf jeden Fall. Ich würde Ihnen gerne ein Foto schicken. Würden Sie mir bitte den Gefallen tun und es sich genau anzuschauen. Erkennen Sie etwas wieder?«

»Ja, gern.« Palina war verunsichert. Konnte Charles ein Foto von dem Ort haben? Ihr Smartphone piepste. Sie öffnete den Chat und es verschlug ihr die Sprache.

»Woher?«

»Und? Was erkennen Sie?«

»Er ist es. Er sieht inzwischen zwar um einiges älter aus, aber das ist der alte Mann vom Brunnen und von den Sanddünen.«

»Sind Sie ganz sicher?«

»Ganz sicher. Kein Zweifel.«

Charles sog hörbar Luft ein. »Das erklärt wahrscheinlich einiges.«

»Was erklärt es?«

»Den Grund für das große Interesse, das der Orden an Ihnen hat.«

»Charles. Ich bekomme hier gleich einen Herzkasper. Spannen Sie mich bitte nicht so auf die Folter.«

»Der alte Mann, wie Sie ihn genannt haben, ist einer der mächtigsten Assassinen, den der Orden aktuell hat. Sein Name ist Van Der Steen. Vielleicht war er zu seinen besten Zeiten auch der Mächtigste, den sie je hatten.«

»Sie kennen ihn? Warum haben Sie mir das nicht gesagt?«

»Ihre Beschreibung hätte auf jeden zweiten alten Mann in der Stadt gepasst und tatsächlich ging ich davon aus, dass er keine Einsätze mehr selbst bestreitet. Beeindruckend, dass er dazu noch in der Lage ist.«

»Hilft uns das weiter?«

»Nun ja, könnte schon sein. Zuerst einmal könnte es erklären, warum Sie zum Ziel wurden: Bei einem Assassinen dieses Rangs will man vielleicht besonders sicher gehen, dass seine Identität nicht aufgedeckt wird. Und dann wirft sein Einsatz noch die Frage auf: Warum macht das kein anderer?«

»Und warum? Was meinen Sie?«

»Keine Ahnung. Es könnte eine Notlage aufseiten des Ordens vorliegen. Vielleicht könnten wir das nutzen. Ich habe nur noch keine Idee wie. Dazu muss ich erst einmal mit ein paar Leuten sprechen.«

Charles schwieg für einen Moment.

»Aber eines bestätigt es auf jeden Fall: meine bisherigen Vermutungen«, fuhr er plötzlich fort. »Erstens: Sie haben sich nichts eingebildet. Zweitens: Ihr Leben ist in Gefahr. Drittens: Es lässt sich nicht ignorieren oder aussitzen.«

»Ja, das habe ich inzwischen auch begriffen. Und mir ist auch klar geworden, dass ich noch eine ganze Menge üben muss. Ich möchte nie wieder in die Situation kommen, dass mir der Rückweg versperrt ist. Beim Hinweg ist es nicht so tragisch. Dann bleibe ich halt, wo ich bin. Aber was geschieht mit mir, wenn ich nicht mehr zurückkomme und auf der anderen Seite festsitze? Ich verstehe auch immer noch nicht, warum er passende Kleidung trug und ich nackt war.«

»Das werden Sie bestimmt noch entdecken. Da bin ich mir sicher. Und vergessen Sie bitte nicht: Dass Sie die Wechsel hinbekommen haben, ist schon allein für sich eine herausragende Leistung. Meinen Respekt!«

Palina freute sich. »Danke schön. Ich bin auch ein bisschen stolz drauf.«

»Das können Sie auch sein. Es bereitet mir Sorgen, dass ich nicht die geringste Idee habe, wie wir Ihnen helfen könnten, wenn Sie wieder Probleme haben, zurückzukehren.«

»Ich habe auch keine. Außer: üben, üben und üben – bis es sitzt. Es ist bisher nur eine Vermutung, aber ich glaube, er hat keine Möglichkeit, hinter mir herzukommen. Vielleicht ist er ja umgekehrt, weil er wieder zurück in seinen Körper musste? Und zwar von dort, wo er hineingekommen ist.«

»Das klingt logisch. Aber vielleicht kann er noch etwas anrichten, solange sich Ihr Körper noch an Ihrem Eingangstor befindet.«

»Wie meinen Sie das?«

»Na, Sie sind gerade dabei zurückzukommen – Ich habe keine Ahnung, wie lange das braucht – und in dieser Zeit befindet er sich genau am Tor auf der Seite in der Wüste. Kann er Ihnen schaden, bevor Sie aufstehen und weggehen können? Schließlich schlagen die Assassinen ja auch irgendwie durch diese Tore zu. Auch bei Ihnen auf dem Sofa, als Sie einfach nur dort – quasi mit dem Rücken zum Tor – saßen.«

»Ich kann ja einmal die Zeit stoppen, wie lange so ein Wechsel braucht. Dann kann ich besser abschätzen, wie groß mein Vorsprung sein muss.«

»Und wie wollen Sie auf der anderen Seite die Zeit ablesen?« Charles klang plötzlich wieder amüsiert. »So ganz nackt.«

Palina lachte. »Ja, das ist nicht so einfach. Aber wenn ich sofort nach dem Auftauchen wieder zurückkehre, dann kann ich schon einmal die Zeit messen, die beides zusammen braucht. Die Dauer für eine Richtung muss geringer sein.«

»Gute Idee. Und Sie können auch die Tore an den anderen Markierungen auskundschaften. Vielleicht bekommen Sie heraus, was noch möglich ist, wenn man ein Tor nutzt, über das man nicht hineingekommen ist. Ich beneide Sie um diese Erlebnisse.«

»Ich könnte auch gut darauf verzichten und dafür einfach mein normales Leben weiterleben, ohne dass irgendwelche durchgeknallten Assassine hinter mir her sind. Wenn die nicht wären, vielleicht hätte ich dann Spaß an der Sache. Aber das geht leider wohl nicht.«

»Es tut mir leid.«

»Sie können ja nichts dafür. Es hilft schon sehr, dass Sie für mich da sind und ich mit diesem ganzen Mist nicht auf mich allein gestellt bin.«

»Wenigstens müssen wir uns so wenig Sorgen um die Sicherheit Ihres bewusstlosen Körpers machen.«

»Aber man kann mich doch einfach aus großer Entfernung am Brunnen erschießen, oder? Da nützt dann auch kein Aufpasser.«

»Theoretisch schon. Aber das ist nicht der Stil der Assassinen. Das verborgene Zuschlagen aus dem Hinterhalt ist ihr Metier. Es ist ja gerade der Grundsatz des Ordens, zu töten, ohne Spuren irgendwelcher Art – und sei es die kleinste Hautschuppe – zu hinterlassen. Uns ist kein Fall bekannt, in dem der Orden davon abgewichen ist, auch wenn es für ihn viel einfacher gewesen wäre, stattdessen zum Beispiel einen Scharfschützen einzusetzen. Deshalb vermuten wir, dass die Assassinen sich in der Ausbildung auf ihre Kernkompetenz konzentrieren und keine Zeit mit dem Erlernen herkömmlicher Techniken verschwenden. Sobald wir Ihnen eine Wache zur Seite stellen, müsste sich ein Assassine auf einem Terrain messen, auf dem er uns weit unterlegen ist. Sollte er es trotzdem versuchen – wunderbar.«

»Aber Van Der Steen hatte es doch schon probiert, mich auf dem Platz zu erwischen.«

»Das hat mich auch sehr gewundert. Ich kann mir das nur so erklären, dass Sie ihn nicht nur einfach überrascht, sondern geradezu schockiert haben. Er muss außer sich vor Wut gewesen sein.« Charles lachte. »Sie glauben gar nicht, wie gern ich dabei gewesen wäre, um einfach nur sein Gesicht sehen zu können.«

»Aber ich habe doch gar nichts gemacht. Ich habe dort doch nur gesessen und sogar versucht zu fliehen.«

»Au contraire. Sie haben nicht nur einen der allerheiligsten Bereiche des Ordens betreten, die er unter allen Umständen geheim halten und ausschließlich seinen treuen Anhängern vorbehalten will. Das allein bedeutet schon das Todesurteil. Bitte erinnern Sie sich, dass schon zwei, nein drei Anschläge auf Sie verübt wurden, weil lediglich vermutet wurde, Sie könnten die Fähigkeit dazu haben, etwas auch nur über die Tore herauszubekommen.

Nein, Sie waren obendrein sogar vor ihm da, haben auf ihn gewartet und ihn seelenruhig beobachtet, ohne dass er es mitbekommen hat. Sie haben einem der mächtigsten Assassinen seine Verwundbarkeit unter die Nase gerieben. Sie haben ihn vorgeführt, ihm quasi eine Ohrfeige verpasst. Das muss ihn bis ins Mark getroffen haben, sodass er sich schlicht vergessen und die Kontrolle verloren hat. In seiner blinden Wut wollte er das Thema Palina Solowjowa sofort ein für alle Mal abschließen. Ich glaube nicht, dass er uns den Gefallen noch einmal tut. Ich könnte mir eher vorstellen, dass er sich über seine Nachlässigkeit selbst ärgert. Wenn ich mit meiner Vermutung richtig liege, dann unterstreicht seine Reaktion, wie sehr sich der Orden von Ihnen bedroht fühlt.«

»Sie scheinen diesen Van Der Steen ja ziemlich gut zu kennen, Charles.«

»Unsere Wege haben sich schon gekreuzt. Das kann ich nicht leugnen.« Sie wartete einen Moment ab, ob Charles mehr erzählen würde. Aber er schwieg und sie erkannte, dass er dazu nicht bereit war.

»Ok, also nehmen wir an, dieser Van Der Steen lauert mir erneut in der Wüste auf. Was dann?«

»Hmm, wir können das ja schlecht mitbekommen. Aber wenn wir wissen, welche Zugänge es gibt, könnten wir jeden Zugang überwachen. Und dann könnten wir so zuschlagen wie im Café. Theoretisch. Aber dann bräuchten wir eventuell sehr viele Leute.«

»Oder ich verschwinde vor seiner Nase und sage Ihnen dann, durch welchen Eingang er gekommen ist.«

»Aber dann verschwindet er auch.«

»Nicht wenn ich ihn nah heran locke. Er muss dann erst wieder zu seinem Eingangstor kommen und dann auch noch dadurch zurück. Das dauert eine ganze Zeit. Vielleicht kann dann sogar eine einzige Person in der Nähe mehrerer Tore sein und wir brauchen weniger Manpower.«

»Das klingt doch nach einem Plan.« Palina hörte deutlich die Begeisterung in Charles' Stimme. »Palina, Sie sind großartig. Was halten Sie davon, wenn ich Sie zur Feier des Tages zum Essen einlade? Ich kenne da einen ausgezeichneten Libanesen.«

»Im Prinzip liebend gern, Charles, aber ich werde runder und runder, wenn wir ständig essen gehen.«

»Ah, fishing for compliments. Ich kann mir zwar kaum vorstellen, dass einer Ihrer Verehrer ein Problem damit hätte, andererseits täte es mir auch ganz gut, etwas kürzer zu treten. Eine gute Tasse Tee bei klassischer Musik wird mich schon von meinem Appetit ablenken.«

Palina bereute ihre Absage. Ihr Magen knurrte und die Erlebnisse hatten sie ausgelaugt. Sie hätte gut etwas essen können. Kurz überlegte sie noch, ob sie einen Rückzieher machen sollte, hielt dann aber doch innerlich seufzend ihre Linie bei. »Ich denke, eine Tasse Tee wäre jetzt auch für mich das Vernünftigste. Vielen Dank Charles. Für die Einladung, Ihr offenes Ohr und Ihre Hilfe.«

»Keine Ursache Palina. Schlafen Sie gut und erholen Sie sich erst einmal von der ganzen Aufregung.«

49. KAPITEL

Sonnenstrahlen fielen durch den schmalen Spalt zwischen den Fenstervorhängen auf Palinas Gesicht. Die Helligkeit, die sie durch die geschlossenen Augenlider wahrnahm, ließ sie langsam aufwachen, obwohl sie eigentlich noch gerne weitergeschlafen hätte. Sie verfluchte sich dafür, dass sie die Vorhänge wieder nur flüchtig zugezogen hatte. Wenn sie schon einmal frei hatte, wollte sie auch ausschlafen.

Nachdem sie sich träge fertiggemacht und angezogen hatte, lümmelte sie mit ihrem Morgen-Latte auf dem Sessel. Nachdenklich betrachtete sie das gegenüberliegende Sofa. *Wäre schon praktisch, wenn es dahinter warm wär. Kein Fahrtweg. Keine Passanten. Kein Assassine – zumindest hier im Wohnzimmer. An der Steilküste war bisher auch niemand gewesen. Zumindest nicht, als ich dort war. Aber auf den Dünen war ich die ersten Male auch allein. Es muss aber schon einer dort gewesen sein, um die Steinmarkierungen aufzuschichten. Hinter der einen war Alex. Er hat mich nicht bemerkt und ist einfach durch mich hindurch.*

Palina löffelte den letzten Rest Milchschaum vom Latte. *Wenn ich wenigstens meinen Regenmantel mitnehmen könnte. Den roten mit den weißen Punkten. Den habe ich bisher auch kaum getragen. Hier könnte ich ihn gut gebrauchen.* Sie musste schmunzeln, als sie sich vorstellte, wie sie im Regenmantel auf dem Sofa säße. Aber es war ihr klar, dass es nicht klappen würde. Sie war vorher auch immer bekleidet gewesen, wenn auch nicht passend. Die Kleidung kam einfach nicht mit. Van Der Steen hatte in der Wüste eine Uniform getragen, auf dem Marktplatz aber einen Anzug. In der kurzen Zeit hätte er sich jedenfalls nicht so schnell umziehen können. *Vielleicht kann man sich ja was wünschen? In seinen Träumen läuft man doch auch nicht im Schlafanzug rum. Allerdings sagt man sich beim Einschlafen auch nicht: »Heute trage ich das kleine Schwarze, wenn ich mich vor den Orks verstecke.« Oder könnte das sogar klappen, wenn man es nur probiert?*

Palinas Neugierde war geweckt. *Das muss ich unbedingt ausprobieren. Wenn, dann aber mit Stil!* Sie sprang auf und kramte nach der Modezeitschrift, die sie sich neulich in einem Anflug von Nostalgie gekauft hatte. Der Regenmantel von Prada sah ein bisschen wetterfester als der von Gucci aus und er hatte zusätzlich eine Kapuze. Einen Versuch war es wert.

Sie setzte sich aufs Sofa und starrte auf das Bild in der Zeitschrift, bis sie sich sicher war, dass sie auch die kleinsten erkennbaren Details verinnerlicht hatte. Dann setzte sie sich aufrecht in den Schneidersitz, schloss die Augen und begann ihr Ritual. Nur dass sie dieses Mal versuchte, sich vorzustellen, sie hätte den Mantel von Prada an. Während sie schon dabei war, in den Strudel zu sinken, zog ein sorgenvoller Gedanke an ihr vorbei. *Gummistiefel. Ich brauche Gummistiefel.* Das Bild ihrer Gummistiefel, die sie in ihrer Kindheit besessen und so geliebt hatte, tauchte plötzlich am Rande ihres Bewusstseins auf. Sie waren rot gewesen, mit vielen lustigen Marienkäfern drauf.

Kurze Zeit später fand sie sich an der Steilküste wieder. Es regnete zwar nicht, aber der stürmische Wind trug Reste von Gischt zu ihr. Durch den kalten Schauer spürte sie sofort, dass sie wieder nackt war. Enttäuscht öffnete sie die Augen und schaute an sich hinab. An den Füßen trug sie ihre roten Gummistiefel mit den Marienkäfern. Es waren nicht bloß Kopien. Es waren ihre! Das spürte sie genau. Früher hatte sie in den Gummistiefeln immer die von Oma gestrickten Wollsocken tragen müssen, die beim Gehen mit der Zeit über die Hacke und unter die Fußsohle rutschten. Sie konnte sich nicht daran erinnern, diese Gummistiefel jemals ohne diese Wollsocken getragen zu haben. Ihre Mutter hatte die Gummistiefel auf Zuwachs gekauft und die Differenz musste ausgeglichen werden, bis ihre Füße weiter gewachsen waren. Aber bevor ihre Füße groß genug waren, hatte sie es irgendwie hinbekommen, einen zu verlieren. Sie hatte die Marienkäferstiefel nie ohne die dicken Wollsocken getragen. Danach hatte sie nur noch die billigen gelben Gummistiefel aus dem Supermarkt bekommen – ›weil sie ständig ihre Stiefel verliert‹. Inzwischen waren ihre Füße zwar gewachsen, aber diese Marienkäfer-Gummistiefel waren immer noch genauso zu groß, wie sie es von früher kannte. Und die Wollsocken waren entstanden, ohne dass sie an sie gedacht hatte.

Zufrieden machte sie sich wieder auf den Rückweg. Das nächste Mal würde sie nicht versuchen, in Prada oder Gucci zu erscheinen, sondern in der Regenausstattung, in die ihre Mutter sie damals immer verpackt hatte.

50. KAPITEL

Es war später Nachmittag. Mario war müde und lustlos. Er zählte die Minuten, die ihn vom Feierabend trennten. Sobald er begann, auf dem Bildschirm einen neuen Absatz des Textes zu lesen, hatte er den Inhalt des vorigen schon wieder vergessen. Ständig musste er zurückspringen und wiederholen, was er gerade gelesen hatte. *Es ist so mühsam*, litt er innerlich. Jede Kleinigkeit lenkte ihn ab. Es kam ihm so vor, als würde etwas in seinem Hirn schlagartig einen Schutzschalter umlegen, sobald sich sein Blick auf den Monitor richtete. Die Tür wurde geöffnet. Sein Blick schnellte mit einer Reaktionsgeschwindigkeit vom Monitor zur Tür, die in keiner Relation zu seinem bisherigen Arbeitstempo stand. Matthias trat ein und blickte Mario freundlich an. Erleichtert lehnte sich Mario zurück und schaute Matthias erwartungsvoll an. Nun hatte sein Schweinehund den guten Grund, den er so verzweifelt gesucht hatte.

»Moin Matthias, was kann ich für dich tun?«

»Moin. Stör' ich? Es ist ja gleich Feierabend und da willst du vorher wahrscheinlich noch ein paar Aufgaben abschließen, oder?«

Mario blickte kurz auf den Bildschirm und dann zurück zu Matthias.

»Ich bin bereit, dieses Opfer zu bringen.« Er lächelte gönnerisch.

»Ich kann auch später wiederkommen, wenn …«

»Um Gottes Willen, nein. Setz dich schon einmal. Ich besorge uns erst einmal einen Kaffee.« Kurz darauf kehrte Mario mit bester Laune, frischer Energie und zwei Kaffeebechern zurück. »Was gibt's?«

Matthias nahm ihm den Kaffeebecher aus der Hand und begann seine neuesten Erkenntnisse mitzuteilen: »Ich hatte René doch versprochen nachzuforschen, ob ich etwas finde, was seine These bestätigt oder widerlegt.«

»Hat er mir gar nicht erzählt. Aber wenn du das sagst …«

»Wir hatten uns auf dem Gang getroffen, als er gerade dabei war, das Gebäude zu verlassen und seinen Urlaub anzutreten.«

»Na, nennen wir es mal Urlaub.« Während Mario einen Schluck aus dem Kaffeebecher nahm, schlug er die Augen gen Zimmerdecke. Das Zucken von Matthias' Mundwinkel zeigte ihm, dass er verstanden worden war.

»Wir haben ja inzwischen fünf Tote. Wovon drei an einem ähnlichen Herzleiden verstarben …«

»›Herzleiden‹ ist gut. Das werde ich bei Dr. Stein anbringen, wenn ich das nächste Mal bei ihm bin.«

»Gehst du davon aus, dass es noch weitere Fälle geben wird?«

»Wenn René recht hat, dann gab es solche Morde schon vorher und es wird sie auch weiterhin geben. Warum ein bewährtes System aufgeben?«

»Tja, leider haben wir dafür keine belastbaren Beweise. Dazu müsste man die in Frage kommenden Todesfälle identifizieren, exhumieren, obduzieren und dann tatsächlich noch etwas finden. Bisher haben wir nur Glückstreffer, von denen wir noch nicht einmal genau sagen können, wie es gemacht wurde.«

»Und welches Motiv …«

»Na ja, was ich sagen wollte: Wenn man annimmt, dass die drei mit dem Herzleiden Mordopfer sind: Warum sind die beiden anderen dann nicht auch so umgebracht worden? Ich habe mir die beiden deshalb einmal genauer angeschaut.«

»Bei dem Mann im Hotelsessel waren weder äußerliche noch innerliche Einwirkungen zu erkennen gewesen, während der Mann im Café ganz offensichtlich erschossen wurde. Das ist doch schon ein sehr deutlicher Unterschied.«

»Das stimmt schon. Aber das habe ich einfach einmal ignoriert. Ich habe mich gefragt, ob es vielleicht weitere Zusammenhänge zwischen diesen beiden Personen gibt, außer dass sie keine verbrannten Herzen hatten.«

»Ok, bin gespannt.«

»Es sind zwei ganz unauffällige Personen. Beide sind alleinstehend. Keine engen Bindungen im familiären Umfeld. Beide arbeiten in Teilzeit, gerade einmal zwei Tage die Woche. Der eine als Servicekraft in der Gastronomie. Der andere als Verkäufer im Elektrohandel. Beide sind anscheinend begeisterte Marathonläufer.«

»Was sagen ihre Router? Was ihre Smartphones?«

»Tja, wenn man nach Auffälligkeiten suchen will, fängt es jetzt an, spannend zu werden.« Matthias unterstrich die Dramatik, indem er einen Schluck Kaffee nahm.

»Wenn ich jetzt vor Spannung einen Herzinfarkt bekomme, hast du den Ärger mit der Leiche.«

»Die beiden sind so unauffällig, das ist schon auffällig. Kein DSL. Kein Router. Kein Festnetzanschluss. Smartphones verschlüsselt, als wäre es ein Hochsicherheitstrakt. Die Techniker sind begeistert – sie haben es immer noch nicht geschafft einzudringen. Gemoddete Androids mit Custom ROMs. Ausländische Prepaid-SIM-Karten. Kaum Telefonate. Und so weiter, volles Programm.«

»Und woher wissen die, dass es wenige Telefonanrufe gab?«

»Roaming über unsere Netze.«

»Ah, verstehe. Darüber kommt man ran. Aber die haben doch ganz schön Aufwand getrieben, dafür dass sie es kaum nutzen.«

»Für normale Telefonverbindungen. Der Daten-Traffic war sehr hoch.«

»Mit wem?«

»Tja, sieht vom traffic her nach einer VPN-TOR Kombination. Kann man nicht mehr feststellen.«

»Bei beiden?«

»Ja. Sehr unwahrscheinlich, dass beide unabhängig voneinander auf die Idee kamen, ihre Smartphones identisch aufzusetzen, meinten die Techniker. Außerdem benötigt man eine ganze Menge Know-how.«

»Zufälle gibt es …«

»Und noch etwas ist interessant. Beide verfügten über beträchtliche finanzielle Mittel und teure Neuwagen.«

»Ich wusste schon immer, dass ich den falschen Job habe. Ich sollte stattdessen also besser kellnern oder Fernseher verkaufen. Wo kam das Geld her?«

»Keine auffälligen Kontobewegungen außer gestückelte Bargeldeinzahlungen. Hawala-Überweisungen wären denkbar.«

»Also per Telefon über Mittelsmänner angewiesen. Gestückelt und immer unterhalb der Grenze für Geldwäschemeldungen.«

»Tja, jedenfalls haben wir da hinter der Fassade auffällig viele Gemeinsamkeiten.«

»Meinst du, du findest genug Anhaltspunkte, um ihr Kontaktnetz zu verfolgen und aufzudröseln?«

»Ohne gehackte Smartphones wird es schwer. Ich versuche etwas zu finden, wo ich beginnen kann. Aber bisher – Respekt – kein Leck gefunden.«

»Oh Mann, ich sehe schon Renés breites Grinsen vor mir, wenn er das erfährt. Dann darf ich mir wieder aufs Brot schmieren lassen, dass er von Anfang an den richtigen Riecher hatte. Gib mir am besten vorher Bescheid, bevor du es ihm erzählst. Dann nehme ich mir den Tag frei.«

51. KAPITEL

Palina kam fast eine halbe Stunde vor dem verabredeten Zeitpunkt bei Tina an. Im Gegensatz zu ihren Freundinnen hatte sie an diesem Tag nicht arbeiten müssen und sich die Zeit damit vertrieben, gemütlich zu lesen und dabei Tee zu trinken. Zwischendurch hatte sie nur kurz eingekauft. Im Supermarkt war sie über Auberginen im Angebot gestolpert, die von ganz hervorragender Qualität waren. Dem Glanz der schwarzvioletten Früchte hatte sie nicht widerstehen können. Sie kam ungern mit leeren Händen zu Besuch und so hatte sich die Frage, was sie mitbringen sollte, von allein gelöst. Die gefüllten Auberginen nach türkischem Rezept, Imam Bayildi, hatte sie bequem nebenher vorbereiten können. Sie mussten nur noch bei Tina im Ofen gebacken werden. Palina versuchte, mit einer Ecke des Backblechs den Klingelknopf zu treffen, und spürte, wie der Gurt ihres Damen-Rucksacks langsam von ihrer Schulter glitt.

»Na Süße, was probierst du denn da?« Palina erkannte die Stimme sofort. Sabine stand hinter ihr. »Wart' mal kurz. Ich stell schnell ab.« Sabine hatte einen Karton mitgebracht. »Prosecco«, las Palina.

»Jetzt hab ich's gleich. Drückst du gegen?« Der Summer erklang und Süßi schob mit ihrem Mitbringsel die Tür auf. Wie üblich stand die Wohnungstür offen, aber von Tina keine Spur.

»Kommt rein«, klang es aus den Tiefen der Wohnung, »setzt euch schon einmal in die Küche, ich bin auch gleich da.« Palina und Sabine grinsten sich an. Sie wussten genau, aus welchem Raum die Stimme hallte. Gerade als sie ihre Schätze auf den Küchentisch gestellt hatten, kam Tina hinter ihnen in die Küche. Dabei versuchte sie ihre hautenge Jeans durch eigentümliche Beinbewegungen und mit ihren Händen ziehend in einen angenehmen Sitz zu manövrieren.

»Kommt her, ihr Süßen, lasst euch in den Arm nehmen.« Nach einem Austausch von intensiven Umarmungen und vielen Küsschen fiel Tinas

Blick auf den Tisch. »Gibt es was zu feiern? Ich habe aber keinen Geburtstag vergessen! Oder?«

»Nein«, beruhigte Sabine sie, »wir können dir doch nicht ständig alles wegsaufen. Ich habe Prosecco mitgebracht, um deine Vorräte aufzufüllen.«

»Sei so gut und stell sie in die Kammer zu dem Karton Chardonnay, den ich vorhin noch schnell geholt habe.« Tinas wundervoll dreckige Lache schallte durch den Raum. Palina hätte sie dafür am liebsten gleich wieder ganz fest an sich gedrückt.

»Was hast du da Schönes, Palina?« Sabine linste nun zum Backblech. »Sind das deine Auberginen?«

»Ja, Imam Bayildi. Allerdings habe ich es mir heute einfach gemacht und die gestückelten Pizzatomaten genommen. Es muss noch fertiggebacken werden.«

»Nichts wie rein damit«, Tina stand der Appetit schon ins Gesicht geschrieben.

»Wollen wir nicht erst auf Kati warten?«

»Die kommt gleich. Sie hat eben angerufen und gesagt, dass sie etwas später kommt, weil sie vorher noch schnell was zum Süppeln besorgen wollte.« Dabei schwenkte Tina den Kopf wie Wein im Glas und rollte mit den Augen, während sie so tat, als müsste sie mit einer Hand an der Spüle Halt finden, um nicht umzukippen.

Wenig später klingelte es erneut und schließlich stand Katja in der Küchentür.

Die anderen drei schauten auf den Karton, den sie hielt.

»Beaujolais. Das ist gut.« Tina winkte gelassen mit ihrer Rechten ab. »Dann haben wir Abwechslung.«

»Ich vertrag doch keinen Weißwein mehr«, entschuldigte sich Katja.

»Was dich bisher aber noch nie davon abgehalten hat ...« Süßi hob verschmitzt eine Augenbraue.

»Da gab es auch nichts anderes. Notstände zählen nicht.«

»Schon klar. Ich bin Vegetarier und esse nur deshalb fünfmal Fleisch die Woche, weil es in der Kantine ja nur Fleischgerichte gibt.«

Katja lächelte nur müde, während Tina und Sabine sie lachend von beiden Seiten umarmten. »Komm her, du armes Ding.«

Tina nahm eine Flasche Beaujolais aus dem Karton, bevor ihn Sabine in der Kammer auf den anderen stapelte. »Na, dann müssen wir wohl mit deinem anfangen. Wir wollen ja nicht, dass du etwas mit dem Magen bekommst.« Tina und Sabine zwinkerten sich verschwörerisch zu. Katja ignorierte die beiden, bückte sich zu Palina, die gerade vorm Ofen hockte, legte ihr von hinten die Arme um die Schultern und linste neugierig, was so lecker roch.

»Imam Bayildi? Das Rezept, das du von meiner Mutter hast?«

»Ja, aber leicht abgewandelt. Aber sag ihr nicht, dass ich keine frischen Tomaten genommen habe.« Palina legte die Hand, mit der sie sich nicht am Boden abstützte, auf Katias Unterarme vor ihrer Brust und drückte sie leicht an sich.

»Bleibt unser Geheimnis. Mir läuft schon das Wasser im Mund zusammen.«

Inzwischen hatte Tina die erste Flasche vollständig auf vier große Weingläser verteilt. Palina versuchte abzuschätzen, wie lange die Auberginen noch im Ofen bleiben mussten. Als alle mit Bacchus' Lebenselixier versorgt waren, hob Tina ihr Glas. »Auf meine Liebsten. Ich kann mich immer auf euch verlassen und wir sind immer füreinander da, wenn wir uns brauchen.« Die anderen hoben ihre Gläser, schauten sich gegenseitig gerührt in die Augen und nahmen einen Schluck. »Ich hab' euch so lieb.« Tinas zusammengepressten Lippen zitterten und Palina bemerkte, wie eine Träne an Tinas Wange hinab lief.

»Oh Süße, was ist denn los?« Katja und Sabine waren schon zu Tina geeilt und hatten sie zwischen sich in die Arme geschlossen, als Palina noch dabei war, aus der Hocke hochzukommen.

»Dieser Sack!«

»Trauerst du immer noch diesem Verlierer hinterher?«

»Nee, natürlich nicht!«, entrüstete sich Tina. »Ich ärgere mich nur darüber, dass ich auf diesen Arsch reingefallen bin und so viele Jahre mit ihm verschwendet habe.«

»Was hat er denn nun schon wieder angestellt? Ich dachte, das Thema ist durch und ihr habt gar keinen Kontakt mehr.«

»Ich habe euch doch erzählt, dass er sich so 'ne Ische aus Wismar angelacht hat?«

»Hast du.«

»Stellt euch vor, nun habe ich zufällig seinen Bruder getroffen und wisst ihr, was der mir erzählt hat?«

»Nee. Spann uns nicht auf die Folter. Erzähl schon.«

»Antons neue Flamme hat ein Kind!« Tinas Tonfall setzte sich aus einer Mischung von Entsetzen, Überraschung und Wut zusammen. »Sie hat eine zweijährige Tochter aus ihrer vorherigen Beziehung.«

»War sie verheiratet?«

»Nein, es ist unehelich.« Tina lehrte ihr Glas. »Mit mir wollte er nie ein Kind haben. ›Er ist noch zu jung dafür‹, ›verdient nicht genug Geld‹ und so weiter. Ach, was hat er mir nicht alles erzählt. Und ich Trottel habe ihm Zeit gelassen und gewartet. Ich bin auch so bescheuert.« Tina stand von ihrem Küchenstuhl auf und holte die nächste Flasche Beaujolais aus der Kammer. »Und jetzt hat er ein Kind an der Backe. Gönn' ich ihm.« Tina rang sich ein Lachen ab, das wohl gehässig klingen sollte, aber in Palinas Ohren eher einen tiefen Schmerz zeigte. »Die Kleine soll süße braune Locken haben. Schön für sie. Ha! Sein hellblondes Haar konnte er ihr ja nicht vererben. Nun hat ihm eine Frau ein anderes Kind untergejubelt. Mit mir hätte er sein eigenes haben können. Vielleicht sogar mit seinen blonden Haaren. Hat er nun davon.«

Die Mädels warfen sich verstohlene Blicke zu, während Tina die Gläser nachfüllte.

»Sei froh, dass du ihn los bist.«

»Genau. Dem würde ich keine Träne nachweinen. Der verdient dich nicht.«

»Damit machst du es dir nur selbst schwer. Vergiss ihn und schau nach vorn.«

»Aufstehen, Krönchen geraderücken und weiter den Laufsteg 'lang.«

»Welcher Mann könnte dir denn widerstehen, meine Hübsche?«

»Das Meer ist voller Fische. Du bist ja nicht allein auf der Welt.«

Palina schaute zum Backofen und stellte erleichtert fest, dass das Essen soweit war. Als sie zum Ofen ging, standen auch Katja und Sabine auf und deckten den Tisch ein.

»Wow«, staunte Sabine, »wo nimmst du nur die Zeit her, nach der Arbeit noch schnell ein Essen vorzubereiten?«

»Der Trick ist, frei zu haben.« Palina zog eine Augenbraue und einen Mundwinkel nach oben und unterstrich das Gesagte mit einem wissenden Nicken.

»Hast du Urlaub?«

»Wieso bist du nicht weggefahren?«

»Nein, ich hab' keinen Urlaub. Ich bin krankgeschrieben.«

»Du bist krank? Was hast du? Wie geht es dir?« Sabines berufsbedingtes Interesse war geweckt.

»Ist es ansteckend?« Katja schaute sie abschätzend an. »Wenn ja, dann steck mich bitte an. Ich könnte mich gut ein paar Tage von meiner neuen Flamme verwöhnen lassen. Essen im Bett.«

»Und zur Belohnung lässt du ihn ein bisschen naschen.« Tina hatte ihren Schicksalsschlag offenbar zügig verarbeitet.

Katja blickte, als könnte sie kein Wässerchen trüben. »Positive Verstärkung. Es steigert die Lernmotivation, wenn man ihnen zur Belohnung ab und an ein Leckerli gibt.« Als sie das sagte, verzog sie keine Miene und die anderen schütteten sich vor Lachen aus.

»Genau. Was macht man nicht alles, um sie stubenrein zu kriegen?«

»Ein großes Opfer – ist es ein grooßes Opfer?« Sabine öffnete ihre Augen weit.

»Und ein hartes Schicksal.«

Während Tina in weiser Voraussicht schon einmal die dritte Flasche holte, versuchte Sabine allen aufzutun. Es erwies sich als überraschend schwierig, die Teller nicht zu verfehlen, während die vier sich gegenseitig aufstachelten und dabei Tränen lachten.

»Das ist ja mal wieder lecker, was du da gezaubert hast«, schwärmte Tina später, »aber du hättest dir wirklich nicht die Mühe machen müssen.«

»Du verwöhnst uns doch auch ständig. Nun habe ich mal 'was mitgebracht.«

»Hmm, lecker. Wie bei Muttern«, würdigte Katja, während sie noch kaute und kaum zu verstehen war, »aber verrate meiner Mutter nicht, dass ich das gesagt habe.«

»Kati, teilst du dir noch eine Halbe mit mir. Ich darf ja eigentlich nicht, aber die sind so lecker.«

»Ich weiß gar nicht, was du hast. Du hast von uns die sportlichste Figur. Guck mich an. Überall Rundungen. Es sind noch mehr als genügend Auberginenhälften da. Palina hat wieder für 'ne Armee gekocht.«

»Sagt Kim Kardashian in Person. Unser Mitleid kennt keine Grenzen.« Sabine ließ ihren Blick an Katja hinabwandern.

Palina beobachte Kati, als diese sich den nächsten Bissen in den Mund schob. Sie konnte nicht mit Sicherheit sagen, ob Katis genüsslicher Gesichtsausdruck wirklich nur durch ihre Kochkünste oder vielleicht doch durch den Stolz auf ihre Außenwirkung ausgelöst wurde. *Es wird wohl etwas von beidem sein*, dachte Palina.

»Ich würde mir jedenfalls nie was irgendwohin spritzen lassen«, kommentierte Katja beiläufig. »Das habe ich nicht nötig.«

»Und eine Diät würdest du auch nie machen«, ergänzte Sabine. »Würde ich allerdings auch nicht, wenn es sich bei mir so verteilen würde.«

»Genau. Keine von uns«, fügte Tina hinzu. »Ist schon reichlich mies von dir, ständig zu futtern und dann auch noch so fantastisch auszusehen. Du Arsch.« Tina lachte laut, während sie Katja zärtlich mit der Außenseite ihrer Hand über die Wange strich. »Du fiese Kuh.«

Katja musste nun doch grinsen und zwinkerte Tina zu. »Probiert es doch einfach auch einmal.«

»Hah«, spottete Tina, »weißt du, was dann passiert? Ich habe die Anlagen meiner Mutter. Pfannkuchen auf Beinen. Mein Rumpf geht dann auf wie ein Fass und die Streichhölzer von Beinen müssen es dann balancieren.« Tina blies die Wangen auf, deutete mit seitlich abgebogenen Armen eine Fassfigur an und stakte wie auf Stelzen durch die Küche. Die anderen bemühten sich, sich nicht zu verschlucken, während sie lachten.

»Das möchte ich sehen, dass du einmal auch nur ein Gramm zu viel hast. Ich glaube, das ist bei dir physiologisch gar nicht möglich.« Palina schaute auf Tina. Sie wusste, dass Tina in ihrer Jugend eine talentierte Langstreckenläuferin gewesen war und sich vor ihrem Trainer mehrfach die Woche zur Gewichtskontrolle auf die Waage stellen musste, um eine ungünstige Entwicklung des Masse-Kraft-Verhältnisses im Keim zu ersticken. Auch jetzt, im ›fortgeschrittenen‹ Alter von Ende Zwanzig, war sie noch genauso drahtig.

»Das willst du sehen. Sollst du. Dann befriedige ich deine sadistischen Wünsche eben.« Tina zog ihren Cardigan hoch und entblößte ihren Bauch. Sie drückte ihr Kreuz durch und versuchte mit aller Kraft eine konvexe Wölbung zu erzeugen. Dann klatschte sie sich auf den Bauch. »Siehst du, wie das schwabbelt.«

So sehr sich Palina bemühte. Sie konnte nichts erkennen, was der Bezeichnung ›schwabbeln‹ auch nur nahe gekommen wäre. Katja liefen bei der Präsentation vor Lachen die Tränen aus den Augen. Palina klopfte Sabine, die sich gerade verschluckt hatte, auf den Rücken.

»Schöne Freundinnen seid ihr. Ergötzt euch an meinem Leid.« Tina konnte nun selbst nicht mehr ernst bleiben.

»Die eine ist ein Vamp, die andere durchtrainierte Sportlerin und die dritte hat Modelfigur. Bravo Palina, da hast du dir deine drei besten Freundinnen so ausgesucht, dass sie dir jedes Mal automatisch deine Unzulänglichkeiten vor Augen führen, wenn du sie triffst. Gut gemacht. Reife Leistung.« Palina haderte mit ihrem Schicksal.

»Ausgerechnet Maiblümchen. Du bist hier die Süße von uns. Guck dich doch mal an.« Tina schüttelte verständnislos den Kopf.

»Das wüsste ich aber.«

»Das ist nicht gesagt!«, konterte Katja.

»Was nützt es, die Männer reihenweise um den Finger zu wickeln, wenn der Richtige nicht dabei ist?« Sabine wurde philosophisch. »Schau dir Tini an, eine Seele von Mensch, Modelfigur und sucht sich ausgerechnet einen Arsch aus.«

»Da sagst du was. Darauf müssen wir anstoßen.« Tina öffnete die zuvor geholte Flasche.

Katja warf Palina einen Blick mit rollenden Augen zu. Palina antwortete mit einem angedeuteten Anheben des Glases in Katjas Richtung.

»Ich hab noch. Bitte lasst mich eine Runde aus.«

»Du knickst ein, Süßi? So kenne ich dich gar nicht.«

»Das ist allerdings wahr«, stimmte Katja ihr misstrauisch guckend zu.

»Was willst du damit sagen?« Sabines Augen verengten sich ein bisschen, als sie in Katjas Richtung schaute.

»Nur die sachliche Feststellung, dass du uns bisher immer alle problemlos unter den Tisch gesoffen hast, wenn du es darauf angelegt hast. Und ich gerne wüsste, wie du das machst.«

»Das ist genetisch«, schob Sabine jegliche Verantwortung dafür von sich.

»Quatsch, das ist jahrelanges Training. Sie hat die Jungs schon während unserer Ausbildung unter den Tisch gesoffen«, stellte Tina klar.

»Gar nicht.« Sabine neigte dazu, ihre wilde Jugend zu verleugnen. »Gott sei Dank hast du was zu essen gemacht, Palina. Da haben wir wenigstens eine Grundlage. Da fällt mir ein, du hast uns noch gar nicht gesagt, was du eigentlich hast.«

Palina gestikulierte mit der Gabel, dass sie erst einmal auskauen und hinunterschlucken musste. »Wie, was ich habe?«

»Na, deine Krankheit.«

»Nee, ich bin in dem Sinne gar nicht krank.« Palina bereute, dass ihr herausgerutscht war, dass sie krankgeschrieben war. »Die Polizei hatte mich noch einmal vernommen.«

»Und warum haben sie das getan? Ich dachte, das mit Michaela war ein natürlicher Tod. Warum verhören sie dich überhaupt?«, wunderte sich Katja.

»Na, weil es vor ihrer Wohnung war. Die reimen sich doch gleich etwas zusammen, wenn es auch nur ein bisschen vom Schema F abweicht. Kennt man doch aus dem Fernsehen.« Tina winkte ab.

»Ja, es ist zwar schon ungewöhnlich, dass eine so junge Frau einen Herzinfarkt bekommt. Aber wir haben auf der Station auch schon Fälle gehabt, da denkst du dir, warum erwischt es ausgerechnet den. Ein junger Mann, Nichtraucher – zack – Lungenkrebs. Selbst das gibt's. Nur halt extrem selten. Michaela war auch so ein seltener Fall. Uns kommt es nur ungewöhnlich vor, weil sie eine von uns war und keine unbekannte Person aus den Nachrichten oder auf der Station. Aber den Herzinfarkt interessiert leider nicht, wie nah wir uns alle standen.« Sabine seufzte.

»Ja, die Polizei muss dem halt nachgehen. Es könnte ja auch schnell etwas übersehen werden. Und stellt euch doch einmal vor, Michaela wäre umgebracht worden. Dann wollen wir auch nicht, dass die bei der Arbeit pfuschen und der Mörder womöglich unerkannt entkommen kann, weil alle denken: ›Pfft, kann schon mal passieren.‹ Dann wollen wir, dass das Schwein erwischt wird, das sie umgebracht hat.« Tina schaute nach Bestätigung suchend in die Runde. Die anderen stimmten ihr nickend zu.

»Ja.« Palina klang nachdenklich. »Das wollen wir alle. Der Mörder von Michaela soll dafür büßen.«

»Du meinst: ›sollte‹«, korrigierte Katja.

»Wie?«, Palina schreckte auf.

»›sollte‹, Konjunktiv, sie wurde ja nicht ermordet, oder?«, erläuterte Katja.

»Nee, nee, ihr habt völlig recht«, bestätigte Palina. »Um die Ecke wurde nur vor ein paar Tagen ein Mann erschossen. Und da standen sie wieder bei mir vor der Tür ...«

»Sag nichts! Und da haben die gleich eins und eins zusammengezählt und ...«, Tina fing an, sich aufzuregen.

»... und sich einen prima Massenmörder zusammenaddiert«, setzte Sabine fort.

»Genau. Und weil es vor der Wohnungstür unserer Kleinen war. Et voilà, eine prima Massenmörderin. Echt wie im Fernsehen«, Tina rollte die Augen gen Zimmerdecke.

»Und wie hast du es gemacht? Wie hast du ihn umgelegt, Mrs. Manson«, fragte Kati lachend.

»Während ich zusammen mit dir in der U-Bahn zu Tini gefahren bin, habe ich ihn in dem kleinen Café erschossen«, sagte Palina trocken.

Ihre Freundinnen schüttelten ungläubig ihre Köpfe.

»Sag nicht, die haben dich deshalb das zweite Mal verhört.«

»Doch, haben sie und das war dieses Mal nicht so nett. Hat mich ziemlich mitgenommen. Deshalb bin ich auch krankgeschrieben.«

»Diese Säcke. Wie im Thriller. Die versuchen dich unter Druck zu setzen, damit du etwas gestehst, was du nicht getan hast. Sag bloß nichts.« Tinas Stimme wurde lauter. »Ich könnte mich darüber echt aufregen.«

»Sowas in der Art hat der Anwalt auch gesagt«, bestätigte Palina.

»Seht ihr! Habe ich es nicht gerade gesagt?« Tina sprang vom Stuhl auf. Ihr durch die Aufregung ausgelöster Bewegungsdrang führte sie zur Kammer, Nachschub holen.

»Du hast dir sogar einen Anwalt nehmen müssen. Boah. Das kostet ja auch gleich.« Sabine nahm aufgeregt den letzten Schluck aus ihrem Glas und hielt das leere Glas in Richtung Tina, ohne den Blick von Palina abzuwenden.

»Und damit rückt sie erst jetzt raus. Unsere Kleine ist einfach zu zurückhaltend. Hat die spannendste Story von uns allen, aber hört sich erst meinen Kummer an. Du Süße.« Tina streichelte mit dem Handrücken über Palinas Wange. Der Prosecco schäumte über und kleckerte auf den Boden, aber Tina ignorierte es. »Erzähl. Wir wollen alles hören.«

»Trinken wir jetzt Prosecco?«, fragte Katja besorgt. »Ihr wisst doch … mein …«

»Ich kann mich jetzt nicht auf so was konzentrieren. Ich habe einfach schnell irgendeine Flasche gegriffen.«

Sabine wackelte immer noch mit ihrem Glas in der Luft. »Egal. Schenk einfach ein. Aber keine unterbricht jetzt Palina.«

»Genau. Spann uns nicht so auf die Folter.« Tina war sichtlich mitgenommen.

»Trinkst du gerade aus der Flasche, Tini?« Katjas Tonfall ließ einen Anflug von Ermahnung erkennen.

»Der Schaum. Ich verhindere nur, dass nicht noch mehr auf den Boden kleckert«, rechtfertigte sich Tina. »Außerdem finde ich gerade mein Glas nicht«, fügte sie hinzu.

»Ach, dann ist ja gut.« Katja erntete für den Kommentar eine gerümpfte Nase und lautlos gesprochene Worte, deren Bedeutung auch so deutlich verständlich war. Sie konterte mit einer gelungenen Kopie Tinas Mimik.

Palina berichtete vom zweiten Verhör und dem Anwalt. Allerdings ließ sie alles aus, was mit Charles oder den Assassinen in Zusammenhang gebracht werden könnte.

»Hammer!« Tina schüttelte den Kopf.

»Ein Glück, dass du den Anwalt hattest. Wird das denn teuer?«, sorgte sich Sabine. »Die können dich doch nicht auf den Kosten sitzen lassen. Du bist doch unschuldig. Warum solltest du dann dafür aufkommen müssen?«

»Hammer!«

»Ich muss den Anwalt nicht bezahlen. Gott sei Dank.«

»Wenigstens das. Aber – Hammer!«

»Ah, verstehe, dann ist das so ein Pflichtverteidiger und die Kosten übernimmt der Staat.« Sabine war die Erleichterung anzusehen.

»Ja, die Kosten werden übernommen. Aber mich hat das alles trotzdem mitgenommen.«

»Klar hat es dich das – Hammer! Ich weiß gar nicht, was ich dazu sagen soll.« Palina hatte den Eindruck, dass Tina mehr litt als sie selbst. »Hier schau mal meinen Unterarm. Ich habe Gänsehaut.« Tina hatte den Ärmel ihres Cardigans hochgezogen und präsentierte ihren Arm reihum. Die Mädels staunten über Tinas körperliche Reaktion fast noch mehr als über Palinas Bericht.

»Also, wenn du noch mehr solcher Storys hast, warte lieber noch einen Moment, bevor du sie erzählst, sonst verlieren wir womöglich gleich die nächste von uns durch Herzinfarkt«, riet Katja nachdenklich.

»Wieso ist der Prosecco eigentlich schon wieder leer?« Tina schaute entsetzt auf die Flasche in ihrer Hand, während Sabine suchend in ihr Glas schaute.

»Ich habe da so eine Theorie.« Doch Katjas Einwurf verhallte ungehört.

52. KAPITEL

Palina saß ausgelaugt auf dem Sofa. Neben ihr schlummerte Flokati zusammengerollt in seiner Ecke des Sofas. Einige Tage waren seit dem Treffen mit den Mädels vergangen. Sie hatte sich vorgenommen, die verbleibenden Tage ihrer Krankschreibung zu nutzen, um ihre Fähigkeiten zu verbessern. Eigentlich hatte sie gehofft, ein Tag intensiver Versuche würde ausreichen und sie wäre in der Lage, das Tor jederzeit auf Anhieb zu passieren. Aber so einfach war es nicht. Es war keine Fleißangelegenheit, bei der sie es nur konsequent wiederholen musste. Schnell hatte sie festgestellt, dass ihre Energiereserven nicht ausreichten, direkt hintereinander zwei Durchgänge zu schaffen. Jeder einzelne erschöpfte sie so sehr, dass sie danach gezwungen war, eine längere Pause einzulegen, um wieder zu Kräften zu kommen. Ihre Erschöpfung ging so weit, dass ihr danach selbst leichte Tätigkeiten wie die Erledigung nötiger Einkäufe oder Spazierengehen schwerfielen.

Bisher hatte sie angenommen, diese Benommenheit sei durch den Alkohol ausgelöst worden, der bei ihren bisherigen Exkursionen mehr oder weniger zufällig in ihrem Körper zirkulierte, bevor ihm ihre Leber den Spaß verdarb und die schwindelerregende Karussellfahrt durch ihre Blutbahn beendete. Aber nachdem sie ihre Studien systematisch angegangen war, wurde ihr klar, dass es die Wechsel und die Dauer ihres Aufenthalts waren, die ihren inneren Akku erschreckend schnell entluden. Zwar förderte das Gläschen vorweg die körperliche Entspannung und dämpfte das störende Blitzgewitter ihrer Gedanken deutlich, aber sich dafür mehrfach täglich einen Schwips anzutrinken, kam für sie ganz bestimmt nicht infrage. Sie wollte es ohne Doping und vollständig aus ihrer eigenen Kraft heraus schaffen. Auf unterstützende Hilfsmittelchen angewiesen zu sein, erschien ihr als ein zusätzlicher Unsicherheitsfaktor, den sie gerne ausschließen wollte.

Nach einer kurzen Besinnungsphase stand sie vom Sofa auf und schlurfte Richtung Küche, um sich eine Kleinigkeit zu kochen. Flo hob den Kopf und als er hörte, dass sie dort hantierte, kam er hinterher. Fragend schaute er sie an und gab Laut, um sicherzugehen, dass sie ihn auch beachtete.

»Du kannst nicht ständig essen. Zu viel Gewicht ist nicht gut für dich.«

Er schien eine andere Meinung dazu zu haben, ging zum Fressnapf für das Nassfutter und hockte sich so davor, dass er sie weiterhin anschauen und betteln konnte. Den Napf mit dem Trockenfutter ignorierte er.

»Nee. Du hattest heute schon.«

Während sie vor sich hin schnibbelte, zog sie Bilanz. Positiv war, dass sie es inzwischen geschafft hatte, in vollständiger Regenmontur anzukommen. Es hatte mehrerer Versuche bedurft, bei denen sie sich stückweise ein Kleidungsstück nach dem anderen vorangearbeitet hatte, bis ihr gesamter Körper bedeckt gewesen war. Gummistiefel, Regenhose und Öljacke hielten zwar schon im zweiten Anlauf Regen und Wind vom gesamten Körper fern, aber die wärmende Kleidung darunter war ihr sehr schwergefallen. Sie hatte in der Kindheit natürlich nicht immer die gleichen Klamotten unter ihrem Regenzeug angehabt. Mehrere Durchgänge waren nötig gewesen, bis sie den Kniff raus hatte, um auch die verdeckten Kleidungsstücke, die sich dem visualisierten Gesamtbild entzogen, zu erschaffen. Palina hatte es erst am Vortag hinbekommen. Als sie die Augen geöffnet und festgestellt hatte, dass sie zum ersten Mal komplett gekleidet war, wäre sie am liebsten aufgesprungen und hätte einen kleinen Freudentanz aufgeführt. Aber bei dem wackeligen und glitschigen Untergrund hatte sie sich nicht getraut. Wie sich ein verstauchtes Fußgelenk oder womöglich ein gebrochenes Bein auswirken würde, wollte sie nicht am eigenen Leib ausprobieren. Vielleicht verschwand die Verletzung von allein, sobald sie zurück war? Bei den Schnitten an ihren Füßen war es damals so gewesen. Aber galt das auch für schwere Verletzungen? Wovon hing das ab? Vielleicht behinderte ein Bruch oder Schlimmeres die Rückkehr? Oder verhinderte sie sogar? *Uh.* Blut lief auf das Schneidebrett. Sie legte das Messer beiseite und drückte ein Stück Küchenkrepp auf die Wunde. Auch die Schmerzen, die die scharfkantigen Steine ihr bereitet hatten, waren sehr real gewesen und darauf konnte sie gut verzichten.

In der Wüste hatte Van Der Steen seine Ausstattung nicht nur funktional, sondern auch stilsicher gewählt. Die Technik mit der Erinnerung an vertraute Kleidung zu erlernen, hatte es ihr sehr erleichtert. Aber zeigte er damit vielleicht, dass es gar keinen Unterschied mehr machte, welche Kleidung, wenn man die Technik erst einmal beherrschte? Oder war er im zweiten Weltkrieg Wüstensoldat bei den Briten gewesen und ihm diese Uniform in der Wüste so vertraut, wie ihr die Marienkäfer-Gummistiefel bei Regen? Nein, so alt konnte er nicht sein, entschied sie. Es wäre bestimmt ein Spaß, so nebenbei ein bisschen Modenschau zu spielen. Warum eigentlich nicht? Je mehr Spaß sie hatte, desto lockerer war sie und desto leichter würde es ihr von der Hand gehen, vermutete sie. *Schaden wird es schon nicht. Ich könnte mir das Regenzeug durchgängig in einem einheitlichen Schottenmuster kreieren. Oder – Wenn ich schon freie Auswahl habe, dann wäre vielleicht einer dieser Seenot-Rettungsoveralls ganz praktisch. Und der dann im Schottenmuster. Das wär doch was.*

Es war nun nicht mehr nur eine zwingende Notwendigkeit, besser zu werden und auch Gefahr und Risiko standen nicht mehr im Vordergrund. Sie hatte auch Spaß daran gefunden. Zum ersten Mal hatte Palina das Gefühl, die Situation unter Kontrolle zu haben und dieser nicht mehr hilflos ausgeliefert zu sein.

Sie überbrückte die Zeit ihrer Erholungsphase mit einer Webrecherche der unterschiedlichen Muster von Tartans. Die auf Weiß basierende Variante des Stewart-Musters fand sie für Regenkleidung am hübschesten und freute sich darauf, es umzusetzen. Sie war sich ziemlich sicher, dass ihr auch das neue Outfit gelingen würde. Obwohl es mit jeder Übung flüssiger wurde, benötigte sie mitunter noch mehrere Anläufe und war noch weit von ihrem ursprünglichen Ziel entfernt, das Tor auf Anhieb zu durchqueren. Meistens reichte ihre Kraft nur für zwei kurze Ausflüge pro Tag. Ein langer Besuch würde sie wahrscheinlich so stark auslaugen, dass sie nur einen am Tag schaffen würde. Eventuell bräuchte sie danach sogar mehrere Tage Erholung, bevor sie es erneut angehen konnte. Sie musste die Zeit, die ihr zur Verfügung stand, besser ausnutzen und bei jedem Besuch mehrere Punkte erledigen.

Das Essen war fertig. Palina setzte sich mit ihrem Schälchen auf den Sessel. Wenn sie sich auf ihren früheren Lieblingsplatz auf dem Sofa setzte, hatte sie das Gefühl, sie würde arbeiten, statt zu entspannen. Gedankenverloren starrte sie zu dem eingedellten Polster hinüber und grübelte, was sie sinnvollerweise noch ausprobieren könnte. Sie pustete auf den Löffel.

Kann ich vielleicht weitere Gegenstände erzeugen? Müsste doch auch gehen, wenn es mit Kleidung klappt. Aber warum hatte der Assassine keine Hilfsmittel? Weil er keine brauchte und es sich gespart hatte? Eine Schaufel hätte er doch gebrauchen können? Was könnte ich gebrauchen? Bleiben die Gegenstände dort, wenn ich sie zurücklasse? Für das nächste Mal? Ich könnte mir einmal die anderen beiden Markierungen genauer anschauen. Wohin die wohl führen? Bei der einen kam mir Alex entgegen. Ich wette, das war vor der Fahrstuhltür auf unserem Stockwerk. Dann wird es bestimmt das Tor gewesen sein, das der Mörder genutzt hat, um Michaela zu töten.

Der Gedanke an Michaelas Tod lenkte Palinas Gedankengänge in eine andere Richtung. Ihre gerade erst wiedergewonnene positive Stimmung wurde überschattet. Sie musste schlucken. So sehr sie es sich auch wünschte, es ließ sich nicht schön reden. Sie selbst war das Ziel gewesen und nur dem sicheren Tod entgangen, weil der Zufall Schicksal gespielt hatte. Es war schon sonderbar. Eine komplexe Verkettung von Ereignissen, die keiner der Beteiligten so vorhersehen konnte, entschied, wessen Fußabdrücke in dieser Welt endeten und wer weiterhin einen Fuß vor den anderen setzen durfte. Wo immer auch dieser Weg enden würde. Nein, sie würde dem Orden die Möglichkeit nehmen, die Spuren anderer vorzeitig enden zu lassen. Sie hatte das Gefühl, dass sie es Michaela schuldig war. So wäre aus ihrem Tod am Ende wenigstens ein Hauch von Gutem hervorgegangen.

Die dritte Markierung wurde ganz bestimmt vom Mann im Café genutzt. Es gibt ja nur drei Markierungen. Jedenfalls habe ich noch keine Vierte entdeckt. Und von meinem Sofa hat er Michaela schließlich nicht angegriffen. Ich sollte mich das nächste Mal umschauen, ob es noch mehr Markierungen gibt.

Nachdem Palina aufgegessen hatte, schien sich das Eigengewicht ihrer Augenlider stetig zu erhöhen. Es kostete sie immer mehr Kraft, die Lider nach oben zu stemmen. Schließlich gab sie ihre Bemühungen auf und kurz nachdem die Lider abgesunken waren, war sie auch schon eingeschlafen.

Als Palina wieder aufwachte, sich streckte und verschlafen die Augen rieb, stellte sie fest, dass inzwischen Nachmittag war. Sie ärgerte sich ein bisschen, dass sie den halben Tag verschlafen hatte. *Ran an den Speck.* Ihr Nacken schmerzte. Zu schlaftrunken, um sich Richtung Schlafzimmer zu schleppen, hatte sie sich einfach auf dem breiten Sessel zusammengerollt, wie Flo es immer machte, und den Kopf auf die weich gepolsterte Lehne gelegt. Nun war ihr Hals verrenkt und irgendetwas zog unter ihrem linken Schulterblatt. Palina bewegte ihren Kopf und ihre Schultern in alle erdenklichen Richtungen, in der Hoffnung, die rebellierenden Teile würden ihren Protest aufgeben und wieder an ihren angestammten Platz zurückspringen. Seufzend musste sie sich eingestehen, dass ihr Körper ihr wieder einmal in gnadenloser Brutalität vor Augen führte, dass sie kein kleines Kätzchen mehr war, auch wenn ihr Vater sie in ihrer Kindheit liebevoll so genannt hatte.

Palina schlurfte um den flachen Wohnzimmertisch herum zum Sofa und ließ sich auf ihren Arbeitsplatz fallen. Sie zog die Beine an und verschränkte sie, so wie sie es am bequemsten fand. Die Hände ließ sie locker in ihrem Schoß liegen. Dann stellte sie sich vor, aus der Mitte ihrer Schädeldecke käme ein Docht und etwas zöge sanft daran, um ihre Wirbelsäule zu strecken. Ihre Schultern versuchte sie nach hinten fallen zu lassen.

Sie hatte festgestellt, dass ihr die Passage schneller gelang, wenn sie immer dieselbe Körperhaltung einnahm. Deshalb versuchte sie, sich eine bestimmte Haltung anzugewöhnen und hoffte, dass der Körper irgendwann einen Automatismus entwickeln würde. Beim Pawlowschen Hund hatte schließlich auch eine angewöhnte Verknüpfung zweier verschiedener Vorgänge zu einem Automatismus geführt. So eine Konditionierung könnte ihr später von Vorteil sein. Es würde ihr bei einer überhasteten Flucht wertvolle Zeit verschaffen.

Leider war ihr erst nach einigen Anläufen in den Sinn gekommen, dass die Sitzposition, in der es ihr am leichtesten fiel, keine Position war, mit der sie in der Öffentlichkeit besonders wenig auffiel. Sie hatte sich über ihre Nachlässigkeit geärgert und sich die Position abgeschaut, die sie bei Van Der Steen gesehen hatte. Er wusste schließlich, was er tat. Der Einstieg hatte noch einigermaßen funktioniert. Zurück brauchte sie allerdings so lange, dass sie sogar wieder einen Anflug von Panik bekommen hatte. Zum Glück hatte sie es dann doch irgendwie geschafft – wenn auch schweißgebadet.

Ich darf mich von solchen Feinheiten nicht aufhalten lassen. Dafür habe ich keine Zeit. Also, was soll's? Ok, er saß unauffälliger da. Aber ich habe ihn schließlich auch bemerkt. Hundertprozentig ist seine Methode also auch nicht. Dann lieber mein Sitz. Der klappt wenigstens zuverlässig. Feilen kann ich später immer noch.

Zufrieden stellte sie fest, dass das Lösen der körperlichen Anspannung inzwischen auf Anhieb klappte. Ein bisschen stand ihr das Verdrängen der ablenkenden Gedanken bevor. Diese poppten in ihrem Geist wie Bläschen in einem Glas Sprudel auf. Hierbei hatte Palina erst Fortschritte gemacht, als sie sich einfach damit abgefunden hatte, dass sie es nicht erzwingen konnte und die durch das Erzwingen entstehenden Gedanken kontraproduktiv waren. Sie wartete gelassen und die auf sie einprasselnden äußeren Sinneseindrücke zogen schließlich vorbei, ohne etwas in ihr auszulösen. In dieser inneren Leere erspürte sie das winzige Mäuseloch am Rand ihres Bewusstseins, durch das es weiterging und ließ sich dahin treiben. Dort löste sie den letzten Rest ihrer Verbindung in diese Welt und es fühlte sich an, als würde sie ein Strudel rotierend durch den Abfluss einer Badewanne ziehen. Als das gewohnte Schwindelgefühl einsetzte, visualisierte sie sich detailliert in ihrer Ausstattung.

Palina öffnete ihre Augen. Wind schlug ihr Gischt ins Gesicht. *Geschafft.* Regen prasselte außen auf ihren Überlebensanzug, während sie es innen warm und trocken hatte. Die Neoprenmanschette der Kopfhaube dichtete am Rand ihres Gesichts und die Armmanschetten am Handgelenk ab. Lediglich ihre Hände und ein Teil des Gesichts kamen mit dem Regen in Berührung. Selbst die Füße waren durch das dicke Neopren der mit dem Anzug verbundenen Füßlinge von der Außenwelt abgeschottet. Sie lächelte, als sie das auf Weiß basierende Tartanmuster sah. So etwas hatte keine Firma im Angebot, freute sie sich. *Damit lässt sich doch arbeiten. Hätte ich das doch nur schon die ganze Zeit gehabt.*

Aus Van Der Steens Fehler hatte sie gelernt. Sie drehte sich sofort um und suchte auch die Umgebung hinter sich ab. Auf keinen Fall wollte sie einem lauernden Assassinen die Gelegenheit bieten, sich von hinten an sie heranzupirschen. Zu ihrer Erleichterung war sie auch dieses Mal allein. Sie ließ den Blick schweifen und suchte nach Veränderungen, die auf zwischenzeitlichen Assassinenbesuch hindeuteten. Außer der Markierung des Tors zu ihrem Sofa waren lediglich die beiden schon bekannten Markierungen erkennbar.

Das aufkommende Gefühl langsam einsetzender Erschöpfung erinnerte sie daran, dass das Entladen ihres Akkus im vollen Gange war. *So, los gehts.* Es war Zeit, das nächste Neuland zu betreten. Palina machte sich auf den Weg zu der näher gelegenen der beiden anderen Markierungen. Dort angekommen, kniete sie sich mit dem Gesicht zum Steinhaufen hin, schloss die Augen und versuchte den Sichtkontakt vom ersten Mal zu reproduzieren. Sie hatte die letzten Tage viel über diesen Teil nachgedacht. Damals hatte ihr verzweifelter Versuch, durch dieses Tor zu entkommen, mehr von einem

Blick durch ein Fenster als vom Passieren eines Tores. Daher fand sie es viel natürlicher, sich auch so zu dieser Markierung zu wenden, als würde sie aus einem Fenster schauen und nicht mit dem Rücken an ihr zu lehnen. Außerdem unterschied sich das Knien deutlich von ihrer Sitzhaltung. Vielleicht half es, sich für die beiden unterschiedlichen Aktionen auch verschiedene Haltungen anzugewöhnen, überlegte sie.

Vor ihrem inneren Auge begann sich ein verschwommenes Bild zu öffnen. Wie erwartet erschien das große Rechteck. Daneben fand sie auch die beiden Dreiecke. Sie spürte, wie sich das Schwinden ihrer Kraft nun deutlich beschleunigte. Zu ihrer Erleichterung merkte sie, dass es wenigstens keine Energie kostete den Durchblick zu beenden. Eigentlich zog sie sich nur zurück. Während sie vorsichtig zur ersten Markierung zurückging, dachte sie über das gerade Erlebte nach. Leider hatte sie jetzt auch nicht mehr erkennen können als beim ersten Mal. Im Gegenteil. Diesmal war kein Alex erschienen. Sie musste sich etwas ausdenken, wodurch sie ihre Vermutung zweifelsfrei bestätigen konnte.

Ein paar Meter vor dem Ausstieg nahm sie die Signalpfeife ab, die an ihrem Overall baumelte, und sicherte sie, indem sie vier auffällige Steine darüber stapelte. *Mal sehen, ob du beim nächsten Mal noch da bist.* Kurz nachdem sie sich wieder gesetzt hatte, fand sie sich auch schon auf ihrem Sofa wieder. Sofort beugte sie sich zu ihrem Smartphone auf dem Tischchen und stoppte die Zeitmessung. Mit Charles hatte sie vereinbart, dass sie die Dauer sämtlicher Reisen aufzeichnete. Es würde nicht nur spätere taktische Planungen erleichtern, sondern wäre auch gleichzeitig eine Fortschrittskontrolle, hatte er angeregt.

Palina griff nach dem Becher, der neben ihr auf dem Tischchen stand. Er war leer. Sie hatte vor ihrem Versuch vergessen, frischen zu kochen. Aber das störte sie nicht. Morgen würde es den nächsten Versuch geben. *Habe ich dann noch eine Signalpfeife oder habe ich keine mehr? Oder habe ich vielleicht zwei?*

53. KAPITEL

Palina öffnete ihre Wohnungstür. »Moin Charles. Kommen Sie rein.« »Moin Palina. Freut mich, Sie zu sehen.« Charles trat ein, legte ab und sie gingen in das Wohnzimmer. Charles wollte sich gerade auf das Sofa setzen, als Palina aufschreckte: »Stopp.«

Charles hielt mitten in der Bewegung inne und schaute sie fragend an. »Nehme ich Ihnen Ihren Lieblingsplatz weg?«

Palina schüttelte den Kopf. »Dort ist die Stelle. Ein Assassine könnte Sie dort angreifen.« Sie zeigte auf das Polster, welches sich nur noch wenige Zentimeter von ihm entfernt befand. Er blickte kurz hinter sich, dann wieder zu ihr und ließ sich schließlich mit einem breiten Lächeln genüsslich auf das Sofa sinken.

Palina sah ihn verwirrt an.

»Keine Sorge, meine Liebe. Ich weiß Ihre Sorge zu schätzen. Es besteht dazu allerdings kein Grund.« Er zwinkerte ihr zu. »Ich habe Vorkehrungen getroffen. Sollen es die Assassinen jetzt ruhig versuchen ...«

Palina war kurz sprachlos und schaute Charles mit großen Augen an. Ansonsten ließ sie sich aber nichts anmerken. Sie hatte Probleme damit, den liebenswürdigen, höflichen Charles, den sie so gern mochte, mit dem Charles zusammenzubringen, der Fäden bei Mordanschlägen zog. *So sieht wohl eine gelungene Tarnung aus,* dachte sie sich. Als hätte er ihre Gedanken gelesen, lächelte er ihr beruhigend zu.

Palina hatte Tee vorbereitet und Charles einen Teller mit belgischen Schokoladenpralinen hingestellt. Aber er beachtete den Teller nicht. Gedankenverloren blickte er an die Decke, während er sich sanft auf dem Sitzpolster hin und her bewegte. Als er ihren verwunderten Blick bemerkte, grinste er verschmitzt. »Ich bin neugierig, wie es sich anfühlt und ob ich überhaupt etwas spüre. Aber ich habe ganz offensichtlich nicht Ihr Talent. Ich kann absolut nichts Ungewöhnliches feststellen. Sehr schade. Aber da kann man wohl leider nichts dran ändern.«

Charles bemerkte den Teller. Er zeigte auf die Pralinen und schaute sie fragend an.

»Bedienen Sie sich«, stimmte sie zu.

Er machte auf sie einen genauso glücklichen Eindruck wie ein kleiner Junge, dem man gerade erlaubt hatte, sich an den Süßigkeiten zu bedienen. Es mussten zwei komplett gegensätzliche Menschen in ihm hausen. Eine andere Erklärung konnte sie nicht finden.

»Ihre Andeutungen am Telefon haben mich sehr neugierig gemacht. Wie sieht Ihr Plan genau aus?« Er schob sich die erste Praline in den Mund und schaute sie erwartungsvoll an.

»Ich bin mir zwar nicht sicher, ob es schon für eine Falle ausreicht, aber nächste Woche muss ich wieder arbeiten. Dann bin ich zeitlich nicht mehr so flexibel wie jetzt. Ich weiß nicht, ob das ein Problem wird.«

»Auch wenn ich es kaum erwarten kann. Aber ich gehe davon aus, dass eine Falle kaum sofort beim ersten Versuch zuschnappen wird und wir sowieso geduldig lauern müssen. Insofern bringt es auch nichts, jetzt überstürzt zu handeln, in der Hoffnung, nächste Woche sei dann alles erledigt. Auf jeden Fall muss das Risiko für Sie so gering wie möglich gehalten werden. Daher bitte ich Sie, sich gefährlicheren Aufgabe erst zu stellen, wenn Sie sich hundertprozentig sicher sind, dazu bereit und gut vorbereitet zu sein. Natürlich werden wir alles tun, was in unserer Macht steht, um Sie zu schützen. Aber spätestens nach unserem letzten Eingreifen weiß der Orden das auch und wird das einplanen. Die Frage ist, was er gerade plant. Je länger wir uns Zeit lassen, desto größer die Wahrscheinlichkeit, dass Van Der Steen etwas Gewieftes einfällt und genug Zeit hat, es sorgfältig vorzubereiten. Wir wissen, dass diese Vorbereitungen aufwendig sind und Zeit benötigen. Aber früher oder später wird ein Assassine zuschlagen. Wenn möglich, sollten wir uns also nicht zu viel Zeit lassen und handeln, bevor sich der Orden taktisch günstig aufstellen konnte. Aber noch einmal ganz eindringlich: Bitte setzen Sie sich nicht unter Zeitdruck. Kurz: Soviel Zeit wie nötig – sowenig wie möglich.«

»Ja, verstanden.« Palina berichtete Charles von ihren Versuchen und den Erfolgen, die sie dabei verbuchen konnte. Charles amüsierte sich köstlich, als Palina haarklein von ihren Kleidungsexperimenten erzählte. Während Palina in der Küche eine weitere Kanne Tee aufsetzte, ging Charles die Liste mit den Zeitmessungen durch. Sie war überrascht, wie sehr er sich in die wenigen Werte vertieften konnte. Er wollte ganz genau wissen, was jeweils zu den Unterschieden bei den einzelnen Zeiten geführt haben könnte. *Er arbeitet wirklich sehr sorgfältig*, stellte sie beruhigt fest, während sie das Teewasser aufgoss, das gerade aufgehört hatte, Blasen zu bilden. Seine Fragen versuchte sie ihm aus der Küche rufend zu beantworten.

»Sind die Pralinen schon alle? Kann ich Ihnen noch welche anbieten, Charles?«

»Ich kann mir nicht erklären, wo sie abgeblieben sind.«

Sie lachte. »Kein Problem. Dafür sind sie da. Ich hatte sicherheitshalber noch eine zweite Packung für Sie besorgt.«

»Bin ich etwa so vorhersehbar?« Gespielte Betroffenheit klang in seiner Stimme mit.

Palina ging ins Wohnzimmer, um den leeren Teller zu holen. »Eventuell war ja eben ein Assassine zu Besuch und als er gesehen hat, dass dort belgische Pralinen stehen, hat er sie heimlich vor Ihrer Nase verschwinden lassen.«

Er reichte ihr den Teller. »Ein beängstigender Gedanke. Meinen Sie, dass so was möglich wäre?«

»Ich wüsste jedenfalls nicht, wie ich es hinbekommen könnte. Aber ich bin ja auch Anfängerin. Wer weiß? Außer Kleidung bekomme ich keine anderen Gegenstände zustande. Es hat noch nicht einmal funktioniert, mir eine Armbanduhr zu verschaffen. Obwohl ich die am Handgelenk tragen würde, gibt es da anscheinend einen Unterschied zu Kleidungsstücken. Eine Signalpfeife am Überlebensanzug klappte. Ich kann es mir nicht erklären, aber der alte Assassine schien auch nur seine Kleidung dabei gehabt zu haben. Und eigentlich nehme ich ja auch nichts von einer Seite zur anderen mit, sondern lasse es beim Eintritt entstehen.«

Als Palina mit dem Pralinennachschub und der Teekanne wieder in das Wohnzimmer kam, fragte Charles: »Und was meinen Sie? Wie verhält es sich mit Gegenständen bei dem Blick durch das Fenster, wie Sie es so schön bildlich beschreiben?«

»Ich kann mir nicht vorstellen, dass man sich auf diese Weise einen Gegenstand von der anderen Seite holen kann. Ich schaffe es ja gerade einmal, verschwommene, grobe Schemen zu sehen. Wie das funktionieren sollte, kann ich beim besten Willen nicht sagen.«

Charles bewegte eine Praline zwischen seinen Fingern hin und her, schaute sie aber nur gedankenverloren an, ohne sie zu essen. Als er immer noch nichts sagte, fuhr Palina fort und berichtete, wie die zurückgelassene Signalpfeife beim Folgebesuch verschwunden war, obwohl die Anordnung der darübergestapelten Steine unverändert geblieben war. Sie beschrieb ihre Beobachtungen so ausführlich wie möglich. Charles hatte während der gesamten Zeit kaum von den köstlichen Versuchungen genascht. Für Palina war das ein klares Zeichen, wie gebannt er ihren Ausführungen gefolgt war. Erst als sie von den anderen beiden Markierungen berichtet und ihre Vermutungen dazu geäußert hatte, meldete sich Charles wieder zu Wort.

»Wenn Sie Lust haben, kann ich Ihnen helfen, Ihre Vermutungen zu überprüfen.«

»Gern, aber wie wollen Sie das machen?«

»Ganz einfach. Sie sagten, dass sich das zweite Fenster zur Fahrstuhltür vor Ihrer Wohnung öffnet. Korrekt?«

»Ja, das vermute ich.«

»Und dass Ihnen dort beim ersten Mal Ihr Nachbar erschien.«

»Ja, das sah für mich so aus.«

»Na, dann müsste es doch eigentlich ganz einfach sein. Ich stelle mich dorthin und wenn Sie mich erkennen – ich bin übrigens der kleine, dicke alte Mann«, Charles zwinkerte, »dann hat sich Ihre These bestätigt.«

Palina kräuselte ihre Nase, schüttelte leicht ihren Kopf und deutete ein Herausstrecken ihrer Zunge an. »Ich bin mir zwar nicht sicher, ob ich Sie in der Menschenmenge ausmachen kann, aber die Idee ist gut. Auf so was hätte ich auch selbst kommen müssen.«

»Wäre es jetzt möglich oder sind Sie noch zu erschöpft?«

Palina hatte nicht mit einem Experiment während Charles' Besuch gerechnet. »Ich habe heute noch kein Tor betreten. Es dürfte kein Problem sein.« Unsicher rutschte sie im Sessel hin und her.

»Aber?«

»Nehmen Sie es bitte nicht persönlich, aber ich fühle mich ein bisschen unwohl bei dem Gedanken, dass mein Körper hier so hilflos auf dem Sofa bleibt und ich nichts davon mitbekomme, was hier mit mir geschieht, während …«

»… ein alter Mann die Gunst der Stunde nutzen könnte …«

»Nee, so meine ich das nicht. Ich traue Ihnen so was nicht zu, aber ich fühle mich dann irgendwie so ausgeliefert. Ich weiß, ich muss mich noch irgendwie daran gewöhnen, aber es fällt mir noch schwer.«

»Ich habe vollstes Verständnis. Machen Sie sich da bitte keine Gedanken. Dieses Problem lässt sich ganz einfach aus der Welt schaffen. Zuerst verlasse ich die Wohnung, Sie schließen danach natürlich Ihre Wohnungstür und Sie können mich sowieso erst wieder hineinlassen, wenn Sie wieder zurück sind. Ich bin draußen, Sie sind drinnen – ganz einfach.«

»Stimmt.«

»Na, dann ran an den Speck. Worauf warten wir noch?« Charles sprang voller Elan vom Sofa hoch.

»Ich versuche mich zu beeilen, damit Sie nicht so lang warten müssen. Aber ich kann Ihnen nicht versprechen, dass es schnell geht.«

»Machen Sie sich da keine Gedanken. Wir haben alle Zeit der Welt. Setzen Sie sich bitte nicht unter Druck.« Charles stockte kurz. »Außerdem kann ich mir das Warten ja versüßen.« Palina meinte ein leises Lachen zu hören, als er sich zum Tisch hinabbeugte und den Pralinenteller griff. Palina brachte Charles samt Teller zur Wohnungstür.

In der Tür drehte sich Charles noch einmal zu Palina um. »Eine Bitte hätte ich noch.«

»Ja. Was?«

»Wären Sie bitte so freundlich, mich am Leben zu lassen?« Dabei schob er sich vergnügt eine Praline in den Mund.

Palina rollte mit den Augen. »Ich werde mich bemühen, der Versuchung zu widerstehen.« Sie schloss die Tür hinter ihm. Auf dem Sofa wurde ihr klar, dass hinter Charles' Scherz mehr steckte und es ein großer Vertrauensbeweis von ihm war. Er bot sich ihr auf dem Präsentierteller an, sodass sie in der Lage wäre, ihn zu töten, ohne dass ihr etwas nachgewiesen werden konnte. Hatte er sie subtil mit seiner letzten Frage darauf hinweisen wollen? War das die eigentliche Frage gewesen, die ihn bei dem Experiment beschäftigt hatte? Möglich wäre es, dachte sie sich.

54. KAPITEL

Damit beschäftigt, welche Praline er als Nächstes probieren sollte und über welchen Zeitraum er sich die verbleibenden wohl einteilen müsste, schlenderte Charles zum Fahrstuhl. Sein Blick fiel auf die beiden Ruftasten neben der Tür. Während er die Tür genau betrachtete, rief er sich Palinas Beschreibung ins Gedächtnis. Fasziniert betrachtete er die beiden dreieckigen Ruftasten. Er stellte sich an die Stelle, die sich laut Palina in der Mitte ihres Bildausschnitts befinden müsste, so als würde er gerade aussteigen, damit sie die Möglichkeit hatte, sein Gesicht zu erkennen.

Während er wartete und eine Praline auf der Zunge zergehen ließ, öffnete sich eine Wohnungstür. Ein junger Mann trat auf den Flur. Er hatte eine sportliche Figur und seiner Laufbekleidung nach war er auf dem Weg zum Training. Der Mann schloss seine Wohnungstür ab, drehte sich um und sah überrascht den runden Mann an, der seelenruhig vor dem Fahrstuhl stand, ihn beobachtete und einen Teller mit Pralinen hielt. Charles lächelte ihn an, tippte sich zum Gruß mit einer Praline an die Schläfe und ließ sie danach in seinem Mund verschwinden.

»Kann ich Ihnen helfen«, fragte Alex.

»Vielen Dank für das Angebot, aber ich bin wunschlos glücklich. Stehe ich Ihnen im Weg?«

»Nein, ich nehme sowieso meistens die Treppe.«

»Löblich. Ich meistens nicht – wie unschwer zu erkennen ist. Sie müssen Alex sein, habe ich recht?« Charles' vergnügter Ausdruck vergrößerte das Fragezeichen im Gesicht seines Gegenübers nur noch mehr.

»Wie kommen Sie darauf?«

»Palina erwähnte einen Alex und ich meine Ähnlichkeiten mit ihrer Beschreibung zu erkennen.«

Ein Lächeln erschien auf Alex' Gesicht. »So, hat sie das. Ja, ich bin wohl der Alex, den sie meinte.« Alex reichte Charles die Hand.

»Sehr erfreut. Ich bin Charles.«

»Ist Palina nicht da? Warten Sie auf sie?«

»Keine Sorge, sie ist da. Ich bin nur kurz für ein kleines Experiment auf den Flur geschickt worden. Sie hat mich auch gut versorgt.« Er hielt Alex den Teller entgegen. »Möchten Sie eine?«

»Sonst gern, aber das schlägt mir jetzt nur auf den Magen.« Alex hielt sich eine Hand vor die Magengegend. »Ich starte gleich unten vor der Tür.«

»Na, dann will ich Ihre guten Absichten nicht torpedieren. Ich wünsche Ihnen viel Vergnügen.«

Alex zeigte auf den Teller. »Und Ihnen einen guten Appetit. Essen Sie eine für mich mit.«

»Ich werde dieses Opfer für Sie bringen.«

Alex hob noch kurz seine Hand zum Abschied und war wenig später über die Treppe verschwunden. Charles hörte, wie Alex schnell, wahrscheinlich mehrere Stufen auf einmal nehmend, die Stockwerke hinter sich ließ. Seufzend betrachtete er die letzten beiden Pralinen auf seinem Teller. Eine solch beneidenswerte Agilität würde er in diesem Leben nicht mehr erreichen. Und wenn, dann nur mit Opfern, die ihm ein bisschen zu groß für das damit erreichbare Ziel erschienen.

Charles stand noch eine Zeit lang mit dem leeren Teller in der Hand vorm Fahrstuhl, bevor er hörte, wie Palinas Tür geöffnet wurde.

Also, entweder brauche ich das nächste Mal mehr Pralinen oder ich muss sie mir besser einteilen.

Er blickte kurz auf den kleinen Teller. Mehr Pralinen!

55. KAPITEL

Palina öffnete die Augen. Wie erwartet war sie auch dieses Mal erschöpft. Sie griff zur Teekanne auf dem Wohnzimmertisch und schenkte sich eine Tasse ein. Der Tee war nur noch lauwarm, tat aber trotzdem gut. Nach ein paar tiefen Atemzügen zwang sie sich vom Sofa hoch und ging zur Wohnungstür. Sie wollte Charles nicht unnötig warten lassen. Dabei fiel ihr auf, dass sie vergessen hatte, die Zeit zu messen und ärgerte sich darüber. Kaum hatte sie die Tür geöffnet, kam schon Charles herein.

»Hat es funktioniert? Ich konnte jedenfalls nichts bemerken, obwohl ich aufgepasst habe wie ein Schießhund.«

»So, haben Sie das? Ich würde eher sagen, Sie haben mit Alex geklönt, wenn Sie Ihre Aufmerksamkeit nicht gerade den Pralinen geschenkt haben.« Palina strahlte ihn stolz an.

Charles nickte anerkennend. »Ich bin beeindruckt. Haben Sie mich die ganze Zeit beobachtet?«

»Nein, ich dachte sogar erst, es würde heute nicht klappen. Ich konnte am Anfang weder Sie noch die Fahrstuhltür wahrnehmen. Aber dann bewegte sich Alex zur Seite und ich merkte, dass mir sein Rücken die Sicht versperrt hatte. Erst da konnte ich Sie beide erkennen. Und dann musste ich auch schon umkehren. Sonst wäre ich vielleicht zu erschöpft gewesen, um zurückzukommen. Ich gehe dort ja nicht einfach nur ein paar Meter über den Flur. Die Strecke ist um einiges länger und wirklich schwierig zu gehen.«

»Und Sie konnten alles genau erkennen?«

»Nein, bei Weitem nicht. Wenn sich Alex nicht gedreht hätte, hätte ich keine Chance gehabt, obwohl ich ihn gut kenne. Ihren Umriss konnte ich dann deutlich sehen und dass Sie Ihren Arm hoben.«

»So so, mein Umriss ist also deutlich zu sehen.« Charles rümpfte beleidigt seine Nase und drehte den Kopf weg.

»So meine ich das nicht!« Sie legte lachend ihre Fingerspitzen auf seinen Unterarm.

»Alles gut, ich mach nur Spaß.« Charles stockte und überlegte kurz. »Und es sah für Sie wirklich so aus, als hätte ich eine Praline in den Mund geschoben, als Alex wegging?«

»Ja. Oder wollen Sie mir erzählen, Alex hätte Ihnen alle weggegessen und Sie hätten keine abbekommen?«

»Nein ... obwohl ... ich sprang nur über Stock und Stein und fand kein einz'ges Blättelein. Mäh, Mäh.«

»Ok, eine Packung habe ich noch. Die können Sie gerne auffuttern. Mehr habe ich dann aber nicht mehr.«

»Das wollte ich damit eigentlich nicht bewirken. Es gibt mir zu denken, dass Sie bei mir gleich an Großeinkäufe denken.«

»Kein Problem. Kommt von Herzen.«

»Doch zurück zur Frage, es sah für Sie danach aus, als würde ich mir eine Praline in den Mund schieben?«

»Darauf schwören würde ich nicht. Ich konnte ja noch nicht einmal Ihr Gesicht erkennen, geschweige denn die Praline. Es sah für mich in dem Geflimmer nur so aus, als hätten Sie etwas Kleines in der Hand und würden es zum Kopf führen. Da habe ich vermutet, es wäre eine Praline, die Sie sich in den Mund schieben. Es hätte aber auch genauso gut ein Maikäfer sein können.«

»Tatsächlich waren die Maikäfer gerade aus und ich habe mich in meiner Not mit einer Praline begnügt. Aber interessant. So undeutlich ist Ihre Sicht also. Das erklärt, warum der Assassine die junge Frau, die aus Ihrer Wohnung kam, mit Ihnen verwechselt hat.«

Palinas Lächeln verschwand.

»Entschuldigen Sie. Ich wollte Ihnen das Herz nicht schwer machen. Ich füge nur die Puzzleteile zusammen.«

»Es ist nicht Ihr Fehler.«

»Aber auch nicht Ihrer! Fangen Sie gar nicht erst an, etwas in diese Richtung zu denken. Sie wussten nicht, dass vor Ihrem Fahrstuhl ein Tor liegt und auch nicht, dass dort ein Assassine lauert.«

Palina verließ das Wohnzimmer und ging in die Küche. Währenddessen schenkte Charles beiden Tee nach.

Als Palina wieder ins Wohnzimmer gekommen war, ihre letzten Pralinenreserven auf den Tisch gestellt und sich gesetzt hatte, fuhr Charles fort.

»Ich habe nun einen Eindruck davon, wie problematisch das Ganze ist. Man muss sich sogar noch mehr wundern, dass es überhaupt klappt. Allerdings ist der Lohn trotz des Aufwands und der Schwierigkeiten verlockend.«

»Wollen wir auch noch das dritte Tor ausprobieren? Zu zweit bringt es mehr Spaß, als ich dachte. Allein ist es ein bisschen unheimlich. Ich fühle mich doch wesentlich sicherer, wenn ich weiß, dass jemand in der Nähe ist und ich nicht allein bin. Wenn Sie wollen, kann ich es heute Abend probieren. Aber vorher muss ich mich dringend erholen.«

»Ich denke, es schadet nicht, wenn wir auf Nummer sicher gehen und es auch überprüfen. Was halten Sie davon, es einmal aus Sicht des Angreifers zu probieren? So wie ich es bislang verstehe, müssten Sie von dort übertreten können und dann das erste Tor als Fenster auf Ihr Sofa nutzen können, korrekt? Was für Sie die ganze Zeit ein Tor war, war für den Assassinen doch ein Fenster, oder habe ich da etwas missverstanden?«

»Nee, das vermute ich auch. Wie wollen wir es machen? Sie haben doch bestimmt schon einen Plan, oder?« Palina zwinkerte ihm zu.

»Eigentlich nicht. Es war ein spontaner Einfall. Soweit ich weiß, saß der Assassine vor dem Café. Ich könnte bis heute Abend die genaue Stelle in Erfahrung bringen. Wir treffen uns nachher im Café, setzen uns dorthin und ich passe auf Sie auf, während Sie Ihr kleines Experiment durchführen. Ich verspreche auch hoch und heilig, dass ich mich ehrenhaft verhalten werde und Ihre Hilflosigkeit in keinster Weise ausnutzen werde.«

Sie überlegte. *Er hat mir eben auch vertraut und sein Leben in meine Hände gelegt.* Sie gab sich einen Ruck. »Ja, es ist auf jeden Fall sicherer, als wenn ich dort allein sitzen würde. Erst recht, weil die Stelle den Assassinen bekannt ist.«

»Ich bin also vertrauenswürdiger als ein Assassine. Das ist doch schon einmal etwas.«

»Sie wissen doch, wie ich das meine.«

»Tue ich. Ich nehme Ihr Vertrauen ganz gewiss nicht als selbstverständlich. Woran wollen Sie erkennen, ob das, was Sie sehen, tatsächlich Ihr Sofa ist? Vielleicht ist es so unscharf, dass Sie noch nicht einmal erkennen können, ob es überhaupt ein Sofa ist.«

Palina überlegte kurz. Dann sprang sie auf und kam kurz danach aus dem Schlafzimmer zurück. Vor ihrem Oberkörper trug sie einen riesigen Plüschteddy, um den sie beide Arme schlingen musste, um ihn tragen zu können. Sie musste ihn etwas durch den Türrahmen drücken, um ins Wohnzimmer zu kommen.

»Was haben Sie denn da?«

»Habe ich letztes Jahr bei der Lotterie auf dem Dom gewonnen.« Sie setzte den Bären auf das Sofa. Die Arme und Beine waren deutlich kürzer als die eines Menschen. Der Körper hatte fast die Ausmaße von Charles Körper, während der Kopf fast dreimal so groß wie ein menschlicher war.

»Ja, wenn Sie heute Abend etwas sehen, auf dem ein riesiger Teddy sitzt, dann ist es wohl eher unwahrscheinlich, dass es eine Parkbank ist.« Charles war von der Größe des Teddys sichtlich beeindruckt. »Was ich mich immer schon fragte: Wie lassen sich Tore aufspüren? Wie machen die Assassinen das?«

»Ich habe keine Ahnung. Aber der Widerstand kennt doch auch welche. Wie haben Sie die denn gefunden?«

»Nun ja. Wir finden die Tore eigentlich nicht selbst. Eine Möglichkeit ist, Assassinen zu überwachen. Das ist allerdings sehr aufwendig und mühselig. Problematischer ist der Konflikt, was wir mit ihnen machen sollen, wenn wir einen dabei beobachten, wie er gerade ein Tor nutzt. Aber was er dort genau treibt, können wir von außen natürlich nicht erkennen. Kundschaftet er nur? Beobachtet er nur? Oder verübt er gerade einen Anschlag? Sollten wir einschreiten und uns dadurch der Möglichkeit berauben, weitere Assassinen oder Tore aufzuspüren? Oder sollten wir uns diese Chance auf Kosten eines Mordopfers bewahren? Manchmal gelingt es uns, den Assassinen unauffällig zu fangen. Das ist leider alles andere als einfach, wie Sie sich vorstellen können. Aus irgendeinem Grund sträuben sie sich, unseren liebenswürdigen Einladungen Folge zu leisten.«

»Aber Sie haben schon Assassinen fangen können, oder? Haben Sie von denen nicht weitere Informationen gewinnen können?«

»Leider haben wir nur sehr wenige lebend in die Hände bekommen. Und von diesen wenigen hat uns nur ein Bruchteil brauchbare Informationen geliefert.«

Palina schaute Charles fragend an.

»Die Assassinen sind auch gefangen nicht hilflos«, fuhr Charles fort. »Sie haben einige unangenehme Tricks auf Lager. Es liegt in der Natur ihrer mentalen Waffen, dass Fesseln nicht ausreicht. Und bei der Befragung entziehen sie sich gerne, indem sie mit ihrem Geist flüchten. Von der zurückgelassenen menschlichen Hülle bekommen wir dann erst einmal keine Antworten mehr.«

»Aber wenn es bei den Assassinen so ist wie bei mir, dann können sie das auch nicht beliebig lange machen und müssen bald zurück in ihren Körper.«

»Tja, ein Assassine kann diese Flucht überraschend lang durchhalten. Fragen Sie mich bitte nicht, wie sie es anstellen und wo der Unterschied zum Betreten eines Tores liegt. Irgendeinen Trick haben sie jedenfalls. Natürlich haben Sie recht. Die Zeit steht dabei auf unserer Seite. Ungünstigerweise haben es die Gefangenen mitunter bevorzugt, den Körper sterben zu lassen, bevor sie etwas preisgeben konnten. Entweder sind es Fanatiker mit unverrückbarer Überzeugung oder es würde sie etwas wesentlich Schlimmeres erwarten, falls sie ihr Schweigen brechen. Ich kann es nicht sagen.«

Palina nickte stumm. *Wie machen die das? Wovon hängt es ab, wie viel Energie es kostet? Welche Tricks kennen die Assassinen noch?*

»Ich könnte mir vorstellen, dass, wenn man keine Angst vorm Tod hat, es ein schmerzloser Tod ist. Ich war am Anfang einmal kurz davor nicht mehr zurückzukommen. Ich hatte panische Angst. Aber die Schmerzen, die ich hatte, kamen nur von Verletzungen, die ich mir dort geholt hatte. Aber ohne Verletzungen werde ich nur immer matter und kraftloser. Vielleicht schläft man einfach nur erschöpft ein und wacht gar nicht mehr auf. Aber das will ich lieber nicht ausprobieren. Ich wüsste lieber, wo die Grenze liegt, damit ich immer in einem sicheren Abstand bleibe und kein Risiko eingehe.«

Charles sah Palina besorgt an. »Waren Sie tatsächlich schon einmal an dem Punkt, wo Ihnen fast die Kraft fehlte zurückzugelangen?«

»Ja, ich hatte Ihnen doch von meinen Problemen und meiner Verzweiflung erzählt, als ich aus Versehen das erste Mal an der Steinküste war.«

»Das stimmt. Aber ich hatte es so verstanden, dass es aus Angst war. Soetwas wie eine Panikattacke. Früher oder später hätten Sie es auf jeden Fall geschafft.«

»Also ich hatte nicht das Gefühl, als wäre noch mehr drin gewesen. Aber egal. Es hat ja geklappt und seitdem versuche ich immer nur so lange wie unbedingt nötig zu bleiben. Ich will rechtzeitig zurück sein, bevor es eng wird. Es beruhigt mich, wenn ich weiß, dass ich noch Reserven habe. Der Kopf ist dann auch viel freier und der Rückweg fällt mir leichter. Ich weiß, ich müsste eigentlich an die Grenzen gehen, um den Notfall zu trainieren. Aber ich habe dafür einfach nicht die Nerven.«

»Vielleicht ist das auch ganz gut so. Es klingt für mich nicht so, als ließe sich hier etwas erzwingen. Je mehr ich darüber nachdenke, desto mehr gefällt mir der Gedanke, grundsätzlich nur Einsätze in Angriff zu nehmen, bei denen wir ganz sicher sind, dass sie für Sie leicht umzusetzen sind. Soweit wir uns überhaupt im Vorwege sicher sein können. Es wird sowieso noch genug Unerwartetes passieren. Da schadet es nicht, Reserven zu haben.« Charles rieb sich das Kinn und blickte an die Decke. »Ich würde heute Abend ganz gern eine weitere Unterstützung hinzuziehen, wenn das für Sie in Ordnung wäre.« Er schaute Palina fragend an.

»Wie? Was für eine Unterstützung?«

»Es ist eine sehr zuverlässige Dame. Sie haben sie zwar noch nicht persönlich kennengelernt, aber Sie haben schon von ihrer Aufmerksamkeit profitiert.«

Sie verstand nicht, was Charles damit sagen wollte und schaute ihn fragen an.

»Sie war es, die das Kunststück fertiggebracht hatte, den Assassinen im Café aufzuspüren. Ich wäre nicht überrascht, wenn die Assassinen dieses Tor nun mieden. Das würde auch erklären, warum Sie in letzter Zeit ungestört vom Sofa aus auf Ihrer persönlichen Spielwiese üben können. Übrigens wacht die Dame auch in diesem Moment darüber, dass uns keine Gefahr aus Richtung des Cafés droht und wir ungestört sind. Ich halte es nicht für übertrieben, wenn wir Sie heute Abend doppelt absichern. Es mag Sie überraschen, aber der Orden interessiert sich nicht nur für Sie, sondern wäre bestimmt nicht abgeneigt, uns beide auf einen Schlag auszuschalten, wenn sich die Gelegenheit dazu ergeben würde.« Charles Mundwinkel zogen sich hoch.

Palina war überrascht. Sie hatte sich bisher noch gar keine Gedanken darüber gemacht, ob auch eine Gefahr für Charles bestehen könnte. Seine souveräne, ruhige Art hatte ihr immer den Eindruck vermittelt, als beherrsche er die Situation zu jeder Zeit und wäre einer der Strippenzieher statt eine der Marionetten in diesem gefährlichen Spiel. Wo sie jetzt darüber nachdachte, war es nur logisch, dass der Orden ihn auch gerne von der Bühne nehmen würde. Es kam ihr paradox vor, aber sie fühlte sich nun sicherer, nachdem sie erkannt hatte, dass Charles auch selber in Gefahr war. Er konnte die Aufführung nicht zurückgelehnt von der Loge aus verfolgen.

Er stand selbst im Rampenlicht. »Ja, ich finde es gut, wenn jemand auf uns beide aufpasst.«

Erfreut lehnte sich Charles auf dem Sofa zurück. »Vielleicht bekommen wir sogar die Gelegenheit, dass ich Sie beide miteinander bekannt mache. Allerdings müssen wir auch immer auf eine maximale Tarnung achten. Seien Sie deshalb bitte nicht enttäuscht, falls die Umstände heute Abend noch keine Vorstellung erlauben sollten. Wir werden das dann später nachholen. Es läuft uns nicht weg.«

56. KAPITEL

Die Leuchtstoffröhre summte und flackerte in kurzen, unregelmäßigen Abständen auf, als Palina den Durchgang zur kleinen Gasse betrat. Nachdem sich Charles nachmittags verabschiedet hatte, hatte sie auf dem Sofa gedöst. Der ausgelaugte Körper forderte sein Recht ein und aus Dösen wurde Schlafen. Als sie schließlich aufwachte und zur Toilette schlenderte, fiel ihr Blick auf die Uhr. Ein Schreck durchfuhr sie. Sie war zu dem Zeitpunkt schon zehn Minuten verspätet. Gentleman, der er war, würde Charles es ihr bestimmt nicht nachtragen. Eventuell würde er es auch schon fast von einer Dame erwarten. Aber unangenehm war es ihr trotzdem, gerade weil sie sich normalerweise wirklich bemühte, pünktlich zu sein. Ok, dachte sie, während Erinnerungsfetzen an vergangene Treffen vorbeihuschten und ihr die Diskrepanz zwischen Wunsch und Wirklichkeit vor Augen führten. Immer schaffte sie es natürlich nicht. Mitunter sabotierten unvorhergesehene Umstände ihre Anstrengungen, ohne dass sie etwas dagegen tun konnte. Aber das lag nicht an ihr.

Palina stieg die Stufen der Steintreppe hinauf. Oben angekommen hatte sie freie Sicht auf die kleine Holzbank neben dem Café. Dort saß, in eine Decke gewickelt, Charles. Der filigrane Beistelltisch vor ihm machte einen wackeligen und nicht sehr vertrauenserweckenden Eindruck. Darauf standen schon ein dickbauchiger Pot Tee und zwei hübsche Porzellantassen, die nur darauf zu warten schienen, endlich dem ewigen Kreislauf ihrer Bestimmung folgend gefüllt und wieder geleert zu werden.

»Moin, die Dame. Setzen Sie sich doch bitte genau hier hin.« Er deutete auf den freien Sitzplatz rechts neben ihm.

»Moin, der Herr«, Palina lachte erleichtert. »Ist das der Platz?«

»Genauso verhält es sich.«

Palina bemerkte, dass Charles sich so platziert hatte, dass er sie ein Stück weit von Blicken der Passanten abschirmte, die durch die Gasse gingen. »Ich sehe unsere Unterstützung gar nicht.« Palina suchte die Umgebung ab.

»Das freut mich. Es wäre ein schlechtes Zeichen, wenn Sie es täten.«

Palina nickte. Daran hätte sie auch selbst denken können, ärgerte sie sich.

»Aber keine Sorge. Sie hat schon zugestimmt, dass ich Sie beide einander vorstelle, sobald wir hier durch sind. Wir denken, dass es vorteilhaft wäre, mehr als eine Kontaktperson zu kennen.«

»Von mir aus sehr gerne.« Sie setzte sich zu Charles und legte ihren kleinen Rucksack neben sich auf die Bank.

»Darf ich Ihnen eine Tasse Tee einschenken? Ich hoffe, Earl Grey geht für Sie in Ordnung.«

»Earl Grey ist super. Aber bitte nur eine halbe Tasse.« Palina lächelte schüchtern. »Mit voller Blase kann ich mich schlecht entspannen.«

»Oh, aber natürlich. Tun Sie, was immer Sie tun müssen und tun Sie einfach so, als wäre ich gar nicht da.«

Palina nickte ihm zu. »Soll ich schon gleich anfangen?«

»Wie es Ihnen beliebt. Je eher daran, desto eher davon.«

Palina lehnte sich gegen die Häuserwand, die die Aufgabe der fehlenden Rückenlehne übernahm. Sie schloss die Augen.

57. KAPITEL

Es war eine ungewohnte Perspektive, als Palina ihre Spielwiese betrat. Sofort erkannte sie, dass ihre Vermutung bestätigt worden war. Sie war vor dem dritten Tor erschienen. Sie hatte sich immer gefragt, wieso die Markierung an dieser Stelle breiter und höher aufgeschichtet war als die anderen beiden. Nun wusste sie es. Sie saß auf den Steinen, als würde sie noch auf der Bank sitzen.

Macht ja auch Sinn, wurde ihr klar. Darauf hätte ich auch selbst kommen können. Zufrieden stand sie auf und ging vorsichtig in Richtung des Tores, das zu ihrem Sofa führte. Dabei suchte sie die Umgebung immer wieder auf ungebetene Gäste oder Veränderungen ab. Nichts fiel ihr auf. Ohne Zwischenfall erreichte sie die Steinmarkierung. Sie stellte sich davor, atmete einmal tief durch und begann das Tor dieses Mal als Fenster zu nutzen.

Wenig später sah sie auf verschwommene Konturen vor sich hinab, die nur zu einem übergroßen Teddykopf gehören konnten, der sie ansah. Eigentlich hatte sie damit gerechnet, über die Rückenlehne des Sofas auf seinen Hinterkopf zu schauen, denn als sie damals dort attackiert wurde, hatte sich das Gefühl vom Rücken kommend ausgebreitet, bevor es sich im Inneren ihres Oberkörpers steigerte. Aber so machte es mehr Sinn, fand sie. Der Teddy saß so wie sie, wenn sie das Tor betrat. Aber sie hatte den Steinhaufen jetzt nicht im Rücken wie sonst, sondern blickte auf ihn. Wahrscheinlich hatte der Assassine damals gegenüber auf der anderen Seite der Markierung gestanden und in diese Richtung geschaut. *Vielleicht sollte ich das auch noch einmal probieren.*

Das Experiment verlief überraschend zügig. Sie war sehr zufrieden mit sich, wie routiniert sie inzwischen agierte. Ihre verbleibenden Kräfte waren kaum verbraucht. Während sie auf den wabernden Bärenkopf blickte, kam ihr ihr Erlebnis am Bahnsteig in den Sinn. Vielleicht schaffte sie es ja, den Teddy zu berühren und sogar vom Sofa zu schubsen. Was Charles wohl sagen würde, wenn sie ihm später ganz cool den umgeworfenen Teddy präsentieren könnte?

Palina streckte ihre Hand in Richtung des Teddykopfes aus. Aber diese glitt ohne spürbaren Widerstand einfach durch ihn hindurch. Sie war enttäuscht. Mehrfach probierte sie unterschiedliche Bewegungen, um einen Kontakt herzustellen. Es ging einfach nicht. Die vielen Versuche hatten ihre Kräfte rasant schwinden lassen. Einen letzten Versuch wollte sie noch wagen. Es wäre so schön, wenn sie Charles mehr als nur einen Bericht bieten könnte. Etwas, das er mit eigenen Augen sehen konnte, was zeigte, dass das, was sie erzählte, Hand und Fuß hatte. Sie fokussierte ihre Aufmerksamkeit auf das Zentrum des Schädels. Die Idee war, dort zu greifen, wo die überall feste Füllung war und dran zu ziehen. Wenn drücken nicht klappte, funktionierte vielleicht ziehen. Sie konzentrierte sich so stark, dass sie einen starken Widerstand spürte. Verblüfft über ihre Einbildungskraft durchbrach sie ihn. Dann griff sie so kraftvoll zu, wie sie nur konnte, aber sie hielt nichts in ihrer Hand. Mit einer Mischung aus Enttäuschung und aufkommender Wut riss sie ihre geballte Faust zurück und beendete den Blick durch das Fenster.

Auf dem Rückweg merkte sie erst, wie viel Energie ihr durch die Berührungsversuche entzogen worden war. Es war ihr erster Versuch gewesen. Dass es kraftaufwendiger war, als nur zu gucken, war ihr klar gewesen. Aber dass es sie derart auslaugen würde, hatte sie nicht erwartet. Sie schleppte sich mehr zurück, als dass sie ging. Außer Atem und völlig verschwitzt erreichte sie den steinernen Sitz. Mehrere tiefe Atemzüge waren nötig, bis sie einigermaßen zu Kräften gekommen war. Erleichtert trat sie den Rückzug an.

58. KAPITEL

Als Palina langsam wieder zu sich kam, spürte sie, wie ihr vorsichtig die Stirn getupft wurde. Sie öffnete die Augen und blickte in Charles' besorgtes Gesicht.

»Sie haben mir zwischenzeitlich Sorgen bereitet«, sagte er, während in seiner Miene Erleichterung die Oberhand über Sorge gewann. »Sie waren länger fort als die anderen Male. Dann haben Sie sehr schwer geatmet und plötzlich rann Ihnen Schweiß über das Gesicht. Ich hatte den Eindruck, Sie würden sich auf einmal im Fieberwahn befinden.«

»Mir kam es eigentlich nicht so viel länger vor. Aber alles gut. Ich habe mich nur ein wenig verausgabt.« Sie wollte zur Tasse Tee greifen.

»Moment. Der Tee dürfte inzwischen kalt sein.« Charles nahm die Tasse und spendierte dem Buchsbaum, der neben ihnen im Blumenkübel stand, einen kräftigen Schluck, bevor er die Tasse mit dem frischem Tee aus der Kanne auf dem Stövchen füllte und ihr reichte.

»Vielen Dank.« Sie trank in kleinen Schlucken. Als sie sich besser fühlte, setzte sie an Charles zu berichten. Aber Charles winkte ab.

»Ich schlage vor, wir verlassen diesen Ort erst einmal. Es besteht keine Notwendigkeit, uns länger als unbedingt nötig auf einem Präsentierteller zur Schau zu stellen. Was halten Sie davon, wenn wir uns erst einmal den öffentlichen Blicken entziehen und zu Ihnen gehen?«

»Das können wir tun. Aber wollten Sie mir nicht Ihre Unterstützung vorstellen?«

»Das will ich immer noch. Aber auch das sollten wir nicht gerade hier tun. Auch wenn es potenziellen Beobachtern bestimmt gefallen würde. Die Dame wird uns schon nicht aus den Augen verlieren und nachkommen.«

»Darf ich mich erst noch ein bisschen sammeln und den Tee austrinken?«

»Aber auf jeden Fall!« Erst zweieinhalb Tassen später fühlte sie sich erholt genug, um aufzustehen. Sie wollte losgehen, aber ihre Knie waren weich. Vor der Treppe hakte sie sich sicherheitshalber bei Charles unter, was dieser sichtlich genoss.

Gefühlt hatte es eine Ewigkeit gedauert und sie hatte zwei weitere Schweißausbrüche bekommen, bevor beide vor Palinas Wohnungstür standen. Als sie die Wohnungstür aufgeschlossen hatte, roch es nach Verbranntem. Sie schreckte hoch und der Adrenalinschub ließ sie schlagartig hellwach werden.

»Scheiße, ich habe vergessen, den Herd auszustellen.« Sie riss sich von Charles los und eilte in die Küche, um zu retten, was noch zu retten war. Aber als sie in der Küchentür stand, sah sie keinen Rauch. Die Bedienelemente des Herdes standen auf null, der Stecker vom Wasserkocher war gezogen und der teure Siebträger zog stolz glänzend den Blick auf sich. Palina war ratlos.

»Palina«, hörte sie Charles hinter sich rufen, »kommen Sie doch bitte einmal ins Wohnzimmer.«

Palina durchfuhr erneut ein Schlag. Der Fernseher brannte. Das musste es sein. Sie hastete ins Wohnzimmer. Charles hatte das Fenster geöffnet, um den Rauch abziehen zu lassen. Es roch nach verkokeltem Plastik. Vorm Sofa stand Flo und fauchte den Teddy an.

»Auf dem Sofa«, hörte sie Charles in einem befremdlich belustigten Ton sagen. Wie konnte er sich jetzt über ihren Schaden amüsieren? Das war so gar nicht, was sie von ihm erwartet hätte.

Rauch stieg vom Teddykopf auf. Palina ging zum Teddy und staunte. Außen war nichts verkohlt. Der Rauch kam aus seinem Inneren und drang durch das Gewebe nach außen.

»Machen Sie sich keine Sorge. Inzwischen müssen Stofftiere aus nichtentflammbaren Materialien hergestellt werden. Offensichtlich hat sich der Hersteller ihres armen Freundes an die Vorschriften gehalten.« Charles' ruhige Stimme ließ sie ihre Anspannung verlieren.

»Beeindruckende Demonstration.« Es war die Stimme einer Frau, die von der Wohnzimmertür hinter ihr kam. Flo drehte sich um und fauchte sie an.

59. KAPITEL

Es wurde inzwischen deutlich später dunkel als bei ihrem letzten Besuch. Palina nahm einen Schluck aus ihrem Thermobecher, während sie am Rand des Brunnens ihren Gedanken nachhing. In den letzten Wochen hatten sie mehrfach versucht, die Aufmerksamkeit des Ordens auf sich zu ziehen und Van Der Steen in einen Hinterhalt zu locken. *Ob es diesmal klappt?*

Als sie die Falle das erste Mal gestellt hatten, war ihr Herz vor Aufregung fast aus dem Körper gesprungen. So hatte es sich zumindest angefühlt. Das von Charles aufgestellte Sicherungsteam hatte den Platz gründlich sondiert, bevor sie erschienen war und überwachte das Geschehen unauffällig. Zwar hatte sie niemanden erkennen können, aber sie wusste, dass alle Augen auf sie gerichtet waren. Das hatte schon gereicht, um in ihrem Kopfkino einen Psychothriller abzuspielen. Zu dem Druck, die in sie gesetzten Hoffnungen zu erfüllen, kam auch noch die Angst vor den Assassinen und die Ungewissheit, ob sie aus der Nummer wieder heil herauskommen würde. Auch nach mehreren Versuchen hatte sie es nicht geschafft, durch das Tor zu kommen. So aufgeregt war sie gewesen.

Es war Charles stoischer Gelassenheit zu verdanken, dass sie sich am Folgetag wenigstens wieder einigermaßen gefangen hatte und es nach einigen Fehlversuchen schließlich doch schaffte. Geduldig hatte er ihr immer wieder versichert, dass niemand aus dem Team etwas von ihr erwarten würde. Natürlich war ihr klar, dass es Quatsch war. Es lag in der Natur der Sache, dass von ihr erwartet wurde, ihren Teil der Aufgabe zu erfüllen. Darum ging es schließlich. Dafür trieb man diesen ganzen Aufwand und ging große Risiken ein. Präsentierte sie sich als unzuverlässig oder sogar unfähig, hätte man auch ein anderes Bild von ihr, als wenn sie routiniert und zuverlässig ihren Anteil dazu beitrug, den Orden zu zerstören. Geholfen hatten sein unerschütterlicher Glaube an sie und sein Zuspruch trotzdem.

Bei den folgenden Hinterhalten hatte sie nie auch nur die Spur eines Assassinen gesehen. Es war zum gewohnten Bild geworden und sie rechnete eigentlich auch gar nicht mehr damit, dass noch einer auftauchen würde. Ihrer Meinung nach hatte der Orden sein Interesse am Tor zur Sandwüste genauso verloren wie schon an dem zur Steinküste. Ein Gutes hatte es jedenfalls. Sie hatte Routine gewonnen und öffnete das Tor inzwischen auf Anhieb.

Palina riss sich aus ihren Gedanken, stellte ihren Becher neben sich ab und begann, ihre heutige Aufgabe zu erfüllen. In einigen Minuten wäre sie mit allem durch und auf dem Weg zum Essen mit Charles. In neuer Rekordzeit fand sie sich in dem weißen, luftig geschnittenem Sommerkleid auf der Sanddüne wieder, das sie auch die letzten beiden Male getragen hatte. Es war aus einem dünnen, fast schon transparenten Stoff gefertigt, ohne jedoch billig zu wirken. Dazu trug sie blau-weiß gestreifte Espadrilles. Sie waren flach und geschlossen, um ein bequemes Gehen durch den Sand zu ermöglichen, ohne die Füße dem heißen Wüstensand auszusetzen. Zum Schutz der Augen hatte sie einen Sonnenhut mit überbreiter Krempe. Es war eine dieser wunderhübschen Sonderanfertigungen eines Designers, über die sie im Web gestolpert war. Dessen geflochtene Kunstwerke versprühten das Flair von Ascott und hatten sie sofort begeistert – deren Preise weitaus weniger. Eine Sonnenbrille wäre nützlicher gewesen. Allerdings bekam sie Brillen einfach nicht hin. *Egal, wenn ich schon einen Hut manifestieren muss, dann wenigstens einen, den ich mir im wahren Leben nie leisten könnte.* Nachdem Palina sich anfangs noch über die exzentrische Kleiderwahl des alten Assassinen gewundert hatte, konnte sie es inzwischen nachvollziehen. *Warum sollte ich das nebenbei nicht auch ein bisschen genießen? Kostet mich doch nichts.*

Palina saß auf der Düne. Auf den ihr gegenüberliegenden Dünen konnte sie keinerlei Anzeichen von Aktivitäten erkennen. Über den Zeitraum der letzten Besuche war ihr aufgefallen, dass der Wind ungefähr eine Woche brauchte, um ihre Fußspuren wieder zu verwehen. Dass sie nun nirgends irgendwelche Auffälligkeiten im Sand ausmachen konnte, hieß also, dass hier seit ihres letzten Besuchs niemand unterwegs gewesen war. Das hatte sie erwartet. Sie zupfte das Kleid über ihren angewinkelten Beinen zurecht, damit es auch ihre Fesseln bedeckte und vor der Sonne schützte. Der Stoff fühlte sich zwischen ihren Fingerspitzen einfach wunderbar an. Leider konnte sie sich solche Kleidungsstücke nicht im realen Leben leisten. Sie seufzte. Die Sonne warf einen netzartigen Schatten durch den Hut auf ihr Gesicht und ihre Schultern. Sie lehnte sich zurück und stützte sich mit den Armen nach hinten ab, um noch ein bisschen das Gefühl der Sonne zu genießen, bevor sie sich wieder auf den Rückweg machen würde. Hinter sich hörte sie das Rauschen des Sandes, der vom Wind ins Rutschen gebracht wurde. Es war lauschig. *Welcher Wind eigentlich? Ich spüre keinen?*

Sie drehte sich um und schlagartig zog sich alles in ihr zusammen. Am Fuße des Dünentals in ihrem Rücken schaute sie in das Gesicht eines jungen Mannes, den sie noch nie zuvor gesehen hatte. Er hatte wohl den feinen Sand unterschätzt, war weggerutscht, auf den Knien gelandet und hatte sich reflexartig mit den Händen abgestützt. Auf allen Vieren verharrend traf sich sein Blick mit ihrem. Hinter ihm führten seine Spuren nur wenige Meter zurück bis zu dem Abdruck, an dem er kurz zuvor lautlos erschienen sein musste. Palina konnte keine Markierung erkennen. Als sie angekommen war, hatte sie, wie sie es sich angewöhnt hatte, den Blick schnell um sich herum schweifen lassen, um unliebsame Überraschungen sofort zu erkennen. Zu dem Zeitpunkt hatte sie an der Stelle nichts bemerkt. Eine Markierung wäre ihr aufgefallen, genauso wie Fußspuren. *Der Assassine ist ohne vorherige Markierung gekommen. Das ist nicht fair!* Sie war entsetzt und spürte, wie ihr Herz panisch pochte.

Plötzlich setzte sich der Assassine wieder in Bewegung. Er bemühte sich nun nicht mehr, sich möglichst lautlos zu bewegen, sondern versuchte Palina so schnell wie es nur ging zu erreichen. Er war vielleicht noch zwanzig Meter entfernt und musste dabei vielleicht zehn Höhenmeter zu ihr bewältigen. Durch die Hektik seiner Bewegungen rutschte er nur noch mehr weg und seine Schritte hatten etwas von durchdrehenden Reifen eines gefühllosen Starts bei einem Autorennen. Die Strecke, die er überwinden musste, war allerdings kurz. Sie durfte keine Zeit verlieren. Sie musste schnell weg. Palina schloss die Augen und merkte, dass ihr gesamter Körper zitterte. Verzweifelt versuchte sie sich zu konzentrieren. Aber sie konnte die näher kommenden Geräusche seiner Bewegungen und sein lautes Schnaufen nicht verdrängen. Zweimal hatte sie schon angesetzt und war gescheitert. Jetzt waren die Geräusche nur noch wenige Meter von ihr entfernt. Sie spürte, wie ihre Lippen zitterten und Tränen über ihre Wangen liefen. Sie wusste nicht, was sie tun sollte. Sie wusste nur, dass die Zeit nun nicht mehr für einen dritten Versuch ausreichen würde, bevor er bei ihr war.

Panisch sprang sie auf und versuchte vom Assassinen weg die Düne nach vorn hinabzulaufen. Ihr schöner Sonnenhut flog ihr davon. Der Assassine hatte den Kamm noch nicht erreicht, als die Kombination von Adrenalin in ihrem Blut und der Schwerkraft ihr verholfen hatten, fast die Hälfte des Abstiegs in einer Geschwindigkeit hinter sich zu bringen, die sie gerne zu ihrer Schulzeit bei den Bundesjugendspielen erreicht hätte. Eine Ehrenurkunde wäre ihr allein durch die Punkte für einen solchen Sprint sicher gewesen. Dann rutschte sie weg. Ihre Beine schafften es einfach nicht mehr, sich so schnell zu bewegen, wie es die Geschwindigkeit bergab verlangte. Der rutschende Sand kam erschwerend dazu. Einen Augenblick lang fand sie sich vollständig in der Luft wieder. Einige Meter weiter landete sie bäuchlings, rutschte erst, rollte dann, um schließlich wieder zu rutschen. Ein Fuß hatte sich im Saum ihres langen Kleides verfangen und es weit eingerissen. Ihr Fuß war durch das Loch im Kleid gerutscht und es behinderte sie bei dem Versuch aufzustehen. Ohne zurückzuschauen, versuchte sie das Kleid an der Stelle abzureißen. Der Stoff war überraschend stabil. Sie schaffte es nicht. Inzwischen war der Assassine auf dem Kamm angekommen und hielt kurz an. Schweiß lief ihm über das Gesicht und er schnappte nach Luft.

»Du hast keine Chance … Ich kriege dich sowieso«, keuchte er. »Mach es dir doch nicht so schwer … Wenn du jetzt aufgibst, verspreche ich dir, dass ich es für dich kurz und schmerzlos mache. Du willst doch nicht leiden.«

Palina schreckte herum. Sie blickte in sein siegessicheres Grinsen, während sie versuchte, im weichen Sand auf einem Bein stehend, das andere aus dem Loch über dem Saum zu ziehen. Sie verlor die Balance und fiel auf die Knie.

Der Assassine lachte. Nachdem er noch einmal tief Luft geholt hatte, fuhr er fort: »Es ist wie einschlafen … Du wirst nichts spüren … Nur einfach nicht mehr aufwachen …« Er begann seinen Abstieg, wobei er nun nicht mehr rannte, sondern langsam ging.

Sollte sie aufgeben? Palina überlegte kurz. *Nein!* Sie riss das Kleid am Ausschnitt auseinander und streifte es nach unten ab. Nun stand sie nur noch in Slip und Espadrilles im Sand und konnte aus dem Riss des am Boden liegenden Kleides steigen. Sie sah, wie der Mann sie sprachlos ansah. Er stockte kurz in seiner Verfolgung. Offenbar hatte er nicht damit gerechnet, einer so gut wie nackten Frau gegenüberzustehen und war von dieser überraschenden Wendung überfordert.

Palina staunte. Der Mann hatte keine Probleme damit, sie zu töten, aber sobald sie nackt war, überkam ihn Scham? Dieser Gedanke gab ihr das Gefühl, der Situation weniger hilflos ausgeliefert zu sein. Ja, vielleicht war sie es jetzt sogar, die die Kontrolle hatte. Sie spürte, wie eine Mischung aus Zuversicht und Trotz in ihr aufkeimte. *Dann bestimme ich jetzt mal, wo es lang geht.*

»Na, dann zeig' dem kleinen Mädchen mal, wer die Hosen anhat.«

Verdattert schaute er von der fast nackten Palina an sich hinab zu seinen Hosen.

Als Palina das sah, musste sie lachen. Es war der falsche Moment und ihr war eigentlich auch alles andere als zum Lachen zumute, aber in dieser unwirklichen Situation konnte sie nicht anders. »Zuerst musst du mich bekommen.« Sie verstand sich selbst nicht. Vielleicht war sie im Angesicht des Todes verrückt geworden. Jedenfalls war ihre Angst wie weggeblasen und etwas wie einem kribbelnden Vergnügen gewichen. So müssen sich Roofer fühlen, deren halsbrecherische Videos sie im Web gesehen hatte. Sie hatte nie verstanden, wie man so bekloppt sein konnte, Spaß an lebensgefährlichen Risiken zu finden. Nun fand sie ein ähnliches Mindset bei sich vor. Sie bemerkte, wie der Assassine sich fing, tief Luft holte und seine Verfolgung mit wütender Miene wieder aufnahm. Ihr kam eine Idee. Sie drehte sich von ihm weg und stieg die nächste Düne auf dem direktesten und steilsten Weg hinauf. Sie versuchte erst gar nicht zu laufen, sondern einfach nur zügig zu gehen. So, wie sie es bei Van der Steen gesehen hatte. Er war nicht gelaufen. Er hatte versucht, mit seinen Kräften zu haushalten.

Als ihr Verfolger sah, dass Palina ihre Flucht nur langsam fortsetzte, beschleunigte er sein Tempo. Palina bemerkte es, als sie kurz zurückblickte. Aber sie zwang sich, ihren Plan einzuhalten. Sie musste jetzt die Nerven behalten und durfte ihre panische Angst nicht die Oberhand gewinnen lassen. *Nicht jetzt!* Sie musste an irgendetwas Lustiges denken, was ihre wieder aufkommende Angst in Schach hielt. *Aber was?* Sie spürte, wie ihre Brüste hin und her schwangen und unangenehm zogen. Das wär doch einmal ein Video fürs Web! Angesichts der Likes und Follower, die das Video generieren würde, in dem sie mit ihrer frech durch die Landschaft schwingenden, prachtvollen Oberweite vor einem Mann eine Sanddüne hoch floh, würde wohl jeder Roofer vor Neid erblassen, malte sie sich aus. Sie lachte laut, während sie weiter hinauf stieg.

»Was lachst du?« Ihr fiel auf, dass sein Tonfall wütender wurde. »Das ist nicht lustig!«

Palina lachte dadurch nur noch mehr. Der Assassine verlor die Nerven und begann wieder zu laufen. Wie zuvor rutschte er zwar ständig weg, aber der Abstand verringerte sich auch zusehends. Für die Strecke, die sie mit zwei Schritten zurücklegte, brauchte er im Schnitt drei bis vier, schätzte sie. Ungefähr fünf Meter vor dem Kamm der Folgedüne blieb sie stehen. *Hier müsste es ungefähr sein.* Sie nahm all ihren Mut zusammen, drehte sich um und schaute den Assassinen einfach nur lächelnd an. Er war nur noch drei bis vier Meter entfernt.

»Na komm schon. Streng dich ein bisschen mehr an«, rief sie ihm spöttisch zu. »Gib dir mal mehr Mühe.«

»Was spielst du für ein Spiel?« Er stockte und schaute sie misstrauisch an.

»Was denkst du denn?«

Er überlegte einen Moment, dann fasste er sich. »Dass du bluffst!« Er sammelte seine Kräfte und sprintete, so gut er es angesichts der steilen Sanddüne konnte, auf sie zu.

Auch wenn es wie ein Sprint in Zeitlupe ausgesehen hatte, hatte er sie schneller erreicht, als sie erwartet hatte. Nach einem kurzen Gefuchtel mit den Armen fand sie sich auf dem Rücken liegend wieder. Er hatte sie doch noch überrumpelt. Jetzt saß er auf ihrem Bauch und würgte sie mit beiden Händen. Palina versuchte mit ihren Händen zu verhindern, dass seine Daumen ihren Kehlkopf eindrückten. Dem Mann lief der Schweiß die Stirn hinab und tropfte von seiner Nase direkt in ihr Gesicht. Dazu kam sein unangenehmer Atem und schließlich blieb ihr auch nicht erspart, einen zähen Speichelfaden in das linke Auge zu bekommen. Es war lediglich der Ablenkung durch ihre Luftnot zuzuschreiben, dass sie sich nicht vor Ekel erbrach. *Bitte lass Alex recht behalten,* sendete sie ein Stoßgebet.

60. KAPITEL

Vor einiger Zeit hatte sie Alex' Einladung zu einem Videoabend angenommen. Leider stellte sich schnell heraus, dass es sich mitnichten um einen lauschigen Abend zu zweit handelte, bei dem sie sich aneinandergeschmiegt unter einer Decke eingekuschelt Liebesfilme anschauten. Der Abend war in wirklich allen Aspekten anders verlaufen, als sie es sich ausgemalt hatte. Zu ihrer Überraschung nahmen auch seine Kumpels vom Sport am Filmabend teil. Statt Schmonzetten wurde der neueste Actionthriller gestreamt, in dem viel explodierte, Autos Unfälle bauten und scheinbar unverwundbare Leute theatralisch auf sich einschlugen. Lautstark kommentierten die Jungs, die sich offenbar allesamt für Experten in Kampfsportangelegenheiten hielten, wie unrealistisch jede Aktion war. Zu Palinas Überraschung schien das deren Begeisterung für den Film jedoch nicht im Geringsten zu schmälern. In einer Szene würgte ein Angreifer sein Opfer, welches panisch versuchte, sich zu befreien, um schließlich nach wenigen Sekunden den Erstickungstod zu erleiden. Während Palina diese Szene damals richtig mitgenommen hatte, starrten die Jungs nur gelangweilt auf die Mattscheibe und stopften Chips in sich hinein. Entsetzt hatte sie damals gefragt, wie sie so abgestumpft sein konnten, dass ihnen so was nicht naheging. Mit müden Blicken wurde sie belächelt.

Schließlich hatte Alex mit selbstverständlicher Gelassenheit erklärt: »Das lernst du beim Jiu Jitsu. Sich so zu würgen ist reine Nervensache. Das dauert Minuten, bis dich jemand so umbringt.«

Einer seiner Freunde ergänzte: »... und das Praktische daran ist: Der Angreifer tut dem Opfer noch einen Gefallen, dadurch dass er seine Hände nicht frei hat.«

Ein anderer meinte: »Das hat man dir doch bestimmt schon bei der Selbstverteidigung für Frauen erklärt. Da hast du wohl gerade nicht aufgepasst.«

»Ich habe nie Selbstverteidigung für Frauen gemacht! Woher soll ich das wissen?«

Schlagartig hatte Palina die Aufmerksamkeit sämtlicher Jungs vom neuesten Actionthriller weg auf sich gezogen. Keiner kaute mehr Chips. Alle starrten sie an. Einer vergaß sogar zu kauen und sah sie mit offenem Mund an. Solches Staunen hätte sie gerne auf andere Weise ausgelöst.

»Erzähl nichts.«

»Du verarscht uns.«

»Lernt das nicht heutzutage jedes Mädchen im Sportunterricht?«

»An unserer Schule war das jedenfalls kein Unterrichtsstoff«, hatte Palina angesichts der einstimmigen Ungläubigkeit verunsichert geantwortet. »Meine ich zumindest.«

»Das ist grob fahrlässig von der Schule!«, empörte sich der eine.

»Du bist doch viel zu hübsch. Du musst dich doch zu wehren wissen.«

Palina fand an der plötzlichen Wendung des Abends Gefallen.

»Da draußen laufen eine ganze Menge Irre rum. Die sind nicht alle so lieb wie wir.« Der andere deutete aus dem Fenster. Palina folgte reflexartig der durch den Finger angezeigten Richtung und blickte durch das Fenster über eine Baumkrone hinweg den vorbeifliegenden Schwalben hinterher.

»Alex! Wie kannst du deine bildhübsche Freundin so einer Gefahr aussetzen?«

»Du Arsch.«

Alex' Augen waren weit aufgerissen. Der Arme schien mit der Situation vollkommen überfordert zu sein. In diesem Moment erinnerte er sie mit seinen wirr abstehenden roten Haaren und dem erschrocken nach unten gezogenen Mundwinkel an Beeper von den Muppets.

»Genau, wie kannst du das deiner bildhübschen Freundin antun?«, hatte sie, glänzend gelaunt, den wesentlichen Teil der Botschaft wiederholt.

Sprachlos hatte er sie angeschaut. Sanft lächelnd hatte sie seinen Blick gehalten. Kurz bevor sie das Gefühl hatte, dass er gleich ohnmächtig wird, hatte er sich zusammengerissen, den Stream pausiert und sich zu seinen Kumpels gedreht: »Jungs, wir haben eine Mission zu erfüllen!«

Ihr war schon immer klar gewesen, dass die Kommunikation zwischen den Geschlechtern von Missverständnissen und Unverständnis durchsetzt war. An diesem Abend war sie zu dem Schluss gekommen, dass es noch wesentlich schwerwiegender war, als sie bisher angenommen hatte. Sie würde die Kommunikation von jungen Männern wohl nie entschlüsseln.

Nach Alex' Appell war kein weiteres Wort nötig gewesen. Es gab keinerlei Protest, dass der Film mitten in einer Kampfszene angehalten wurde. Jeder wusste sofort, was zu tun war. Einer schob den Tisch beiseite, einer das Sofa. Kurz danach begriff sie, dass ein provisorisches Dojo hergerichtet wurde. Es folgte ein sehr interessanter Teil des Abends, der noch für ausreichend Unterhaltungsstoff an mehreren anschließenden Mädelsabenden sorgte. Zuerst führten die Schergen ihr gegenseitig aneinander vor, welches die wichtigsten Grundlagen waren, die eine so wunderhübsche Frau wie sie unbedingt wissen musste. Dabei gab es durchaus gegensätzliche Ansätze, die auch gleich vor Ort einer Prüfung unterzogen wurden. Einen zerbrochenen Glastisch und eine abgebrochene Lehne später – Alex und Kai hatten den Sturz des Flachbildfernsehers hechtend abgefangen – hatte man sich auf einen Not-Lehrplan verständigt. Danach folgte der Ausbildungsteil, bei dem es an ihr war, das gerade Gesehene praktisch umzusetzen. Sie bezweifelte zwar, dass sie jemals auf so vorsichtige und fast schon sanfte Art angegriffen werden würde, aber sie fand diese Art von Sport ziemlich angenehm.

»Verstehe ich das richtig: Nahkampf mit vier Männern gleichzeitig und du egoistisches Ding hast uns nicht Bescheid gesagt?«, hatte ihr Tina später theatralisch vorgeworfen.

»Hättest du doch auch nicht«, hatte Palina gekontert.

Daraufhin hatte Tina wieder so laut und dreckig gelacht, dass man sie dafür einfach nur lieb haben musste.

61. KAPITEL

Der verbissene Blick des Assassinen verwandelte sich in ein Staunen, als Palina plötzlich anfing zu lächeln, obwohl er ihr die Luft abschnürte. Explosionsartig riss sie seine Arme auseinander und stieß ihre Finger in seine Augen. Das war zumindest ihr Plan. Leider reichte ihre Kraft gerade einmal aus, seine Hände von ihrem Hals abrutschen zu lassen und dann waren ihre Arme auch noch wesentlich kürzer als seine, sodass sie seine Augen gar nicht erreichen konnte. Glücklicherweise reichte das Überraschungsmoment aus und der Assassine riss reflexartig sein Gesicht mitsamt seinem Oberkörper zurück, um seine Augen zu schützen. Dadurch gab er den ohnehin schon gelösten Würgegriff auf.

Alex hat recht. Reine Nervensache. Palina schnappte nach Luft. Es fiel ihr zuerst schwer, aber ihre Lungen tankten frische Luft. Einen Moment später hatte sich der Assassine wieder gefangen und wollte gerade erneut ansetzen, sie zu erwürgen.

»Hast du Intelligenzbestie dir einmal die Frage gestellt, wie du bei deinem Energieverbrauch rechtzeitig wieder am Tor sein willst, um noch lebend zurückzukommen?« Sie pokerte. Sie war sich immer noch nicht sicher, ob sie die Gesetzmäßigkeiten genug verstanden hatte und ihre Idee aufging. Aber sie würde Zeit gewinnen, wenn sie ihm vortäuschte, dass sie besser Bescheid wusste als er.

Der Mann stockte. Entsetzen war in seinem Blick zu erkennen.

»Dann würdest du es doch auch nicht schaffen.«

»Unterschiedliche Distanzen, mein Lieber. Hast wohl nicht aufgepasst, als Distanzberechnung im Unterricht rangekommen ist.«

»Welche Distanzberechnung?« Er war stark verunsichert und der Erschöpfung nah. Ihr Plan schien aufzugehen. Das gab ihr die Zuversicht nachzusetzen.

Palina setzte alles auf eine Karte: »Oh Mann. Hat mir Van Der Steen etwa einen Anfänger geschickt? Du dachtest wohl, ein kleines, nacktes Mädchen kann keine Meisterin sein. Weißt du nicht, wo wir uns befinden? Hier kommt es auf mentale Power an. Schau zurück. Du kannst dich hetzen, wie du willst, du wirst es niemals lebend zurückschaffen.«

Er blickte panisch zurück. Es schien ihm langsam klar zu werden, zu welchem Fehler er sich im Rausch der Verfolgung hatte hinreißen lassen. Er drehte sich ihr wieder zu: »Du lüg...« Weiter kam er nicht.

Dieses Mal hatte sie ihren Oberkörper, den er nicht mehr auf den Boden drückte, genug aufrichten können, um mit verschränktem Zeige- und Mittelfinger ganz so, wie es ihr Kai gezeigt hatte, über das Jochbein an der Nase entlang ins Auge zu stoßen.

Und nicht abbremsen. Als wenn du bis ins Gehirn hineinwillst, hatte sie noch im Ohr.

Schmerz zog durch ihren Finger, als sie sich eines der Gelenke verstauchte. Dieser trat durch den Schrei, den der Assassine in dem Moment ausstieß, in den Hintergrund. Er warf sich zurück, um der Richtung zu entgehen, aus der ihm solch ein Schmerz zugefügt wurde. Mit geschlossenen, tränenden Augen versuchte er von Palina wegzukrabbeln und rutschte dabei die Düne hinab.

Heftige Gegenwehr. Und schrei, sei laut. Damit rechnen sie nicht.

Sie sprang auf und schrie auf eine Art und Weise, die in der realen Welt eher mitleidig als heiseres Röcheln interpretiert worden wäre. In seinem Zustand musste es dem Assassinen jedoch wie ein markerschütternder Schrei vorgekommen sein. Ansonsten wäre er kaum so angsterfüllt aufgesprungen und hätte so verzweifelt versucht, die Düne hinab und zurück zu laufen.

Und nachsetzen. Nicht aufhören. Sie sollen gar nicht erst Gelegenheit zum Nachdenken bekommen.

Sie erkannte sich selbst nicht wieder, als sie ihren Attentäter auch noch verfolgte. Allerdings musste sie sich weiter ihre Kräfte einteilen und durfte sich in ihrem Siegestaumel nicht zum Hinterherjagen verleiten lassen. Die Distanz, die sie zu ihrem Ausgangspunkt zurückzulegen hatte, war kürzer als die, die der Assassine zu seinem hatte. Sie hatte darauf geachtet, sich nicht so weit von ihrem Tor zu entfernen wie Van Der Steen damals maximal gehen konnte, bevor er wieder umkehren musste. Die Distanz eines Experten hätte sie bestimmt nicht geschafft. Ein normaler Assassine, der sich zudem auch noch verausgabt, allerdings auch nicht. Sie hatte also die Entfernung gewählt, bei der ihr Angreifer etwas weiter als Van Der Steen laufen musste, sie aber noch deutlich darunter lag.

Inzwischen war sie im Tal zwischen den Dünen angekommen und begann den Aufstieg. Sie war zwar erschöpft, aber bei Weitem nicht so erschöpft wie der Mann, der vom Kriechen-auf-allen-Vieren zum Auf-dem-Bauch-robben übergegangen war. Es war ein mitleiderregendes Bild, wie er sich gerade einmal nach etwas mehr als der Hälfte des Aufstiegs nur noch zeitlupenartig, einem Verdurstenden in der Wüste gleich, vorschieben konnte. Und selbst wenn er es bis nach oben schaffte, läge dann noch der Abstieg zu seinem Tor vor ihm. Langsam, so energiesparend, wie sie nur konnte, überholte sie ihn schließlich. Sicherheitshalber hielt sie zwei bis drei Meter seitlichen Abstand, falls er noch einen letzten Trick auf Lager hatte. Aber als sie zurückblickte und seinen hasserfüllten, verzweifelten Blick sah, mit dem er ihr hinterhersah, war ihr klar, dass diese Schlacht geschlagen war. Wäre Van Der Steen ihr Gegner gewesen, wäre das Ganze nicht so glimpflich ausgegangen. Dann wäre sie diejenige gewesen, der man zulächelte, während sie ihr Leben auf dem Bauch liegend aushauchte. Wahrscheinlich hatte Van Der Steen die Lunte mit der Falle gerochen und einen wenig erfahrenen Assassinen geopfert, um einerseits die Lage richtig einschätzen zu können und andererseits die Chance auf einen Sieg zu nutzen. Sie hatte einmal einen Dokumentarfilm über Ratten gesehen. Um eine neue Nahrungsquelle zu testen, schickten die alten Ratten eine junge Ratte vor. Die junge Ratte schlug sich freudig den Bauch voll und wurde einige Tage beobachtet, bevor die Alten ein Urteil fällten, ob es für sie sicher war. Hoffentlich täuschte sie sich und es war in diesem Fall nicht so. Denn sonst hatten sie es mit einer ganz gewieften alten Ratte zu tun, die wohl schon so manchen Kammerjäger zur Verzweiflung getrieben hatte.

Sie kam an ihrem Ausgangspunkt an und richtete ihre Sitzposition wieder so aus, wie sie gewesen war, als sie angekommen war. Dabei konnte sie gut die Düne hinab auf den Körper blicken, dessen Bewegungen nur noch aus kaum merklichem Zucken bestand. Palina fühlte sich zwar erschöpft, hatte aber noch genug Reserven, um den Rückweg anzutreten. Es war ein Vorteil gewesen, dass sie vorher so viele Trainingsreisen absolviert hatte. Dadurch hatte sie ihre Reichweite Stückchen für Stückchen ausbauen können und heute hatte sie es gebraucht. Wahrscheinlich war ihre Reichweite von Anfang an größer gewesen als die ihres Gegners und sie hätte einfach nur ein taktisches Abstandsspiel spielen müssen, ohne sich auf einen riskanten und kräftezehrenden direkten Kampf einzulassen. Aber das konnte sie vorher nicht wissen. Heute hatte sie viel gelernt und ihr Widersacher war so freundlich gewesen, ihr dabei zu helfen und ungewollt einige Thesen zu bestätigen. Erleichtert und zufrieden mit dem Erreichten war es nun für sie ein Kinderspiel zurückzukommen.

62. KAPITEL

K ühler Wind strich über Palinas Gesicht. Der ständig präsente und nur in seiner Stärke variierende Lärm des Verkehrs und geschäftigen Treibens Hamburgs bildeten die ihr vertraute Geräuschkulisse, welche sie willkommen zurück hieß. Erleichtert öffnete sie ihre Augen. Sie fröstelte. Durch den unerwartet langen Aufenthalt war sie stärker ausgekühlt als die letzten Male. Ihr Hirn war wie leer gefegt. Kein Gedanke machte Anstalten, ihr in den Sinn zu kommen. Tabula rasa. Nach einigen Minuten des Zusichkommens und mehreren tiefen Atemzügen griff sie ihren Thermobecher und stand auf. Sofort knickten ihre Knie kraftlos ein und sie plumpste zurück auf den Rand des Brunnens.

Das hat Kraft gekostet. Es lässt sich nicht schönreden. Während sie sich weiter ausruhte, sah sie Charles am Ende des Marktplatzes auftauchen und gemütlich auf sie zu schlendern. Er ließ sich Zeit. Wahrscheinlich wollte er keine Aufmerksamkeit erregen.

»Ich bin hin- und hergerissen«, eröffnete Charles das Gespräch, während er sich mit etwas Abstand neben sie setzte, ohne sie anzuschauen. »Einerseits hoffe ich, dass ihr langer Aufenthalt daher rührt, dass Sie sich heute ein ausgiebiges Sonnenbad gegönnt haben. Andererseits wäre es noch schöner, wenn Sie Van Der Steen beschäftigen konnten und das Team ihn aufspüren und zugreifen konnte. Erlösen Sie mich bitte von der Spannung. Was war es?«

In diesem Moment hörten beide die Sirenen mehrerer Einsatzfahrzeuge in der Umgebung, konnten aber keines sehen. Charles Lächeln verbreiterte sich.

»Freuen Sie sich bitte nicht zu früh. Weder noch.«

Charles Lächeln wich einem erstaunten Gesichtsausdruck.

»Van Der Steen ist nicht gekommen. Aber ein anderer Assassine. Und der hatte einen ganz miesen Trick drauf. Ich habe es nicht geschafft, ihn hinzuhalten und dann schnell vor seiner Nase zu verschwinden, wie wir es eigentlich geplant hatten«, erläuterte Palina. »Es wurde leider sehr brenzlig. Aber ich habe ihn am Ende doch noch ausgetrickst«

Charles dreht sich zu ihr und sah sie nun direkt an. Sie bemerkte Sorgenfalten auf seiner Stirn. »Aber Sie sind gesund und munter wieder zurückgekommen, oder? Das ist das Wichtigste«, stellte er anscheinend mehr zu seiner Beruhigung fest.

»Keine Sorge. Mir geht es gut. Aber ich habe viel zu berichten. Ich habe einiges gelernt, aber auch neue Fragen.«

»Hmm, ich denke, es wird Zeit, dass wir uns aus der Schusslinie bewegen. Haben Sie sich inzwischen wieder so weit erholt? Sie sahen auf die Entfernung nicht gerade quicklebendig aus, als Sie wieder zu sich kamen.«

»Ich denke, es geht mir wieder gut genug. Wir können gehen. Darf ich mich einhaken?«

Charles Lächeln war zurückgekehrt. »Palina, Sie dürfen sich immer bei mir unterhaken. Danach brauchen Sie gar nicht zu fragen. Es ist mir ein Vergnügen.«

Palina lächelte zurück, während er schon aufgestanden war. Mit einer Hand stützte er ihren Ellbogen, um ihr das Aufstehen zu erleichtern und ein erneutes Zurückfallen zu verhindern. Während sie wie ein Touristenpaar über den Platz spazierten, meinte Charles: »Wenn die Sirenen in Zusammenhang mit Ihrem Ausflug standen, dann hoffe ich, dass sie nicht unseren Freunden galten.«

»Also soweit es mich betrifft, würde ich sagen: Daumen hoch«, sie blickte ihn an und ergänzte zur Sicherheit, »für uns.«

»Was halten Sie davon, wenn Sie Ihre Erlebnisse nicht nur mir berichten, sondern auch den anderen? Meiner Meinung nach ist es schon längst überfällig, dass wir uns alle gegenseitig kennenlernen.«

»Gerne.«

»Dann werde ich das organisieren.«

Inzwischen waren beide an den Fußgängertunneln angekommen, die zu den U-Bahngleisen führten, und begannen, die Stufen hinabzusteigen. Auf der zweiten Treppe hörte Palina Schritte, die ihnen folgten. Verängstigt drehte sie sich um.

Mit unverändert nach vorn gerichtetem Blick sagte Charles leise: »Keine Sorge. Es ist unsere Nachhut. Es wäre grob fahrlässig, sich aus prominenter

Position zurückzuziehen, ohne vorher für Rückendeckung gesorgt zu haben.«

Auf dem Bahnsteig angekommen warteten an diesem Abend ungewöhnlich viele Fahrgäste auf den nächsten Zug. Vor so viel Zuschauern würde ein Assassine wohl kaum etwas versuchen. Sie hoffte, dass das auch Charles Überlegung gewesen war, als er sie inmitten eines besonders dichten Pulks Wartender im hinteren Drittel des Wartebereichs geführt hatte. Palina stellte erleichtert fest, dass sie gebührenden Abstand zur Bahnsteigkante hielten. Außerdem standen weitere Fahrgäste zwischen ihnen und der Kante, die einen natürlichen Schutzpuffer bildeten. *Sicher ist sicher.* Palina beobachtete Charles von der Seite. Schweigend betrachtete er die Kacheln der gegenüberliegenden Tunnelwand und wartete ohne irgendeine Regung zu zeigen. Sie wunderte sich, dass der sonst so unterhaltsame Mann plötzlich so still geworden war und fragte sich, was gerade in ihm vorging.

Das grelle Kreischen einer Frau mittleren Alters riss die Wartenden aus ihren Gedanken und zog ihre Aufmerksamkeit auf sich. Palina versuchte zu erkennen, aus welcher Richtung der Schrei kam und ob sie etwas erkennen konnte. Aber die Menschenmenge verdeckte ihr die Sicht. Eine nervöse Unruhe brach unter ihnen aus, ohne dass sie erkennen konnte, ob jemand Anstalten machte, etwas zu unternehmen. Palina schaute wieder zu Charles. Er blickte immer noch ungerührt auf die Wandkacheln, als ob dort ein Roman stünde, in den er sich vertieft hatte und er den Schrei gar nicht mitbekommen hätte. Sie traute sich nicht zu sprechen, um nicht das Interesse der in Hörweite Stehenden auf sich zu ziehen. Aber Charles schien ihre Nervosität bemerkt zu haben. Kaum spürbar drückte er ihren Arm, mit dem sie sich bei ihm untergehakt hatte, zweimal kurz. Aus gleicher Richtung, aber einer anderen Ecke war nun ein weiterer Schrei zu hören. Ein Teil der Fahrgäste verließ hastig den Bahnsteig.

Palina merkte, wie ihr trotz der Ruhe, die Charles ausstrahlte, langsam unwohl wurde. Sie wollte schon etwas sagen, als er ihr zuvorkam: »Wahrscheinlich ist gerade jemandem aufgefallen, dass er den Einkaufszettel zu Hause liegen gelassen hat.«

Palina hörte das über die Schienen vorauseilende Quietschen, das den nahenden Zug ankündigte. Sie schaute in Richtung der Tunnelöffnung, aus der die Bahn kommen würde. Die Scheinwerfer waren schon fern im Dunkel des Tunnels zu erkennen. Sie war froh, gleich in der Bahn zu sitzen und von diesem Ort wegzukommen. In diesem Moment stürzte eine Frau in einem eleganten Mantel auf die Gleise. So wie sie stürzte, sah es für Palina nicht danach aus, als sei sie gesprungen oder gestolpert. Sie fühlte sich sofort an ihr eigenes Stoßerlebnis erinnert. Die anderen in der Nähe der Unfallstelle Stehenden sahen nur hilflos zu. Sie schienen vom Schock gelähmt zu sein. Dann eilte endlich ein Mann zur Notrufsäule. Die Frau im Gleisbett bewegte sich überraschend geschmeidig und hatte es irgendwie geschafft, zwischen den Schienen zu landen, ohne einen Kontakt zu den stromführenden Leitungen herzustellen. Das hätte sie wie ein Blitzeinschlag grillen können. Kniend hob die Frau den Kopf und schaute in ihre Richtung. Es war Anne. Nun beendete endlich auch Charles seine meditative Betrachtung der langweiligen Kacheln und blickte zu Anne. Anne lächelte ihnen kurz zu, sprang dann schnell im Gleisgraben in Richtung der Bahnsteigkante. Mehr konnte sie nicht erkennen, denn nur den gefühlten Bruchteil einer Sekunde später fuhr der Zug mit quietschenden Bremsen ein. Aufgrund seiner schieren Masse und der damit verbundenen Trägheit war der Bremsweg viel zu lang, um noch rechtzeitig vor Anne zum Stehen zu kommen. Sie war nicht mehr auf den Bahnsteig gelangt.

Palina blieb das Herz stehen.

»Ich denke, diese Zugverbindung ist erst einmal unterbrochen. Ich bestelle uns ein Taxi.« Er zog sie sanft in die Richtung des Aufgangs, der sich am hinteren Ende des Bahnsteigs befand. Schockiert über seine Emotionslosigkeit und mit der Situation überfordert folgte sie ihm willenlos. Die Ruhe, die er ausstrahlte, vermittelte ihr, dass er genau wusste, was nun zu tun war. Sie wusste es momentan jedenfalls nicht und folgte ihm einfach.

Wenig später saßen beide im Fond eines Taxis.

»Das nenne ich einmal ins Wespennest stechen. Man kann nicht sagen, wir hätten heute keine Reaktion ausgelöst.« Zu dem Taxifahrer gewandt sagte er lauter: »Bitte ins Beiti ... Ja, das libanesische Restaurant.«

63. KAPITEL

Mann, Mann, Mann. Man kann euch gar nicht allein lassen. Kaum fährt man mal in den Urlaub, ist hier die Hölle los.«

Mario hörte René, noch bevor er durch die Tür gekommen war. Braun gebrannt zog er sich den Besucherstuhl herum und setzte sich direkt neben Mario.

»Da du ständig im Urlaub bist, müssten schon grundsätzlich keine Straftaten mehr begangen werden, damit du nichts verpasst«, konterte Mario.

»Was heißt hier ›ständig im Urlaub‹? Das war mein erster Urlaub dieses Jahr.«

Mario lächelte müde. Er ahnte schon, was nun kam.

»Das davor war ›Abbau von Überstunden‹«, ergänzte René, wie erwartet.

»Als einziger des gesamten Kommissariats und nur, um eine Freistellung aufgrund disziplinarischer Maßnahmen zu kaschieren.«

»Der eine bezeichnet es so, der andere so. Tatsächlich wirst du in meiner Akte keine einzige Verwarnung finden, sondern nur ein vorbildlich reduziertes Überstundenkonto. Ich bin quasi eine Zier der Abteilung.«

Mario schüttelte den Kopf. »Ich möchte echt einmal wissen, wie du das immer wieder hinbekommst.«

»Ich kann es nicht mit meinem Gewissen vereinbaren, dich auf die dunkle Seite der Macht zu ziehen, junger Padawan. Doch genug des vergnüglichen Plausches. Ab und an müssen wir für unser Geld auch arbeiten.«

Mario war sich sicher, dass René genau wusste, wie viele Überstunden er inzwischen angesammelt hatte. Es war ja nicht so, dass er sie nicht auch gern abbummeln wollte. Der Haken daran war, dass er es einfach nicht genehmigt bekam. »Vielleicht sollte ich einmal auf deine Dienste zurückgreifen, damit mir auch ein paar Wochen dienstfrei genehmigt werden.«

»Ich weiß, du siehst mich an und denkst, ich sei ein Jedi-Meister mit schier unermesslicher Macht. Aber ich muss dich leider enttäuschen. Ich würde es liebend gern für dich tun. Echt. Nur habe ich das letzte Mal den Bogen vielleicht ein kleines bisschen überspannt. Jetzt muss ich erst einmal kürzertreten.«

»Der große Jedi-Meister – hilflos – ich kann es nicht mit ansehen.«

»Schwer zu glauben, ich weiß.« René nickte schwermütig. »Du hast neue Leichen, habe ich gehört«, wechselte er das Thema.

»Was du so hörst.«

»Zier dich nicht. Du willst es doch auch. Also raus damit.«

»Du erinnerst dich noch an die Toten vom Marktplatz, als dort noch der Weihnachtsmarkt stattfand?«

»Wie lange, meinst du eigentlich, war ich weg?«

»Gefühlt eine Ewigkeit.«

René tätschelte Mario die Schulter. »Jetzt bin ich ja wieder da.«

»Das ist gut. Aber versprich mir, dass du mich nicht wieder wegen einer anderen verlässt.«

Beide lachten.

»Wir haben dort im Umfeld drei neue Tote und eine spurlos verschwundene Frau – an einem Abend.«

»Das nimmt ja schon Ausmaße von Bandenkriegen an.«

»Bloß, dass nur einer der drei Todesfälle äußere Verletzungen vorweist.«

»So langsam wird mir ganz unwohl bei dem Gedanken, dass die Zahl der rätselhaften Fälle zunimmt.«

»Mir ist schon längst unwohl. Also mal ernsthaft: Zuerst stirbt wieder ein viel zu junger Mann an – nennen wir es einmal – Altersschwäche.«

»Lass mich raten: Die Obduktion findet ein Herz mit Verbrennungen.«

»Falsch, mehr wie damals Nummer zwei, der junge Mann im Hotel. Die Rechtsmedizin findet gar nichts.«

»Wo stirbt er?«

»Unweit vom Marktplatz, wo auch der Weihnachtsmarkt stattgefunden hat.«

»Und wir sind misstrauisch, weil …«

»Er, wie gesagt, viel zu jung ist und Matthias bei ihm einen identischen, perfekt anonymisierten Lebensstil wie bei Nummer zwei und vier gefunden hat. Matthias hat inzwischen ein Vorgehen entwickelt, nach den entsprechenden Zusammenhängen zu suchen. Er ist echt schnell.«

»Interessant.«

»Dann wart' mal ab. Es geht erst los. Nur kurze Zeit später bricht unweit vom Unfallort mitten auf einem Bahnsteig ein Mann zusammen. Tot. Die umstehenden Passanten und die Überwachungskamera bestätigen eindeutig, dass zu dem Zeitpunkt niemand in seiner unmittelbaren Nähe war. Er sackte einfach zusammen. Keine Zeichen äußerer Einwirkung.«

»Aber jetzt ein verbranntes Herz bei der Obduktion, oder?«

»Jetzt bekommst du dein verbranntes Herz.«

»Gut, ich war schon leicht verunsichert. Wie gehts weiter?«

»Nur Minuten später wird wenige Meter weiter eine Frau erschossen. Wohl ein Schalldämpfer. Niemand hat mitbekommen, von wo der Schuss abgefeuert wurde. Keine verwertbaren Hinweise auf den Aufzeichnungen der Überwachungskameras. Der Täter wusste genau, wo er stehen musste. Du glaubst nicht, wie oft wir über den Videoaufzeichnungen meditiert haben.«

»Weiß man was zu der Waffe? Was sagt die Ballistik?«

»Gut, dass du sitzt. Die gleiche Waffe wie bei Nummer vier, dem Toten im Café.«

»Das kann doch alles nicht mehr wahr sein.«

»Zudem findet Matthias bei dem weiblichen Opfer auch Gemeinsamkeiten im Profil mit dem Mordopfer aus dem Café.«

»Hmm, das passt. Beide wurden erschossen, beide haben Parallelen im Profil. Und die Zwei, die an ›Altersschwäche‹ sterben ebenso.«

»Wir sind noch nicht durch. Wird noch besser. Eine Frau fällt vor dem herannahenden Zug auf die Gleise. Du musst dir unbedingt die Aufnahmen anschauen. Spoiler-Alarm: Der Bewegungsablauf sieht weder nach mutwilligem Sprung noch nach Stolpern aus.«

»Gestoßen?«

»Die Bewegung sieht tatsächlich so aus. Nur war niemand nah genug, um es zu tun.«

»Im toten Winkel der Überwachungskameras?«

»Nein, mitten im Fokus von zwei – z…w…e…i – Kameras, die zusammen alle Seiten abdeckten. Es gibt keinen toten Winkel.«

»Die Frau wurde überfahren?«

»Nö. Spurlos verschwunden.«

»Nur so eine Vermutung: Solowjowa?«

»Definitiv nicht.«

»Ihr konntet das Gesicht der Frau erkennen? Sauber.«

»Leider nein. Auf sämtlichen Aufnahmen, auf denen sie zu sehen ist, dreht sie ihr Gesicht von den Kameras weg.«

»Zufälle gibt's ... Habt ihr ...«

»Ja, haben wir. Die gesamte Abteilung hat so viel Videos geguckt, dass du standrechtlich erschossen wirst, wenn du einen fragst, was gestern im Fernsehen lief.«

»Aber woher wisst ihr dann, dass es nicht unsere Solowjowa war?«

»Weil Palina Solowjowa während der gesamten Zeit am anderen Ende des Bahnsteigs stand und sich nicht eine Sekunde von der Stelle rührte. Zweifelsfrei belegt durch eine andere Überwachungskamera.«

»Du verarschst mich doch gerade, oder?«

»Nö. Dann würde ich mir etwas glaubhafteres ausdenken.«

»Ich weiß, ich muss mich gleich wieder Verschwörungstheoretiker nennen lassen, aber ich kann mir nicht helfen, ...«

»Inzwischen bist du nicht mehr der Einzige.«

»Ach?«

»Man munkelt, Petersen hat hinter verschlossenen Türen einen Einlauf vom Alten bekommen, nachdem sich die Ereignisse überschlagen haben.«

»Warum denn das? Braucht man einen Sündenbock als Opfergabe?«

»Vielleicht auch das. Aber der Ablauf der Ereignisse passte zu der Theorie eines – dir bekannten – Mitarbeiters, der, nachdem er seinen Unmut darüber kundgetan hatte, dass man nicht auf ihn hört, vom Dienst freigestellt wurde.«

»Ach!«

»Ja, nachdem du – wie du es so gerne darstellst – deine Überstunden abbauen durftest, wollte natürlich jeder mit ordentlich Überstunden – also praktisch das gesamte Kommissariat – wissen, wie du das hinbekommen hast. Und so machte alles, was damit zusammenhing, die Runde.«

René lächelte zufrieden. »Ich wusste schon immer, dass ihr alle zu mir aufschaut.« Dann stockte er und runzelte die Stirn. »Aber das hatte doch niemand mitbekommen. Außer vielleicht Matth...«

»Sagen wir es einmal so, Matthias genoss die plötzliche Aufmerksamkeit, als jeder zu ihm kam, um aus erster Hand zu erfahren, was genau passiert war.«

»Es sei ihm gegönnt.«

»Und so kam die Geschichte auch zum Alten. Was sich am Ende nicht gerade als nachteilig für dich herausgestellt hat.«

René stand auf.

»Was hast du vor?«, fragte Mario.

»Ich gehe jetzt zu Petersen und lasse mir einen Kaffee von ihm ausgeben.«

»Bitte? Du bist gerade wieder aus dem Urlaub zurück.«

»Was du nicht weißt, ist, dass ich heute deshalb erst so spät bei dir aufschlage, weil mich Petersen vorhin abgefangen hat. Ich durfte mir einiges anhören: ›Ich sei damals gerade noch einmal davon gekommen‹, ›Das nächste Mal …‹ und so weiter und so fort. Ich wusste nicht, warum er damit noch einmal anfängt. Es ist doch schon einige Zeit her. Zu dem Zeitpunkt wusste ich noch nichts vom Einlauf, den Petersen bekommen hat, und habe alles reumütig geschluckt.«

»Meinst du nicht, es wär einmal an der Zeit ›Schwamm drüber‹ zu sagen?«

René schaute Mario mit müdem Blick an.

»War nur 'ne Frage«, resignierte Mario.

64. KAPITEL

Das Quietschen der Tür ließ Palina zusammenzucken. Ein Bulle von Mann mit stark gelichtetem Haar schaute zu ihr auf. Auf seinem Tisch vor ihm war ein heilloses Durcheinander an Zetteln und Akten ausgebreitet. Als sie zu fragen ansetzte, wo die Versammlung stattfand, zu der sie eingeladen worden war, wies der Mann wortlos mit dem Kopf in Richtung des hinteren Bereichs. Eine Mischung aus Knurren und Grunzen signalisierte, dass er ihr damit alles gesagt hatte, was es zu sagen gab. Mit einem kurzen Nicken dankte sie ihm. Aber er hatte seinen Blick schon wieder einem Taschenrechner mit überdimensionalen Tasten zugewendet. Mit dem dicken Zeigefinger einer Pranke von Hand tippte er geradezu zaghaft auf eine der Tasten, als würde er befürchten, ansonsten den Fluch dieses dämonischen Artefaktes auf sich zu ziehen. Er wartete einen Moment, drückte noch einmal, um schließlich verzweifelt schneller und schneller auf dem armen Gerät herumzuhämmern. Ein Stöhnen entglitt ihm. Er schaute wieder hoch und entdeckte, dass sie ihn immer noch beobachtete. Seine Augen verengten sich. Palina überkam schlagartig dieses unangenehme Gefühl, unbeabsichtigt zur falschen Zeit am falschen Ort zu sein. Es sah so aus, als wollte er etwas sagen, als sie in ihrem Rücken eine harte Frauenstimme hörte: »Du musst Palina sein.«

Palina drehte sich um und schaute in den gemessen an der Härte der Stimme überraschend warmen Blick einer älteren Frau. Ihre Schürze und das Tablett in ihrer Hand legten nah, dass sie hier wohl die Bedienung war. »Ich bin Milly. Der Griesgram ist Niall. Du wirst hinten schon erwartet. Was trinkst du?«

Milly wandte kurz den Blick von Palina ab und fuhr Niall an: »Wie viele Sonntage willst du noch daran sitzen. Reiß dich mal zusammen und mach es einfach fertig.«

Niall zuckte zusammen.

»Vor dem brauchst du keine Angst zu haben. Der Papierkram stresst ihn. Ansonsten ist er eine Seele von Mensch.«

Palina schaute zu Niall, der sich wieder in seine Zahlen vertiefte und so tat, als würde er Milly nicht hören. Aber sie hatte den Eindruck, dass der zu einem geraden Strich zusammengepresste Mund und die zu Schlitzen zusammengekniffenen Augen zu einem guten Teil auch Millys Worten und nicht nur der ungeliebten Tätigkeit geschuldet waren.

»Ich finde, er macht doch einen ganz liebenswerten Eindruck«, sagte Palina, die den Drang verspürte, etwas Vermittelndes zu sagen, als sie ihn so dasitzen sah.

Niall blickte auf, schaute aber nicht Palina, sondern Milly mit einer Mischung aus Trotz und Gewinnerlächeln an, ohne ein Wort zu sagen.

Als Palina den Blick zu Milly drehte, sah sie, dass die Härte aus ihrem Gesichtsausdruck gewichen war und sie sich amüsierte. »Du hast wohl auch einen kleinen Bruder.«

»Nein, leider nicht.«

»However. Also, was willst du trinken? Du siehst mir nicht danach aus, als würdest du sonntags früh schon mit den harten Sachen beginnen. Guinness oder Cider?«

»Haben Sie auch ein Midnight?«

Milly zog eine Augenbraue hoch. »Dafür, dass du weißt, was ein Midnight ist und es auch noch früh am Tag bestellst, will ich dir dieses eine Mal verzeihen, dass du mich siezt.«

»Vielen Dank ... Milly.«

Milly lächelte Palina zu, bevor sie sich abwandte. Sie mochte Milly sofort. Vielleicht sollte sie einmal mit den Mädels zu einer belebteren Zeit eine Stippvisite hierhin machen.

Sie durchquerte das Lokal. Es wäre ihr lieber gewesen, zusammen mit Charles zu kommen. Leider sei das dieses Mal ungünstig, hatte er ihr erklärt. Es wären zuvor noch einige langweilige Interna zu besprechen und es sei für sie angenehmer, wenn sie erst später hinzukäme. Sie müsse nicht befürchten, etwas zu verpassen. Er selbst würde auch lieber später kommen. Leider ginge das in seinem Falle nicht.

Das Kellergewölbe, in dem der Pub lag, zog sich in die Länge. Erst als sie den Tresen hinter sich gelassen hatte, entdeckte sie am Ende eine kleine Gruppe von Personen, die miteinander diskutierten. Nach einigen Schritten hob sich ein Kopf und Palina erkannte Annes Gesicht. Am Tisch wurde die

Diskussion unterbrochen und weitere Blicke wurden auf sie gerichtet. Noch nie hatte sie sich mit einer Geheimgesellschaft getroffen. Zudem waren einige von ihnen Killer. Eine solche, die zudem wusste, wo sie wohnte, schaute sie gerade an. Sie war nervös.

Charles drehte sich zu ihr und bemerkte sie nun auch. »Einen wunderschönen guten Morgen, Palina. Schön, dass Sie es einrichten konnten«, begrüßte er sie.

»Guten Morgen.«

»Um das Eis zu brechen, übernehme ich am besten schnell die Vorstellungsrunde. Anne haben Sie ja schon kennengelernt – Samantha, die Dame, die das schwere Los gezogen hat, uns davon abzuhalten, in unterschiedliche Richtungen zu laufen – Oyá, von den Raben, deren angenehme Gesellschaft uns leider viel zu selten zuteil wird – Marcus, vor dessen Charme Sie sich in acht nehmen sollten.«

Marcus setzte zu einem bösen Blick gen Charles an, aber nachdem er bemerkte, dass ihn alle schmunzelnd anschauten, konnte auch er sich ein Lächeln nicht verkneifen.

Charles stand auf und zog den Stuhl, der zwischen seinem und Marcus' Platz noch frei war, zurück. Palina setzte sich und dankte ihm freundlich lächelnd.

Sie schaute zu Anne hinüber. »Ich hatte schon befürchtet, Ihnen sei etwas zugestoßen. Aber dann habe ich mir gedacht, so gelassen wie Charles blieb, wird Ihnen schon nichts passiert sein.«

»Oder es ist ihm egal«, lachte Anne.

»Um Gottes Willen, nein. Anne, wie kannst du das von mir glauben?«, protestierte Charles.

»Mich würde wirklich interessieren, wie Sie sich retten konnten. Ich wäre fast selbst einmal in der gleichen Situation gewesen.«

»Auch durch einen Assassinen«, fragte Anne.

»Ja, wahrscheinlich. Etwas schubste mich Richtung Gleis, obwohl sich niemand in meiner Nähe befand. Aber ich hatte Glück und konnte gerade noch ausweichen.«

Anne richtete einen vorwurfsvollen Blick an Charles, während sie weiter mit Palina sprach: »Interessant. Diese Info habe ich nicht erhalten.«

»Ich hatte es hier berichtet, aber an dem Termin warst du leider verhindert. Sorry.«

»Das stimmt. Ich erinnere mich.«, bestätigte Samantha mit einem bedauernden Ausdruck. »Offenbar haben die Assassinen eine neue Methode entwickelt.«

Anne sah wieder zu Palina. »Der Trick besteht darin zu wissen, dass sich unter dem Bahnsteig breite Öffnungen befinden. Im Notfall kann man schnell durch sie hindurch unter den Bahnsteig huschen. Das geht viel schneller, als erst wieder aus dem Graben hinaufzuklettern. Und von dort aus hat man dann mehrere Optionen wegzukommen.«

Palina staunte. Von solchen Öffnungen hatte sie noch nicht gehört. Sie musste sich das unbedingt anschauen, falls sie noch einmal auf einem Bahnsteig angegriffen wurde.

»Ich denke, es wäre am besten, wenn wir zur Aufarbeitung der Ereignisse von vorn beginnen«, moderierte Samantha. »Palina, wenn ich es recht verstehe, beginnen die Ereignisse des Abends mit Ihnen. Was meinen Sie, wollen Sie anfangen?«

Palina fand alle Augen auf sich gerichtet und spürte, wie sie wieder nervöser wurde. »Ja, ich denke schon. Aber ich kann Ihnen leider nicht sagen, was um mich herum passierte. Ich kann nur erzählen, was ich selbst erlebte.«

»Mehr erwarten wir auch gar nicht. Die anderen Teile werden wir dann nacheinander Stück für Stück zusammensetzen.«

»Ok.« Palina berichtete ab dem Punkt, an dem sie in der Wüste erschienen war. Aus Sorge, eventuell einen unprofessionellen Eindruck zu hinterlassen, ließ sie alles weg, was mit ihrer Kleidung und ihren Emotionen zu tun hatte. Sie berichtete, wie sie gleich nach dem Auftauchen die Umgebung auf Anzeichen von Gefahr und Spuren untersucht hatte, um sich abzusichern. Dabei suchte sie immer wieder den Blickkontakt zu den anderen. Anfänglich hatte sie bei Marcus das Gefühl gehabt, er wäre ihr gegenüber distanziert, vielleicht sogar misstrauisch. Aber während sie erzählte, sah sie, wie er seinen Blick gedankenversunken auf sein Glas gerichtet hielt und ihr konzentriert folgte. Als sie berichtete, wie der Assassine ohne irgendwelche erkennbaren Anzeichen aufgetaucht war und sie fast überrascht hatte, schaute er nachdenklich zur Decke. Bei der Beschreibung der Verfolgung sah sie, wie Sorgenfalten auf Charles' Stirn entstanden. Seine Miene ging bei ihrer Beschreibung des Kampfes in Entsetzen über, während sich Anne offenbar amüsierte. Annes Ausdruck erinnerte Palina an den Jagdtrieb eines Hundes. Aus Oyá und Samantha wurde sie einfach nicht schlau. Während

Oyá die ganze Zeit entrückt lächelte, war Samanthas Miene emotionslos und für Palina nicht zu deuten. Gegen Ende meinte sie ein anerkennendes Nicken bei Marcus auszumachen, während Charles Blick etwas Entschuldigendes hatte.

»Das passt zu dem, was Peter und ich beobachtet haben«, kommentierte Anne.

»Peter? Den habe ich noch nicht kennengelernt. Kommt er heute auch noch?«, fragte Palina neugierig.

Ein unruhiges Schweigen entstand bei den anderen. Anne blickte Palina einen Moment an, bevor sie schließlich sagte: »Nein, und er wird es auch nicht mehr.«

Palina verstand nicht so ganz, hatte aber ein unangenehmes Bauchgefühl.

»Deine Erlebnisse schließen sich direkt an die von Palina an. Willst du jetzt berichten, Anne?«

»Kann ich machen. Es ist schnell erzählt. Marcus, Peter und ich hatten uns verteilt. Peter fiel ein Mann auf, der sich auffällig verhielt. Der Mann war uns unbekannt und Peter war sich nicht sicher, wie er sein Verhalten einzuschätzen hatte. Er hat uns daraufhin kontaktiert und ich bin dann zu ihm, um mir ein Bild zu verschaffen.«

Zu Palina gewandt erklärte sie: »Peter ist noch nicht so lange bei uns gewesen und ich habe mich um seine Ausbildung gekümmert.«

Dann fuhr sie fort: »Als ich bei Peter ankam, hatte sich die Frage schon von allein geklärt. Eine Frau mittleren Alters hatte sich neben den Mann gesetzt und rüttelte unauffällig an ihm. Als der Mann sich nicht rührte, stand sie auf und ging einfach fort, ohne Anstalten zu machen, ihm zu helfen. Den Sitzenden ließ sie zurück, als sei nichts passiert. Das war seltsam. Peter wollte gerade selbst zu dem Mann gehen, als der in sich zusammensackte, wegkippte und von seinem Sitz rutschte. Jemand schrie erschreckt und ich habe Peter sofort hinter der Frau hergeschickt, während ich die Umgebung erst noch auf weitere Auffälligkeiten abgesucht habe. Man weiß ja nie.«

»Das war dann wahrscheinlich der Grund für die Sirenen, die wir gehört hatten«, puzzelte sich Charles zusammen.

»Ich vermute es. Ich war zu dem Zeitpunkt zwar schon weg, aber mir kam ein Krankenwagen entgegen, der in diese Richtung fuhr.«

»Und dann haben Peter und Sie die Frau bis zur U-Bahn weiterverfolgt?«
Palina war gespannt, wie es weiterging.

»Natürlich nicht zusammen. Mit ausreichendem Abstand bildete ich die
Rückendeckung für Peter – falls noch ein weiterer Assassine dort war.«

»Und? War einer da?«

Anne amüsierte sich, wie gebannt Palina schon diesen unspektakulären
Ereignissen folgte. »Ja, tatsächlich. Die Assassinen scheinen ihre Operation
dieses Mal wirklich ernst genommen zu haben. Sonst wären sie nur mit
einer, maximal zwei Personen aufgetreten.«

»Und während der dritte Peter verfolgte, verfolgten Sie wiederum ihn,
richtig?«

Annes Lächeln verschwand. »Das war der Plan.«

Palinas ungutes Gefühl kam zurück.

»Leider habe ich die Situation falsch eingeschätzt. Als Peter schon fast
aus meinem Blickfeld verschwunden war und ich noch immer nichts auffälliges entdecken konnte, bin ich schnell hinter ihm her, um in der Nähe zu
sein, falls er Unterstützung braucht. Dass tatsächlich doch noch jemand die
Szene beobachtete, habe ich erst später bemerkt.«

»Das kann passieren, Anne. Mach dir bitte keine Vorwürfe. Du hast an
dem Abend Hervorragendes geleistet«, versuchte Samantha sie aufzubauen.

Anne fixierte Samantha: »Ja, es kann passieren. Aber es darf nicht passieren. Und mir schon gar nicht. Ich bin für Peters Ausbildung verantwort-
lich gewesen, er hat sich auf mich verlassen, mir vertraut und ich habe
versagt. Und es hätte noch viel unschöner ausgehen können. Wir haben
noch Glück gehabt.«

Die anderen schwiegen bedrückt. Palina sah aus dem Augenwinkel, wie
sich Charles und Marcus einen Blick zuwarfen, bei dem zuerst Marcus eine
Augenbraue hob und Charles daraufhin seine Lippen zusammendrückte.
Palina blickte zu Oyá, die ihren Blick zwar erwiderte, dabei aber nur in sich
ruhend lächelte.

»Für Palina wäre es bestimmt interessant, wie die Verfolgung weiter
ablief«, lenkte Marcus das Thema zurück.

Anne schaute kurz zu Marcus und setzte ein kühles Lächeln auf, bevor
sie monoton fortfuhr. »Peter verfolgte die Frau, die inzwischen am Marktplatz angekommen war. Sie hatte Charles und Palina entdeckt und setzte
ihnen nach.« Mit einem Blick auf Charles fügte sie hinzu: »Da beide keinen
Abstand hielten, waren sie leicht auszumachen.«

»Palina war nach ihrer bravourösen Leistung verständlicherweise zu erschöpft, um aus eigener Kraft sofort verschwinden zu können. Ich habe ihr geholfen, damit wir dort möglichst schnell wegkommen«, erklärte Charles gelassen.

»Ausgerechnet an der Stelle zu zweit aufzutreten, die der Orden selbst entdeckt und genutzt hat, war eine schlechte Entscheidung.«

»Der Orden weiß nur zu gut, wer ich bin, und notwendigerweise muss auch Palinas Bild bei deren Einsatzbesprechung gezeigt worden sein. Wir fallen den Assassinen also sowieso sofort auf, ob allein oder im Doppelpack, das macht dann auch keinen Unterschied mehr.« Charles hatte ganz ruhig gesprochen, während er scheinbar desinteressiert auf die Tischplatte geblickt hatte. Aber Palina war das Fehlen des für ihn typischen schelmischen Untertons aufgefallen.

»Nachdem Charles und Palina in die U-Bahn-Station gegangen waren und Marcus dazugestoßen war«, fuhr Anne fort, »hielt die Assassinin plötzlich inne und schien nur noch zu beobachten. Dann folgte sie einem merkwürdigen Kurs durch die Menge, um sich schließlich auf der euch abgewandten Seite des Kiosks auf eine Bank zu setzen.«

»Was meinst du mit ›merkwürdig‹?«

»Ich kann es nicht genau erklären. Ich kann mir schwer vorstellen, dass normale Fahrgäste derart ziellos Zickzack gehen. In dem Moment hatte ich das Gefühl, als hätte sie bemerkt, dass sie verfolgt wurde oder sie vermutete es oder sie wollte einfach nur sichergehen, potenzielle Verfolger abgeschüttelt zu haben. Jedenfalls hatte Peter sie verloren und blieb dort stehen, wo er sie als Letztes gesehen hatte. Ich habe das nicht als Problem angesehen, denn ich habe ja die ganze Zeit den Überblick behalten. Weder ihr noch Peter schienen in Gefahr zu sein. Es sah auch nicht danach aus, als wollte sie mit euch zusammen den gleichen Zug nehmen. Deshalb hatte ich vor, in ihre Nähe zu kommen und sie mir zu schnappen, sobald eure Bahn wieder weg und der Bahnsteig deutlich leerer war.«

»Verständlich. Nachvollziehbarer Plan. Wie ging es weiter?« Palina sah zum ersten Mal an diesem Morgen mitfühlende, weiche Züge in Samanthas Gesicht.

»Kurz bevor ich bei ihr war, stand sie auf und ging wieder in die Richtung der Treppe, von der wir gekommen waren. Sie konnte mich unmöglich gesehen haben, also folgte ich ihr. Ich dachte, sie hätte den Einsatz abgebrochen und wollte sie nicht davonkommen lassen. Ich war noch nicht ganz an der Treppe angekommen – sie war schon einige Stufen aufgestiegen – da hörte ich einen Schrei aus der Richtung, wo Peter gestanden hatte. Ich drehte mich um und sah ihn am Bahnsteig liegen. Eine Frau hatte wohl geschrien, als Peter neben ihr zusammengebrochen war. Als ich mich wieder zurück zur Assassinin drehte, schaute sie mir direkt in die Augen und grinste mich überheblich an.«

»Da hast du sie ausgeschaltet«, ergänzte Charles.

»Mir war sofort klar, dass sie die ganze Zeit genau gewusst haben musste, wo ich bin. Sie musste einen Komplizen haben, den ich noch nicht bemerkt hatte. Sie hat mich abgelenkt, damit ihr Komplize freie Bahn hat. In dem Moment war mir das Risiko fast egal. Ich habe die Ablenkung und Aufregung durch Peters Tod genutzt. Sie musste bestraft werden, bevor sie mir entwischen konnte.«

»Verständlich. Und es ist ja auch glimpflich ausgegangen«, meldete sich Marcus zu Wort. »Ich vermute, sie konnte mit ihrem Komplizen kommunizieren, vielleicht Earbuds, und der hat sie aus der Ferne gesteuert. Hast du erkennen können, wer das war?«

»Absolut nicht. Ich habe unauffällig Peters Umgebung abgesucht. Kaum war ich nur noch zwei Meter entfernt, bekomme ich aus heiterem Himmel einen gewaltigen Stoß und lande nach einem Stolperer auch schon im Gleisbett. Es hat mich völlig unvorbereitet getroffen.«

»Du wirst recht haben. Die Assassinen haben einen neuen Trick auf Lager.« Marcus schaute nachdenklich zu Samantha.

»Wir aber auch«, erwiderte Samantha. »Ohne Palinas Einsatz hätten wir an dem Abend keinen der Assassinen entdecken können. Oder sind sie einem von euch jemals vorher aufgefallen?«

»Mir jedenfalls nicht«, sagte Anne.

»Dass wir sie überhaupt identifizieren konnten, ist dem Umstand zu verdanken, dass der erste tot umfiel, nachdem Palina ihn besiegt hatte und dadurch seine Kollegin gezwungen wurde, aus ihrer Deckung zu kommen«, fasste Samantha zusammen.

»Ich hätte ein Ergebnis bevorzugt, bei dem wir niemanden verlieren«, merkte Anne an.

»Wir alle hätten das bevorzugt, Anne.« Charles Stimme hatte ihren gewohnten warmen Klang. »Das weißt du. Wir verfolgen nur Pläne, bei denen das Risiko für jeden von uns minimal ist. Um ihre Ziele zu erreichen, ist der Orden bereit, seine Anhänger zu opfern. Wir sind es nicht! Dann suchen wir lieber eine andere Möglichkeit. Leider können wir ein Risiko nie vollständig ausschalten.«

»Das ist mir klar und du brauchst es mir nicht zu erklären.«

65. KAPITEL

Charles hielt ihr die Tür auf, als sie das Shamrocks & Buttercups verließen.

»Und, wie ist Ihr Eindruck? Haben wir Sie nun endgültig verschreckt?« Er lachte.

»Die Assassinen sind schrecklicher.« Palina stupste Charles mit ihrer Schulter an. »Etwas.«

»Das genügt.« Er winkte ab. »Also sind wir immer noch die bessere Option und müssen nicht befürchten, dass Sie die Seiten wechseln. Ein gutes Pferd springt immer nur so hoch, wie es muss.«

»Offen gesagt hat es mich schockiert, was alles passiert ist, von dem ich gar nichts mitbekommen hatte. Selbst als wir auf die U-Bahn warteten und quasi daneben standen, habe ich nur den Sturz von Anne mitbekommen. Ohne Rückendeckung hätte ich den Tag nicht überlebt.«

»Und ohne Sie wäre dieser empfindliche Schlag gar nicht erst möglich gewesen. Was Sie an dem Tag vollbracht haben, war eine Meisterleistung. Chapeau.«

Dass die anderen, jeder auf seine Art, ihre Leistung gewürdigt hatten, war für sie wichtig gewesen. Nicht weil sie gelobt werden wollte. Das war ihr nicht wichtig. In der Firma sagte ihr auch niemand, wie gut sie ihre Arbeit gemacht hatte, nachdem sie sich den ganzen Tag richtig ins Zeug gelegt hatte. Das wurde von ihr schlicht erwartet. Allerdings kam es ihr hier gleich so vor, als würde die Chemie stimmen. Sie hatte sich von Anfang an aufgenommen gefühlt. Aber Charles brauchte das doch wirklich nicht zu erwähnen. »Ach, ich habe nur irgendwie reagiert. Und der Rest war Glück«, sagte sie leise.

Charles hob nur eine Augenbraue und lächelte sie warm an.

»Wie steht es um Ihre Lust, die erfolgreiche Zusammenarbeit fortzusetzen? Nicht, weil Sie meinen, Sie hätten keine andere Wahl oder weil ich Sie so nett frage und Sie dem Charme des dicken, alten Mannes einfach nicht widerstehen können, sondern weil Sie es wollen. Was meinen Sie?«

»Natürlich ist der Charme des dicken, alten Mannes schon ein schlagkräftiges Argument.« Sie lächelte ihn frech an. »Aber wie soll ich das mit meinem Job vereinbaren. Von meinem Privatleben ganz zu schweigen. Ich kann doch nicht ständig krank sein und Urlaub nehmen. Das bin ich einfach nicht und ich kann es auch nicht mit meinem Gewissen vereinbaren. Ich habe inzwischen meinen gesamten Urlaub für dieses Jahr aufgebraucht – und ich bin nicht einmal verreist, sondern habe nur Tore durchschritten, mich davon erholen müssen, auf der Lauer gelegen und mich fast umbringen lassen. Ich bin auch gar nicht der Typ für diese Art von Aktivurlaub.«

Charles amüsierte sich.

»Sie wissen, was ich meine.« Palina stupste ihn erneut an. »Mal ernsthaft.«

»Ich denke, ich verstehe ziemlich gut, wovon Sie sprechen. Und wenn Sie hauptberuflich dem Orden das Leben schwer machen würden? Wäre das ein Job für Sie? Oder vielleicht sogar eine Berufung?«

»Wie meinen Sie das?«

»Na, wenn Sie dafür bezahlt würden, genau das zu tun, was Sie in der letzten Zeit in Ihrer Freizeit und in Ihrem Urlaub getan haben? Sie sozusagen Ihr Hobby zum Beruf machten?« Er grinste.

Palina überlegte, ob Charles ihr wirklich gerade einen Job anbot. Es kam ihr so surreal vor, es musste ein Missverständnis sein. »Ich verdiene ganz gut und auf meine Rentenversicherung und meine Krankenversicherung möchte ich eigentlich auch nicht verzichten.«

»Denken Sie einmal nicht ans Geld.«

»Sie sind lustig«, sie schüttelte den Kopf.

»Ich meine in dem Sinne, dass das alles zu Ihrer vollsten Zufriedenheit geregelt wäre. Lassen Sie sich einmal auf das Gedankenspiel ein. Wäre das ein Beruf für Sie?«

»Assassinen-Killer? Mir graut schon jetzt vorm Ausfüllen der Berufsbezeichnung in der Steuererklärung.«

Charles amüsierte sich. »Assassinen-Killerin – wenn schon, denn schon.«

»Also rein hypothetisch: Wenn alles andere geregelt wäre, dann wäre das schon im Bereich des Denkbaren. Um irgendwie am Leben zu bleiben, muss ich mich mit dem Thema ja sowieso weiterhin auseinandersetzen.

Daran komme ich auf keinen Fall vorbei. Die Assassinen werden kaum darauf Rücksicht nehmen, ob ich gerade im Büro sitze und warten, bis ich Feierabend und Zeit habe, mich um sie zu kümmern. Es wäre schon praktisch, sich darauf konzentrieren zu können. Aber ich weiß nicht.«

»Ich kann es ermöglichen. Wenn alles andere geregelt wäre – Ja oder Nein? Ihre Entscheidung.«

Sie war perplex. Sie gingen wortlos am Fleet entlang. Palina schaute auf das Wasser und ließ das Flair des Quartiers auf sich wirken. Sie dachte über ihren Beruf nach. Sie hatte sich damit arrangiert. Es war bequem. Sie kam gut zurecht. Aber immer wenn sie Silvester zurückblickte, was im alten Jahr so alles geschehen war, dann waren es nie Erlebnisse aus dem Büro, die in ihrem persönlichen Jahresrückblick Revue passierten. Beruflich waren die letzten Jahre farblos und austauschbar. Auf der anderen Seite konnte sie ein Leben leben, das so voller unglaublicher Entdeckungen und Abenteuer war. Sie musste dafür allerdings all das aufgeben, wofür sie die letzten Jahre gearbeitet hatte. War es das Wert? Sie wusste es nicht.

Sie kamen zur Schleuse und gingen über den Rathausmarkt. Ihr kam eine Melodie in den Sinn. Es war ein Lied, das sie vor langer Zeit sehr gemocht und dessen Text sie schon fast vergessen hatte. Dann fiel er ihr ein: »Busy bee watch the world go by.«

Hinweise

Lesern von Urban Fantasy Romanen wird es kaum überraschen, dass die Orte, Ereignisse und Personen eines solchen Romans der Fantasie des Autors entspringen oder einem fiktiven Gebrauch unterliegen und Ähnlichkeiten zu lebenden oder verstorbenen Personen, realen Orten und Ereignissen zufällig sind. Ich weise sicherheitshalber trotzdem darauf hin.

In der ersten Auflage dieses Buches hatte ich es bewusst vermieden, die Stadt und Schauplätze der Handlungen beim Namen zu nennen. Ich wollte vermeiden, dass man diese Orte aufsucht, diesen Wegen folgt und enttäuscht feststellen muss, dass zum Beispiel der Mohnstriezel inzwischen nicht mehr so gut schmeckt, wie er Charles geschmeckt hatte, oder dass das nette kleine Café anders eingerichtet ist, weil es einem anderen netten kleinen Café wich, – dass die Realität von der Beschreibung stark abweicht. Aber ich habe clevere Leser, die es eher anspornte, die vermeintlich geheimgehaltenen Orte aufzuspüren, um dann im Nachgang nachzufragen, ob sie richtig liegen.

Daher bin ich bei der Überarbeitung zur zweiten Auflage teilweise davon abgerückt und nenne an einigen Stellen Namen, an denen ich der Meinung bin, dass es dem Leser hilft, besser in die Geschichte einzutauchen. Es versteht sich von selbst, dass ich hier keinen Reiseführer schreibe. Die benannten Orte hatten nur irgendetwas, das meine Phantasie anregte, der ich dann freien Lauf ließ und in der alles so verändert wurde, dass es der Geschichte dient.

Sie können zum Beispiel gerne nach Hamburg kommen und sich auf die Suche nach dem Shamrocks & Buttercups machen. Aber seien Sie dann bitte nicht enttäuscht, wenn Sie es nicht finden, denn ich kenne hier auch keins. Vielleicht wird es sogar irgendwann einen Pub geben, der dann Shamrocks & Buttercups heißt. Vielleicht haben Sie aber auch einfach nur eine schöne Zeit bei der Suche und stolpern über einige nette Kneipen, die jede ein bisschen etwas von dem Shamrocks & Buttercups hat, dass Sie sich vorstellten, als Sie das Buch lasen. Es würde mich freuen.

Jeder eingefleischte Fantasy Fan wird es schon vermutet haben: Ja, die Tore sind real. Natürlich halte ich deren Positionen geheim. Ich möchte schließlich nicht anstehen müssen, wenn ich mich aufs Sofa setzen will und mich nicht durch eine Menschenmenge drängeln müssen, nur um die U-Bahn noch zu erwischen. Andererseits schaue ich mir natürlich schon aus Neugierde jedes Foto oder Video an, an dem ein Tor gefunden wurde und genutzt wird. Schon weil es Palina vielleicht in einem späteren Band das Leben retten könnte. Ich bitte allerdings um Verständnis, dass ich schon aufgrund der Fülle der in dieser Welt verstreuten Tore nicht jedes selbst ausprobieren kann. Auch ich muss mit meinen Kräften haushalten.

Danksagung

Mein Dank geht vor allem an Joyce Summer. Ihrer Kreativität entsprangen die Cover beider Auflagen. Auch von der Erstellung hervorragender Trailer, Lesezeichen, Visitenkarten usw. ließ sie sich nicht abhalten. Ihre Hilfestellungen bei der Veröffentlichung und dem Marketing waren von unschätzbarem Wert. Aber vor allem trieb sie meinen inneren Schweinehund unzählige Male mit gezielten Tritten zurück und hielt ihn erfolgreich auf Abstand. Der dazu nötige Todesmut kann gar nicht hoch genug gewürdigt werden.

Die bewährten Krimi-Testleser Volker, Sabrina und Hatho hatten sich voller Elan auf das ihnen ungewohnte Terrain eines Urban Fantasy Romans gestürzt. Ihre Hinweise und Anregungen waren für mich gerade aufgrund der zusätzlichen Perspektive hilfreich. Auch möchte ich Anne Berling von 3BurgenBuch sehr danken. Sie sprang ohne Zögern in die Bresche, als ich so dringend die unvoreingenommene Sicht eines Fantasy Fans benötigte. Ohne ihrer aller aufmunternden Worte wäre dieses Buch wahrscheinlich nicht bis zur Veröffentlichung gekommen. Auch möchte ich mich bei Sophie bedanken, die das Buch lang nach Veröffentlichung der ersten Auflage intensiv durchgearbeitet, sich viele Gedanken gemacht und ausführliche Rückmeldungen gegeben hat. Einiges davon hatte mich bei der Überarbeitung der zweiten Auflage angeregt, nach alternativen Lösungen zu suchen.

Von den ›Informanten‹ möchte ich besonders Frau Schareina für ihre engagierte Führung durch das Wasserturmhotel und ihr Mitfiebern danken. Mein Dank geht genauso an Rico und Anatol, die mir nicht nur bei Fragen zur Polizeiarbeit zur Seite standen, sondern auch geholfen haben, mich im Rennkajak zu verbessern. Mein Dank geht auch an Bea und Fabian, die mir ermöglichten, unter anderem mit der Glock 17 zu schießen und ein schier unerschöpflicher Quell an Zusatzinformationen und Anekdoten rund um das Thema Schußwaffen sind.